천룡팔부 2

천룡팔부 2 – 육맥신검

1판 1쇄 인쇄 2020. 5. 13.
1판 1쇄 발행 2020. 5. 25.

지은이 김용
옮긴이 이정원
발행인 고세규
편집 봉정하 디자인 지은혜 마케팅 김용환 홍보 반재서
발행처 김영사
등록 1979년 5월 17일 (제406-2003-036호)
주소 경기도 파주시 문발로 197(문발동) 우편번호 10881
전화 마케팅부 031)955-3100, 편집부 031)955-3200 | 팩스 031)955-3111

값은 뒤표지에 있습니다.
ISBN 978-89-349-9116-8 04820
978-89-349-9114-4 (세트)

홈페이지 www.gimmyoung.com 블로그 blog.naver.com/gybook
페이스북 facebook.com/gybooks 이메일 bestbook@gimmyoung.com

좋은 독자가 좋은 책을 만듭니다.
김영사는 독자 여러분의 의견에 항상 귀 기울이고 있습니다.

이 도서의 국립중앙도서관 출판시도서목록(CIP)은 서지정보유통지원시스템 홈페이지 (http://seoji.nl.go.kr)와 국가자료공동목록시스템(http://www.nl.go.kr/kolisnet)에서 이용하실 수 있습니다.(CIP제어번호 : CIP2020018207)

일러두기

본문의 미주는 옮긴이의 주이다. 작품의 이해를 돕기 위한 김용 선생님의 작가 주는 •로 표기하고 미주 뒤에 수록한다. 단, 전체 내용에 대한 주일 경우 • 없이 장만 표기한다. 원서 편집자 주도 장별로 작가 주 뒤에 수록한다.

天 龍 八 部

천룡팔부

김용 대하역사무협

— 이정원 옮김

육맥신검

2

각 권 차례

天龍八部

장광우張光宇의 〈낙신洛神〉

장광우는 근대화가다. 화가는 낙신의 허리띠가 바람에 휘날리는 모습을 묘사하기 위해 백묘수법白描手法(색을 칠하지 않고 먹으로 선線만 그리는 중국의 전통 화법)을 사용했는데 이는 오도자吳道子의 '오대당풍吳帶當風'이라는 중국화의 전통을 물려받은 것이다. 놀라 날아오르는 기러기, 승천하는 용처럼 낙신의 날렵하고 고운 자태를 묘사했다.

돈황 벽화 〈아수라상阿修羅像〉

서위西魏 시대 그려진 작품. 이 그림에서 가장 왼쪽에 있는 인물이 아수라로 네 개의 눈과 네 개의 팔을 가지고 있으며 분노와 투쟁을 상징한다. 그 오른쪽은 용과 비천야차飛天夜叉, 악신樂神 건달파乾達婆 등이다.

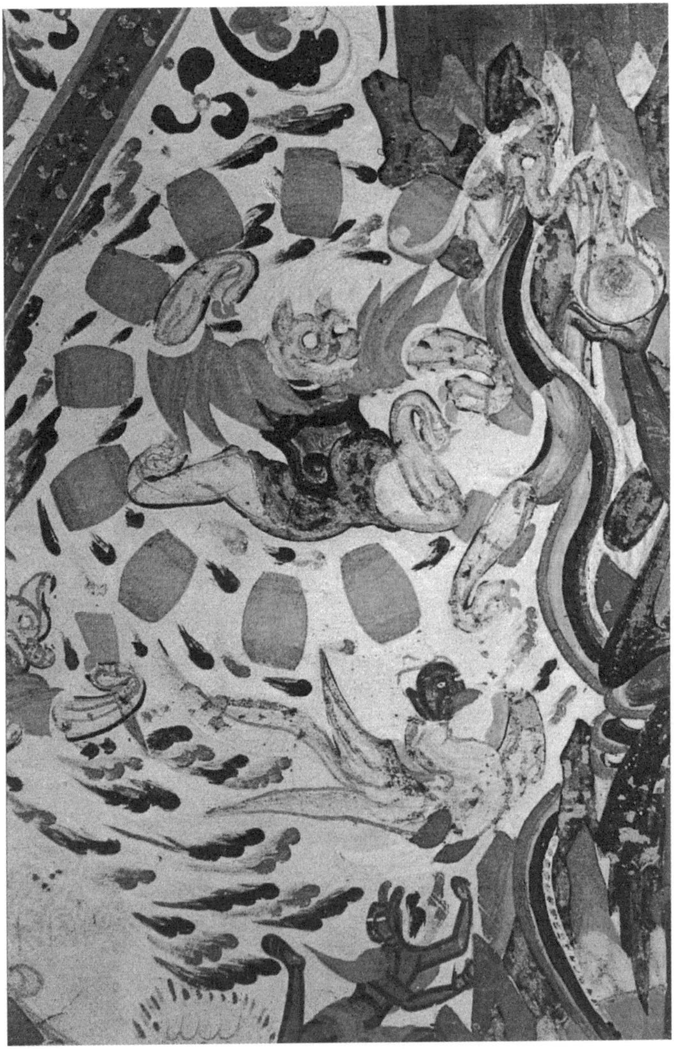

돈황 벽화 속의 〈가루라迦樓羅〉 등

서위 시대 그려진 작품. 가루라는 용을 먹는 거대한 새로 대붕금시조大鵬金翅鳥라고도 한다. 그 위쪽으로 뿔이 달리고 북 같은 물건으로 곡예를 하는 괴물은 무도신舞蹈神인 긴나라緊那羅로 이 역시 천룡팔부에 속한다.

돈황 벽화 속의 〈긴나라〉 및 〈마후라가摩呼羅伽〉

서위 시대 벽화. 긴나라는 인비인人非人이란 의미로 사람인 듯하면서도 사람이 아닌 듯한 모습에 머리에 뿔이 있고 가무를 좋아하는 것으로 묘사된다. 그림 속에서는 곤두선 머리카락이 뿔을 대신하며 손으로 춤을 추는 형상을 묘사하고 있다. 마후라가는 대망신大蟒神이라고도 하며 사람의 몸에 뱀의 머리를 가졌다. 두 신 모두 천룡팔부에 속한다.

돈황 벽화 속의 〈악신樂神〉

서위 시대 벽화.

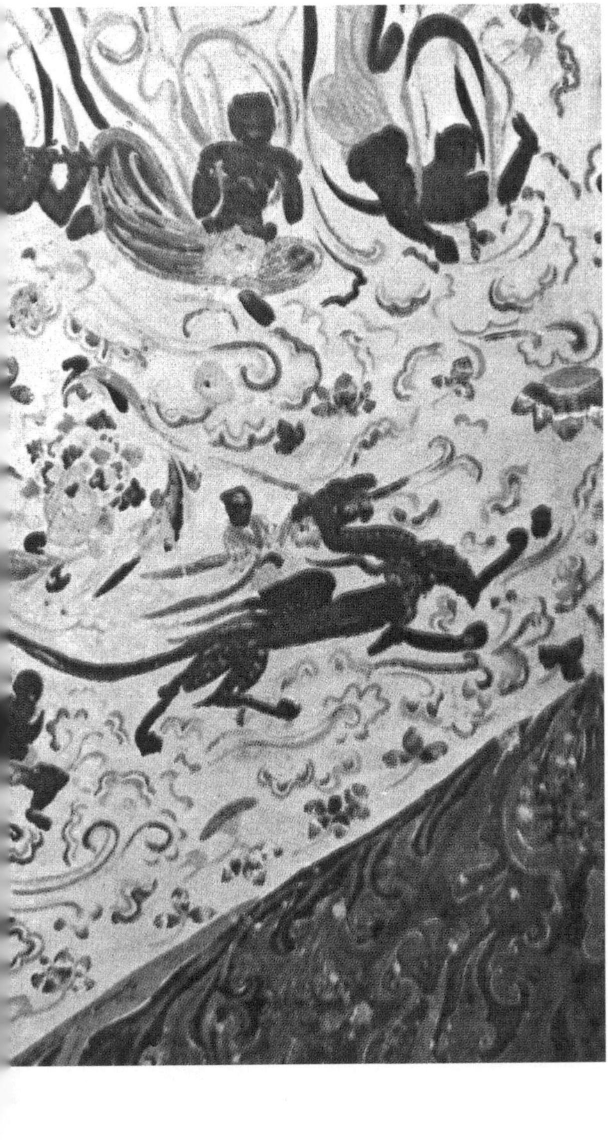

돈황 벽화 속의
〈태자유성太子逾城〉

초기 당나라 시대 벽화로 실달다태자悉達多太子(석가모니의 성불 전 호칭)가 야밤에 말을 타고 출가하며 성을 지날 때, 용과 천신, 악신, 야차 등 천룡팔부의 호위를 받는 장면을 묘사한 그림이다.

송나라인의 두루마리 그림〈연등수기석가문燃燈授記釋迦文〉

대승 불경 속에 기재된 내용으로 석가모니가 전생에 연등불燃燈佛로부터 "넌 장차 부처가 될 것이다"라는 수기를 받는 장면이다. 바닥에 무릎을 꿇고 있는 사람이 석가모니의 전생이다. 연등불의 수행 중에는 나한과 천왕, 공양인, 천룡팔부 등이 있다. 머리 꼭대기에 용이 있고 보주寶珠를 쥐고 있는 자가 용이다.

6

뉘 집 자제이며 뉘 집이던가?

대경실색한 남해악신은 재빨리 내력을 운용해 발버둥을 쳤다. 그러나 내력이 단중혈에서 빠른 속도로 흘러나가며 전신의 기운마저 빠져버리자 당황스럽기 짝이 없었다.

단예는 남해악신의 몸을 거꾸로 들어올려 머리가 밑으로, 발이 위로 가도록 만들어 냅다 꽂아버렸다. 그러자 남해악신의 번들거리는 머리통이 땅바닥에 부딪혔다.

단예는 목완청을 가슴에 품은 채 기쁨에 넘쳐 관심 어린 목소리로 물었다.

"목 낭자, 다친 곳은 이제 괜찮아진 거요? 그 악인이 당신을 능욕하지는 않았소?"

목완청이 뾰로통한 목소리로 답했다.

"내가 당신한테 뭐죠? 계속 목 낭자, 목 낭자 하고 부를 건가요?"

단예는 화난 척하는 그녀가 더욱 예뻐 보였다. 지난 이레 동안 그녀를 심히 염려해왔던 터라 두 팔로 꼭 안고는 부드러운 목소리로 속삭였다.

"완 누이, 완 누이! 이렇게 부르면 어떻겠소?"

이 말을 하며 고개를 숙여 그녀의 입술에 입을 맞추었다. 목완청은 신음 소리를 내며 만면에 홍조를 띠기 시작했다.

"사람들이 보는데 어… 어쩌려고 그래요. 어? 사람들은요?"

주변을 살펴보니 관포객과 저·고·부·주 네 사람 모두 종적을 감추어버렸고 좌자목 역시 아들을 안고 가버린 뒤라 주변에는 아무도 없었다.

"누가 있다 그러시오? 남해악신 말이오?"

단예의 눈빛은 또다시 두려움으로 가득 찼다. 목완청이 물었다.

"여기 온 지 얼마나 됐죠?"

"조금 전에 왔소. 봉우리에 올라오니 정신을 잃고 쓰러져 있는 당신만 있고 주위에는 아무도 없었소. 완 누이. 어서 갑시다. 남해악신이 쫓아오기 전에 말이오."

"그래요."

이렇게 대답하고는 혼자 중얼거렸다.

"정말 이상하네! 그자들이 갑자기 다 어디로 간 걸까요?"

난데없이 바위 뒤에서 누군가 길게 읊조리는 소리가 들려왔다.

"검 한 자루 둘러메고 천 리 길을 떠나가며 미천한 제가 한 말씀 올리겠소."

누군가 소리 높여 이 시를 읊으며 바위에서 돌아나왔다. 바로 사대호위四大護衛 중 한 명인 주단신이었다. 단예는 너무 기쁜 나머지 입에서 탄성이 터져 나왔다.

"주朱 사형四兄!"

주단신은 두 걸음 앞으로 다가와 허리를 굽혀 예를 올리며 기쁨에 찬 목소리로 말했다.

"공자, 무탈하신 모습을 보니 정말 다행입니다. 조금 전에는 이 낭자가 하는 말을 듣고 놀라서 어찌할 바를 몰랐습니다."

단예가 공수를 하고 답례를 했다.

"다 보고 계셨던 겁니까? 예까지 어찌 오신 겁니까? 정말 공교롭기 그지없군요."

주단신이 미소를 지으며 말했다.

"우리 사형제는 공자를 모셔오라는 명을 받들어 온 것이니 공교롭다고 볼 순 없지요. 공자, 정말 대담하십니다. 어찌 혈혈단신 강호에 뛰어드셨단 말씀입니까? 저희가 마오덕 집으로 가서 탐문을 하다 무량산까지 뒤쫓아갔습니다. 요 며칠 다들 얼마나 걱정을 했는지 아십니까?"

단예가 싱긋 웃었다.

"저도 적지 않게 애를 먹었지요. 백부님과 아버지께서 단단히 화가 나셨겠군요. 안 그런가요?"

"당연한 것 아니겠습니까? 저희들이 나올 때 두 분 어르신께선 많이 노하신 상태였습니다. 며칠 동안 근심이 많으셨으니 말입니다. 허나 선천후善闡侯께서 대리에 사대악인이 온다는 소식을 접하시고는 공자께서 그들과 마주칠까 두려워 친히 달려나오셨습니다."

"고高 숙부님께서도 절 찾아나섰단 말입니까? 그렇게까지 신경을 쓰시다니 죄송스럽기 짝이 없군요. 지금 어디 계십니까?"

"조금 전까지 모두 여기 계셨습니다. 고 후야侯爺께서는 섭이랑 뒤를 쫓아가셨는데 공자의 울부짖는 소리를 듣고 안심이 되셨는지 저더러 여기서 공자를 기다리라 명하시고 가셨습니다. 나머지도 모두 섭이랑 뒤를 쫓아갔지요. 공자, 그만 집으로 돌아가시죠. 두 분 어르신께 걱정 좀 그만 끼쳐드리고 말입니다."

"그럼 주… 주 사형은 여기 계속 있었다는 거로군요."

단예는 자신이 목완청과 다정스러운 언행을 주고받는 모습을 그가 보고 들었다는 생각에 부끄러운 마음이 들어 귀까지 빨갛게 달아올랐다.

주단신이 말을 이었다.

"방금 전까지 전 바위 뒤에 앉아 왕창령王昌齡의 시집을 읽고 있었습니다. '검 한 자루 둘러메고 천 리 길을 떠나가며 미천한 제가 한 말씀 올리겠소仗劍行千里 微軀敢一言. 일찍이 대량의 객으로 지냈던 신능군의 은혜를 저버리지 아니할 것이오曾爲大梁客 不負信陵恩'라는 오언절구 시 말입니다. 스무 자에 불과한 이 글 안에 호방하고도 세속에 구속되지 않는 강단이 있으니 어찌 감탄이 나오지 않을 수 있겠습니까?"

이 말을 하며 품속에서 책을 한 권 꺼내는데 다름 아닌《왕창령집王昌齡集》이었다. 단예는 고개를 끄덕였다.

"왕창령의 시는 칠언절구로 정평이 나 있지만 오언절구는 그리 뛰어나지 않다고 알고 있는데 이 시는 아주 훌륭하군요. 또 다른 시 〈송곽사창送郭司倉〉도 매우 우아하고 격조 높은 작품 중 하나지요."

그는 당장 큰 소리로 시를 읊었다.

"문에 비친 푸르른 회수는 그대를 붙드는 주인의 마음이어라. 명월이 그대 가는 길을 비출 것이니 봄의 조수는 밤마다 깊어만 가리라."

주단신은 고개 숙여 읍을 하며 말했다.

"감사합니다, 공자."

주단신은 단예와 목완청이 조금 전 서로 정분에 휩싸여 행한 친밀한 언행을 모두 보고 들었지만 단예가 부끄러워하는 모습을 보이자 곧 왕창령의 시구를 들어 화제를 돌렸던 것이다. 그가 '일찍이 대량의 객'이란 시구를 인용한 것은 과거 후영侯嬴과 주해朱亥처럼 죽음으로써 공자에게 보답하겠다는 의미였으며, 단예가 인용한 왕창령의 오언절구 시는 주인 된 자로서 수하의 두터운 정에 대해 친구로 대하겠다는 의미였다. 두 사람은 서로를 바라보며 두 사람 사이의 막역한 마음을 웃음으로 표현했다.

시서詩書를 잘 모르는 목완청은 속으로 이런 생각만 할 뿐이었다.

'이 책벌레가 지금 어떤 상황에 처해 있는지를 잊은 모양이야. 시문 같은 걸 얘기하면서 저렇듯 흥미진진해하다니 말이야. 저 무관은 아첨에 능한 것 같아. 몸에 책을 지니고 다니다니….'

그녀는 주단신이 평소 시서를 탐독하는 문무에 능한 사람이란 사실을 전혀 몰랐다.

단예는 몸을 돌려 목 낭자를 향해 말했다.

"목… 목 낭자, 여기 주단신 주 사형은 나와 가장 친한 친구요."

주단신은 목완청을 향해 정중하게 예를 올렸다.

"주단신이 낭자를 뵈옵니다."

목완청이 곧 답례를 했다. 그녀는 자신에게 지극히 공손하게 대하는 주단신의 행동을 보자 기쁜 마음에 소리쳤다.

"주 사형!"

주단신이 웃었다.

"그런 호칭은 황송합니다."

이 말을 하며 생각했다.

'이 낭자는 미색이 매우 뛰어나긴 한데 조금 전 공자의 따귀를 때릴 때 했던 민첩한 동작으로 보아 무공 실력이 보통이 아닌 것 같다. 한데 공자께서는 따귀를 맞고도 싱글벙글 웃기만 할 뿐 전혀 개의치를 않지 않았는가? 더구나 이 낭자 때문에 이 먼 길을 오셨다는 걸 보면 이 낭자한테 심취해 계신 게 분명하다. 한데 이 낭자의 내력이 궁금하군. 공자께선 아직 젊고 강호가 얼마나 험악한 곳인지 모르셔서 미색에

빠져 공자의 명성과 덕행에 흠집이 가는 일이 있어선 안 될 텐데….'

그는 싱긋 웃으며 말했다.

"두 분 어르신께서 공자를 무척 염려하고 계시니 공자께선 속히 집으로 돌아가시지요. 목 낭자도 긴한 일이 없으시다면 공자부公子府로 가서 객으로 며칠 묵어가십시오."

그는 단예가 집으로 가지 않겠다고 할까 봐 염려됐지만 이 낭자와 함께 가자고 청하면 돌아갈 것으로 생각했다.

단예는 잠시 망설이다 말했다.

"제가… 백부님과 아버지께 어찌 말씀드립니까?"

목완청은 부끄러운 마음이 들었는지 만면에 홍조를 띠고 고개를 돌려버렸다.

주단신이 말했다.

"사대악인의 무공은 극히 고강합니다. 조금 전 선천후께서 섭이랑을 물리친 것도 상대의 허를 찔러 공격해 약간의 행운이 따랐던 겁니다. 공자처럼 귀하신 몸이 이런 험한 곳을 전전하실 수는 없으니 속히 돌아가시지요."

남해악신의 흉악한 표정을 떠올리던 단예는 두려운 마음이 들었는지 고개를 끄덕였다.

"좋습니다. 그럼 갑시다. 주 사형, 상대가 호락호락한 자는 아니니 주 사형이 가서 고 숙부님을 돕는 게 좋겠습니다. 전 목 낭자와 함께 집으로 돌아가도록 하겠습니다."

주단신이 웃으며 말했다.

"가까스로 공자를 찾아냈사온데 소신이 응당 집까지 호위를 해야 옳습니다. 목 낭자가 무공이 탁월하다고는 하나 안색을 보니 부상에서 아직 회복이 안 된 것 같습니다. 도중에 강적들을 만나기라도 한다면 위험에 처할 수도 있으니 미력하나마 재하가 함께 가는 게 좋을 듯합니다."

목완청이 흥 하고 비웃었다.

"나한테 말할 때는 그렇게 속닥거리면서 문자 좀 쓰지 말아요. 난 초야에 묻혀 살아서 글이라고는 못 배웠단 말이에요. 그런 고상한 말투는 반밖에 못 알아듣는다고요."

주단신이 웃음 띤 얼굴로 말했다.

"네, 네! 제가 무관이긴 하나 문관인 척하면서 진부한 말을 입에 담는 버릇이 있으니 낭자께서 양해해주십시오."

단예는 이대로 집에 가기를 원치 않았지만 이미 주단신에게 잡혀버린 상태라 돌아가고 싶지 않아도 가지 않을 수 없었다. 가는 도중 몰래 빠져나갈 계책을 세울 수밖에 없겠다는 생각이 들자 일단은 세 사람이 함께 하산하기로 하였다. 목완청은 내심 단예가 이레 밤낮 동안 어디 있었는지 묻고 싶었지만 주단신이 바로 곁에 붙어 있어 말하기가 껄끄러웠던 터라 억지로 참을 수밖에 없었다. 주단신은 지니고 있던 비상식량을 꺼내 두 사람에게 나누어주었다.

세 사람이 봉우리 아래로 내려와 다시 수 마장을 걸어가자 큰 나무 옆에 다섯 필의 준마가 묶여 있었다. 바로 고독성 일행이 타고 온 말들이었다. 주단신은 나무 쪽으로 가서 세 필의 말을 끌고 와 단예와 목완청을 먼저 태우고 난 후 그제야 자신도 말에 올라 뒤를 따랐다. 그날 밤 세 사람은 작은 객잔에 머물기로 하고 세 개의 방으로 각자 흩어졌다. 주단신이 바지 한 벌을 사와 단예가 갈아입게 만든 뒤부터 단예는 엉덩이가 드러난 바지에서 해방될 수 있었다.

목완청은 방문을 닫아걸고 탁자 위의 붉은 초를 마주한 채 턱을 괴고 앉았다. 기쁨과 근심이 교차되며 깊은 상념에 잠겼다.

'단랑이 위험을 무릅쓰고 날 찾아왔다는 건 나에 대한 정이 매우 깊다는 뜻이야. 그동안 무정한 낭군이라고 끊임없이 욕을 했는데 내가 괜한 탓을 했나 봐. 그 주단신이란 자가 단랑한테 그토록 정중한 걸 보면 필시 대관집 자제인 것 같은데… 저 사람과 정혼을 했다고는 해도 나같이 보잘것없는 여자가 이렇게 아무 연고도 없이 그 사람 집까지 따라간다면 과연 사부님께서 뭐라고 하실까? 단랑의 백부님과 아버지는 굉장히 엄한 것 같던데 그 사람들이 날 무시하고 무례하게 대하면 어쩌지? 흥! 그때는 독전을 쏴서 그 집 사람들을 모조리 죽여버리고 단랑 하나만 남기면 되지.'

이렇게 흉악한 생각을 하고 있을 때 갑자기 창문을 가볍게 두 번 두드리는 소리가 들렸다.

목완청이 왼손을 휘둘러 촛불을 끄자 창밖에서 단예 목소리가 들려왔다.

"나요."

목완청은 그가 야심한 밤에 자신을 찾아오자 가슴이 쿵쾅쿵쾅 뛰면서 어둠 속에서 얼굴이 달아오르는 느낌이 들었다. 그녀는 나지막이 물었다.

"무슨 일이세요?"

"창문 좀 여시오. 할 말이 있소."

"싫어요."

무예로 단련된 그녀였지만 이 순간 문약한 서생인 그가 두렵게 느껴지자 그녀 스스로도 왠지 이상한 생각이 들었다. 단예는 그녀가 왜 문을 열지 않겠다고 하는지 알 수가 없었다.

"그럼 어서 나오시오. 속히 떠나야 하오."

목완청이 손가락으로 창호지를 뚫고 그 틈을 통해 물었다.

"왜요?"

"주 사형이 지금 잠들었으니 깨면 아니 되오. 집에 돌아가기 싫어 그렇소."

목완청은 뛸 듯이 기뻤다. 단예 부모님을 만나야 한다는 부담감으로 인해 근심이 매우 컸던 터였기 때문이었다. 그녀는 곧 살며시 문을 열어젖히고 단예 쪽으로 뛰어나갔다. 단예가 나지막이 속삭였다.

"말을 끌고 오겠소."

목완청이 고개를 가로젓고는 팔을 뻗어 그의 허리를 받쳐들었다. 곧이어 위로 훌쩍 솟구쳐 담장 위에 올라서더니 다시 사뿐히 날아올라 담장 밖에 내리고는 나직이 말했다.

"말발굽 소리가 들리면 당신네 주 사형이 알아차릴 거예요."

단예가 조용히 웃었다.

"역시 주도면밀하군."

두 사람은 손을 맞잡고 동쪽으로 향했다. 몇 마장쯤 걸었을까? 뒤쫓아오는 소리가 들리지 않자 그제야 안심이 된 듯 목완청이 물었다.

"근데 왜 집에 가기 싫어하죠?"

"이대로 집에 돌아가면 백부님과 아버지께서 날 가둬두고 다시는 나가지 못하게 하실 거요. 당신 얼굴을 다시는 보지 못할 수도 있소. 완 누이, 앞으로도 난 당신을 매일같이 보고 싶소. 다시는 헤어지지 않을 것이오."

목완청은 속으로 행복에 들떠 기분이 매우 좋았다.

"저도 마찬가지예요. 당신 집에 안 가는 게 좋겠어요. 이제 우리 두 사람이 강호를 유람하면서 어떤 구속도 없이 살아간다면 얼마나 즐겁겠어요? 이제 어디로 갈 거죠?"

"일단 주 사형과 고 숙부님이 쫓아오지 못하고 남해악신의 추적도 피할 수 있는 곳이어야 하오."

목완청이 고개를 끄덕였다.

"맞아요. 그럼 서북쪽으로 가요. 일단 시골 민가로 가서 사태가 안정될 때까지 보름 정도 숨어 있어요. 제 등의 상처만 나으면 두려울 게 없어요."

두 사람은 곧바로 서북쪽을 향해 걸어갔다. 가는 동안에는 감히 쉬면서 노닥거릴 엄두도 내지 못하고 오로지 무량산에서 멀어질 생각만 했다.

그렇게 두 사람은 동이 틀 때까지 걸었다. 목완청이 말했다.

"고소姑蘇 왕가王家의 노비들이 아직까지 절 찾고 있어요. 낮에 길을 재촉해 가다가는 눈에 띄고 말 거예요. 그러니 묵어갈 곳을 찾아야 해요. 낮에는 요기를 하면서 잠이나 자고 밤에 길을 떠나야겠어요."

강호의 속성에 대해 제대로 알지 못하는 단예가 그녀의 말에 수긍을 했다.

"당신 뜻대로 하시오."

"배를 좀 채우고 나서 저한테 똑바로 말해야 해요. 지난 이레 밤낮 동안 어디 있었는지 말이에요. 한 치의 거짓이라도 있는 날에는 내가 그냥…."

목완청은 말을 마치기도 전에 갑자기 헉 하고 깜짝 놀랐다.

눈앞의 버드나무 그늘 아래 말 세 필이 묶여 있고 한 남자가 바위 위에 앉아 책 한 권을 손에 든 채 머리를 흔들어대며 뭔가를 읊조리고 있었던 것이다. 그는 다름 아닌 주단신이었다. 단예 역시 그 모습을 보고 깜짝 놀라 목완청의 손을 잡아끌며 다급하게 외쳤다.

"어서 갑시다!"

목완청은 대충 짐작이 갔다. 어젯밤 두 사람의 도주 사실을 눈치챈 주단신이 도주로를 미리 예상하고 말을 달려 우회해 앞길을 막아섰던 것이다. 그녀는 눈을 찡그리며 말했다.

"바보, 이미 따라잡혔는데 이제 와서 도망갈 수 있을 것 같아요?"

그녀는 주단신 쪽으로 다가가 말했다.

"흥! 꼭두새벽부터 여기 앉아 글을 읽고 있다니 장원급제라도 할 모양이네요?"

주단신이 웃으며 단예를 향해 말했다.

"공자, 제가 무슨 시를 읽는지 알아맞혀보십시오."

그는 큰 소리로 시를 읊었다.

고목 위에서는 추위에 떠는 새들이 슬피 울고	古木鳴寒鳥
깊은 산중에서는 처량한 원숭이 울음소리 들려오네	空山啼夜猿
슬픔에 젖어 천 리 고향 길을 바라보다	既傷千裏目

어찌 될지 모를 앞날에 길흉을 점치기 어려워라	還驚九折魂
험난한 길이 어찌 두렵지 않을까?	豈不憚艱險
국사國士로 대접받은 은혜를 보답하지 않을 수 없네	深懷國士恩
계포는 한 입에 두말하지 않았고	季布無二諾
후영 역시 내뱉은 말을 중히 여겼네	侯嬴重一言
사람이 살면서 의리와 기개를 우선한다면	人生感意氣
공명과 녹봉 따위가 무슨 의미겠는가?	功名誰複論

단예가 말했다.

"이건 위징魏徵의 〈술회述懷〉가 아닙니까?"

주단신이 빙긋 웃으며 말했다.

"공자께서는 정말 많은 책을 섭렵하셨군요. 존경해 마지않습니다."

단예는 그가 자신에게 이 시를 인용한 이유를 알고 있었다. 그가 밤새 험한 길을 마다치 않고 자신을 뒤쫓아온 것은 그를 국사國士로 대우해주시는 백부님과 부친의 은혜를 입은 입장에서 부탁을 저버릴 수 없다는 의미가 내포되어 있었으며 마지막 몇 구절에는 자신이 집에 돌아가겠다고 약속을 했으니 한번 한 말에 대해 책임을 져야 한다는 뜻이 담겨 있었다.

목완청은 앞으로 다가가 말고삐를 풀었다.

"대리까지 가는데 우리가 길을 제대로 왔는지 모르겠네요?"

주단신이 말했다.

"어느 쪽이건 상관없습니다. 동쪽으로 가도 좋고 서쪽으로 가도 좋습니다. 어쨌든 대리만 가면 되니까요."

어제 그는 세 필의 말 중 다리 힘이 가장 좋은 말에 단예를 앉혔으나 지금은 그 말을 자기 옆으로 끌어다놨다. 단예와 목완청이 말을 타고 도망치는 사태를 방지하고 자신이 뒤쫓아갈 수 있는 여지를 남겨두기 위한 조치였다.

단예는 안장에 올라 동쪽을 향해 달렸다. 주단신은 단예가 역정을 낼까 두려워 가는 길에 줄곧 시사가부詩詞歌賦에 관한 얘기만 했다. 안타깝게도 그는《역경》에 관해서는 아는 바가 적었다. 그렇지 않았다면 단예의 비위를 제대로 맞출 수 있었을 것이다. 그러나 단예는 이미 신바람이 나서 토론에 열을 올리고 있었다. 반면에 목완청은 이들 대화에 한 마디도 끼어들 수가 없었다.

얼마 가지 않아 큰길로 들어서 정오가 될 무렵까지 내달리다 길가에 있는 한 작은 객점에 들어가 국수를 먹게 됐다.

한참을 먹는 도중 돌연 인영이 번뜩이며 문밖에서 큰 키에 비쩍 마른 몸을 지닌 사내 하나가 들어왔다. 그는 자리에 앉아 손바닥으로 탁자를 쾅 치며 소리쳤다.

"술 두 되하고 익힌 쇠고기 두 근! 빨리, 빨리 가져와!"

목완청은 누군지 얼굴조차 볼 필요가 없었다. 날카로웠다 굵어졌다 하는 듣기 거북한 목소리만 듣고도 그게 궁흉극악 운중학이란 걸 알 수 있었기 때문이다. 다행히 안쪽을 향해 앉아 있어 그자와 마주칠 일은 없었다. 그녀는 손가락을 국수 국물에 찍어 탁자에 글을 써내려갔다.

'사대악인 넷째.'

주단신 역시 국물에 손가락을 찍어 탁자에 써서 답했다.

'어서 가십시오. 난 기다리지 말고.'

목완청이 단예의 소맷자락을 잡아끌고 내당內堂으로 향하자 주단신은 객점 한구석 그늘진 곳에 몸을 숨겼다.

운중학은 객점 안에 들어온 후 줄곧 큰길 쪽을 바라보고 앉아 있다가 등 뒤에서 인기척이 들리자 고개를 홱 하고 돌렸다. 목완청의 뒷모습이 벽장 뒤로 사라지는 모습을 목격한 그는 큰 소리로 고함을 쳤다.

"누구냐? 거기 서라!"

그는 자리를 박차고 일어나 긴 팔을 쭉 뻗어 목완청의 등을 잡으려 했다.

그때 주단신이 국수 그릇을 들고 그늘진 곳에서 뛰쳐나가며 소리쳤다.

"어이쿠!"

그는 실수를 가장해 뜨거운 국수 국물을 그의 얼굴에 냅다 부어버렸다. 두 사람 사이의 거리가 매우 가까웠고 주단신이 국물을 붓는 속도 또한 워낙 빨랐던 터라 협소한 객점 안에서 몸을 돌릴 여지는 없었다. 운중학이 곧바로 몸을 틀었지만 국물의 반밖에 피하지 못하고 남은 반은 얼굴에 뒤집어써 엉망이 되어버렸다. 일순간 눈앞이 희미해지자 화가 머리끝까지 치밀어오른 운중학은 재빨리 손을 뻗어 주단신을 잡으려 했다. 누군지 몰라도 상대를 잡아 가슴을 쑤셔 내장을 꺼내버려야겠다는 심산이었다.

그러나 주단신은 국수 그릇을 내던지자마자 손으로 탁자를 들어올려 탁자 위에 있던 갖가지 사발과 접시들을 모조리 운중학을 향해 던져버렸다. 퍽 소리와 함께 운중학의 다섯 손가락이 탁자 면 사이에 끼어버리고 뒤이어 사발과 접시들이 거센 바람을 일으키며 운중학의 온몸을 가격했다.

고강한 무공을 지닌 운중학도 작은 객점 안에서 불의의 적에게 기습을 당하자 갈피를 못 잡고 허둥지둥할 수밖에 없었다. 그래도 재빨리 내경內勁을 운용해 전신에 가득 채운 덕에 그릇들이 날아올 때마다 모두 튕겨나가도록 만들기는 했지만, 뜨거운 국물을 뒤집어써서 온몸이 만신창이가 되고 말았다.

그때 문밖에서 말발굽 소리가 들리며 두 사람이 말을 탄 채 북쪽으로 내달려가고 있었다. 운중학이 소맷자락으로 눈 속으로 들어간 국수 국물을 닦아내는 사이 갑자기 휙 하는 바람 소리가 들리며 그의 가슴을 향해 뭔가 날아들었다. 그러나 그는 큰 숨을 들이마셔 가슴을 반 척 정도 오그라들게 만들더니 왼 손바닥을 뒤집어 허공에서 수직으로 내리며 잽싸게 그 물체를 잡았다. 손가락 네 개만으로 적이 찍어내린 판관필을 움켜쥔 것이었다. 주단신이 황급히 내경을 운용해 빼앗아오려 했지만 내력이 부족해 어쩔 도리가 없었다. 주단신은 자신이 아끼는 무기가 적의 손에 들어갈 위기에 놓였지만 다행히도 운중학의 손은 기름투성이였던 국수 국물에 젖어 미끈거렸던 터라 제대로 꽉 잡지 못한 틈을 타 되찾아올 수 있었다.

수 초를 겨루고 난 뒤 상대가 움직임이 민첩하고 고강한 무공을 지니고 있다고 느낀 주단신은 큰 소리로 외쳤다.

"쇠막대기 사형! 판부 사형! 어서 문을 봉쇄하시오! 대나무 꼬챙이! 넌 이제 도망 못 간다!"

그는 전에 저만리와 고독성이 했던 말을 떠올렸다. 어느 날 밤 대나무 꼬챙이같이 생긴 자와 마주쳐 대결을 펼쳤는데 두 사람이 힘을 합쳐 가까스로 물리친 적이 있다고 말이다. 해서 허장성세虛張聲勢 계책을 펼치기 위해 공연히 큰소리를 친 것이다. 운중학은 이런 계책을 눈치채지 못하고 생각했다.

'큰일 났다. 쇠막대기와 판부를 쓰는 두 놈이 밖에 매복해 있었구나. 혼자 셋을 상대하다가는 패하는 건 기정사실이야.'

운중학은 한순간의 승리에 연연해 싸울 의지가 없었기에 곧장 후원으로 뛰어가 담을 넘어 달아났다. 주단신이 외쳤다.

"대나무 꼬챙이가 도망친다! 어서 쫓아라! 이번만은 절대 놓치지 않을 것이다!"

주단신은 문밖으로 달려가 몸을 날려 말에 오른 뒤 단예를 뒤쫓아가기 시작했다.

단예와 목완청은 수 마장을 내달리다 고삐를 당겨 천천히 가기 시작했다. 얼마 가지 않아 말발굽 소리가 들려 뒤돌아보니 주단신이 말을 타고 뒤쫓아오고 있었다. 두 사람이 말을 멈추고 기다리다 뭔가 물어보려는 순간 목완청이 소리쳤다.

"큰일이에요! 그자가 쫓아왔어요!"

큰길 위에서 누군가 바람을 휘날리듯 눈앞으로 점점 가까이 다가왔다. 다름 아닌 대나무 꼬챙이처럼 생긴 운중학이었다.

주단신이 아연실색하며 말했다.

"대단하군. 경공이 저 정도일 줄이야…."

이 말을 하며 단예가 타고 있던 말의 볼기짝을 채찍으로 한 대 후려쳤다. 말 세 필의 12개 말발굽이 아래위로 오르락내리락하며 쏜살같이 내달리자 순식간에 운중학을 저 멀리 뒤쪽까지 따돌릴 수 있었다. 수 마장을 더 내달려가다 목완청은 가쁘게 몰아쉬는 말의 숨소리를 듣고 속도를 늦췄다. 그러나 잠시 쉬는 틈에 운중학이 또다시 가까이 쫓아왔다. 그자는 단거리 안에서는 막판 힘내기가 말에 미치지 못했지만 지구력에 있어서는 전혀 뒤처지지 않았다.

주단신은 자신의 계책이 이미 간파당해 괜한 허세로 위협을 가해봐야 소용이 없다는 걸 알았다. 아무래도 20리 안에 그에게 추격을 허용할 수밖에 없을 것으로 보였다. 대리성까지만 가면 두려워할 필요도 없을 터였지만 달리면 달릴수록 말 세 필이 모두 지쳐가자 매우 급박한 상황에 이르게 됐다.

다시 수 마장을 더 내달렸을 때, 단예가 탄 말이 돌연 앞다리가 꺾여 쓰러지면서 단예를 바닥에 내동댕이치고 말았다. 목완청이 안장 밑으로 몸을 날려 재빨리 앞으로 달려가서는 단예가 바닥에 닿기 전에 그의 목덜미를 잡아챘다. 이어서 자신의 말이 근처로 달려올 때 왼손으로 안장 위를 누르며 단예와 함께 말 등 위로 힘껏 솟구쳐올라갔다. 주단신은 저 멀리 후방에서 운중학을 저지하다 목완청이 적시에 손을 쓰는 모습을 보고 소리쳤다.

"대단한 신법입니다!"

말이 끝나기가 무섭게 갑자기 머리 뒤쪽에서 바람 소리가 들리며 무기가 하나 날아들었다. 주단신은 판관필을 뒤로 돌려 힘껏 휘둘렀다.

"쨍!"

날카로운 금속성이 울려퍼지며 운중학의 강조가 그의 판관필에 가로막혔다. 운중학이 기세를 틈타 다시 한번 손을 날렸지만 강철로 주조된 다섯 손가락은 애꿎은 말의 엉덩이만 쥐어뜯어 말의 선혈만 흘러내릴 뿐이었다. 말은 고통을 호소하듯 슬프게 울부짖으며 더 빠른 속도로 내닫기 시작했고 얼마 가지 않아 운중학과의 거리가 멀어졌다. 그러나 말 한 필에 둘이 타고 있고 다른 말 한 필은 부상을 당해 얼마 버티지 못할 상황이 되자 주단신과 목완청은 초조해지기 시작했다.

이런 곤란한 상황에 처한 줄 모르는 단예가 천연덕스럽게 물었다.

"그렇게 대단한 자요? 주 사형마저 그자를 당해내지 못하다니 말이오."

목완청이 고개를 가로저었다.

"안타깝게도 제가 부상 중이라 힘을 쓸 수 없어 악인과 싸우는 주 사형을 도울 수가 없네요."

그러다 속으로 묘책이 생각난 듯 다시 말했다.

"내가 말에서 떨어져 부상을 당한 척 바닥에 누워 있다가 불시에 단전을 쏜다면 놈을 물리칠 수 있을지도 몰라요. 당신은 기다리지 말고 어서 말을 몰고 가세요."

단예는 다급하게 두 팔을 반대로 돌려 왼손으로 그녀의 목에 걸고 오른손으로 그녀의 허리를 끌어안은 채 연이어 소리쳤다.

"아니 되오! 아니 되오! 당신이 모험을 하게 둘 수는 없소!"

목완청은 부끄러워 만면에 홍조를 띠었지만 오히려 화를 냈다.

"바보! 어서 이거 놔요. 주 사형 눈에 띄기라도 하면 어쩌려고 그래요?"

단예가 깜짝 놀라 말했다.

"송구하오! 언짢아하지 마시오."

"당신은 내 낭군인데 송구하긴 뭐가 송구하다는 거예요?"

이 말을 하면서 고개를 돌려보니 점점 더 가까이 다가오는 운중학이 보였다. 주단신은 연신 손을 휘휘 저으며 어서 도망가라고 손짓을 하다 훌쩍 말에서 뛰어내려 운중학의 길을 막아섰다. 그는 운중학의 상대가 되지 않는다는 걸 알고 있었지만 잠깐이라도 시간을 지체시켜 단예를 뒤쫓아가지 못하게 할 셈이었다. 그러나 운중학은 뜻밖에도 목완청 뒤를 쫓아갈 생각만 했는지 갑자기 길옆의 전답으로 뛰어들더니 주단신을 피해 재빨리 단예와 목완청 두 사람을 향해 달려갔다.

목완청이 힘껏 채찍질을 했지만 말은 입에서 흰 거품을 토해냈다. 명이 얼마 남지 않은 것처럼 보였다.

"우리가 당신 흑매괴를 탔다면 저 악인이 절대 뒤쫓아오지 못했을 것이오."

"말하면 뭐 해요? 아쉽기만 할 뿐이죠."

말이 산등성이를 돌아나가자 일직선으로 쭉 뻗어 있는 길이 하나 나왔다. 그러나 몸을 피할 데라고는 없고, 오직 서쪽 편의 푸른 버드나무 숲이 우거진 작은 호수 옆에 노란색 담장만 보일 뿐이었다. 단예는 기뻐서 어쩔 줄을 몰랐다.

"좋았어! 우리 저쪽으로 갑시다."

"안 돼요! 그쪽은 사지예요. 갈 길이 없잖아요!"

"내 말을 듣는 게 좋을 거요."

단예는 이 말을 하면서 고삐를 끌고 말 머리를 돌려 푸른 버드나무 숲을 향해 내달렸다.

근처에 이르자 목완청은 그 노란색 담장이 한 사관寺觀이라는 걸 알게 됐다. 현판에는 '옥허관玉虛觀'이라는 세 글자가 쓰여 있었다. 그녀는 속으로 재빨리 머리를 굴렸다.

'바보같이 퇴로조차 없는 이곳으로 도망을 치겠다니… 어딘가 숨어 있다가 대나무 꼬챙이한테 독전을 날릴 수밖에 없겠구나.'

눈 깜짝할 사이에 말은 사관 앞까지 내달렸다. 그때 등 뒤에서 누군가 껄껄대며 웃는 소리가 들렸다. 다름 아닌 운중학이었다. 그는 두 사람과 수 장에 불과한 거리에 위치해 있었다.

단예가 부르짖었다.

"어머니! 어머니! 빨리 나와보세요! 어머니!"

목완청은 화가 머리끝까지 나서 고함을 쳤다.

"바보! 어머니를 불러야 무슨 소용이에요? 내가 정말 못 살아!"

운중학이 껄껄대고 웃었다.

"엄마가 아니라 할머니 할아버지를 불러도 소용없다."

그는 곧 수직으로 몸을 날렸다. 목완청이 왼 손바닥을 단예의 등에 대고 힘껏 밀어붙이며 소리쳤다.

"사관 안으로 들어가요!"

오른팔을 가볍게 휘둘러 화살 한 발을 뒤쪽으로 발사하자 운중학은 머리를 움츠려 슬쩍 피했다. 목완청이 말안장 위로 몸을 날리는 것을 본 운중학이 왼손 강조를 잽싸게 내밀어 그녀의 어깨를 잡아채려 했다. 목완청은 황급히 몸을 숙여 말 밑으로 들어갔다.

"슉! 슉! 슉!"

목완청이 연달아 세 발의 단전을 쐈지만 운중학은 재빠른 몸놀림으로 이리저리 몸을 날려 화살을 피했다.

바로 그때 사관 안에서 여도사 한 명이 걸어나와 바닥에 넘어져 신음 소리를 연발하다 몸을 일으키는 단예를 발견하고는 앞으로 달려가 팔을 뻗어 감싸안으며 웃었다.

"또 무슨 사고를 쳤기에 이리 호들갑을 떠는 게냐?"

목완청은 이 여도사가 단예보다 나이는 많아 보였지만 수려한 용모에 단예에게 무척이나 친밀하게 대하는 데다, 단예마저 오른팔을 뻗어 여도사의 허리를 감싸안은 채 만면에 웃음기를 띠고 있는 모습을 보자 자기도 모르게 질투심이 폭발했다. 그녀는 뒤에 강적이 있는 것도 무시한 채 앞으로 몸을 날렸다. 그리고 손바닥을 펼쳐 여도사의 얼굴을 향해 내려치며 소리쳤다.

"지금 누굴 껴안는 것이냐? 어서 놔라!"

단예가 다급하게 외쳤다.

"완 누이, 무례하게 굴지 마시오!"

목완청은 단예가 여도사를 비호하자 더욱 화가 치밀어올라 발이 바닥에 닿기 전에 손바닥으로 내경을 끌어올렸다. 그때 여도사가 불진拂塵[1]을 휘두르자 불진 꼬리가 허공에서 작은 원을 그리고 돌며 그녀의 손목을 감싸버렸다. 목완청은 불진에 이끌려 자기도 모르게 옆으로 몇 걸음을 달려나간 다음에야 멈출 수 있었다. 그녀는 조급하고도 화가 나 욕을 퍼부어댔다.

"출가인이 이런 추태를 보여도 되는 것이냐?"

운중학은 자색이 뛰어난 여도사가 나오는 것을 보고 속으로 기쁨을 참지 못했다.

'운수가 대통한 날이로군. 일거양득이라더니 단번에 미모의 처자 둘을 잡아갈 수 있게 됐구나.'

그러나 목완청이 무시무시한 공세로 내지른 일장을 여도사가 불진 하나로 가볍게 무력화하는 모습을 보자 여도사의 무공이 심상치 않다 느끼고 안장 위로 몸을 날려 사태를 관망했다.

'처자 둘이 모두 쓸 만하니 둘 중 아무나 잡아가면 그뿐이지.'

여도사가 대로했다.

"아가씨, 무슨 헛소리를 하는 거야? 두… 둘이 어떤 관계지?"

"난 단랑의 아내 되는 사람이다. 당장 놔라!"

여도사는 어리둥절해하다 갑자기 화색이 돌더니 단예의 귀를 잡아 당기며 웃었다.

"그게 사실이더냐?"

단예가 웃으며 답했다.

"사실일 수도 있고 아닐 수도 있습니다."

여도사는 손을 뻗어 그의 뺨을 세게 비틀어 꼬집으며 웃었다.

"아버지한테 배우라는 무공은 반 푼도 배우지 않아 놓고 아버지의 못된 풍류 기질은 제대로 배웠구나. 내가 다리몽둥이를 분질러놓고 말 테다."

그녀는 고개를 돌려 목완청을 아래위로 훑었다.

"음… 예쁘기는 아주 예쁘구나. 다만 너무 거친 것 같으니 잘 가르쳐야겠다."

목완청이 버럭 성을 냈다.

"내가 거칠든 말든 당신이 무슨 상관이야? 당장 놓아주지 않으면 단전을 쏴서 죽여버리겠어."

"어디 한번 쏴보시지?"

단예가 다급하게 외쳤다.

"완 누이, 그러지 마시오. 이분이 누구신지 아시오?"

이 말을 하면서 손을 뻗어 여도사의 목을 끌어안았다. 목완청은 더욱 화가 치밀어올라 손목을 휘둘렀다. 슉, 슉 하는 소리와 함께 독전 두 발이 여도사를 향해 날아갔다.

여도사는 만면에 웃음을 띠고 있다 갑자기 작은 독전이 날아오자 안색이 확 변했다. 곧 불진을 휘둘러 독전 두 발을 휘감고는 강경한 목소리로 꾸짖었다.

"수라도修羅刀 진홍면秦紅棉이 너랑 무슨 관계더냐?"

"수라도 진홍면이라니 무슨 말이냐? 그런 이름은 들어본 적도 없다. 어서 단랑이나 놓아줘라!"

그녀는 조금 전 단랑이 여도사를 껴안았을 뿐 여도사가 단랑을 껴안은 것이 아니란 걸 똑똑히 봤음에도 여도사가 옳지 않다고 생각했다.

단예는 여도사가 안색이 창백해질 정도로 화가 난 모습을 보자 설득에 나서기 시작했다.

"어머니, 화내지 마세요!"

목완청은 "어머니, 화내지 마세요!"라는 단예의 말을 듣고 너무 놀란 나머지 자신의 귀를 의심하지 않을 수 없었다.

"뭐라고요? 이… 이 사람이 당신 어머니?"

단예가 활짝 웃었다.

"방금 내가 '어머니!' 하고 외쳤는데 듣지 못했소?"

고개를 돌려 여도사를 향해 말했다.

"어머니, 이 낭자 이름은 목완청이에요. 소자가 요 며칠 연이어 수차례나 악인들한테 능욕을 당하는 위험에 처했는데 여기 이 목 낭자 덕분에 목숨을 구할 수 있었습니다."

갑자기 버드나무 숲 밖에서 누군가 외치는 소리가 들렸다.

"옥허산인玉虛散人! 조심하십시오! 저자는 사대악인 중 한 놈입니다!"

곧이어 누군가 황급히 달려왔다. 바로 주단신이었다. 그는 여도사의 안색이 뭔가 다른 것을 보고 그녀가 운중학에게 봉변을 당했다고 생각해 떨리는 목소리로 말했다.

"혹시… 저… 저자가 허튼짓을 한 것입니까?"

운중학이 환하게 웃었다.

"지금 손을 써도 늦지는 않지."

이 말이 끝나기 무섭게 그의 두 발은 이미 말안장 위로 올라가 있었다. 곧 말 등 위에 깃대를 꽂은 듯 갑자기 몸을 앞으로 뻗으면서 오른발을 말안장에 건 채 양손에 낀 강조로 여도사를 잡아채려 했다. 여도사는 몸을 기울여 말 왼쪽으로 슬쩍 빠져나가 불진에 말아둔 독전 두 발을 날려버렸다. 운중학은 재빨리 몸을 피했다. 여도사가 앞으로 달려나가며 불진을 휘둘러 그의 왼쪽 다리를 공격하자 운중학은 이를 피하지 않고 왼손 강조로 그녀의 등을 찍으려 했다. 여도사는 몸을 비틀어 슬쩍 피하고 다시 불진으로 반격을 가했다. 운중학은 앞으로 일보 나아가 왼발로 말 머리를 디딘 채 높은 곳에서 밑을 향해 오른손 강조를 뻗으며 횡으로 휙 쓸어버렸다.

주단신이 고함을 쳤다.

"내려와!"

이 말과 동시에 몸을 훌쩍 날려 말 엉덩이 위에 올라가 왼손에 들고 있던 판관필로 운중학의 왼쪽 옆구리를 향해 찍어갔다. 운중학은 이를 왼손 강조로 가로막고 길이가 우세한 점을 살려 반격을 가했다. 그사이 옥허산인은 불진을 흔들어 다시 운중학의 하체를 가격했다. 운중학이 양손 강조를 춤추듯 휘둘러대며 혼자서 둘을 동시에 상대했다. 목완청은 그가 말 위에 서 있어 가슴과 복부를 방어할 필요가 없는 유리한 위치에 있다는 사실을 알아차렸다.

"슉!"

그녀가 단전 한 발을 쏴서 말의 왼쪽 눈을 관통시키자 말은 처절한 비명을 내지르며 그 자리에 주저앉아버렸다. 옥허산인이 불진을 빙글 돌려 운중학의 오른손 강조 손가락을 휘감자 이어서 주단신이 훌쩍 몸을 날려 위로 솟구쳐올라서는 연달아 삼초의 공격을 가했다. 옥허산인과 운중학은 서로 자신의 무기를 필사적으로 잡아당겼다.

운중학의 내력이 매우 강하기는 했지만 한쪽에서는 주단신의 무기를 막고 다른 한쪽에서는 목완청의 독전까지 방어하다 보니 팔이 급격하게 떨렸다. 곧 불진과 강조가 동시에 각자의 손을 떠나 하늘로 날아올랐다. 오늘은 날이 아니라고 판단한 운중학은 욕을 해대기 시작했다.

"대리국 놈들은 늘 머릿수로 밀어붙인단 말이야."

이 말과 함께 말안장에 두 발을 튕기자 몸이 화살처럼 날아올랐다. 이어서 왼손 강조를 커다란 버드나무 가지에 걸고 몸을 한 바퀴 뒤집어 돌자 이미 수 장 밖에 가 있었다. 목완청이 단전 하나를 쏘았지만 퍽 소리를 내며 버드나무에 박혀버렸을 뿐 운중학은 이미 종적을 감춰버린 후였다. 곧 땡그랑 소리와 함께 불진과 강조가 동시에 바닥에 떨어졌다.

주단신은 몸을 굽혀 옥허산인에게 절을 하며 정중하게 예를 올렸다.

"소인 단신이 오늘 목숨을 부지하지 못할 뻔했습니다. 구해주신 은혜에 감사드립니다."

옥허산인이 빙그레 웃었다.

"10년 넘게 무기를 쓰지 않았더니 실력이 줄었나 봐요. 주 형제, 그 자는 누구인가요?"

"듣기로는 사대악인이 모두 대리로 모였다고 합니다. 그자는 사대악인의 마지막 서열에 있는 자인데 무공이 저렇게 대단한 걸 보면 나머지 셋은 가히 짐작이 가고도 남습니다. 일단 왕부에 가서 잠시 피신해 계시다가 사대악인을 처리한 후에 다시 나오시는 게 좋을 듯합니다."

옥허산인은 안색이 살짝 변해 바락 화를 냈다.

"내가 또 왕부에 가면 뭐 합니까? 사대악인이 몰려와 당해내지 못한다 해도 그냥 죽어버리면 그뿐인데."

주단신은 감히 말을 덧붙이지 못하고 단예에게 눈짓을 보내 무슨 말이든 해서 도와달라는 신호를 보냈다.

단예는 불진을 집어 모친 손에 쥐여드리고 운중학의 강조는 멀리 내던져버렸다.

"어머니, 사대악인은 실로 흉악하기 그지없습니다. 집에 돌아가길 원치 않으시면 제가 백부님 댁으로 모셔다드리겠습니다."

옥허산인이 고개를 가로저으며 말했다.

"안 간다!"

옥허산인은 금방이라도 눈물을 쏟아낼 듯 눈시울이 붉어졌다.

"좋습니다. 안 가시겠다면 소자가 여기서 어머니를 모시겠습니다."

그는 고개를 돌려 주단신에게 말했다.

"주 사형, 수고스럽지만 백부님과 아버지께 말 좀 전해주십시오. 우리 모자 두 사람은 이곳에 남아 힘을 합쳐 사대악인을 막아내겠다고 말입니다."

이 말에 옥허산인이 웃음을 터뜨렸다.

"정말 부끄러운 줄 모르는 녀석이로구나. 네가 무슨 능력이 있어 나와 힘을 합쳐 사대악인을 막아낸다는 것이냐?"

아들 때문에 웃음을 짓긴 했지만 조금 전까지 눈가에 고여 있던 눈물이 결국 뺨을 타고 흘러내렸다. 그녀는 곧 등을 돌려 소맷자락으로 눈물을 닦아냈다.

목완청은 이상한 생각이 들었다.

'단랑 어머니는 어쩌다 출가인이 된 거지? 운중학이 가버리긴 했지만 틀림없이 나머지 악인 셋과 힘을 합쳐 공격해올 텐데 단랑 어머니가 그들을 어찌 막아낸다는 것일까? 집에 돌아가 피신하라는 말에 왜 고집을 피우고 가지 않는 거지? 아! 그래! 세상 남자들은 모두 무정하다고 했잖아? 단랑 아버지도 분명 다른 애첩이 있을 거야. 그래서 단랑 어머니가 화를 내고 출가하게 된 거겠지.'

이런 생각에 곧 그녀에 대한 동정심이 일었다.

"옥허산인, 사대악인이 공격해오면 저도 돕겠습니다."

옥허산인은 그녀의 용모를 세세하게 뜯어보다가 갑자기 화를 냈다.

"사실대로 고하거라! 도대체 수라도 진홍면과는 어떤 사이인 것이냐?"

이 말을 들은 목완청 역시 화가 났다.

"말씀드렸지 않습니까? 그런 이름은 처음 듣는다고 말입니다. 진홍면이 남자인지 여자인지, 사람인지 짐승인지조차 모른다고요."

옥허산인은 '사람인지 짐승인지'란 말을 듣고는 마음이 놓여 속으로 생각했다.

'이 아가씨가 만약 수라도의 직계 후손라면 짐승이란 말을 함부로 쓸 리가 없지.'

그녀가 말대꾸를 하는 게 거슬리기는 했지만 곧 안색을 다소 누그러뜨리고는 웃었다.

"아가씨, 괘념치 말아요. 조금 전에 아가씨가 독전을 날리는 수법과 자세를 보고 내가 아는 어떤 여인을 닮은 것 같아 그런 거예요. 심지어 그 여인과 용모까지 너무 닮아 의심을 했던 겁니다. 목 낭자, 영존과 영당令堂의 함자가 어찌 되지요? 무공 실력이 뛰어난 걸 보면 필시 명문가의 규수 같네요."

목완청은 고개를 가로저었다.

"전 어릴 때부터 부모님이 안 계셨습니다. 사부님께서 키워주셨죠. 부모님 이름이 뭔지는 저도 모릅니다."

옥허산인이 말했다.

"그럼 사부님은 뉘신가요?"

"저희 사부님은 유곡객幽穀客이라 합니다."

옥허산인은 잠시 주저했다.

"유곡객? 유곡객?"

옥허산인은 이 말을 하며 주단신을 바라봤다. 눈빛으로 자문을 구하는 것 같았다.

주단신이 고개를 가로저었다.

"소인 단신은 남쪽 변방의 외진 곳에 살았던지라 견문이 일천합니다. 하여 중원의 선배 영웅호걸들에 대해서는 잘 모릅니다. 유곡객이라는 선배님은 산중에 은거하며 사시는 고사高士임에 틀림없습니다."

이 말은 곧 유곡객이란 이름은 전혀 들어본 적이 없다는 뜻이었다.

이런 얘기를 나누던 중 갑자기 버드나무 숲 밖에서 말발굽 소리가 들리더니 멀리서 누군가 큰 소리로 외쳤다.

"넷째 아우, 공자께서는 무탈하신가?"

주단신이 외쳤다.

"공자께서는 여기 계십니다. 평안 무사하십니다."

눈 깜짝할 사이에 말 세 필이 사관 앞에 당도했다. 저만리와 고독성, 부사귀 세 사람이 말에서 내려 다가와 바닥에 엎드려 절하며 옥허산인에게 예를 올렸다.

어릴 때부터 초야에서 자란 목완청은 이들이 지나치게 격식을 차리는 모습을 보고 왠지 모를 거부감을 느꼈다.

'이자들은 하나같이 무공이 뛰어나던데 왜 사람만 보면 절을 하는 거지?'

옥허산인은 이들 세 사람의 행색을 살폈다. 부사귀는 얼굴에 부상을 입은 듯 얼굴의 절반가량을 백포로 둘둘 말고 있었고, 고독성의 몸은 피투성이였으며, 저만리의 기다란 쇠막대기는 반 토막만 남아 있었다. 이들의 행색에 놀란 옥허산인이 물었다.

"어찌 된 거죠? 적이 그렇게 강한가요? 부 호위는 부상이 심한 거예요?"

부사귀는 옥허산인의 질문에 치밀어오르는 분노를 참지 못하고 큰 소리로 외쳤다.

"소인 사귀가 무공 실력이 변변치 못해 심히 부끄러울 따름입니다. 왕비께 심려를 끼쳐드려 송구합니다."

옥허산인이 나직이 말했다.

"어찌 아직까지 왕비라 칭하는 겁니까? 벌써 잊어버린 건가요?"

부사귀는 머리를 조아리며 사죄했다.

"네, 왕비. 용서해주십시오."

그러나 여전히 왕비란 호칭을 붙였다. 전부터 그렇게 칭해 버릇이 됐던 터라 쉽게 고칠 수는 없었다.

주단신이 물었다.

"고 후야께서는요?"

저만리가 답했다.

"고 후야께서는 내상을 입으시어 말을 타고 빨리 달리기가 수월치 않네. 곧 오실 걸세."

옥허산인이 순간 나지막이 탄식을 하고는 깜짝 놀라 물었다.

"고 후야까지 부상을 당했단 말입니까? 심… 심하지는 않나요?"

저만리가 답했다.

"고 후야께서는 남해악신과 장법을 날리며 긴박한 대결을 펼치고 계셨습니다. 한데 갑자기 뒤쪽에서 다가온 섭이랑의 기습을 받았습니다. 동시에 둘을 상대하다 등에 섭이랑의 일장을 맞아 부상을 입은 것입니다."

옥허산인이 단예의 손을 끌어당겼다.

"어서 고 숙부님한테 가보자."

모자 두 사람이 함께 버드나무 숲을 벗어나 걸어가자 목완청도 따라나섰다. 저만리 일행 역시 말을 버드나무에 묶어두고 그 뒤를 따라갔다.

저 멀리서 말 한 필이 천천히 다가오는데 말 등에 누군가 엎드려 있었다. 옥허산인을 비롯한 일행이 재빨리 달려가 맞이했다. 다름 아닌 선천후 고승태高昇泰였다. 단예가 황급히 달려가 물었다.

"고 숙부님, 좀 어떠십니까?"

고승태가 말했다.

"괜찮습니다."

이 말을 하고 고개를 들다 눈앞에 옥허산인이 보이자 안간힘을 쓰며 말에서 내려 예를 올리려 했다. 이 모습을 본 옥허산인이 나서서 말렸다.

"고 후야, 부상당한 몸으로 무슨 예를 차리십니까?"

그러나 이미 말에서 내린 고승태는 몸을 굽혀 예를 갖추며 말했다.

"고승태가 왕비께 문안 인사 올립니다."

옥허산인이 답례를 했다.

"예야, 어서 숙부님을 부축해드려라."

목완청의 머릿속은 의혹으로 가득 찼다.

'저 고씨라는 사람은 무공 실력이 보통이 아니었어. 쇠피리 하나로 수 초 만에 섭이랑을 도망치게 만든 사람인데 어찌 단랑 어머니를 보고 저렇듯 정중하게 예를 다하는 거지? 더구나 왕비라고 칭하면서 말이야. 그렇다면… 단랑… 단랑이… 왕자라도 된다는 말인가? 한데 저 책벌레는 하는 짓마다 엉망진창이던데 어떻게 왕자인 거지?'

옥허산인이 말했다.

"후야께서는 어서 대리로 돌아가 쉬시지요."

고승태가 답했다.

"네! 사대악인이 대리에 모여 있어 정세가 심상치 않습니다. 왕비께서도 잠시 왕부에 가 계시지요."

옥허산인이 한숨을 몰아쉬었다.

"죽으면 죽었지 평생 돌아가지 않을 겁니다."

"그러시다면 저희들이 옥허관 밖을 지키도록 하겠습니다."

고승태가 부사귀를 향해 명했다.

"사귀, 자네는 속히 가서 전갈을 전하게."

"네!"

부사귀는 대답을 하자마자 재빨리 옥허관 밖에 묶어둔 말을 향해 달려갔다.

옥허산인이 다급하게 만류했다.

"잠깐!"

이 말을 하자마자 고개를 숙인 채 뭔가 골똘히 생각했다. 부사귀는 가던 발걸음을 즉시 멈추었다.

목완청은 옥허산인의 안색이 수시로 변하는 모습을 보고 마음속에 결단을 내리기 힘든 난제가 있다는 사실을 알아차렸다. 오후의 햇살이 그녀의 뺨 위를 비추며 화려하게 빛나기 시작했다. 중년의 나이임에도 그녀의 미색은 흠잡을 곳이 없었다.

'단랑 어머니는 정말 대단한 미모를 지니고 계시구나. 마치 그림 속의 관음보살 같아.'

한참 후 옥허산인이 고개를 들었다.

"좋아요, 다 같이 대리로 돌아갑시다. 나 한 사람 때문에 이 많은 사람이 여기서 위험을 감수하도록 만들 수는 없죠."

단예가 기뻐서 펄쩍 뛰며 그녀의 목을 끌어안고 소리쳤다.

"그래야 우리 어머니죠!"

"소인 사귀가 먼저 가서 전갈을 전하겠습니다."

부사귀가 재빨리 달려가 말을 풀고는 훌쩍 몸을 날려 말 위에 올라타 북쪽을 향해 내달리기 시작했다. 저만리가 남은 말을 끌고 와 옥허산인과 단예, 목완청 세 사람에게 건넸다.

옥허산인 일행은 대리를 향해 길을 나섰다. 옥허산인과 목완청, 단예, 고승태 네 사람은 말을 타고 저만리와 고독성, 주단신 세 사람은 도보로 그 뒤를 따라갔다. 수 마장을 나아가자 맞은편에서 한 무리의 기병대가 달려왔다. 저만리가 재빨리 앞으로 나아가 대장으로 보이는 자를 향해 몇 마디 건네자 대장이 큰 소리로 호령을 했다. 그러자 모든 기병이 일제히 말 등에서 뛰어내려와 땅바닥에 엎드렸다. 단예는 손을 휘휘 저으며 웃었다.

"예는 거두시오."

기병대장이 명을 내려 말 세 필을 끌고 와 저만리 등 세 사람이 타도록 하고 자신은 기병을 인솔해 앞장서서 가기 시작했다. 다그닥 다그닥 요란한 말발굽 소리를 내며 큰길을 향해 내달렸다.

목완청은 이런 위세를 보자 단예가 보통 사람이 아니라고 짐작해 왠지 걱정만 앞섰다.

'난 저 사람이 실의에 빠져 강호를 떠도는 서생인 줄로만 알고 시집을 가겠다고 했던 것인데, 이렇게 격식과 체면을 따지는 걸 보니 황친국척皇親國戚이나 조정의 대관쯤 되는 것 같아. 그렇다면 나 같은 초야의 여자는 거들떠보지도 않을 거 아냐? 사부님 말씀에 따르면 남자는 부귀할수록 양심이 없고 처를 데려갈 때도 집안이 비슷한 사람을 고려한다고 했잖아? 흥, 저 사람이 날 아내로 받아들이겠다면 몰라도 만약 우유부단하게 이런저런 핑계를 들어 회피한다면 당장이라도 단전을 쏴버릴 거야. 저 사람 배경이 어떻든 난 상관 안 해!'

이런 생각을 하자 그냥 마음속에만 담아둘 수는 없어 당장 말을 달려 단예 옆으로 다가가 물었다.

"이봐요, 도대체 당신 누구예요? 우리가 산봉우리 위에서 했던 말들 지킬 거예요, 말 거예요?"

단예는 앞뒤에 사람들로 둘러싸여 있는 상황에 그녀가 갑자기 단도직입적으로 혼사에 대해 묻자 당혹스러운 마음을 감출 길 없어 겸연쩍은 웃음을 보였다.

"대리성에 당도하면 차근차근 설명해주겠소."

"만약 날 배… 배신하면… 내… 내가…."

그녀는 "내가…"란 말을 꺼내고 끝내 말을 잇지 못했다. 단예는 얼굴이 벌겋게 달아올라 눈물이 가득 고인 그녀의 모습이 무척이나 아름다워 보인 나머지 사랑스러운 마음이 더욱 일어 목완청을 향해 나지막이 속삭였다.

"절대 배신하지 않을 것이오. 당신도 배신할 생각 마시오."

"내가 어찌 배신을 하겠어요?"

"완 누이, 당신과 연분을 맺는 것은 나도 간절히 바라던 바요. 안심하시오. 우리 어머니께서도 완 누이를 마음에 들어 하실 거요."

목완청은 울음을 멈추고 환하게 웃으며 나직이 말했다.

"당신 어머니가 날 마음에 들어 하든 안 하든 그건 내가 상관할 바 아니에요."

그 말은 곧 당신만 날 좋아하면 된다는 뜻이었다.

단예는 가슴이 마구 뛰었지만 주변을 둘러보니 어머니가 웃는 건지 아닌지 모를 눈빛으로 두 사람을 바라보고 있어 곤혹스러운 표정만 지을 뿐이었다.

신시申時쯤 됐을까? 대리성까지 20~30리 정도 남겨두고 있을 때 맞은편에서 흙먼지가 크게 일면서 1천 명가량 되는 기병대 무리가 달려왔다. 살굿빛 깃발 두 폭이 바람결에 나부끼는데 그중 한 깃발에는 진남鎭南이라는 붉은색 글자가, 다른 하나에는 보국保國이라는 검은색 글자가 수놓아져 있었다.

단예가 소리쳤다.

"어머니, 아버지께서 친히 어머니를 영접하러 나오셨어요!"

"흥!"

옥허산인이 콧방귀를 뀌고는 고삐를 당겨 말을 멈춰 세웠다. 고승태 등 모든 이가 일제히 말에서 내려 길옆으로 물러섰다. 단예가 말을 달려 앞으로 나아가자 목완청은 잠시 주저하다가 마지못해 말을 달려 그 뒤를 쫓아갔다.

순식간에 양 대오가 가까워지자 단예가 큰 소리로 외쳤다.

"아버지! 어머니가 돌아오셨어요."

기수 두 명이 옆으로 비켜서자 자포를 입고 커다란 백마를 탄 사람이 맞은편에서 달려오며 외쳤다.

"이놈, 예야! 왜 그렇게 말썽을 피우는 게냐? 공연히 고 숙부만 중상을 입게 만들지 않았느냐? 내 당장 다리몽둥이를 분질러버릴 것이다."

목완청은 깜짝 놀라 혼자 생각했다.

'흥! 단랑의 다리를 부러뜨리겠다고? 당신이 단랑 아버지라고 해도 그렇게는 안 될걸?'

자포를 입은 그 사람은 각진 얼굴에 용맹무쌍한 기색을 지녔으며 짙은 눈썹, 큰 눈과 함께 왕의 형상에 걸맞은 위엄이 서려 있었다. 아들이 무탈하게 귀환하는 것을 본 그는 노기를 띤 모습이었지만 기쁨이 더 커 보였다. 목완청이 생각했다.

'다행히 단랑의 모습은 아버지보다 어머니를 더 닮았어. 단랑이 저렇게 흉악한 얼굴을 닮았다면 아마 내가 싫어했을 거야.'

단예는 말을 달려 앞으로 나아가 생글생글 웃었다.

"아버지, 그간 강녕하셨습니까?"

자포를 입은 사람이 화를 내는 척하며 말했다.

"강녕하긴 뭐가 강녕해? 너 때문에 화가 치밀어 죽을 뻔했는데!"

"이번에 소자가 출타하지 않았다면 어머니를 모셔오지도 못했을 거예요. 소자가 큰 공을 세웠는데 정말 대단하지 않나요? 허니 그 공으로 소자의 죄를 상쇄시켜주십시오, 아버지! 고정하십시오!"

자포를 입은 사람이 코웃음을 쳤다.

"설령 내가 혼내지 않는다 해도 네 백부님이 널 용서치 않을 게다."

그는 백마를 재촉해 옥허산인을 향해 바람처럼 내달렸다.

목완청이 살펴보니 몸에 금의錦衣를 걸치고 갑주甲冑를 착용한 기병 무리들은 하나같이 번쩍거리는 빛이 나도록 잘 닦인 무기들을 들고 있었다. 전방에 위치한 20명은 의장儀仗을 손에 쥐고 있었는데 그중 한 붉은색 칠이 된 패에는 '대리진남왕단大理鎭南王段'이라는 여섯 글자가, 또 다른 호랑이 머리 모양의 패 위에는 '보국대장군단保國大將軍段'이라는 여섯 글자가 적혀 있었다. 그녀는 천하에 두려울 것이 없는 성격이었지만 이렇듯 웅장하고도 호화스러운 대오를 보자 숙연해지지 않을 수 없었다. 그녀는 곧 단예한테 다가가 물었다.

"이봐요, 진남왕이니 보국대장군이니 하는 것들이 당신 아버지를 지칭하는 건가요?"

단예가 싱긋 웃으며 고개를 끄덕이고는 나지막이 속삭였다.

"그렇소, 바로 당신 시아버지요."

목완청은 말고삐를 당겨 멍하니 서 있다가 속으로 망연자실했다. 그녀는 한참을 멍하니 있다가 말을 몰아 다시 단예 곁으로 달려갔다. 큰길 위에서 앞뒤 모두 사람에 둘러싸이자 왠지 모를 고독에 휩싸여 단예에게 가까이 다가가야만 안정을 찾을 수 있을 것 같았다.

진남왕은 옥허산인 말 앞의 1장여 정도 되는 곳에 말을 세웠다. 두 사람이 서로 한 번씩 쳐다보고 아무도 입을 열지 않자 단예가 나섰다.

"어머니, 아버지께서 친히 마중을 나오셨어요."

"가서 백모님께 고해라. 백모님 거처에서 며칠 묵는다고 말이다. 적을 물리치고 나면 난 옥허관으로 돌아갈 것이다."

진남왕이 눈웃음을 치며 말했다.

"부인, 아직도 분이 가시지 않은 게요? 집에 돌아가면 내 천천히 사죄를 할 것이오."

옥허산인이 약간 가라앉은 얼굴로 말했다.

"집에는 안 갈 거예요. 궁으로 들어갈 겁니다."

단예가 말했다.

"좋습니다. 일단 궁으로 들어가서 백부님과 백모님을 뵙고 다시 말씀을 나누시지요. 어머니, 이번에 소자가 궁 밖으로 도망쳐 노닌 것 때문에 백부님께서 노하셨을 거예요. 아버지께서 저 대신 사정해주실 리도 만무하니 어머니께서 소자를 대신해 말씀 좀 드려주십시오!"

"네 녀석은 크면 클수록 버릇이 없어지니 백부님한테 흠씬 두들겨 맞아야 된다."

단예가 실실 웃었다.

"맞는 건 소자지만 아픔은 어머니께서 느끼실 테니 맞지 않는 게 상책이지요."

옥허산인이 한바탕 웃음을 터뜨렸다.

"흥! 세게 때릴수록 좋지. 널 가엾이 여길 것 같으냐?"

진남왕과 옥허산인 사이에는 어색함이 감돌았으나 단예가 익살스러운 행동으로 끼어들자 옥허산인의 얼굴에 웃음꽃이 피며 두 사람 사이의 난국도 어느 정도 타개될 수 있었다. 단예가 진남왕을 향해 말했다.

"아버지, 말이 꽤 훌륭한데 어머니가 타고 가시면 안 될까요?"

옥허산인이 이를 만류하며 말했다.

"안 탄다!"

이 말과 함께 앞을 향해 내달렸다.

단예는 재빨리 말을 몰고 뒤쫓아가 모친 말의 고삐를 틀어쥐었다. 진남왕은 이미 말에서 내려 말을 끌고 걸어오고 있었다. 단예가 깔깔대고 웃으며 모친을 껴안아 부친이 타던 백마 안장 위에 올려놓았다.

"어머니, 어머니 같은 절세미인이 이런 백마를 타니까 더욱 아름다워 보여요. 무슨 관세음보살께서 속세에 내려오신 것처럼 보이는데요?"

옥허산인이 웃으며 말했다.

"저기 목 낭자야말로 절세미인이더구나. 네가 지금 이 늙은 어미를 놀리는 게냐?"

진남왕이 고개를 돌려 목완청을 쳐다보자 단예가 해명을 했다.

"저… 저 아가씨는 목 낭자입니다. 소자와 친… 친분을 맺은 친구이지요."

진남왕은 아들의 표정을 보고 무슨 뜻으로 한 말인지 단번에 알아챘다. 그는 목완청의 수려한 용모를 보자 마음속으로 갈채를 보냈다.

'이 녀석이 그래도 보는 눈은 있구나.'

그러나 목완청의 눈빛이 심히 거칠어 보이는 데다 와서 예를 갖출 기미도 보이지 않자 생각했다.

'예의라고는 모르는 촌 아가씨로군.'

문득 고승태의 부상이 걱정된 진남왕은 재빨리 그의 곁으로 걸어갔다.

"승태 아우, 다친 곳은 어떤가?"

이 말을 하면서 손가락을 뻗어 그의 맥을 짚었다. 고승태가 답했다.

"독맥督脈에 내상을 좀 입었을 뿐 별다른 문제는 없습니다. 고… 공력을 소모하실 필요 없습니다…."

말이 채 끝나기도 전에 진남왕은 이미 오른손 식지食指를 뻗어 그의 뒷목을 세 번 찍은 다음 오른 손바닥으로 그의 허리를 꾹 눌렀다.

진남왕의 정수리에서 가느다란 김이 솟아올랐다. 그렇게 일다경의 시간이 지나고 나자 그제야 왼 손바닥을 뗐다. 고승태가 말했다.

"형님, 적을 코앞에 둔 상황에 저 같은 걸 위해 어찌 내력을 소모하시는 겁니까?"

진남왕이 껄껄 웃으며 말했다.

"자네 내상이 중한 마당에 한시라도 바삐 치료하는 게 우선 아니겠나? 나중에 형님이 오시면 난 손도 대지 못하게 하고 본인이 직접 손을 쓰려 하실 걸세."

목완청은 무서울 정도로 창백했던 고승태의 안색이 순식간에 불그스름한 색으로 변하는 모습을 보자 속으로 생각했다.

'이제 보니 단랑 아버지의 내공이 대단히 심후하구나. 한데 어찌 단랑은… 무공을 전혀 모르는 거지?'

저만리가 말 한 필을 끌고 와 말에 오르는 진남왕을 부축했다. 진남왕은 고승태와 말을 타고 나란히 나아가며 나지막이 적정을 탐문했고, 단예는 모친과 깔깔거리고 웃어가며 얘기꽃을 피웠다. 이들 모두 앞뒤로 철갑 호위 무사들의 호위 속에 대리성을 향해 달려갔던 터라 목완청은 홀로 소외될 수밖에 없었다.

황혼이 질 무렵 일행은 대리성 남문에 진입했다. '진남', '보국' 두 폭의 대형 깃발이 당도한 곳에는 백성들의 환호성이 울려퍼졌다.

"진남왕야鎭南王爺 천세!"

"대장군 천세!"

이에 진남왕이 손을 흔들어 답례를 했다.

대리성 안에 들어서자 목완청은 인가가 밀집되어 있고 청석이 편편하게 깔려 있는 큰길 위에 늘어선 번화한 시장이 눈에 들어왔다. 거리를 몇 번 더 지나자 눈앞에는 커다란 바위들로 포장된 곧게 뻗은 큰길이 나오고 큰길 맨 끝에 무수히 많은 노란색 기와로 꾸며진 궁전이 우뚝 솟아 있었다. 석양빛에 비친 유리기와는 휘황찬란하기 그지없어 사람들의 이목을 끌기에 충분했다. 일행은 한 패방牌坊 앞에 이르러 일제히 말에서 내렸다. 목완청은 패방 위에 금색 글자로 커다랗게 '성도광자聖道廣慈'라는 네 글자가 쓰여 있는 걸 보고 속으로 생각했다.

'여기는 사당인가? 아니면 대리국 황궁? 단랑의 백부가 궁 안에 산다면 고관대작이 틀림없어. 그래 봐야 무슨 왕야나 대장군쯤 되겠지.'

일행이 패방을 지나고 난 후 목완청은 궁문 위 편액에 금색으로 '성자궁聖慈宮'이란 세 글자가 쓰여 있는 것을 보았다. 그때 태감 하나가 빠른 걸음으로 달려와 말했다.

"왕야께 아뢰옵니다. 황상께서는 황후낭랑皇后娘娘과 함께 왕야부에서 기다리고 계시옵니다. 왕야와 왕비께서는 진남왕부로 납시기 바랍니다."

진남왕이 말했다.

"알았다!"

단예가 싱긋 웃으며 말했다.

"좋습니다! 좋아요!"

옥허산인이 눈을 흘기며 나무랐다.

"좋긴 뭐가 좋아? 난 황궁 안에서 낭랑을 기다릴 것이다."

태감이 아뢰었다.

"낭랑께서는 왕비에게 즉시 조현朝見하시라 분부하셨습니다. 왕비와 긴히 의논할 일이 있다 하시면서 말입니다."

옥허산인이 나지막이 말했다.

"무슨 긴한 일이 있다 그러신다는 말이냐? 다 계책인 게지!"

단예는 황후가 일부러 이렇게 조치한 것을 알고 있었다. 모친이 왕부로 돌아가지 않겠다고 할 것을 예상해 황후가 미리 진남왕부에 가서 기다리는 수를 쓴 것이었다. 이는 실로 부모님의 화해를 중재하는 선의였기에 단예는 속으로 말할 수 없이 기뻤다.

일행은 패방을 빠져나온 후 말에 올라 동쪽으로 방향을 꺾어 약 2마장쯤 달려가다 큰 저택 앞에 당도했다. 문 앞에는 두 폭의 대형 깃발이 걸려 있었는데 깃발에는 각각 '진남', '보국' 두 글자가 수놓아져 있었다. 또 문 위의 편액에는 금색으로 '진남왕부鎭南王府'라는 네 글자가 적혀 있었다. 문 앞에 줄지어 서 있던 호위병사들이 몸을 굽혀 예를 올리고 왕야와 왕비를 안으로 정중하게 맞아들였다.

진남왕이 먼저 대문 안으로 들어간 다음 옥허산인이 첫 번째 돌계단을 딛다가 갑자기 걸음을 멈추더니 눈시울을 붉히면서 눈물을 뚝뚝 흘리기 시작했다. 단예가 강제로 밀다시피 하면서 모친을 대문 안으로 들여보내고는 의기양양하게 말했다.

“아버지, 소자가 어머니를 모시고 돌아오는 큰 공을 세웠는데 무슨 상 같은 거 없나요?”

진남왕은 사실 속으로 크게 기뻤지만 내색을 하지 않고 있었다.

“네 엄마한테 달라고 하거라. 네 엄마가 내리라고 하면 무슨 상이든 내리도록 하마.”

옥허산인이 울음을 멈추고 억지웃음을 지었다.

“곤장 한 대를 상으로 내리마!”

단예는 놀란 얼굴로 혀를 내둘렀다.

고승태 일행이 대청에서 기다리다 양쪽으로 갈라서자 진남왕이 말했다.

“아우, 자넨 부상을 입은 몸이니 어서 자리에 앉게.”

단예가 목완청을 바라보고 말했다.

“잠시 여기 앉아 계시오. 황상과 황후를 뵙고 돌아오겠소.”

목완청은 그와 떨어지는 게 싫었지만 가지 못하게 말릴 수도 없는 노릇이었다. 그녀는 마지못해 고개를 끄덕이고는 가장 상석에 있는 의자 위에 털썩 주저앉았다. 나머지 일행은 모두 진남왕 부부와 단예가 내당으로 들어갈 때까지 꼼짝하지 않고 서서 기다렸다가 진남왕 일행이 내당에 들어가자 고승태는 그제야 자리에 앉았지만 저만리, 고독성, 주단신 등은 여전히 팔을 늘어뜨린 채 서 있었다.

목완청은 이에 개의치 않고 눈을 들어 대청을 살폈다. 정중앙에 가로로 걸린 편액에 ‘방국주석邦國株石’이라는 네 글자가 쓰여 있었고 그 밑에는 '을축어필乙丑御筆'이란 네 글자로 된 서명이 있었다. 또 기둥과 중당中堂에는 온통 서화들이 가득 차 있어 한 번에 다 볼 수 없을 정도로 많았고 심지어 모르는 글자들이 대부분이었다. 이때 시녀가 와서 차를 올리는데 공손하게 찻잔을 머리 위까지 들어올리자 목완청이 의아하게 생각했다.

'정말 이상한 사람들이군.'

다시 보니 차는 목완청 자신과 고승태 두 사람에게만 올렸다. 어찌 된 일인지 적을 맞아 싸울 때 위풍당당한 모습을 보이던 주단신 등 호위들은 진남왕부에 온 이후로 공손하게 서 있기만 할 뿐 숨도 크게 쉬지 못하고 있어 상승무공上乘武功을 지닌 영웅호한의 모습이라고는 어디서도 찾아볼 수 없었다.

반 시진쯤 지났을까? 목완청은 더 이상 기다리지 못하겠다는 듯 큰 소리로 고함을 내질렀다.

"단예, 단예! 뭐 하는데 아직까지 안 나와요?"

대청에 가득 찬 사람들은 모두 다 숨을 죽이고 쥐 죽은 듯 있다가 목완청이 갑자기 고함을 치자 깜짝 놀랐다. 고승태가 미소를 지으며 말했다.

"낭자, 잠시만 기다리시오. 소왕야께서는 곧 나오실 거요."

목완청이 의아한 듯 물었다.

"소왕야라니 무슨 말이죠?"

"단 공자께서 진남왕세자시니 소왕야라 칭하는 것이오."

목완청은 혼잣말로 중얼거렸다.

"소왕야, 소왕야! 그 책벌레가 왕야는 무슨 왕야?"

그때 내당에서 태감 하나가 걸어나와 말했다.

"황상의 명이시오. 선천후와 목완청은 들라."

고승태는 태감이 나오는 것을 보고 이미 정중하게 서 있었지만 목완청은 여전히 거만한 자세로 앉아 있다가 태감이 경칭도 없이 자기 이름을 호명하자 매우 불쾌하다는 듯 나직이 말했다.

"낭자라는 호칭조차 안 붙이고 내 이름을 그렇게 함부로 부른단 말이야?"

고승태가 말했다.

"목 낭자, 어서 가서 황상을 알현합시다."

목완청은 천하에 무서울 것이 없는 성격이었지만 황제를 만나러 가야 한다는 말을 듣고 조금은 두렵게 느껴졌다. 그래도 하는 수 없이 고승태의 뒤를 따라갔다. 긴 회랑을 뚫고 정원을 지나 끝이 보이지 않는 수많은 방을 거쳐서 결국 한 화청花廳 밖에 이르렀다.

"선천후와 목완청이 황상과 황후낭랑을 알현하러 왔사옵니다."

태감이 안쪽을 향해 고하고는 발을 들추었다.

고승태는 목완청을 향해 눈짓을 하고 화청 안으로 들어가 한가운데에 앉아 있는 남녀를 향해 무릎을 꿇었다.

목완청은 무릎도 꿇지 않고 긴 수염에 황포를 입은 출중한 외모의 남자를 향해 물었다.

"당신이 황제인가요?"

가운데 앉아 있던 남자는 다름 아닌 대리국 당금의 황제 단정명段正明으로 보정제保定帝라는 제호를 쓰고 있었다. 오대五代 후진後晉 천복天福[2] 2년에 건국된 대리국은 송宋나라 태조太祖 조광윤趙匡胤이 진교병변陣橋兵變을 일으켜 황포를 입은 시기보다 무려 23년이 더 빨랐다. 대리단씨의 선조는 양주凉州 무위군武威郡 사람으로 시조는 단검위段儉魏이며 본래는 남조南詔 대몽국大蒙國 시기의 몽蒙씨를 보좌하는 청평관淸平官이었다. 그의 6대 후손인 단사평段思平이 통해절도사通海節度使라는 관직에 오른 뒤 정유년丁酉年에 나라를 세우면서 태조인 신성문무제神聖文武帝로 불리게 됐고 이후 14대째인 단정명에 이르기까지 이미 150여 년의 역사를 가지고 있었다.

남쪽 변방의 외진 곳에 위치해 있던 대리국에서는 역대 황제들이 불법을 숭배했다. 비록 제호를 사용하긴 했지만 송나라에 대해서는 줄곧 참고 순종하면서 한 번도 전란을 일으킨 적이 없어 당시의 대리국은 사방이 평온하고 나라와 백성들 또한 태평했다.

보정제는 목완청이 자신에게 무릎 꿇고 절을 하기는커녕 첫마디에 자신이 황제냐고 묻는 것을 보고 실소를 금치 못했다.

"짐이 바로 황제니라. 대리성 안은 재미있더냐?"

목완청이 말했다.

"성에 들어오자마자 당신을 보러 오느라 아직 성은 구경도 하지 못했어요."

보정제가 미소를 띠고 말했다.

"내일 예아譽兒를 시켜 널 데리고 우리 대리국 풍광을 구경할 수 있도록 해주마."

"좋아요, 당신도 우리랑 함께 갈 건가요?"

그녀가 이 말을 하자 모든 사람이 웃음을 참지 못했다.

보정제는 옆에 앉아 있던 황후를 바라보고 웃었다.

"황후, 저 아이가 우리더러 함께 가자고 하는데 함께 가시겠소?"

황후는 미소만 지은 채 답을 하지 않았다.

목완청은 황후를 몇 번 훑어보고 말했다.

"당신이 황후낭랑인가요? 역시 아름다우시네요."

보정제가 껄껄대며 크게 웃었다.

"예아야, 목 낭자가 아주 천진난만하고 재미있구나."

목완청이 물었다.

"저 사람을 예아라고 불러요? 저 사람이 늘 말하던 백부님이 바로 당신이네요, 그렇죠? 이번에 집 밖으로 도망쳐 나와서 화가 많이 나셨다고 하던데 제발 때리지는 마세요, 네?"

보정제가 미소를 지으며 말했다.

"원래는 저 녀석한테 곤장 쉰 대를 내리려 했으나 낭자가 사정을 하니 용서해주도록 하겠다. 예아야! 목 낭자한테 고맙다고 인사하지 않고 뭐 하는 게냐?"

단예는 목완청이 황상을 기쁘게 만드는 모습을 보고 속으로 흐뭇했다. 백부의 수더분한 성격을 알기에 곧 목완청에게 정중하게 읍을 하고는 말했다.

"목 낭자, 정말 고맙소."

목완청이 답례를 하고 나지막이 말했다.

"당신 백부님이 안 때린다고 약속하셨으니까 안심이에요. 감사 인사는 필요 없어요."

그녀는 고개를 돌려 보정제를 향해 말했다.

"황제는 흉악하고 무서운 사람으로만 알았는데 이… 이렇게 좋은 분인 줄 몰랐어요!"

보정제는 어린 시절 부황과 모후로부터 칭찬을 들어본 이후로 10여 년 동안 자신을 보는 사람들은 하나같이 예의를 갖추고 두려워하기만 했을 뿐, 자신을 '좋은 분'이라고 칭찬하는 사람은 없었다. 그런데 다듬어지지 않은 보석처럼 세상물정을 모르는 목완청이 자신에게 찬사를 보내자 더욱 기분이 좋았다. 보정제는 황후를 향해 말했다.

"상을 내릴 것이 뭐 없겠소?"

황후는 왼팔에서 옥팔찌를 빼서 내밀었다.

"이걸 상으로 주겠다."

목완청은 앞으로 나가 팔찌를 받아들어 자기 팔목에 끼고 방긋 웃었다.

"고맙습니다. 저도 다음에 괜찮은 물건이 있으면 드릴게요."

황후가 가벼운 미소를 지으며 말했다.

"그럼 미리 고맙다는 인사를 해야겠구나."

갑자기 서쪽 편에 있는 수많은 방 지붕 위에서 와작 하는 소리가 들리더니 이어서 옆방 지붕에서도 다시 와작 하는 소리가 들렸다.

목완청은 깜짝 놀랐다. 적의 기습이란 걸 안 것이다. 그자는 매우 빠른 속도로 다가왔다. 휙, 휙 소리와 함께 호위병사 몇 명이 지붕 위로 올라갔다. 그때 저만리의 고함 소리가 들렸다.

"이 야심한 밤에 왕부에 난입하다니 무슨 일이냐!"

거칠고 쉰 듯한 목소리가 들려왔다.

"내 제자를 찾으러 왔다! 당장 내 제자를 불러 대령해라!"

바로 남해악신이었다.

목완청은 더욱 놀랐다. 왕부 안에는 호위병들이 널려 있었고 경비가 삼엄한 데다 진남왕과 고승태, 옥허산인, 저·고·부·주 사대호위들 같이 무공이 고강한 사람들로 즐비했지만, 남해악신은 이들보다 더욱 무시무시하다는 것을 알기 때문이었다. 게다가 섭이랑과 운중학 그리고 아직 얼굴을 드러내지 않은 '천하제일 악인'까지 사대악인이 모두 합세한다면 단예를 강제로 납치해 간다 해도 당해낼 재간이 없다는 생각이 들었다.

저만리의 일갈이 들려왔다.

"네 제자가 누구란 말이냐? 진남왕부 내에 네 제자가 어디 있다는 것이냐? 어서 물러가라!"

"찌익!"

별안간 뭔가 찢어지는 소리가 들렸다. 허공에서 커다란 손이 뻗어 내려와 대청 문에 걸려 있는 발을 두 조각으로 찢어버린 것이었다. 인영이 번뜩이는가 싶더니 남해악신이 이미 대청 한가운데에 서 있었다. 남해악신은 콩알 같은 눈알을 빙그르르 돌리더니 단예를 발견하고 껄껄대며 웃었다.

"넷째 말이 맞았군. 우리 제자가 과연 여기 있었어. 어서 제자로 거두어달라고 빌어라! 나랑 같이 무공을 배우러 가자!"

남해악신은 닭발처럼 생긴 손을 뻗어 단예의 어깨를 움켜쥐었다.

진남왕은 어깨를 잡는 그의 기세가 매우 힘이 있고 보통 공력이 아닌 걸 보고 아들이 다칠까 두려워 곧바로 손바닥을 휘둘러 치워버렸다. 두 사람은 서로 손바닥을 부딪치자 펑 하는 소리와 함께 서로의 내력에 충격이 느껴졌다. 남해악신이 속으로 깜짝 놀라 물었다.

"넌 누구냐? 내 제자를 데리러 왔는데 네가 무슨 상관이야?"

진남왕이 미소를 지으며 말했다.

"재하는 단정순이라 하오. 이 아이는 내 아들인데 이 아이가 언제 당신을 사부로 모신 거요?"

단예가 나섰다.

"이분이 억지로 절 제자로 거두려 합니다. 이미 사부를 모시고 있다고 말했는데도 끝까지 믿지를 않아요."

남해악신은 단예를 살펴보다가 다시 진남왕 단정순을 살펴보고 말했다.

"나이 든 것은 무공이 고강한데 어린 것은 전혀 모르다니 너희 둘이 부자지간이라는 게 믿기지 않는구나. 단정순, 그건 그렇다고 치자. 저 애가 네 아들이라 해도 문제는 없어. 허나 네가 무공을 가르치는 방법은 잘못됐다. 네 아들은 천하의 얼뜨기니까 말이야. 안타깝군, 허허… 안타까워!"

단정순이 말했다.

"뭐가 안타깝다는 게요?"

"네 아들은 날 많이 닮았어. 근래 보기 드문 인재라는 거지. 나한테 10년만 배우면 무림 최고의 고수가 될 수 있다고!"

단정순은 그 말에 화가 치밀어올랐지만 한편으로는 우습기 짝이 없었다. 그러나 조금 전 그와 장력으로 맞대결을 펼치고 난 후 그의 무공이 보통이 아님을 알고 있었다. 해서 그 말에 대답을 하려는 찰나 단예가 재빨리 끼어들며 말했다.

"악노삼, 당신 무공 가지고는 안 되오. 내 사부가 될 자격이 없소!

남해로 돌아가 20년만 더 연마하고 그다음에 와서 다시 무학에 대해 논합시다."

남해악신이 대로해 고함을 쳤다.

"네 녀석이 무슨 근거로 내 무공은 안 된다고 말하는 것이냐?"

"그럼 답해보시오. '풍뢰風雷 익益. 군자이견선칙천君子以見善則遷 유과칙개有過則改.'[3] 이게 무슨 뜻이오?"

남해악신이 멀뚱멀뚱 쳐다보다가 버럭 화를 냈다.

"무슨 뜻은 무슨 뜻이야? 헛소리지."

"이렇게 가장 평이한 말도 모르면서 무슨 무학을 논하시오? 다시 묻겠소. '손상익하損上益下 민설무강民說無疆 자상하하自上下下 기도대광其道大光.'[4] 이건 무슨 뜻이오?"

보정제와 진남왕, 고승태 등은 단예가《역경》속의 말을 인용해 그자를 희롱한다는 걸 알고 모두 웃음을 참지 못했다. 목완청은 그가 무슨 말을 하는지 몰랐지만 이 옹색한 서생이 학문을 들먹여 뽐내고 있다는 것쯤은 짐작할 수 있었다.

남해악신은 어리둥절해하다 사람들이 하나같이 자신에게 비웃는 눈길을 보내자 단예가 한 말이 좋은 말은 아닐 것이라 짐작하고, 큰 소리로 고함을 치며 손바닥을 뻗어 단예를 후려치려 했다. 단정순이 반 걸음 앞으로 나아가 그와 아들 사이를 막아섰다.

남해악신이 말했다.

"네 아들이 널 하나도 닮지 않은 걸 보면 네 자식이 아닌 게 분명하다. 이 아이는 네가 아니라 날 닮았어!"

단예가 웃었다.

"악노삼, 내가 당신을 닮았다면 당신이 내 자식인 거요?"

남해악신이 머리를 긁적이다가 고개를 가로저었다.

"넌 나보다 어리잖아!"

"내가 방금 얘기한 오묘하기 그지없는 무공 비결을 당신은 모르지 않소? 내가 모시는 사부님은 옥동신선玉洞神仙을 비롯해 박식한 대학자와 대덕고승大德高僧도 계시오. 당신은 10년을 더 배워 와도 내가 사부로 모실 수가 없소."

남해악신은 화가 치밀어올랐다.

"네가 모시는 사부가 누구냐? 당장 나오라고 해서 몇 수만 보여달라고 해라!"

단정순은 이자가 사대악인 중 하나이며 무공이 강하긴 하지만 자신보다 한 수 아래라는 것을 알고 있었다. 그렇기에 이 멍청한 자를 한번 희롱해서 황상과 황후, 부인을 즐겁게 해주는 것도 나쁘지 않다고 생각해 조금 전 아들이 터무니없는 말을 하는데도 굳이 만류하지 않았던 것이다.

단예는 백부가 웃음기 띤 얼굴을 하고 있고 부친도 자신의 행동을 눈감아주는 듯싶자 더욱 득의양양한 태도로 남해악신을 몰아세웠다.

"좋소. 당신이 그렇게 대담하다면 여기 계시오. 내가 가서 사부님을 모셔올 테니 놀라서 도망가지나 말고 말이오."

남해악신이 버럭 화를 냈다.

"나 악노삼은 평생 강호를 떠돌면서 그 누구도 두려워한 적이 없다. 어서 갔다 와라! 어서!"

단예는 몸을 돌려 방을 나섰다.

남해악신은 그곳에 있는 사람들의 얼굴을 하나씩 뜯어보기 시작했다. 그런데 하나같이 미소를 띠고 있는 것이 아닌가! 그는 속으로 생각했다.

'제자 무공이 그렇게 형편없는데 얼어 죽을! 사부가 무슨 실력이 있겠어? 조금도 두려워할 필요 없지.'

그때 저벅저벅 하는 발소리가 들리고 두 사람이 방 쪽으로 가까이 다가왔다.

단예가 문밖에서 말했다.

"악노삼 그자는 도망갔나요? 아버지, 도망가게 놔두지 마세요. 사부님이 오셨습니다."

남해악신이 호통을 쳤다.

"누가 도망간다고 그래? 제기랄! 얼른 네 사부나 들어오라고 해라. 네가 나같이 훌륭한 사부로 바꾸려 하지 않는 건 네 못난 사부가 허락을 하지 않아서겠지. 내가 우선 거지발싸개 같은 네 사부의 모가지를 비틀어 꺾어줄 것이다. 사부가 없어지면 날 사부로 모시지 않으면 안 될 것 아니겠느냐? 하하하… 아주 기가 막힌 계책이로다!"

그가 자화자찬을 하며 떠들고 있을 때 단예가 누군가를 데리고 들어왔다. 사람들이 보고는 박장대소를 하기 시작했다.

과피모瓜皮帽를 쓰고 장포를 걸친 이 사람은 팔자 모양의 누르스름한 쥐 수염과 벌건 실눈, 움츠러든 목과 추켜올라간 어깨를 지닌 비루한 생김새의 한 남자였다. 옥허산인을 비롯한 대부분은 이 사람이 왕부 내 회계장부 담당관의 수하인 곽霍 선생이라는 것을 잘 알고 있었다. 평소에도 비몽사몽 상태로 반은 취한 채 왕부의 하인들과 노름에 빠져 사는 사람이다 보니 이때도 7할은 취해 있는 상태로 단예에게 팔목을 잡혀 끌려오긴 했지만 벌벌 떨며 들어오지 못하고 있었다. 그래도 화청에 들어오자마자 곧 보정제와 황후를 향해 머리를 조아렸다. 보정제는 그가 누군지 몰라 곧 물리쳤다.

"됐다!"

단예는 곽 선생의 팔을 잡고 남해악신을 향해 말했다.

"악노삼, 여기 계시는 모든 스승님 중에 여기 이 사부님의 무공이 가장 약하니 우선 이분을 물리쳐야 내 다른 사부님들과 겨룰 수 있소."

남해악신은 버럭 화를 내며 고함을 쳤다.

"삼초 안에 이 악노이가 저자를 박살내지 못한다면 내가 널 사부로 모시겠다."

단예의 눈빛이 반짝거리기 시작했다.

"지금 한 말이 사실이오? 사내대장부가 한번 내뱉은 말에 대해 약속을 지키지 않으면 염병할 후레자식이 되는 것이오!"

남해악신이 고함을 쳤다.

"자, 덤벼라! 덤벼!"

단예가 말했다.

"삼초만 겨루겠다면 우리 사부님까지 나서서 손쓸 필요 없지. 내가 직접 당신 삼초를 받아주겠소."

남해악신이 운중학의 전언을 듣고 부랴부랴 대리성 진남왕부까지 온 것은 오로지 단예를 잡아가 남해파의 후계자로 삼기 위해서였다. 그러나 단정순과 일장을 교환하고 나서는 웬지 모를 두려움이 앞서

이 수많은 고수에 둘러싸인 상황에서 단예를 잡아간다는 게 쉽지 않겠다고 느꼈다. 제자의 아버지조차도 자신이 당해내지 못할 것 같았으니 말이다. 이런 와중에 단예가 자신이 직접 나서겠다고 하자 이보다 더 좋을 수는 없었다. 단 일초면 끝낼 수 있다고 생각했기 때문이었다. 그럼 단정순과 수하들의 무공이 아무리 고강하다 해도 감히 나설 수가 없으니 자신이 제자를 잡아가는 걸 속수무책으로 바라만 볼 것이라 여겼다.

"좋다, 네가 내 삼초를 받아라! 진정한 내력은 쏟아붓지 않을 것이니 부상을 당할 염려는 없을 것이다."

"우선 확실히 약속하시오. 삼초 안에 날 쓰러뜨리지 못한다면 어찌하시겠소?"

남해악신이 껄껄대며 웃었다. 그는 단예가 닭 한 마리 잡을 힘도 없는 문약한 서생이라 삼초는 고사하고 반초도 받아내지 못할 것이라는 걸 잘 알고 있었기 때문이다.

"삼초 안에 널 쓰러뜨리지 못한다면 내가 널 사부로 모실 것이다."

단예가 웃으며 말했다.

"여기 있는 모든 사람이 들었으니 발뺌은 하지 않겠지요?"

남해악신이 대로했다.

"나 악노이는 한번 내뱉은 말은 죽을 때까지 지킨다."

단예가 말했다.

"악노삼!"

남해악신이 말했다.

"악노이!"

단예가 말했다.

"하나, 둘, 셋! 악노삼!"

남해악신이 말했다.

"어서 덤빌 것이지 웬 잔소리가 그렇게 많으냐?"

단예는 두 걸음 앞으로 나아가 그와 마주 섰다.

목완청을 제외한 보정제와 황후를 비롯해 대청 안의 모든 사람은 단예의 성장 과정을 지켜본 사람들이었다. 따라서 그가 문식文識만 좋아했지 무략武略을 싫어해 무공을 배워본 적이 없다는 것을 모두 알고 있었다.

이번에도 단예는 보정제와 단정순이 무공 연마를 강요하자 집을 나갔던 것인지라 일류고수와의 대결은 고사하고 평범한 병사들과 겨뤄도 당해내지 못하는 수준이었다. 처음에는 모두들 단예가 이 멍청한 자를 일부러 희롱하는 것이라 생각했다. 하지만 시간이 지날수록 대화가 경직되고 뜻밖에도 그자와 맞대결을 펼쳐야 하는 상황이 벌어지지 않는가? 비록 남해악신이 단예를 제자로 거두겠다는 일념뿐이라 목숨을 위태롭게 만들지는 않겠지만 성질이 포악하고 별안간 광기를 드러낼지도 모르는 자인데, 금지옥엽인 단예가 어찌 이런 위험을 감수하게 놔둘 수 있겠는가? 옥허산인이 앞으로 나와 말을 막았다.

"예아야! 그만두거라! 저런 초야의 필부는 상대할 필요조차 없다."

옆에 있던 황후가 나섰다.

"선천후, 명을 내려 저 광도狂徒를 잡으시오."

선천후 고승태가 몸을 굽히며 답했다.

"신 고승태가 명을 받들겠사옵니다."

그는 곧바로 몸을 돌려 소리쳤다.

"저만리, 고독성, 부사귀, 주단신 넷은 들어라. 왕부를 침범한 저 광도를 잡으라는 황후낭랑의 명이시다."

저만리를 비롯한 네 명이 일제히 몸을 굽히며 답했다.

"신, 명을 받들겠사옵니다."

남해악신은 여러 명이 떼로 공격하려 들자 호통을 쳤다.

"어디 모두 덤벼봐라. 노부는 두렵지 않다! 너희 둘이 황제와 황후더냐? 너희 둘도 덤벼라!"

단예는 두 손을 다급하게 가로저으며 말했다.

"잠깐, 잠깐만요! 저자와 삼초만 겨루게 해주신 뒤에 다시 말씀하십시오."

보정제는 평소 자기 조카가 일을 행함에 있어 종종 사람의 의표를 찌르는 행동을 한다는 것을 알고 있었기에 뭔가 다른 계책이 있으리라 생각했다. 다행히 남해악신은 그의 목숨을 해칠 리가 없고 또 형제인 단정순과 선천후 고승태가 옆에서 지키고 있어 큰 문제가 없어 보였다.

"모두 멈춰라! 저 광도가 대리국 소왕자의 고명한 초식 맛을 보게 만드는 것도 나쁠 것이 없다."

동시에 공격할 채비를 하던 저만리 등 사대호위는 황상의 어지御旨를 듣고 즉시 행동을 멈췄다.

단예가 말했다.

"악노삼, 우선 확실히 약속부터 하시오. 삼초 안에 날 쓰러뜨리지 못한다면 날 사부로 모시는 거요. 내가 당신 사부가 된다 해도 당신은 자질이 너무 부족해 무공은 가르칠 수 없소. 받아들이겠소?"

남해악신이 화를 냈다.

"누가 너더러 무공을 가르쳐달라고 했느냐? 네가 무슨 무공을 할 줄 안다고?"

"좋소, 그럼 응낙한 거요. 사부로 모신 후에는 스승의 명을 거역할 수 없으니 내가 무슨 짓을 시키든 명에 따라 행해야 하는 것이오. 이를 어길 시에는 스승을 속이고 욕되게 한 죄이니 무림 규칙을 위배하는 것이오. 받아들이겠소?"

남해악신은 화를 내기는커녕 오히려 빙그레 웃었다.

"그야 물론이지. 네가 날 사부로 모셔도 똑같이 적용될 것이다."

단예는 우선 얼마 전 익힌 능파미보를 10여 보가량 묵상했다. 그의 삼초를 피하는 건 그리 어렵지 않게 느껴졌다. 그러나 누군가와 대결을 펼치는 건 난생처음인 데다 남해악신의 무공이 매우 고강하고 그의 초식에 대해 제대로 파악도 못한 상태라 약간의 여지를 남기는 것이 좋겠다는 생각이 들었다.

"바로 그렇소. 허나 날 제자로 거두려면 반드시 우리 사부님들 모두를 일일이 물리쳐 당신 무공이 과연 우리 사부님들보다 고강한지 밝혀야만 당신을 사부로 모실 수 있소."

이 말을 하고는 속으로 이런 생각을 했다.

'만일 저자에게 삼초 안에 잡혀버린다면 여기 무공이 강한 모든 사람 하나하나가 모두 내 사부라고 말해 일일이 대결하도록 만들어야지.'

남해악신이 답했다.

"좋다! 좋아! 한데 말만 앞서고 시작을 안 하는 건 날 닮지 않은 것 같구나. 우리 남해파는 싸우면 싸우는 거지 그렇게 우물쭈물하지 않는다."

단예는 그의 몸 뒤쪽을 가리키며 미소를 띠었다.

"우리 사부님 한 분이 벌써 당신 등 뒤에 서 계시오…."

남해악신은 배후에 누군가 있다는 걸 느끼지 못했던 터라 당장 고개를 돌려 바라봤다. 단예가 별안간 질풍 같은 속도로 비스듬히 일보를 내딛더니 남해악신의 가슴에 있는 단중혈을 어설프게 거머쥐고 무지를 혈도 정중앙에 갖다댔다. 이 수법은 서툴기 그지없었지만 단예의 몸에는 무량검 제자 일곱 명의 내력이 축적되어 있어 자력으로 운용은 못한다 해도 일단 거머쥔 순간에는 그 내력이 적지 않았다. 남해악신이 가슴을 답답해하는 순간 단예의 왼손은 이미 그의 배꼽 위에 있는 신궐혈神闕穴을 움켜잡고 있었다. 북명신공 두루마리에는 수많은 경맥과 혈도들이 그려져 있었지만 단예가 연마한 것은 단지 수태음폐경과 임맥 두 그림뿐이었다. 이 단중과 신궐 두 혈은 임맥 중의 양대 요혈要穴이었다.

대경실색한 남해악신은 재빨리 내력을 운용해 발버둥을 쳤다. 그러나 내력이 단중혈에서 빠른 속도로 흘러나가며 전신의 기운마저 빠져버리자 당황스럽기 짝이 없었다. 단예는 남해악신의 몸을 거꾸로 들어올려 머리가 밑으로, 발이 위로 가도록 만들어 냅다 꽂아버렸다. 그러자 남해악신의 번들거리는 머리통이 땅바닥에 부딪혔다. 다행히 화청에는 융단이 깔려 있어 부상을 입지는 않았지만 화가 머리끝까지 난 그가 이어타정鯉魚打挺 초식으로 몸을 벌떡 일으키더니 왼손으로 단예를 잡아채려 했다.

화청에 있던 사람들 모두가 놀라 의아해하지 않을 수 없었다. 단정순이 남해악신의 맹렬한 출조出抓를 보고 손을 날려 저지하려 했지만 단예는 이미 왼쪽으로 비스듬히 걸어간 뒤였다. 그 보법이 어찌나 기괴한지 단 일보만 뛰어갔을 뿐인데 상대의 벼락같은 일조一抓를 가볍게 피하자 단정순은 갈채를 보냈다.

"묘하기가 그지없구나!"

남해악신이 연이어 펼쳐낸 두 번째 초식으로 일장을 찍어내리자 단예는 반격 대신 또다시 비스듬히 2보를 걸어 몸을 피했다.

남해악신은 두 번의 초식이 무위로 돌아가자 한편으로는 놀라우면서도 화가 잔뜩 치밀어올라 단예가 코앞에서 불과 3척 거리에 마주서자 갑자기 큰 소리로 미친 듯이 고함을 내질렀다. 곧이어 두 손을 동시에 내지르며 그의 가슴과 복부 사이를 움켜잡으려 했다. 그는 팔과 손, 손가락에 자신의 전력을 쏟아부은 채 미친 듯이 날뛰었다. 그대로 움켜잡아버린다면 남해파의 미래 후계자는 가슴이 찢어지고 내장이 튀어나오는 화를 입게 된다는 생각조차 할 겨를이 없는 듯 보였다.

보정제와 단정순, 옥허산인, 고승태 네 사람이 일제히 외쳤다.

"조심해!"

그러나 단예는 왼쪽으로 일보 나아갔다 다시 오른쪽으로 일보 뛰는 경쾌한 몸놀림으로 남해악신의 등 뒤에 돌아가더니 손을 쭉 뻗어 그의 민머리 꼭대기를 손바닥으로 찰싹 하고 후려쳤다.

남해악신은 뜻밖에도 상대의 손바닥이 신출귀몰하게 자신의 머리를 후려치자 깜짝 놀라 생각했다.

'난 이제 끝장이구나!'

그러나 자신의 두피와 단예의 장심이 부딪치는 순간, 그 일장에 내력이 전무하다는 것을 간파했다. 그는 지체 없이 왼 손바닥을 내뻗어 단예의 손등 위를 찌익 하고 할퀴며 다섯 가닥의 혈흔을 내버렸다. 단예가 재빨리 손을 움츠리자 남해악신의 일조는 여력이 상쇄되지 않은 채 그대로 미끄러져 뜻밖에도 자신의 이마에까지 다섯 가닥의 혈흔을 만들어내고 말았다.

사실 단예는 연달아 삼초를 피했기에 이미 대결에서 승리한 셈이었지만 순간 장난기가 발동해 남해악신의 이마를 가격했던 것이다. 그러나 남해악신의 급작스러운 반격에 자신의 내력이 약하지 않다는 사실을 몰랐고 스스로 어떻게 사용하는지도 전혀 몰랐던 터라 당장 붙잡힐 위기에 처한 데다 보법마저 틀리자 잽싸게 부친 뒤로 숨어버렸다. 단예는 너무 놀라 얼굴에 핏기라곤 없었다.

옥허산인이 아들을 향해 눈을 흘기고 혼자 생각했다.

'요 녀석, 네가 백부와 아버지한테 그런 기묘한 무공을 배워놓고 여태껏 날 속였단 말이지?'

목완청이 소리쳤다.

"악노삼, 네 삼초로 상대를 쓰러뜨리지도 못했고 오히려 자기 혼자 곤두박질쳤으니 어서 단랑에게 고두를 해서 사부로 모셔라!"

남해악신이 귀뿌리를 긁적거리며 벌건 얼굴로 말했다.

"나랑 제대로 대결한 게 아니니까 해당이 안 된다!"

목완청은 손가락을 뻗어 그의 얼굴을 가리키며 호통을 쳤다.

"부끄럽지도 않으냐? 네가 사부로 모시지 않는다면 염병할 후레자식이 되는 것이다. 사부로 모시길 원하느냐? 아니면 염병할 후레자식이 되겠느냐?"

남해악신이 화를 내며 말했다.

"둘 다 싫다. 저 녀석하고 재대결을 하겠다."

단정순은 교묘하기 이를 데 없는 아들의 보법을 보고 어찌 된 영문인지 알 수가 없었다. 그는 단예의 귓가에 대고 나지막이 말했다.

"직접 대결할 생각 말고 기회를 틈타 그의 혈도를 노려라."

단예가 나직이 말했다.

"소자가 두려워지기 시작했습니다. 그건 안 될 것 같아요."

"겁내지 마라, 내가 옆에서 봐줄 것이다."

단예는 부친의 격려에 용기를 얻고 그의 등 뒤에서 몸을 돌려 나왔다.

"당신이 삼초를 펼쳤음에도 날 쓰러뜨리지 못했으니 날 사부로 모셔야 하는 것 아니오?"

남해악신이 고함을 치며 손을 뻗어 단예를 향해 후려갈겼다.

단예는 동북쪽으로 일보 내딛어 가볍게 피해버렸다.

"와장창!"

남해악신의 일장이 차탁茶卓을 박살내버리자 단예는 정신을 집중해 조용히 읊조렸다.

"내 삶을 돌아보고 진퇴를 결정할 것이다. 그 등에 그치면 그 몸을 얻지 못하며, 그 뜰에 거닐어도 그 사람을 보지 못하리라. 솥귀는 고치나 그 행함이 막히게 되고, 착취는 가는 바가 이롭지 아니하다."

그는 입으로《역경》을 읊조리면서도 남해악신이 내뻗는 일장의 경로조차 보지 않고 오로지 왼쪽 위로 갔다 오른쪽 아래로 비스듬히 나아갔다 곧바로 물러서며 능파미보를 펼쳤다.

남해악신이 쌍장에 속도를 붙이고 힘을 증강시키자 화청 안에서는 펑! 쾅! 우지끈! 우당탕! 쿵쾅! 하는 소리가 끊이지 않고 의자와 탁자, 주전자, 찻잔 들이 그의 장력을 따라 어지럽게 부서져버렸지만 정작 단예를 가격하지는 못했다.

순식간에 삼십여 초가 지나버렸다. 보정제와 진남왕 형제는 단예의 어눌한 발놀림을 보고 이미 무공을 전혀 모르는 상태에서 펼치고 있다는 사실을 알아챘다. 그보다는 그가 어떤 고인高人에게 전수를 받아 이런 신묘한 보법을 배웠는지 그게 궁금할 뿐이었다. '복희伏羲 64괘 방위'를 딛는 매 일보가 모두 상상을 초월할 정도로 불가사의했으니 말이다.

그가 남해악신과 제대로 대결을 했다면 단 일초 만에 목숨을 잃었을 테지만 발걸음에 집중하다 보니 아무리 강한 장력을 지닌 남해악신도 어쩔 도리가 없었다. 한참을 더 바라보다 두 형제는 우려의 눈빛으로 서로를 쳐다보며 같은 생각을 했다.

'남해악신이 눈을 감고 단예가 어디로 움직이는지 모르는 상태에서 권법이나 장법을 사용한다면 수 초 안에 쓰러뜨릴 수 있을 것이다.'

그러나 남해악신은 갈수록 창백해져가는 안색에 눈이 점점 커지는 것으로 보아 그 방법을 모르는 것 같았다. 장법을 아무리 변화시켜도 단예가 있는 곳과는 한참 차이가 날 뿐이었다.

그러나 대결이 이대로 지속되다가는 단예가 상해를 입지 않을 수는 있어도 상대를 쓰러뜨리기는 어려웠다. 보정제가 한참을 더 지켜보다가 입을 열었다.

"예아야! 속도를 반만 줄이고 정면으로 들어가 저자의 가슴 쪽 혈도를 움켜잡아라."

"네!"

단예는 대답을 하자마자 속도를 줄여 남해악신을 향해 곧장 걸어갔다. 그러나 햇빛이 그의 누렇고 흉악한 얼굴과 겹쳐지자 더럭 겁을 집어먹고 발놀림이 둔해지면서 방위가 한쪽으로 몰려버리고 말았다. 남해악신의 일조가 단예의 머리 왼쪽으로부터 찔러가 그의 왼쪽 귀를 찌르자 순간 선혈이 흘러내리기 시작했다. 단예는 귀에서 통증이 느껴지자 너무 겁이 난 나머지 재빨리 발을 놀려 가로로 돌아 후퇴한 다음 단정순의 등 뒤에 숨어 쓴웃음을 지으며 말했다.

"백부님, 실패했습니다."

단정순이 화를 냈다.

"우리 대리단씨 자손이 어찌 적과의 대결에 나섰다 뒷걸음질을 친단 말이냐? 어서 나가 싸워라! 백부님이 가르쳐주신 방법이 맞아!"

아들을 애처롭게 여긴 옥허산인이 끼어들었다.

"예아는 이미 저자와 육십여 초나 싸웠어요. 단씨 문중에 이런 아이가 또 어디 있다고 그렇게 불만이 많은 거예요? 예아야, 넌 벌써 이겼다. 싸울 필요 없어."

단정순이 말했다.

"염려 마시오. 장담하건대 이 아인 아무 일 없을 거요."

옥허산인은 속상한 마음에 두 눈에 눈물이 가득 고여 금방이라도 왈칵 울음을 터트릴 것처럼 보였다.

단예는 모친의 이런 모습을 보고 참을 수가 없었다. 이에 용기를 얻어 큰 걸음으로 나가 호통을 쳤다.

"어디 다시 한번 붙어보자."

이번엔 작심이라도 한 듯이 좌우로 파고들어 선회를 하며 나아가다 점점 속도를 늦추더니 남해악신과 얼굴을 마주하자 눈길도 마주치지 않고 두 손을 뻗어 그의 가슴을 움켜잡으려 하였다.

남해악신은 무기력하기 짝이 없는 그의 출수를 보자 껄껄 웃으며 몸을 비스듬히 튼 다음 손을 뻗어 오히려 그의 어깨를 움켜잡으려 했다. 그러나 단예의 발놀림은 워낙 변화가 심했던지라 두 사람이 동시에 자리가 바뀌면서 서로 가까워졌고, 때마침 남해악신의 가슴이 단예의 손가락에 닿게 됐다.

단예는 혈도 방위를 정확히 보면서 오른손으로는 그의 단중혈을 움켜잡고, 왼손으로는 신궐혈을 움켜잡았다. 하지만 그는 내력을 운용하는 방법을 모르고 있었다. 그가 두 곳의 요혈을 움켜잡기는 했지만 남해악신이 이를 무시하고 내력의 운용 없이 슬그머니 빠져나온다면 단예도 어찌할 방법이 없었을 것이다. 그러나 남해악신은 허를 찔리자 너무 두려운 나머지 다급하게 두 손을 뻗어 상대의 얼굴을 급습했다. 이 일초는 수비를 위한 공격이었으며 그가 공격한 곳은 바로 단예의 눈이었다. 이는 이른바 '적이 방어할 수 없는 곳을 공격하라'라는 무학의 원리 중 하나로, 적이 아무리 강해도 자신을 구하기 위해 반격할 수밖에 없는 허점을 노려 위기에서 벗어난다는 극히 고명한 술수였다. 그러나 단예는 적을 임할 때의 도리에 대해 아는 바가 없어 상대의 손가락이 날아와도 급히 물러설 생각도 못하고 여전히 두 손으로 남해악신의 혈도만 움켜잡고 있을 뿐이었다.

그러나 이번에는 행운이 따랐다. 남해악신이 전력으로 공격을 가하려 하자 체내의 기혈이 부글부글 끓어올랐고 내력이 두 혈도로 흐르다 갑자기 막혀버린 것이다. 이와 동시에 단중혈의 내력 또한 용솟음치며 흘러나가 그의 양손은 단예의 두 눈에서 반 치 앞에 이르렀을 때 갑자기 말을 듣지 않고 더 이상 뻗을 수 없었다. 그는 진기를 흡입해 다시 내력을 운용했다.

단예는 오른손 무지의 소상혈에서 거대한 힘이 급속도로 유입되는 느낌을 받았다. 남해악신의 가공할 내력을 어찌 무량검의 일곱 제자들과 비할 수 있겠는가? 단예는 곧 몸을 휘청거리며 제대로 가누지 못했다. 이런 위급한 상황에서 양손을 상대의 혈도에서 떼면 목숨이 위태로울 수 있다는 사실을 알기에 몸은 말할 수 없이 고통스러워도 버티려고 안간힘을 쓸 수밖에 없었다.

단예와 불과 수 척 거리에 있던 단정순은 단예의 얼굴이 점점 시뻘겋게 변하는 것을 보고 재빨리 식지를 뻗어내 그의 등에 있는 대추혈大椎穴을 겨냥했다. 대리단씨의 일양지 신공은 이미 천하에 명성이 알려진 예사롭지 않은 무공이었다. 한 줄기 따스한 온기가 단예의 몸에 침투해 들어가자 단예의 체내에 저장되어 있던 내력이 용솟음치기 시작했고 남해악신은 전신을 격렬하게 떨다가 천천히 주저앉아버렸다. 단정순은 손을 뻗어 아들을 부축했다. 단예는 자신의 수태음폐경으로 받은 남해악신의 내력을 운기조식을 통해 천천히 기해로 저장하느라 한동안 아무 말도 할 수 없었다.

단정순이 일양지를 사용해 암암리에 아들을 도운 덕에 부자 두 사람이 힘을 합쳐 남해악신을 제압할 수 있었다는 사실은 대청의 모든 이가 알고 있었다. 그렇다고 해도 남해악신이 단예에게 굴복당했다는 건 발뺌할 수 없었다.

남해악신도 만만치 않았다. 단예가 양손을 혈도에서 떼자 그는 간단한 운기를 통해 몸을 일으킨 후 콩알 같은 두 눈으로 실눈을 뜨고 단예를 바라보았다. 그의 안색은 매우 의아해하는 표정에 상심과 분노가 더해져 기괴하기 그지없었다.

목완청이 외쳤다.

"악노삼, 끝까지 사부로 모실 생각을 안 하는 걸 보니 기꺼이 염병할 후레자식이 되겠다는 것이로구나."

남해악신이 버럭 화를 내며 고함을 쳤다.

"이건 예상치 못했던 일이다. 사부로 모시면 모셨지 이 악노이가 염병할 후레자식은 되지 않는다."

이 말을 하면서 갑자기 바닥에 꿇어앉았다.

"쿵! 쿵! 쿵! 쿵! 쿵! 쿵! 쿵! 쿵!"

그는 단예를 향해 절을 여덟 번 하고 큰 소리로 외쳤다.

"사부님, 제자 악노이가 절을 올립니다."

단예가 어리둥절해하면서 미처 대답도 하기 전에 남해악신은 이미 훌쩍 솟구쳐 화청을 벗어나 지붕 위로 올라갔다. 지붕 위에서 악 하는 비명 소리와 함께 쾅 소리가 울려퍼지면서 한 사람이 화청 안으로 내팽개쳐졌다. 왕부의 호위병이었다. 그의 가슴에서는 선혈이 줄줄 흘러내리고 있었다. 남해악신이 그의 심장을 손가락으로 후벼파낸 것이었다. 아직 죽지는 않았지만 수족을 부르르 떨며 심히 공포에 떠는 표정이었다. 이 호위병의 무공 실력은 비록 저만리 등 사대호위에 미치진 못해도 결코 평범한 수준은 아니었다. 그런데 뜻밖에도 순식간에 남해악신에게 심장이 파헤쳐지고 만 것이다. 사대호위가 바로 옆에 있었지만 그들 역시 도울 방법이 없었다. 이 모습을 본 모든 이가 아연실색했다.

목완청이 화가 나서 소리쳤다.

"단랑, 당신이 거둔 제자는 어쩌면 저래요? 다음에 만나면 아주 쓴맛을 보여줘야 되겠어요."

단예는 여전히 쿵쾅거리며 요동을 치는 심장을 부여잡고 떨리는 목소리로 말했다.

"운이 좋아 이겼을 뿐이오. 아버지께서 도와주신 덕분이지. 다음에 다시 만나면 아마 내 심장도 파헤쳐질지 모르는데 내가 무슨 실력으로 쓴맛을 보여줄 수 있겠소?"

고독성과 부사귀가 호위의 시신을 맞들고 나가자 단정순은 그에게 후한 구휼로 고이 안장해줄 것을 분부했다.

이때까지도 7할은 취해 있던 곽 선생은 놀라서 부들부들 떨다가 곧바로 물러갔다.

보정제가 말했다.

"예아야, 너의 그 보법은 복희 64괘 방위에서 따온 것 같던데 누구한테 전수받은 것이냐? 정말 뛰어난 수법이더구나."

"산에 있는 동굴 안에서 우연히 배우게 된 것입니다. 제대로 했는지 모르니 백부님께서 바로잡아주십시오."

"그걸 어찌 동굴에서 배웠다 하느냐?"

단예는 어떻게 무량산 심곡에 떨어져 동굴 속에 들어가게 됐고, 어떻게 보법이 그려진 두루마리를 발견하게 됐는지 대충 서술을 했지만 옥상, 나신 등에 대해서는 당연히 거론하지 않았다. 알몸을 드러낸 신선 누님의 그림을 어찌 백부와 백모 그리고 아버지, 어머니께 보여드릴 수 있겠는가? 더구나 자신이 신선 누님에게 정신이 나가 있었다는 사실을 목완청이 안다면 얼마나 성질을 부려댈지 불을 보듯 뻔한 일이었다.

이렇게 간략하게 서술을 한 건 과거 공자께서 '《춘추》를 첨삭할 때 역사적 사실의 요약을 중시하고 그 외의 사적인 견해를 더하지 말라'고 한 말씀에 따른 것이기도 했다.

단예의 말이 끝나자 보정제가 말을 이었다.

"그 64괘 보법 중에는 범상치 않은 상승무공이 숨어 있더구나. 어디 처음부터 끝까지 한번 시전해보거라."

단예가 대답했다.

"네!"

잠시 정신을 집중하고는 한 발 한 발 보법을 펼치기 시작했다. 보정제와 단정순, 고승태 등은 모두 내공이 심후한 고수들이었지만 보법이 얼마나 오묘한지 2~3할밖에 알아볼 수 없었다. 단예는 64괘를 모두 걸은 뒤 큰 원을 한 바퀴 돌고 다시 제자리로 돌아왔다.

보정제가 껄껄 웃으며 말했다.

"대단하구나! 천하무쌍의 보법이로다. 우리 예아가 정말 얻기 힘든 복을 받았구나. 오늘 네 모친이 왕부로 돌아왔으니 어머니를 모시고 한잔 들도록 하거라."

그러고는 고개를 돌려 황후를 보고 말했다.

"우리는 돌아갑시다!"

황후가 몸을 일으키며 대답했다.

"네!"

단정순 등은 회궁을 하는 황제와 황후의 어가를 진남왕부 패방 밖에까지 나가 배웅했다.

7

다정도 병이런가?

목완청은 호기심이 일어 재빨리 곁으로 다가가 시신을 자세히 살폈다.

청포를 입고 있는 사람은 칠흑같이 검은 긴 수염을 늘어뜨리고 크게 부릅뜬 두 눈으로 강 한복판을 바라보고 있었지만 단 한 번도 깜빡거리지 않았다.

단정순 등이 어가를 배웅하고 난 뒤 고승태가 물러가겠다고 하자 저만리 등 사대호위 역시 왕부의 야간 경비를 수하들에게 맡기고 각자 위치로 돌아가겠다고 고했다. 고승태의 부상을 염려한 단정순은 속히 돌아가 요양토록 하고 내당으로 돌아와 난각暖閣에서 연회를 열었다. 연회석에는 단정순 부부와 단예 외에 목완청 한 사람뿐이었고 옆에서 시중을 드는 하녀들이 17~18명 정도 있었다.

목완청이 평생 이런 영화를 어디서 누릴 수 있겠는가? 나오는 음식들은 모두 생전 들어보지도 맛보지도 못한 산해진미인 데다 진남왕 부부가 자신을 가족처럼 대하며 흡사 2대에 걸친 부부가 동석해 환담을 나누고 있는 것처럼 여겨지니 속으로 기쁨을 주체할 수가 없었다.

단예는 부친을 대하는 모친의 기색이 여전히 냉랭한 데다 술은커녕 고기조차 입에 대지 않고 채소만 약간 집어 먹는 모습을 보자 술 한 잔을 따라 두 손으로 받쳐든 채 일어났다.

"어머니, 소자가 한 잔 올리겠습니다. 아버지와 한자리에 모여 우리 가족 셋이 함께 즐거움을 누리게 된 데 대해 감축드리는 바입니다."

옥허산인이 말했다.

"술은 안 마신다."

단예가 다시 한 잔을 따라 목완청에게 눈짓을 했다.

"목 낭자도 어머니께 한 잔 올린답니다."

목완청이 술잔을 들고 자리에서 일어섰다.

옥허산인은 목완청에게 쌀쌀맞게 굴 수는 없다는 생각이 들어 빙긋 미소를 지었다.

"낭자, 우리 아이가 장난이 좀 심한 편이라 아비 어미 말을 잘 듣지 않아요. 앞으로 잘 좀 보살펴주기 바라요."

목완청이 말했다.

"말을 안 들으면 뺨따귀를 때려줄 겁니다!"

옥허산인이 풋 하고 웃으며 단정순을 향해 눈을 흘기자 단정순 역시 웃음을 터뜨렸다.

"암, 그래야지."

옥허산인은 왼손을 뻗어 목완청이 들고 있던 술잔을 받아들었다. 목완청은 촛불 아래 옥처럼 밝게 빛나는 그녀의 섬섬옥수를 바라보다가, 팔목 주변 손등 위에 핏빛처럼 검붉은 점이 있는 것을 보고 자기도 모르게 전신을 부르르 떨었다. 곧이어 떨리는 목소리로 물었다.

"아니… 혹시 어머님 이름이… 도백봉刀白鳳 아니신가요?"

옥허산인이 웃었다.

"내 이름이 좀 특이하긴 하지만 낭자가 그걸 어떻게 알죠?"

목완청이 떨리는 목소리로 물었다.

"다… 당신이 도백봉이라고? 파이족擺夷族[5] 출신이고 예전에 연편을 무기로 사용했던 그 사람 맞아요?"

옥허산인은 그녀의 안색이 뭔가 이상하다고 느꼈지만 별다른 의심 없이 미소를 지으며 말했다.

"예아가 낭자한테 잘해주나 보네요. 내 이름까지 말해주다니… 낭자 낭군도 반은 파이족 사람이에요. 그래서 버릇이 없다니까요."

목완청이 말했다.

"어머님이 정말 도백봉이에요?"

옥허산인이 빙그레 웃었다.

"그래요!"

목완청이 소리쳤다.

"사부님의 은혜는 하해와도 같으니 그 명을 어찌 거역하랴!"

이 말을 마치고 대뜸 오른손을 휘둘러 도백봉의 가슴을 향해 독전 두 발을 발사했다.

연회석상에서는 네 사람이 가족처럼 평온하게 담소를 즐기고 있었던 터라 목완청이 돌연 변란을 일으키리라고는 그 누구도 예상하지 못했다.

도백봉의 무공은 목완청에 비해 강한 편이었지만 이 순간에는 두 사람의 거리가 극히 가까웠고 또한 삽시간에 벌어진 일이라 미처 방어할 겨를이 없어 날아가는 독전 두 발을 보면서도 이를 저지할 방법이 없었다. 목완청의 뒤쪽에 앉아 있던 단정순은 '아니!' 하고 비명을 지르며 재빨리 손가락을 뻗어 찍어냈지만 그의 일지는 목완청을 제지하는 데 그쳤을 뿐 아내를 구할 수는 없었다.

단예는 이미 목완청이 대화 도중 독전을 날려 살인하는 광경을 수차례 봐왔던 터라 그녀가 화살에 발라놓은 독약이 무시무시한 견혈봉후라는 것을 알고 있었다. 그녀가 소맷자락을 휘두르는 걸 보자마자 곧 심상치 않은 상황임을 알고 모친 옆에 바짝 서긴 했지만 무공을 모르니 대신 막을 방법이 없었다. 그는 곧 재빠른 발놀림으로 능파미보를 펼쳐 옆에서 비스듬히 끼어들며 모친의 몸 앞을 가로막았다. 퍽, 퍽 하는 두 번의 소리와 함께 독전 두 발이 그의 가슴에 정확히 꽂혀버렸다. 목완청은 이와 동시에 등짝이 마비되면서 탁자 위에 엎어져 더 이상 꼼짝도 하지 못했다.

단정순이 순간적인 반응으로 재빨리 손가락을 날려 화살에 맞은 단예의 몸 주변 여덟 곳의 혈도를 연달아 찍었다. 독혈이 잠시 심장으로 되돌아가지 못하게 만든 것이다. 그는 당장 목완청에게 다가가 손을 엎어쥐고 우두둑 소리를 내며 목완청의 오른팔 관절을 비틀어 뽑았다. 다시는 독전을 쏘지 못하게 하려는 조치였다. 그러고는 그녀의 혈도를 풀어주고 강경한 목소리로 호통을 쳤다.

"해약을 내놔라!"

목완청이 떨리는 목소리로 말했다.

"저… 전 도백봉을 죽이려 한 것이지 단랑을 해하려 한 게 아니에요."

이 말을 마치고 오른팔 통증을 참으며 왼손으로 재빨리 품속에 있던 작은 나무 상자 두 개를 꺼냈다.

"노란색은 먹이고 흰색은 바르세요. 어서요, 어서! 잘못하면 시기를 놓쳐요. 아이고… 큰일 났다!"

도백봉은 단예에 대한 그녀의 마음이 진심으로 느껴지자 그녀에게 뭔가 다른 연유가 있다는 생각이 들었다. 도백봉은 그녀가 내민 작은 나무 상자를 뺏어 열었다. 안에 있던 빨간색 연지 고약은 쳐다보지도 않고 재빨리 노란색 가루를 집어 아들의 입속에 넣은 뒤 물을 몇 모금

먹여 삼키게 했다. 그리고 가슴에 박힌 화살 꼬리를 움켜잡고 천천히 화살 두 발을 모두 뽑아낸 다음 상처 부위에 흰색 가루약을 발랐다. 목완청은 놀라서 당황스러워했다.

"천지에 감사드립니다. 이… 이제 목숨에는 지장 없어요. 하마터면 내… 내가…."

세 사람 모두 초조해하며 어쩔 줄을 몰랐다. 이들은 단예가 만독의 왕인 망고주합을 먹고 난 후 혈액이 변질돼 어떤 독도 침투하지 못한다는 사실을 모르고 있었다. 목완청 화살의 극독 정도는 전혀 손상을 입히지 못하기에 해약을 먹지 않았더라도 전혀 문제 될 것이 없었다. 그러나 그는 화살에 맞고 난 후 가슴에 통증이 느껴졌고, 독전에 맞은 사람이 그 자리에서 죽는 모습을 여러 차례 목격했던 터라 이번엔 틀림없이 죽었다 생각하고 두려운 마음에 모친의 품에 안겨 혼절해버린 것이다.

단정순 부부는 상처 부위에서 잠시도 눈을 뗄 수가 없었다. 그러다 계속해서 흘러내리던 피가 순식간에 검은빛에서 자줏빛으로 변하고, 다시 자줏빛에서 붉은색으로 변하는 동시에 한 차례 숨을 내쉬는 걸 보고 나서야 아들의 목숨을 보전했다고 생각했다.

도백봉은 아들을 안고 침실로 들어가 이불을 덮어주며 맥을 짚어봤다. 그런데 맥박은 고르고 힘이 넘쳐 허약한 기미라곤 찾아볼 수가 없었다. 속으로 매우 기쁘기는 했지만 의아함을 감출 수 없었다. 그녀는 곧 난각으로 돌아왔다.

단정순이 물었다.

"좀 괜찮아졌소?"

도백봉은 단정순을 거들떠도 보지 않고 목완청을 향해 말했다.

"가서 수라도 진홍면한테 말해라…."

단정순은 '수라도 진홍면'이란 말을 듣고 아연실색했다.

"아니… 다… 당신…."

도백봉은 단정순의 이 말에 아랑곳하지 않고 목완청을 향해 말을 이었다.

"가서 말해라. 내 목숨을 원하면 정정당당히 와서 뺏으라고 말이야. 어찌 가소롭게 이따위 흉계를 꾸미는 것이냐?"

목완청이 물었다.

"수라도 진홍면이라니요? 그게 누구죠?"

도백봉이 의아하다는 표정을 지었다.

"그럼 날 죽이라고 시킨 사람이 누구더냐?"

"우리 사부님요. 우리 사부님이 저한테 죽여버리라고 한 두 사람 중 첫 번째가 당신이에요. 우리 사부님께서 손에 붉은 점이 있는 도백봉이란 이름의 아름다운 미모를 지닌 파이족 여자가 있는데 연편을 무기로 쓴다고 했어요. 하지만… 여도사 차림이라고는 하지 않았어요. 당신이 사용한 무기는 불진이었고 옥허산인이라 불리기에 사부님이 죽이라고 한… 그 사람일 줄은 상상도 못했어요. 게다가 당신이 단랑의 어머니란 사실도요…."

여기까지 말하고는 왈칵 눈물을 쏟아냈다.

도백봉이 말했다.

"네 사부가 죽이라고 했던 두 번째 사람은 소약차 감보보였더냐?"

목완청이 말했다.

"아니요! 아니에요! 소약차 감보보는 우리 사숙이에요. 전에 그분이 사람을 시켜 우리 사부님께 서찰을 보낸 적이 있어요. 우리 사부님 일생을 망친 여자 둘이 있으니 그 원수를 갚아야만 한다고 말이에요…."

"아, 그래. 그럼 그 다른 한 여자는 소주에 사는 왕씨였겠구나? 아니야?"

목완청이 의아한 듯 말했다.

"맞아요! 그걸 어떻게 아시죠? 제가 사부님과 함께 먼저 그 여자를 죽이러 소주에 갔었어요. 한데 그 나쁜 여자 수하에는 노비들이 많고 사는 곳도 괴이해서 결국 얼굴 한번 못 보고 오히려 그 여자 수하 노비들한테 쫓기다 이곳 대리까지 오게 된 거예요."

단정순은 고개를 숙이고 듣다가 갑자기 얼굴이 붉으락푸르락하기 시작했다.

도백봉의 뺨 위로 눈물이 흘러내리기 시작했다. 잠시 후 그녀는 단정순을 향해 말했다.

"부디 예아를 잘 가르치기 바랍니다. 난… 난 갈게요."

단정순이 다급하게 말렸다.

"봉황아鳳凰兒, 그건 다 과거지사일 뿐이오. 어찌 아직까지 마음에 담아두고 있는 게요?"

도백봉이 힘없이 말했다.

"당신은 담아두지 않아도 전 담아두고 있어요. 그 여자들도 모두 마찬가지고 말이에요!"

그녀는 별안간 몸을 날려 창문 밖으로 훌쩍 뛰어나갔다.

단정순이 손을 뻗어 그녀의 소맷자락을 잡았지만 도백봉은 손바닥을 휘둘러 그의 얼굴을 가격했다. 단정순이 머리를 옆으로 피하자 찌익 소리를 내며 그녀의 옷소매가 반가량 찢어져버렸다. 도백봉은 고개를 돌려 화를 버럭 냈다.

"꼭 폭력을 행사해야겠어요?"

"봉황아, 당신…."

도백봉은 두 발을 굴러 건너편 지붕 위로 뛰어올랐다. 그리고 아래위로 몇 번 날자 이미 저 멀리 10여 장 밖에까지 가버렸다.

저 멀리서 저만리의 고함 소리가 들렸다.

"누구냐?"

도백봉이 말했다.

"나예요."

"아… 왕비낭랑이시군요."

고승태와 저만리 등은 화청을 떠나 돌아가던 중, 적의 종적을 느끼고 진남왕부가 습격당할까 염려돼 다시 돌아와 암암리에 경비를 서던 중이었다.

단정순은 한참을 침울하게 서 있다가 한숨을 푹 내쉬고 다시 난각으로 돌아왔다. 그는 목완청이 창백한 기색을 한 채 도망갈 생각조차 안 하는 것을 보고 그녀에게 다가가 양손을 들어 오른팔을 거머쥐었다. 우두둑하는 소리를 내며 뽑혀 있던 그녀의 관절이 원상 복구됐다. 목완청이 생각했다.

'이 사람 부인한테 독전을 쐈으니 앞으로 나한테 어떤 고통을 가할지 모르겠구나.'

그러나 단정순은 낙담한 표정으로 의자에 앉더니 천천히 술 한 잔을 따라 벌컥벌컥 소리를 내며 한 잔을 단번에 모두 비워버렸다. 그러고는 부인이 뛰어나간 창문을 바라보며 넋을 놓고 멍하니 있다 한참 후에 다시 술 한 잔을 따라 벌컥 하고 또 한 잔을 비웠다. 이렇게 자작으로 연달아 열두세 잔을 마시자 술 주전자 하나가 금방 동이 나고 말았다. 그는 주전자를 바꾸더니 술을 천천히 따라 다시 반복해서 잔을 비워나갔다.

목완청은 더 이상 참지 못하고 소리쳤다.

"도대체 무슨 생각으로 그런 기괴한 방법으로 날 힘들게 하는 거죠? 당장이라도 날 죽여주세요!"

단정순은 고개를 들어 그녀를 뚫어져라 응시하다가 한참 후에 천천히 고개를 가로저으며 한숨을 몰아쉬었다.

"정말 닮았구나. 많이 닮았어! 내 진작 알아봤어야 했는데… 생김새나 성격까지…."

목완청은 그의 밑도 끝도 없는 소리에 의아한 듯 물었다.

"무슨 말이죠? 터무니없이 그게 무슨 말이에요?"

단정순은 아무 대답 없이 몸을 일으키더니 갑자기 왼손을 뒤쪽으로 들어 후려쳤다. 휘이잉 소리와 함께 바람이 일며 몸 뒤에 있던 촛불이 그의 장풍에 꺼져버렸다. 다시 오른손을 뒤쪽으로 들어 후려치자 촛불 하나가 또 꺼졌다. 이렇게 연이어 오장을 날려 다섯 개의 촛불을 모두 꺼버렸다. 시선은 시종 정면을 향하고 있었고 손놀림은 떠가는 구름과 흐르는 물처럼 시원스럽기 그지없었다.

목완청이 깜짝 놀라 말했다.

"그… 그건 오라경연장五羅輕烟掌인데… 그걸 어찌 할 줄 아시죠?"

단정순이 쓴웃음을 지으며 말했다.

"네 사부가 이걸 가르쳐줬겠지?"

"그 장법은 절대 전수하지 않을 거라고 그러셨어요. 무덤까지 가져가겠다고 말이에요."

"음? 절대 전수하지 않고 무덤까지 가져간다고?"

목완청이 고개를 끄덕였다.

"네, 하지만 제가 없을 때마다 혼자 연마하시는 걸 여러 번 훔쳐봤어요."

"혼자 이 장법을 자주 연마했어?"

"네, 이 장법을 연마하실 때면 울먹이다가 때론 미친 듯이 화를 내며 절 욕하셨어요. 근데… 그걸 어찌 할 줄 아세요? 우리 사부님보다 훨씬 능숙하게 구사하시는 것 같아요."

단정순은 한숨을 길게 내쉬었다.

"오라경연장은 내가 네 사부한테 가르쳐준 것이다."

목완청은 깜짝 놀랐지만 그 말을 믿지 않을 수 없었다. 사부가 촛불을 끌 때는 왕왕 첫 일장에 못 끄고 장풍을 두세 번 정도 날려야 꺼지곤 했었다. 단정순처럼 이렇게 마음먹은 대로 구사하지는 못했던 것이다. 그녀는 놀라운 마음에 말을 더듬었다.

"그럼… 다… 당신이 우리 사부님의 사부님이신 태사부님이신 건가요?"

단정순은 고개를 가로저었다.

"아니!"

그는 손으로 턱을 받치고 혼자 중얼거렸다.

"이 장법을 연마할 때마다 울먹이다가 화를 내기도 하고 이 장법을 절대 전수하지 않고 무덤까지 가져간다고 했다…?"

목완청이 다시 한번 같은 질문을 했다.

"그럼… 다… 당신은…."

단정순은 손을 가로저으며 더 이상 묻지 말라는 표시를 하고는 잠시 후 갑자기 물었다.

"올해 열여덟 살에 9월생이더냐?"

목완청은 몸을 벌떡 일으키고는 의아한 듯 물었다.

"제 신상에 대해 다 알고 있다니 도대체 우리 사부님과는 어떤 관계죠?"

단정순은 얼굴 가득 고통스러운 기색을 하다가 잠긴 목소리로 말했다.

"내… 내가 네 사부한테 못할 짓을 했다. 완아婉兒야! 넌…."

"왜요? 제가 볼 때 당신은 아주 부드럽고 좋으신 분 같은데요?"

"네 사부가 자기 본명을 너한테 말해주지 않았더냐?"

"사부님께선 유곡객이라고만 하셨어요. 성이 뭐고 이름이 뭔지는 저도 몰라요."

단정순은 혼자 중얼거렸다.

"유곡객, 유곡객…."

갑자기 두보杜甫의 〈가인佳人〉이라는 시를 읊기 시작했다. 그는 시구 내의 글자 하나하나가 가슴을 후벼파는 듯 고통스러운 표정을 지었다.

절세가인이 있어	絶代有佳人
텅 빈 골짜기에 은거한다네	幽居在空谷

양가집 규수를 자처했지만	自云良家子
가문이 몰락해 초근목피에 의지해 살아간다네	零落依草木
…	…
서방은 경박하기 그지없어	夫婿輕薄兒
옥처럼 아리따운 새 여인을 들이고	新人美如玉
…	…
새 여인에 웃음만 보이는 남편이	但見新人笑
조강지처의 울음이 어찌 들리겠는가?	那聞舊人哭

이 시를 읊으며 자기도 모르게 눈시울을 붉혔다.

한참 후에 다시 물었다.

"그동안 네 사부는 어찌 지냈더냐? 또 어디서 지냈느냐?"

"저와 사부님은 고산 뒤쪽의 한 골짜기에 살았습니다. 사부님께서는 그곳을 유곡이라고 하셨죠. 얼마 전까지 그곳에 머물다 이번에 처음 함께 나오게 된 거예요."

"네 부모는 누구더냐? 네 사부가 너한테 말한 적이 있느냐?"

"사부님 말씀에 따르면 전 부모에게 버림받은 고아래요. 길바닥에 버려진 저를 사부님이 주워서 키워주신 거죠."

"부모님을 원망하느냐?"

목완청은 머리를 기울여 왼손 소지 끝을 잘근잘근 깨물었다.

단정순은 이 모습을 보고 괴로운 심정을 금할 길 없었다. 목완청은 그의 뺨에 흘러내리는 두 줄기 눈물을 보자 너무 의아한 나머지 물었다.

"왜 우시는 거죠?"

단정순은 몸을 돌려 눈물을 닦고 억지웃음을 지으며 말했다.

"울기는? 술을 몇 잔 마셨더니 취기가 올라와 그런 게지."

목완청은 이를 믿지 못하고 말했다.

"우는 걸 제가 분명히 봤다고요. 여자가 우는 거지 남자도 울 수가 있는 건가요? 전 남자가 우는 건 처음 봐요. 어린아이만 빼놓고요."

단정순은 세상사에 무지한 그녀를 보고 더욱 가슴이 아팠다.

"완아야, 앞으로 내가 후대해줄 것이다. 그래야 그간의 과오를 씻을 수 있을 테니… 소원이 있다면 뭐든 말해보거라. 내 힘이 닿는 한 들어주도록 할 것이다."

목완청은 단 부인에게 독전을 쏘고 난 후 심히 걱정하고 있던 터에 그의 이런 말을 듣자 뛸 듯이 기뻤다.

"제가 부인을 독전으로 쐈는데 그건 원망 안 하세요? 다행히 다치진 않았지만요."

"네 말처럼 사부님의 은혜는 태산과도 같은데 그 명을 어찌 거역하겠느냐? 전대의 일은 너와 상관없는 일이니 널 원망할 생각은 없다. 다만 앞으로는 절대 우리 부인한테 무례하게 굴지 말거라."

"나중에 사부님께서 물어보시면 어찌하죠?"

"날 네 사부님께 데려가거라. 내 친히 말할 것이다."

목완청이 손뼉을 치며 말했다.

"좋아요, 그래요!"

그러다 곧 미간을 찌푸리고는 말했다.

"사부님이 늘 그러셨어요. 세상 남자들은 모두 무정하다고요. 여태껏 남자라고는 상대도 하지 않았으니까요."

단정순의 얼굴에는 뭔가 기이하다는 듯한 기색이 스쳐 지나갔다.

"여태껏 남자를 상대한 적이 없다고?"

"네, 쌀이나 소금을 살 때도 양梁씨 할머니를 시켜서 샀어요. 한번은 양씨 할머니가 병이 났는데 그 할머니가 아들을 시켜 대신 보냈다가 사부님이 화를 내시며 그 아들을 문밖으로 멀리 쫓아내버렸어요. 그리고 다시는 집 안으로 들어오지 못하게 했죠."

단정순이 한숨을 쉬었다.

"홍면, 홍면! 그렇게까지 자학을 할 필요가 뭐 있었소?"

"또 홍면이라고 하는군요. 도대체 홍면이 누구죠?"

단정순은 잠시 주저하다 말했다.

"너한테 영원히 숨길 수는 없겠지. 네 사부의 진짜 이름은 진홍면이다. 별호는 수라도고."

목완청이 고개를 끄덕였다.

"아, 그래서 제가 단전을 쏘는 수법을 부인께서 보시고 '수라도 진홍면'이 저랑 무슨 관계냐고 따져물었던 거군요? 아까는 정말 몰랐어요. 거짓말을 하려 했던 건 아니에요. 알고 보니 우리 사부님 이름이 진홍면이었군요. 근데 이름이 그렇게 예쁜데 왜 저한테 말씀을 안 하셨을까요?"

"조금 전에 네 팔을 비틀었는데 아직도 아프더냐?"

목완청은 온화하고 자상한 그의 표정을 보고 미소를 지었다.

"괜찮아졌어요. 그보다 함께… 아드님한테 가보는 게 어떨까요? 화살에 묻은 독이 제대로 제거됐는지 걱정돼서요."

"그래!"

단정순은 대답과 함께 몸을 일으키며 다시 말했다.

"원하는 게 있으면 어디 말해보거라!"

목완청은 갑자기 만면에 홍조를 띠더니 부끄러운 얼굴을 한 채 고개를 숙였다.

"다른 것보다… 제가 부인을 독전으로 쏴서… 부인께서 노하실까 두려워요."

"그건 천천히 용서를 구해보자. 시간이 지나 화가 풀어지길 기대해 봐야지."

"제가 누구한테 용서를 구해본 적은 없지만 단랑을 위해서라면 부인께 용서를 싹싹 빌 용의는 있어요."

그러다 갑자기 용기를 내서 말했다.

"진남왕 전하, 제가 소원을 말씀드리면 정… 정말 들어주실 건가요?"

"내 힘이 닿는 데까지 네 소원이 이루어질 수 있도록 해줄 것이다."

"한번 내뱉은 말이니까 꼭 지키셔야 해요."

단정순은 환한 미소를 띠며 그녀 곁으로 다가가 그의 머리를 쓰다듬었다. 그러고는 사랑스러운 눈길로 말했다.

"당연히 지킬 것이다."

"저랑 단랑의 혼사를 책임지고 맡아주세요. 단랑이 정을 저버리지 못하게요!"

이 말을 하면서 얼굴에 화색이 돌기 시작했다.

그러나 단정순은 오히려 표정이 어두워지면서 천천히 뒷걸음을 치다 의자에 털썩 주저앉은 채 아주 한참 동안 아무 말도 하지 않았다. 목완청은 심상치 않은 상황임을 느끼고 떨리는 목소리로 물었다.

"허… 허락을 안 하시는 건가요?"

"넌 우리 예아한테 절대 시집갈 수 없다."

그의 목소리는 매우 침울했지만 말투는 그 어느 때보다 강경했다. 목완청은 심장이 얼어붙은 듯 망연자실한 표정을 지었다.

"왜요? 그… 그 사람이 자기 입으로 승낙했는데요."

"업보로다. 업보야!"

"그 사람이 저를 원치 않는다면 전… 전 그 사람을 죽이고 자결을 하고 말 거예요. 그렇게 하겠다고 사부님 앞에서 맹세했어요."

단정순은 천천히 고개를 가로저으며 말했다.

"그럴 수는 없다!"

목완청이 다급한 목소리로 말했다.

"제가 지금 가서 물어보겠어요. 왜 그럴 수 없다는 거죠?"

"예아… 그 애 자신도… 모른다."

단정순은 목완청의 처량한 안색을 보자 마치 18년 전 진홍면이 갑작스럽게 비보를 접했던 모습이 떠올라 쓰라린 마음을 더 이상 참지 못하고 불쑥 말을 내뱉었다.

"넌 예아와 혼인을 할 수도 죽일 수도 없다."

"왜죠?"

"그건… 그건… 그건 단예가 네 친오라버니이기 때문이야."

목완청의 두 눈이 커다랗게 변하면서 자신의 귀를 의심하는 듯 떨리는 음성으로 말했다.

"뭐… 뭐라고요? 단랑이 제 오라버니라고요?"

"완아야, 네 사부가 너랑 어떤 관계인지 아느냐? 네 사부는 네 친어머니다. 나… 난 네 아버지고…."

목완청은 다시 한번 경악을 금치 못했다. 그녀의 얼굴은 이미 핏빛이라고는 없었다. 그녀는 발을 동동 구르며 부르짖었다.

"못 믿겠어요! 못 믿어요! 난… 안 믿어요!"

별안간 창밖에서 한숨 소리와 함께 여자 목소리가 들려왔다.

"완아야, 집에 돌아가자!"

목완청은 이내 몸을 돌려 소리쳤다.

"사부님!"

삐거덕 소리를 내며 창문을 열어젖히자 창밖에 한 중년 여인이 서 있었다. 갸름한 계란형 얼굴에 길고 가느다란 눈썹의 매우 아름다운 미모를 지녔지만 눈빛만은 무척이나 드세고 거칠어 보였다.

단정순은 과거의 정인이었던 진홍면이 느닷없이 눈앞에 나타나자 놀랍고 의아했지만 한편으로는 너무도 기쁜 마음에 큰 소리로 외쳤다.

"홍면, 홍면! 지난 몇 년 동안… 당신을 미치도록 그리워했소!"

진홍면이 소리쳤다.

"완아야! 나와! 저런 정을 저버린 인간 집에서는 잠시도 머물러선 안 된다."

목완청은 자신의 사부와 단정순의 표정을 보고는 더욱 놀란 나머지 다급히 말했다.

"사부님, 이… 이 사람이 절 속여요. 사부님이 제 어머니고 저 사람이 제… 제 아버지라고…."

진홍면이 말했다.

"네 어머니는 일찍 죽었다. 네 아버지 역시 일찍 세상을 떠났고."

단정순은 창문 앞으로 달려가 부드러운 목소리로 말했다.

"홍면, 들어오시오. 어디 얼굴 좀 봅시다. 이제 가지 마시오. 우리 둘이 영원히 함께 의지하며 살아갑시다."

진홍면의 눈빛이 돌연 빛나더니 만면에 희색을 띠었다.

"우리 둘이 영원히 함께 의지하며 살자고요? 지금 그 말이 사실인가요?"

"물론이오! 홍면, 단 하루도 당신을 그리워하지 않은 적이 없소."

"도백봉에게는 미련이 없나요?"

단정순이 답을 하지 못하고 머뭇거리며 난색을 표하자 진홍면이 말했다.

"우리 두 사람 딸이 가엾거든 당장 날 따라와요. 영원히 도백봉을 생각하지 말고 영원히 돌아오지 말아요."

목완청은 두 사람 대화를 듣고 가슴이 덜컥 내려앉고 또 내려앉았다. 두 눈에 눈물이 고여 사부와 단정순의 얼굴이 희미하게 보이기 시작했다. 그녀는 이 두 사람이 정말 자신의 친부모라는 사실을 믿고 싶지 않았지만 그럴 수 없었다. 요 며칠 동안 자신이 깊은 정을 쏟아부으며 마음을 준 단랑이 알고 보니 자신의 배다른 오라버니였다니. 원앙이니 비익조比翼鳥니 하면서 백년해로하겠다는 그녀의 소망이 삽시간에 물거품으로 변해버린 것이다.

단정순의 부드러운 음성이 들렸다.

"내가 대리국의 일개 왕야에 불과하긴 하지만 문무의 기요機要를 총

람하는지라 공무가 과중해 하루도 자리를 뜰 수가 없소…."

진홍면이 강경한 목소리로 소리쳤다.

"18년 전에도 당신은 그렇게 말했어요. 한데 18년이 지난 오늘도 여전히 같은 말을 하고 있군요. 이거 봐요, 단정순! 이 정분을 저버린 무정한 사내! 난… 당신을 증오해요…."

돌연 동쪽 지붕 위에서 세 번의 박수 소리가 들렸다.

"짝! 짝! 짝!"

서쪽 지붕 위에서도 누군가 이에 호응하는 손뼉을 쳤다. 이어서 저만리와 고독성의 목소리가 동시에 울려퍼졌다.

"자객이다! 형제들은 경거망동하지 말고 각자의 위치를 고수하라!"

진홍면이 외쳤다.

"완아야, 어서 나오지 않고 뭐 하느냐?"

"네!"

목완청이 대답을 하고 몸을 날려 창밖으로 나와 이제는 친모이자 은사인 진홍면의 품에 와락 안겼다.

단정순이 서둘러 말했다.

"홍면, 정녕 이대로 날 버리고 갈 생각이오?"

이 말속에는 처연하고 애달픈 감정이 담겨 있었다.

진홍면의 목소리가 갑자기 부드럽게 변했다.

"순 오라버니, 수십 년 동안 왕야 노릇을 했으니 이제 할 만큼 했어요. 저와 함께 가요! 오늘 이후로 전 당신 말에 순종하고 절대 어떤 험한 말도 안 할 것이며 무력 또한 쓰지 않겠어요. 우리의 이 귀여운 딸이 가엾지도 않나요?"

단정순은 순간 마음이 동해 주저 없이 대답했다.

"좋소, 따라가겠소!"

진홍면은 기쁨에 넘쳐 오른손을 뻗어 자신의 손을 잡아주기만 기다렸다.

그때 등 뒤에서 냉랭한 여자 목소리가 들렸다.

"사저師姐, 또 저 사람한테 속아넘어가는 건가요? 보나마나 한 며칠 사저 비위를 맞춰주다 다시 돌아와서 왕야 노릇을 할걸요?"

단정순이 속으로 흠칫 놀라 소리쳤다.

"보보, 당신이? 당신도 왔단 말이오?"

목완청이 고개를 비스듬히 돌렸다. 눈앞에 나타난 여자는 다름 아닌 녹색 비단 장삼을 걸친 만겁곡 종 부인이자 자신의 사숙인 소약차 감보보였다. 그녀 뒤에는 네 사람이 서 있었다. 바로 섭이랑과 운중학, 얼마 전에 떠났다가 다시 돌아온 남해악신 그리고 목완청을 깜짝 놀라게 만든 또 한 사람은 놀랍게도 단예였다. 남해악신은 솥뚜껑 같은 손으로 단예의 목덜미를 움켜잡고 금방이라도 우두둑하고 목을 비틀어 꺾을 것 같은 표정으로 서 있었다. 목완청이 부르짖었다.

"단랑, 어떻게 된 거예요?"

단예는 침상에서 요양을 하다 혼미한 상태에서 그의 방에 난입한 남해악신에게 잡혀 나왔다. 목완청 독전의 무서운 점은 화살에 있는 것이 아니라 독에 있다 보니 애당초 중독이 되지 않은 단예에게 있어 화살에 의한 상처 따위는 전혀 문제 될 것이 없었기에 얼마 후 깜짝 놀라 정신을 차릴 수 있었다. 난각 창문 밖에서 들려온 부친과 목완청, 진홍면 세 사람 얘기를 처음부터 끝까지 듣지는 못했지만 거의 대부분은 깊이 헤아려 들었기에 목완청이 여전히 자신을 단랑이라고 칭하는 데 대해 마음이 아팠다.

"완 누이, 앞으로 우리 남매 둘이 우애롭게 서로 아끼고 사랑하면 그… 그것도 똑같은 것이오."

목완청이 버럭 화를 냈다.

"아니! 달라요! 당신은 제 얼굴을 처음 본 남자예요."

그러나 자신이 단예와 똑같은 단정순의 소생이라고 생각하니 남매가 혼인을 할 순 없는 일이었다. 만약 누구든 그녀의 혼사를 방해한다면 독전을 날려 죽일 수도 있겠지만 지금 단예와 자신을 막고 있는 것은 다름 아닌 명명백백한 하늘의 뜻이니 아무리 고강한 무공을 지니고 막강한 권세가 있다 해도 돌이킬 수는 없었다. 순간 그녀는 절망에 빠져 밖을 향해 후다닥 뛰어나가버렸다.

진홍면이 다급하게 외쳤다.

"완아야, 어디 가는 게냐?"

목완청은 사부조차 아랑곳하지 않고 큰 소리로 울부짖기만 했다.

"사부님이 절 망쳤어요. 더 이상 상대하기 싫어요!"

그리고 더욱 속도를 내서 뛰어갔다.

왕부를 지키던 한 호위가 두 손을 뻗어 가로막으며 호통을 쳤다.

"누구냐?"

목완청이 독전을 발사하자 호위의 목에 정통으로 박혀버렸다. 그녀는 걸음을 멈추지 않고 순식간에 어둠 속으로 사라져버렸다.

단정순은 아들이 남해악신 손에 잡힌 것을 보고 딸이 어디로 갔는지 돌볼 겨를도 없이 손가락을 뻗어 남해악신을 향해 찍어갔다. 섭이랑이 손을 위로 흔들며 그의 손목을 베려 하자 단정순은 손을 뒤집어 낚아채려 했다. 섭이랑이 깔깔대고 웃으며 중지로 그의 손등을 튕겼다. 찰나의 순간에 두 사람은 삼초를 교환했다. 단정순은 속으로 흠칫 놀랐다.

'만만한 계집이 아니로군!'

진홍면은 손바닥을 단예의 머리 위에 올려놓고 고함을 쳤다.

"아들 목숨이 필요 없나요?"

단정순은 깜짝 놀라 싸움을 멈추었다. 원래 불같은 성격을 지닌 진홍면이 본처인 도백봉에 대해 뼛속 깊이 한을 품고 있다는 사실을 알기에 그녀가 장력을 내뿜으면 단예의 목숨이 위태로울 수도 있다는 생각이 든 것이다.

"홍면, 내 아들은 당신 딸의 독전에 맞아 중상을 입은 몸이오!"

"해약을 먹었으니 죽진 않아요. 내가 데려가겠어요. 왕야 놀이를 원하는지 아들을 원하는지 봐야겠네요."

남해악신이 껄껄대고 크게 웃었다.

"저 녀석은 결국 날 사부로 모시지 않으면 안 될 것이다."

단정순이 진홍면을 바라보고 말했다.

"홍면, 뭐든 원하는 대로 하겠소. 제… 제발 아들만은 놓아주시오!"

단정순에 대한 진홍면의 깊은 애정은 18년이란 세월이 지나도 전혀 변함이 없었다. 오늘 다시 만났지만 그 애정이 더욱 깊어졌을 뿐이다. 그가 이렇게 애타게 간청하자 진홍면의 마음은 곧 누그러들었다.

"정… 정말 뭐든 원하는 대로 할 건가요?"

"그렇소. 정말이오."

종 부인이 중간에 끼어들었다.

"사저, 저 무정한 사내의 말을 또 믿는단 말이에요? 악노이 선생, 우린 갑시다!"

남해악신이 몸을 솟구쳐 일어서서는 단예를 안아 공중에서 한 바퀴 돌리는가 싶더니 어느새 건너편 지붕 위로 이동했다. 곧이어 퍽퍽 소리가 들리며 섭이랑과 운중학이 각각 왕부의 호위 둘을 가격해 땅바닥으로 내팽개쳤다.

종 부인이 소리쳤다.

"단정순, 오늘 밤에 나랑 한바탕 붙어볼까요?"

단정순은 왕부의 호위들을 모아 필사의 일전을 펼친다면 저들을 물리치지 못할 것이 없다 생각했지만, 아들이 상대 수중에 있다는 염려 때문에 무력으로 승부를 벌일 수는 없었다. 더구나 눈앞에 있는 사저와 사매 두 사람은 자신을 진정으로 아끼고 사랑했으며 자신 역시 사활을 걸 정도로 푹 빠졌던 상대들이었기에 부드럽게 회유를 할 수밖에 없었다.

"보보, 당… 당신까지 날 힘들게 하러 온 것이오?"

종 부인이 말했다.

"난 종만구의 아내예요. 그게 무슨 얼토당토않은 말이에요?"

"보보, 지난 세월 당신을 늘 그리워했소!"

종 부인의 눈시울이 붉어졌다.

"얼마 전 단 공자가 당신 아들이란 사실을 알고 제 가슴이… 가슴이 미어졌어요…."

그녀의 목소리는 부드러워지기 시작했다. 그때 진홍면이 말을 끊었다.

"사매, 사매도 속아넘어가려는 거야?"

종 부인은 진홍면의 손을 잡아끌며 마음을 다잡고 소리쳤다.

"좋아요, 우리 가요!"

그녀는 고개를 돌리며 소리쳤다.

"당신이 도백봉 그 천한 년의 수급을 들고 매 일보마다 절을 하면서 만겁곡까지 오면 혹시 아들을 돌려줄지도 몰라요."

"만겁곡?"

남해악신이 단예를 안고 저 멀리 내달려가는 것을 보고 고승태와 저만리 등은 사방에서 튀어나와 그들을 막아서기 시작했다. 단정순이 길게 한숨을 내쉬며 소리쳤다.

"고 현제賢弟, 그냥 놓아주게!"

고승태가 소리쳤다.

"소왕야께서…."

"천천히 방법을 생각해보세."

단정순은 이 말을 하면서 훌쩍 몸을 날려 고승태 앞으로 다가서서 외쳤다.

"자객들이 물러갔으니 각자 원위치로 돌아가게."

단정순의 신형이 흔들리는가 싶더니 그새 종 부인 곁에 가 있었다. 그는 부드러운 음성으로 말했다.

"보보, 그간 잘 지냈소?"

"잘 지내지 못할 게 뭐 있겠어요?"

단정순은 손을 들어 아무 낌새도 없이 손가락으로 그녀의 허리에 있는 장문혈章門穴을 찍었다. 종 부인은 그의 기습 점혈에 미처 방어를 하지 못하고 힘없이 쓰러져버렸다. 단정순은 왼손을 뻗어 그녀를 감싸 안고 마치 깜짝 놀란 듯이 외쳤다.

"아니… 보보! 어… 어찌 이러시오?"

진홍면이 상황을 인지하지 못한 채 황급히 달려와 물었다.

"사매, 무슨 일이야?"

단정순은 일양지를 날려 조금 전과 똑같이 진홍면의 허리에 있는 장문혈을 찍었다.

요혈을 찍힌 진홍면과 종 부인이 단정순에게 한 손에 한 명씩 안겼다. 두 사람은 약속이나 한 듯 그를 증오의 눈초리로 바라보고 똑같이 생각했다.

'이 인간한테 또 당했군. 난 왜 이리 멍청한 거지? 평생을 이 인간한테 속아넘어가고도 오늘같이 중요한 날에 또 이토록 어리석게 굴어 대비를 못하다니….'

단정순이 말했다.

"고 현제, 아직 내상도 회복되지 않았으니 얼른 가서 쉬게! 만리! 자네는 호위들을 인솔해 사주경계를 하게!"

고승태와 저만리가 몸을 굽혀 답했다.

옛 연인 둘과 재회를 한 단정순은 마침 아내도 옆에 없어 이보다 더 좋은 기회가 없다고 느꼈다. 그는 두 여인을 옆에 끼고 난각으로 돌아와 시종들에게 연회를 재개할 것이니 상을 다시 차리라 명했다.

시종들이 물러가자 단정순은 두 여인의 다리에 있는 환도環跳와 곡천曲泉 두 혈도를 찍어 이들이 걸을 수 없게 만들어버린 뒤 빙그레 웃으며 두 여인의 장문혈을 풀어주었다. 진홍면이 고함을 쳤다.

"단정순, 다… 당신이 또 우릴 우롱하다니…."

단정순은 몸을 돌려 두 사람을 향해 거의 바닥까지 읍을 하며 말했다.

"큰 죄를 지었소. 이렇게 먼저 사죄를 하겠소!"

진홍면이 화를 벌컥 냈다.

"누가 사죄하래요? 어서 풀어주기나 해요."

"우리 셋이 10여 년 동안이나 못 보다가 오늘 어렵게 다시 만났는데 얼마나 할 말이 많겠소? 홍면, 당신은 여전히 성질이 급하구려. 보보, 당신은 갈수록 아름다워지는 것 같소. 우리가 함께했던 그때보다 더 젊어진 것 같구려."

종 부인이 대답도 하기 전에 진홍면이 화를 내며 말했다.

"어서 풀어줘요! 사매는 갈수록 아름다워지는데 난 갈수록 못생겨진다면서 나같이 추한 노친네가 뭐 좋아서 보고 있는 거예요?"

단정순이 한숨을 내쉬었다.

"홍면, 거울을 보시오. 만약 당신이 추한 노친네라면 글을 쓰는 사람들이 절세미인을 묘사할 때 이렇게 해야 될 거요. '침어낙안沈魚落雁[6]의 얼굴은 추한 노친네의 미모라네.'"

진홍면은 단정순의 농에 풋 하고 웃으며 발을 구르려 했지만 다리가 마비된 상태라 꼼짝도 할 수 없었다.

"누가 지금 당신하고 농담하재요? 히죽거리며 웃는 원숭이를 보고 누가 왕야라고 한다고."

단정순은 촛불 밑에서 눈을 살짝 찡그리며 화를 내는 그녀의 모습을 보자 과거에 서로 연정을 나누던 그날 밤이 생각나 자신도 모르게 가슴이 두근거렸다. 곧 앞으로 슬쩍 다가가 그녀의 볼에 입을 맞추었다. 상반신은 움직일 수 있었던 진홍면은 왼손을 들어 짝 하는 소리가 널리 울려퍼질 정도로 그의 뺨을 사정없이 후려갈겼다. 단정순이 피할 마음만 있었다면 이런 봉변을 피할 수도 있었지만 그는 무방비 상태로 따귀를 맞고 오히려 그녀의 귓가에 나지막이 속삭였다.

"수라도한테 죽는다면 귀신이 되어서도 풍류를 즐길 것이오."

진홍면은 온몸을 부르르 떨다가 곧 눈물을 펑펑 쏟아내며 대성통곡하기 시작했다.

"당… 당신이 또 그런 음탕한 말을 내뱉다니…."

과거 진홍면이 수라도 한 쌍으로 강호를 누빌 때 그녀의 별호는 수라도였다. 단정순에게 정절을 잃은 그날 밤 그에게 입맞춤을 당하고 따귀를 때렸을 때도 단정순은 그 말과 똑같은 말을 했던 것이다. 18년 동안 "수라도한테 죽는다면 귀신이 되어서도 풍류를 즐길 것이오"라는 이 한 문장은 그녀의 귓전을 수없이 맴돌았다. 한데 지금 갑자기 그가 또 그 말을 자신한테 한 것이다. 이 말에 그녀는 기쁨과 분노, 환희와 고통이 섞여 만감이 교차했다.

종 부인이 나지막이 말했다.

"사저, 저 인간이 감언이설로 환심을 사려 하는 것이니 절대 믿으면 안 돼요."

진홍면이 말했다.

"그래, 맞아!"

이렇게 대답하고 다시 단정순을 향해 크게 소리쳤다.

"다시는 당신 헛소리를 믿지 않을 거야."

단정순이 종 부인 곁으로 다가가 싱긋 웃었다.

"보보, 당신 볼에도 입을 맞추고 싶소. 해도 되겠소?"

종 부인이 강경한 태도로 말했다.

"난 남편이 있는 여자예요. 내 남편의 명성을 더럽히고 싶지 않아요. 내 몸에 손을 대기만 하면 당장 혀를 깨물어 당신 앞에서 자결해버릴 거예요."

단정순은 결연한 표정으로 단호하게 말하는 그녀를 보고 감히 다른 짓을 할 수 없었다.

"보보, 당신은 어떤 자한테 시집을 갔소?"

종 부인이 말했다.

"내 남편은 겉모습이 추하고 성격도 괴팍해요. 거기에 무공도 당신보다 못하고 당신처럼 부귀영화를 누리고 살지도 않아요. 그래도 저에 대해서만은 일편단심일 뿐 다른 여자에게는 눈길도 주지 않아요. 저 역시 그에게 일편단심이에요. 그 사람에게 조금이라도 미안한 행동을 한다면 나 감보보는 천벌을 받을 것이며 만겁이 지나도 환생하지 못할 거예요. 잘 들어요. 우리 부부가 사는 곳은 만겁곡이라고 하는데 그 이름은 바로 내가 한 독한 맹세에서 따온 말이에요."

단정순은 자신도 모르게 숙연해져 감히 과거의 연정을 들먹일 수 없었다. 입으로 말은 안 했지만 감보보의 뽀얀 얼굴이 예전과 다름없었고 또 살짝 치켜 올라간 앵두 같은 입술도 예전과 똑같은데 어찌 과거의 연정을 잊을 수 있으랴? 그녀가 하는 말속에서 남편에 대한 애정이 느껴지자 자신도 모르게 가슴이 미어져 눈물을 글썽이며 긴 한숨을 내쉴 뿐이었다.

"보보, 내가 박복한 탓인 것 같소. 당신이 나를 이렇게 대하도록 만들었으니 말이오. 사실… 사실은 내가 당신을 먼저 알았는데… 에이… 다 내가 못난 탓이오."

종 부인은 애처로운 말투로 진지하게 속마음을 털어놓는 그 단정순의 말이 괜한 허언은 아니란 생각이 들어 눈에 고이는 눈물을 막을 수 없었다.

세 사람은 아무 말 없이 묵묵히 서로를 마주보고 옛일을 회상하기 시작했다. 마음 깊은 곳에서 때로는 기쁘고, 때로는 근심 어린 일들이 떠올랐다.

한참 후에 단정순이 조용히 말했다.

"당신들이 우리 아들을 잡아간 건 무엇 때문이오? 보보, 당신이 사는 만겁곡은 어디지?"

갑자기 창밖에서 거칠고 쉰 목소리가 들려왔다.

"절대 말하지 마시오!"

단정순은 순간 깜짝 놀랐다. 밖에는 저만리를 비롯한 호위들이 경비를 서고 있는데 그 누가 아무 기척도 없이 함부로 들어올 수 있단 말인가? 이때 종 부인이 침울한 기색으로 말했다.

"부상도 완쾌되지 않았는데 여긴 어찌 온 거예요?"

이어서 한 여자 음성이 들렸다.

"종 선생, 들어오십시오!"

단정순은 더욱 놀라 자신도 모르게 얼굴이 귀까지 빨개졌다.

난각의 발이 걷히면서 만면에 노기로 가득한 도백봉이 들어왔다.

그 뒤로는 말처럼 아주 긴 얼굴에 추악하기 이를 데 없는 용모를 지닌 사내가 하나 따라 들어왔다.

원래 진홍면은 고소에서 암살에 실패한 후 딸과 흩어지자 사전 약속에 따라 대리로 남하해 사매의 거처에 와 있었다. 고소의 왕가에서 보낸 서 파파, 평 파파 등이 목완청을 추격하는 데 전력을 쏟아붓고 있었기에 진홍면은 이레에서 아흐레 정도 뒤처진 여정을 단 하루 만에 평안무사하게 당도할 수 있었던 것이다. 그녀는 만겁곡에 이르러 내막을 파악하고 곧 종 부인과 함께 목완청을 찾아나섰다가 도중에 섭이랑과 남해악신, 운중학 등 삼악三惡을 만났다. 이들 삼악은 종만구가 단정순에 대적하기 위해 청한 조력자들이었던 터라 이들로부터 그간의 경과를 자세히 전해들을 수 있었다.

물론 남해악신이 단예를 사부로 모시게 된 망신스러운 사건은 비밀이었다. 이때 목완청이 대리의 진남왕부에 들어갔다는 소식을 전해듣게 된 진홍면은 당장 일행들을 대동해 목완청을 찾아 진남왕부로 건너간 것이다.

종만구는 아내를 목숨보다 더 사랑했기에 질투심 역시 유별났다. 그는 아내가 길을 떠난 후 마음이 편치 못해 계속 좌불안석이었다. 그 때문에 부상에서 완쾌되지 않은 몸임에도 밤을 달려 뒤쫓아온 것이었는데 마침 진남왕부 밖에서 화가 잔뜩 난 채 걸어나오는 도백봉을 만나게 됐고 가슴에 가득 찬 분노를 풀어낼 곳이 없던 두 사람은 말이 필요 없이 곧바로 한바탕 대결을 펼치게 됐다. 싸움이 고조되면서 도백봉이 점점 힘에 부칠 때쯤 돌연 흑의를 입은 여인의 그림자가 스쳐 지나갔다. 손으로 얼굴을 가리고 오열하고 있는 여인은 다름 아닌 목완청이었다. 두 사람이 일제히 그녀를 불러봤지만 목완청은 쳐다도 보지 않고 가버렸다.

종만구가 소리쳤다.

"난 지금 내 아내를 찾으러 가는 길이다! 당신하고 이럴 정신이 없어."

도백봉이 말했다.

"아내를 찾으러 어디로 간다는 거지?"

"단정순 그 못된 놈 집으로 간다. 내 아내가 단정순과 마주치면 좋지 않은 일이 생길 것이다."

"좋지 않은 일이 생기다니 무슨 말이냐?"

"단정순은 교묘한 화술로 여자를 후리는 선수다. 한마디로 기생오라비 같은 놈이지. 노부가 기필코 죽여버릴 것이야."

도백봉은 의아하게 생각했다. 정순은 마흔이 넘은 나이에 수염까지 길게 기르고 있는데 무슨 기생오라비라 하는 것인가? 그래도 그가 풍류를 즐기는 습성이 있는 건 사실인지라 이 말 머리처럼 생긴 사내 말대로 대비를 하지 않으면 안 될 것 같았다. 해서 부인 이름을 묻자 그의 부인은 다름 아닌 감보보였다. 그녀는 소약차 감보보가 남편의 옛정인 중 하나라는 사실을 알고 있었던 터라 질투심이 더욱 활활 타올라 곧 종만구를 대동해 왕부로 들어간 것이다.

진남왕부 도처에는 경비가 삼엄했지만 호위들이 왕비를 보고 저지할 수가 없어 난각으로 진입하는 두 사람에게 말 한 마디 하지 못했다. 그 바람에 단정순이 진홍면과 감보보 사자매 두 사람에게 진한 농을

던지며 시시덕거리는 상황은 창밖에 있던 두 사람 귀에 일일이 들어가게 됐다.

도백봉은 없던 화가 머리끝까지 치밀어올라 분노가 폭발해버렸고, 종만구는 오히려 아내가 예를 갖춰 스스로 방어하는 뜻밖의 모습에 크게 기뻐했다.

종만구는 재빨리 아내 옆으로 달려가 사랑스럽고도 기쁜 마음에 그녀의 주변을 이리저리 둘러보며 쉼 없이 말했다.

"보보, 고맙소! 당신은 내게 최고의 아내요. 저자가 감히 당신을 능욕했다면 내가 필사적으로 덤벼들었을 것이오."

얼마나 지났을까? 종만구는 아내의 혈도가 찍혀 있다는 사실이 생각나 단정순을 향해 말했다.

"어서! 어서 내 아내의 혈도를 풀어라!"

단정순이 말했다.

"내 아들이 당신들한테 잡혀갔으니 가서 내 아들을 데려오시오. 그럼 자연히 부인을 풀어줄 것이오."

종만구는 손을 내밀어 아내의 옆구리 밑을 이리저리 더듬고 때리기를 반복했다. 나름 내공이 강한 그였지만 단가의 일양지 수법은 천하에서 유일무이한 것이라 달리 손쓸 방법이 없어 그저 얼굴에 핏줄이 곤두설 정도로 힘들어하기만 할 뿐이었다. 종 부인은 종만구가 이리저리 더듬고 때려봤지만 아프고 간지럽기만 할 뿐 막상 다리의 혈도가 풀리지 않자 종만구에게 버럭 화를 냈다.

"바보같이! 추태 좀 그만 부려요."

종만구는 멋쩍은 듯 손을 멈추고 숨도 돌리지 않은 채 큰 소리로 호통을 쳤다.

"단정순! 나랑 젠장맞을, 삼백초만 겨뤄보자!"

그는 단단히 벼른 듯 주먹을 문질러가며 당장이라도 달려들 것처럼 앞으로 나섰다.

종 부인이 냉랭한 어조로 말했다.

"단왕야, 당신네 공자가 남해악신에게 잡혀갔지만 우리 남편이 풀어달라고 해도 저 악인들은 절대 풀어주려 하지 않을 거예요. 나와 사저가 돌아가 기회를 봐서 풀어준다면 혹 가능성이 있을지도 몰라요. 그럼 적어도 공자를 힘들게 만들지는 않겠죠."

단정순이 고개를 가로저었다.

"믿을 수 없소. 종 선생, 돌아가시오! 가서 우리 아들을 데려와 당신 부인과 바꿔가도록 하시오."

종만구가 대로해 강경한 어조로 소리쳤다.

"황음무도荒淫無道한 네 놈이 있는 위험천만한 너희 진남왕부에 어찌 내 아내를 두고 간다는 말이냐?"

단정순도 시뻘겋게 달아오른 얼굴로 호통을 쳤다.

"한 번만 더 무례한 발언을 했다가는 나 단가가 두고 보지 않을 것이오."

방 안에 들어온 이후 아무 말도 하지 않던 도백봉이 이 순간 불쑥 끼어들었다.

"저기 저 여자 둘을 여기 잡아둔 건 무슨 의도죠? 예아를 위해서인가요? 아니면 당신 자신을 위해선가요?"

그녀의 어조는 매우 냉랭하고 강경했다.

단정순은 한숨을 몰아쉬었다.

"당신까지 날 믿지 못한단 말이오?"

그는 손을 들어 손가락으로 진홍면의 옆구리를 찍어 혈도를 풀고 다시 한 걸음 나아가 종 부인의 옆구리를 찍으려 했다.

종만구가 몸을 날려 종 부인 앞을 가로막고 쌍수를 들어 다급하게 손사래를 쳤다.

"너란 작자는 음흉하기 짝이 없어 여자를 후리는 데 선수란 걸 잘 안다. 내 아내 몸은 절대 건드릴 수 없다."

단정순이 쓴웃음을 지었다.

"재하의 이 점혈 무공이 비록 어설프긴 해도 다른 사람은 풀 방법이 없소. 시간을 지체하면 부인께서 두 다리를 못 쓰게 될지도 모르오."

종만구가 화를 벌컥 냈다.

"꽃처럼 아름다운 멀쩡한 내 아내를 절름발이로 만든다면 내가 네 개잡놈의 아들을 발기발기 찢어 죽이고 말 것이다."

단정순이 슬며시 비웃었다.

"부인 혈도를 풀어달라면서 몸에 손도 대지 못하게 하면 도대체 어찌하라는 것이오?"

종만구는 아무 대답도 안 하고 버럭 성을 냈다.

"그러기에 애당초 왜 내 아내의 혈도를 찍은 것이냐? 아이고! 이런! 네놈이 내 아내 혈도를 찍으면서 내 아내 몸을 만진 것 아니냐? 나도 네 마누라 몸을 한 번 찍어야 손해를 안 보지."

종 부인은 종만구에게 눈을 흘기며 화를 냈다.

"또 헛소리! 웃음거리가 되는 게 두렵지도 않아요?"

"무슨 웃음거리? 이대로 손해를 볼 수는 없지 않소."

한참 정신없는 소란이 벌어지는 사이 갑자기 발이 들춰지더니 누군가 안으로 천천히 걸어들어왔다. 노란 비단 장포를 두르고 세 갈래의 긴 수염이 난 매우 준수한 용모를 지닌 사람이었다. 다름 아닌 대리국 황제 단정명이었다.

단정순이 외쳤다.

"황형!"

보정제는 고개를 끄덕이고선 몸을 살짝 구부려 대뜸 손가락을 뻗어 종 부인의 가슴과 배 사이를 찍어나갔다. 종 부인은 단전 윗부분이 뜨거워지며 두 줄기의 난류가 두 다리를 향해 흘러들어가는 느낌이 들자 순간 혈맥의 소통이 원활해지면서 몸을 일으킬 수 있었다.

종만구는 보정제가 펼친 이 신기의 격공해혈隔空解穴 수법을 보고는 경이롭다는 기색으로 입을 떡 벌린 채 한 마디도 하지 못했다. 세상에 그런 불가사의한 능력이 실제 있다는 사실을 믿지 못하고 있었던 것이다.

단정순이 말했다.

"황형, 예아가 저자들한테 납치됐습니다."

보정제가 고개를 끄덕였다.

"선천후한테 이미 들었네. 순 아우! 우리 단씨 자손이 남의 수중에 들어갔다면 아우 부부와 백부인 내가 구하러 가면 될 것이네. 굳이 인질까지 잡아둘 일은 없지."

그 말에 얼굴이 붉어진 단정순이 답했다.

"네!"

보정제의 이 몇 마디 말은 극히 당당하고 품위가 넘쳤다. 그 말에는 이런 뜻이 담겨 있었다.

'인질을 잡아 교환을 하겠다니 그게 대리단씨의 명성에 먹칠을 하는 것이 아니고 무엇이겠나? 우리 당당한 황실의 자제를 저런 초개 같은 여인들과 한데 섞어 논할 수는 없네.'

보정제는 잠시 멈추었다 종만구를 향해 말했다.

"세 분께선 이만 돌아가보시오. 사흘 안에 우리 단가에서 만겁곡에 사람을 보내 우리 예아를 청해올 것이오."

종만구가 말했다.

"우리 만겁곡은 은밀한 곳에 위치해 있어 쉽게 찾을 수 없을 것이오. 내가 위치를 설명해드리리까?"

그는 보정제가 물어볼 것에 대비해 일부러 이런 말로 곤란하게 만들 작정이었다.

그러나 보정제는 아랑곳하지 않고 소맷자락을 휘두르며 말했다.

"손님을 배웅해라!"

종만구가 불같은 성격의 소유자지만 화도 내지 않고 위엄을 풍기는 보정제 앞에서는 자기도 모르게 위축이 될 수밖에 없었다. 손님을 배웅하라는 그의 말을 듣자 종만구는 이 말만 내뱉을 따름이었다.

"좋소, 우린 가겠소! 노부는 평생 단씨 성을 가진 놈들을 가장 증오하오. 단씨 성을 가진 놈들 중에 호인은 단 한 명도 없으니까!"

그는 아내 손을 잡아끌고 노기충천한 표정으로 성큼성큼 방에서 걸어나갔다.

종 부인이 진홍면의 옷자락을 잡아당겼다.

"사저, 어서 가요."

진홍면은 단정순을 슬쩍 바라봤다. 하지만 넋이 빠져 아무 말도 못하고 자신에게 가지 말라는 눈짓조차 하지 않는 그를 보자 속으로 씁쓸한 기분을 금할 길 없어 도백봉을 독한 눈으로 한번 흘기고는 고개를 숙인 채 방을 나섰다. 방에서 나온 세 사람은 곧 지붕 위로 몸을 날렸다.

고승태가 지붕의 처마 끝에 서 있다가 살며시 몸을 굽히며 말했다.

"살펴 가시오!"

종만구는 지붕 위에 침을 퉤 뱉으며 분개한 목소리로 말했다.

"위선적인 놈들! 거드름을 피우는 꼴이라니! 괜찮은 놈이라고는 하나도 없단 말이야!"

그는 곧바로 기를 모으고 몸을 날려 지붕 위를 하나씩 밟고 뛰어갔다. 사방으로 빙 둘러싸인 담장에 이르러 다시 한번 기를 모아 훌쩍 몸을 날리고는 왼발을 뻗어 담장 위에 디디려는 순간, 갑자기 눈앞에 누군가가 나타났다.

그가 발을 디디려고 한 담장 위에 서 있던 사람은 다름 아닌 넓은 장포를 넉넉하게 걸쳐 입고 손님을 배웅하던 고승태였다. 원래 종만구 등 뒤에 있었건만 어찌 된 일인지 쥐도 새도 모르게 종만구 앞에 달려와 그가 발을 디디려 한 곳을 먼저 선점했던 것이다.

종만구의 몸은 공중에 떠 있는 상태라 뒤로 물러서기는커녕 방향조차 틀기 어려웠다.

"비켜라!"

종만구는 쌍장을 내지르며 고승태를 향해 가격해 나갔다. 그는 자신의 쌍장이면 비석도 쪼갤 수 있었기에 상대가 맞받아쳤다가는 담장 밑으로 나동그라질 것이라 생각했다. 설사 상대가 자신의 공력과 엇비슷하다 해도 상대의 맞받아치는 힘을 빌려 방향을 틀고 그 옆의 담장 위에 내릴 수 있을 것이라 생각한 것이다. 그의 쌍장이 고승태의 가슴에 이르려는 순간 고승태는 몸을 갑자기 뒤로 젖히며 담장 위에서 철판교鐵板橋 초식을 전개했다. 두 발은 여전히 담장 위에 견고하게 붙여두고 날아오는 쌍장을 가볍게 피한 것이다.

종만구는 자신의 일격이 불발되자 속으로 외쳤다.

'큰일이다!'

그러나 이미 횡으로 누운 고승태의 몸 위를 지나쳐버렸다. 선제공격이 실패로 돌아가자 자신의 가슴과 복부 그리고 하반신까지 모조리 무방비 상태가 되어 적이 마음대로 요리할 수 있는 상황이 된 것이다. 요행히도 고승태가 이 기회를 틈타 공격하지 않아 종만구는 두 발을 무사히 바닥에 딛을 수 있었다.

'다행이야!'

곧이어 종 부인과 진홍면도 담을 넘어 밖으로 나왔다.

고승태는 몸을 일으켜 세워 담장 밖을 응시하며 읍을 했다.

"멀리 나가지 않겠소!"

종만구는 흥 하고 코웃음을 쳤다. 순간 자신의 바지가 아래로 흘러내려가는 느낌이 들었다. 황급히 손을 뻗어 바지를 움켜쥔 덕에 그나마 간신히 추한 꼴을 면할 수 있었지만 바지를 더듬어보니 허리띠가 끊어져 있었다.

그제야 조금 전 고승태 몸을 지나칠 때 고승태가 손가락으로 자신의 허리띠를 끊어버린 사실을 알게 됐다. 상대가 인정사정 보지 않고 내력을 운용한 일지로 단전이나 다른 요혈을 찍기라도 했다면 자신은 이미 시체로 변해 바닥에 널브러져 있었을 것이다. 그는 속으로 무척 놀랍고도 화가 나 헛기침을 한 번 한 뒤 고개를 돌려 담장에다 가래침을 내뱉었다. 퉤 하는 소리와 함께 가래침이 힘 있게 날아가 담장에 명중됐다.

목완청은 정신없이 진남왕부를 빠져나왔다. 단 왕비 도백봉과 종만구가 그를 불러세웠지만 들은 체도 하지 않고 얼굴을 감싸쥔 채 바람처럼 내달려갔다. 이 넓고 넓은 대지 위에 더 이상 자신이 머무를 곳이 없는 것처럼 느껴졌다. 황폐한 산과 거친 봉우리 속을 여명이 밝을 때까지 마구 내달렸다. 양다리가 맥이 풀려 노곤하게 느껴지자 그제야 걸음을 멈추고는 커다란 나무에 기대 발을 동동 구르며 소리쳤다.

"차라리 죽는 게 나아! 살고 싶지 않아!"

가슴 가득 원한과 분노가 차올랐지만 누구를 원망하고 누구에게 화를 내야 할지 몰랐다.

'단랑이 정을 저버린 건 결코 아니야. 다만 우연한 일들이 겹치다 보니 공교롭게도 배다른 오라버니가 됐을 뿐이지. 사부님이 내 친어머니였다니. 10여 년 동안 어머니는 온갖 고생을 참고 견디며 날 어른이 될 때까지 키워주셨으니 그 은혜가 태산과도 같은데 내가 어찌 그분을 탓할 수 있으리…. 진남왕이 바로 내 친아버지였어. 그분이 어머니한테 잘못은 했지만 잘은 몰라도 그 안에 말 못할 고충이 수없이 많았을 거야. 그분은 나한테 무척이나 온화하고 자상한 태도로 대하셨어.

더구나 무슨 소원이든 말하면 최선을 다해 들어준다고까지 말했잖아? 하필 그 소원은 그분이 들어줄 수가 없는 일이었어. 어머니가 아버지와 부부가 될 수 없었던 것도 도백봉이 중간에서 방해를 했기 때문일 거야. 그래서 나더러 도백봉을 죽이라고 한 거겠지…. 나 같으면 안 그랬을 텐데. 난 단랑한테 시집을 가도 절대 다른 여자를 두게 만들지 않을 거야. 그가 보고 싶어 하는 종영 그 계집애조차도 안 돼. 하물며 도백봉은 출가를 해서 여도사가 됐잖아? 물론 아버지가 그 여자에게도 잘못한 게 있겠지. 그 여자를 아내로 삼고 아들까지 낳았는데 또 우리 어머니한테 가서 시시덕거려서 평생 상심하게 만들었겠지. 내가 옥허관 밖에서 그 여자한테 독전 두 발을 쐈을 때 그 여자는 전혀 화를 내지 않았고 왕부에서 또 두 발을 쏴서 자기 외아들을 다치게 만들었는데도 여전히 날 힘들게 하지 않았어. 이제 보니… 이제 보니 그 여자도 그리 악독한 사람은 아닌 것 같아….'

이런저런 생각을 하니 그저 가슴만 아플 뿐이었다.

'단예를 잊어야만 해. 지금부터 다시는 생각하지 않을 거야!'

하지만 입으로 내뱉기는 쉬워도 기억을 지운다는 것이 그리 쉬울 리가 있겠는가? 단예의 준수한 용모와 훤칠한 몸매가 뇌리 속에 떠오를 때마다 마치 누군가에게 주먹으로 한 대 맞은 듯 가슴이 저려왔다. 잠시 후 스스로 해결책을 내놓고 위안을 했다.

'앞으로 그를 오라버니로 여기면 되는 거잖아? 본래 부모라고는 없는 고아였는데 이제 아버지도 생기고 어머니도 생기고 오라버니도 한 명 더 생겼으니 기뻐해야 옳지. 바보! 상심할 게 뭐 있다고?'

그러나 정분의 올가미에 한번 빠지면 그 부드러운 실에 뒤엉켜 더욱 옥죄이기 마련이었다. 그녀는 무량산 고봉 위에서 이레 밤낮을 눈이 빠져라 하고 고통 속에 기다리면서 이미 정이 깊을 대로 깊어져 더 이상 헤어날 방법이 없었다.

"우르릉, 우르릉."

이때, 엄청난 굉음과 함께 거센 물이 부딪혀 흐르는 소리가 끊임없이 들려왔다. 목완청은 극단적인 좌절감에 빠진 나머지 순간 죽어버리고 싶다는 마음이 일어 물소리가 나는 쪽으로 걸어가게 됐다. 산등성이를 하나 넘자 산기슭 밑으로 도도하게 흐르는 난창강이 보였다. 그녀는 길게 한숨을 내쉬고 잠시 생각에 잠겼다.

'여기서 훌쩍 뛰어내리기만 하면 모든 번뇌가 사라져버리겠지.'

산비탈을 따라 걷다 강변에 이르자 아침 햇살이 벽옥碧玉 같은 강물 위에 마치 황금 한 층을 박아넣은 듯 환히 비치었다. 이곳으로 뛰어내린다면 이 웅장하기 그지없는 풍경은 물론 다른 수많은 아름다운 것들을 더 이상 볼 수 없게 되는 것이 아닌가?

조용히 강변에 서 있으니 이런저런 생각이 세차게 흘러가는 강물처럼 뇌리를 스치고 지나갔다. 돌연 눈길이 미치는 수십 장 밖의 한 암석 위에 누군가 앉아 있는 모습이 보였다. 푸른 암석과 흡사한 푸른색 도포를 입고 있는 그 사람은 시종 꼼짝도 하지 않았다. 얼마나 움직임이 없었으면 강변에 한참을 서 있었는데도 여태껏 알아채지 못했을까? 목완청은 그 사람을 몇 번이나 쳐다보다 생각했다.

'죽은 사람 시신일 거야. 근데 시신이 어떻게 앉아 있지? 그래, 앉아서 죽은 시신이구나.'

손만 들면 사람을 죽이던 그녀였기에 죽은 사람에 대한 두려움은 전혀 없었다. 그녀는 호기심이 일어 재빨리 곁으로 다가가 시신을 자세히 살폈다. 시신은 청포를 입고 있는 나이가 좀 들어 보이는 노인이었다. 가닥마다 칠흑같이 검은 아주 긴 수염을 가슴까지 늘어뜨리고, 이마에서 턱까지 똑바로 베인 기다란 검붉은 색 칼자국이 얼굴에 나 있는 아주 무시무시해 보이는 사람이었다. 크게 부릅뜬 두 눈은 강 한복판을 바라보고 있었지만 단 한 번도 깜빡거리지 않았다.

목완청이 외쳤다.

"시신이 아니잖아?"

하지만 몇 번 더 자세히 살펴보니 미동도 하지 않고 눈동자조차 좀처럼 굴리지 않는 모습이 살아 있는 사람으로 보이지는 않았다.

"자세히 보니 시신이네? 시신이니까 눈을 깜빡거리지 않은 것도 이상한 일은 아니지. 시신이 눈을 깜빡거리면 그게 이상한 거잖아."

또 한참을 자세히 살피자 시신의 두 눈에는 생기가 넘쳐흐르고 얼굴에도 혈색이 감돌고 있는 것처럼 보여 코 밑에 손을 가져다 대봤지만 숨을 쉬는 것 같기도 하고 쉬지 않는 것 같기도 했다. 이번에는 볼을 더듬어봤지만 차가웠다 뜨거웠다를 반복했고, 아예 가슴을 더듬자 심장이 멈춘 것 같기도 하고 뛰는 것 같기도 했다. 목완청은 놀라움을 감출 수 없어 혼자 중얼거렸다.

"정말 이상한 사람이군. 죽은 사람 같은데 살아 있는 사람 같고, 살아 있는 사람이라고 하자니 또 죽은 사람 같잖아."

느닷없이 어딘가에서 누군가의 목소리가 들렸다.

"난 살아 있는 사람이다."

목완청이 깜짝 놀라 재빨리 고개를 돌렸지만 등 뒤에는 아무도 보이지 않았다. 강변에는 거위 알 크기의 돌들이 어지럽게 널려 있을 뿐 아무리 눈을 크게 뜨고 바라봐도 사람이 숨어 있을 만한 곳은 없었다. 더구나 그녀는 줄곧 그 괴인을 바라보고 있었기 때문에 목소리가 들리는 순간 그가 입술을 움직이지 않은 것도 확실했다. 그녀는 큰 소리로 외쳤다.

"누가 이 낭자를 희롱하는 것이냐? 살고 싶지 않으냐?"

이 말과 함께 뒤로 두 발 물러서서 강을 등지고 삼면을 주시했다.

그때 그 목소리가 다시 들렸다.

"살고 싶지 않은 게 확실하다."

목완청은 무척이나 놀랐지만 눈앞에 보이는 건 오로지 그 괴인뿐이었다. 그러나 입술이 꾹 다물어져 있는 것을 보고 그가 말하고 있는 것이 아니라는 생각이 들었다. 그녀는 큰 소리로 고함을 쳤다.

"지금 누가 말을 하는 것이냐?"

그 목소리가 들렸다.

"네가 말하고 있지 않느냐?"

"나에게 말하는 자가 누구냐?"

"너에게 말하는 자는 없다."

목완청이 재빨리 몸을 세 바퀴나 돌려 주위를 둘러봤지만 자기 그림자 외에는 누구도 보이지 않았다.

하지만 이때는 이미 그 청포객이 수상쩍다고 생각하고 있던 터였다. 곧 그의 곁으로 다가가 용기를 내서 손바닥으로 그의 입술을 닫고 물었다.

"당신이 나한테 말하는 거야?"

"아니!"

손바닥에서 전혀 진동을 느끼지 못한 목완청이 다시 한번 물었다.

"분명 누군가 나한테 말을 했는데 왜 아무도 없는 거지?"

"난 사람이 아니고 나도 내가 아니다. 이 세상에 나란 존재는 없어."

목완청은 순간 모골이 송연해져 속으로 생각했다.

'설마 진짜 귀신이 있는 건가?'

그러고는 물었다.

"당… 당신 귀신이야?"

"스스로 살고 싶지 않아 귀신이 되려 해놓고 어찌 귀신을 두려워하는 것이냐?"

목완청이 강경한 목소리로 말했다.

"누가 귀신을 두려워한다고 했는데? 난 하늘은 물론 땅도 두려워하지 않는다!"

"한 가지 사실만은 두려워하겠지."

"흥! 난 그 무엇도 두려워하지 않는다."

"아니, 두려워한다. 훌륭한 낭군이 갑자기 친오라버니로 변한 상황을 두려워하고 있지."

목완청은 그 목소리가 한 이 말에 마치 몽둥이로 머리를 한 대 맞은 듯 두 다리에 맥이 풀려 그대로 바닥에 주저앉고 말았다. 그렇게 한참을 멍하니 있다가 중얼거리듯 말했다.

"귀신이야, 귀신!"

"나한테 방법이 있다. 단예를 네 친오라버니가 아니라 다시 네 좋은 낭군이 되도록 바꿀 수 있는 방법 말이야."

목완청이 떨리는 목소리로 말했다.

"거… 거짓말! 그건 하늘이 점지한 일이라 바… 바꿀 수가 없어."

"하늘? 그 망할 놈의 하늘은 신경 쓸 필요가 없다. 네 오라버니를 네 남편으로 만들 수 있는 방법이 있어. 원하느냐?"

목완청은 낙담한 상태로 극한의 절망감에 빠져 있었기에 그의 말이 하늘에서 내려온 유지처럼 느껴졌다. 비록 반신반의하기는 했지만 다급한 마음에 그 말에 응했다.

"원해요. 네, 원해요!"

그 목소리는 더 이상 아무 소리도 내지 않았다.

잠시 후 목완청이 말했다.

"당신은 누구죠? 어떻게 생겼는지 보여주면 안 되나요?"

그 목소리가 말했다.

"이미 날 본 지 오래됐는데 아직도 부족하더냐?"

그 목소리는 처음부터 끝까지 단조롭고 높낮이가 전혀 없었다.

"당신은… 여기 이게… 바로 당신인가요?"

"나도 내가 아닌지 모른다. 아…!"

그의 마지막 이 깊은 한숨 속에는 가슴 가득 답답하고 괴로운 심정이 무의식중에 드러났다.

목완청은 더 이상 의심을 품지 않았다. 그 목소리는 바로 눈앞에 있는 청포 노인이 내는 소리란 것을 알았기 때문이다.

"입술도 움직이지 않고 어떻게 말을 할 수가 있죠?"

"난 산송장이라 입술을 움직이지 못한다. 목소리는 배 속에서 나오는 거야."

목완청은 어린 나이라 아직 동심을 벗어나지 못한 상태였다. 조금 전까지 우수에 가득 차 있던 그녀는 입술을 움직이지 않고 말을 할 수 있다는 그의 말을 듣고 당장 자신도 모르게 흥미를 느꼈다.

"배를 이용해 말을 할 수 있다니 정말 신기해요."

"손으로 내 뱃가죽을 만져보면 알 것이다."

목완청이 손으로 그의 배 위를 누르자 청포객이 말했다.

"지금 내 배가 떨리고 있는 게 느껴지느냐?"

목완청은 목소리를 따라 이는 뱃가죽의 파동이 자신의 손바닥에서 느껴지자 활짝 웃었다.

"하하… 진짜 신기하네요!"

그녀는 청포객이 일종의 복화술을 연마했다는 사실을 모르고 있었다. 세상에 인형극을 잘하는 사람은 많아도 이 사람처럼 명확하게 복화술을 하는 건 쉬운 일이 아니었다. 내공이 심후하지 않은 사람은 절대 할 수 없는 기술이었기 때문이다.

목완청은 그의 몸 주변을 몇 번씩이나 돌고 또 돌면서 자세히 살펴보다 물었다.

"그럼 밥은요? 입술을 움직이지 않고 어떻게 먹죠?"

청포객은 양손을 뻗어 한 손으로는 윗입술을, 한 손으로는 아랫입술을 잡아당겨 자신의 입술을 벌렸다. 곧 왼 손가락 두 개로 벌린 입을 버티고 오른손으로 뭔가를 입에 집어넣는 척하다 꿀꺽 소리를 내며 삼켜버렸다.

"이렇게 하지."

목완청이 한숨을 내쉬었다.

"휴! 정말 가엾네요. 그럼 맛이라고는 전혀 모를 거 아니에요?"

이때 목완청은 그가 안면 근육이 경직되어 있어 눈꺼풀조차 닫을 수 없다는 걸 알아차렸다. 심지어 얼굴에 희로애락의 감정이라고는 전혀 없었다. 처음 대면할 때 그가 시신이라고 여겼던 것도 바로 이 점 때문이었다.

그녀는 공포심이 사라지긴 했지만 곧 이런 의구심이 들었다. 자신이 처한 극한의 어려움조차 해소하지 못하는 사람이 어찌 하늘을 거슬러 자기 친오라버니를 남편으로 바꿔줄 수 있다는 말인가? 가만 보니 앞서 했던 말들은 그저 헛소리에 불과할 뿐이었다. 다만 그런 이 사람이 가엾게 느껴져 넌지시 질문을 던졌다.

"제가 도와드릴 일이 있나요?"

"고맙지만 없다!"

목완청은 한참을 망설이다 한숨을 푹 쉬고 몸을 돌려 천천히 발걸음을 내딛었다. 그때 그 목소리가 들렸다.

"내가 단예를 네 남편으로 만들어줄 것이니 날 떠나서는 안 된다."

목완청은 엷은 미소를 띠고 서쪽을 향해 몇 걸음 걸어가다 갑자기 걸음을 멈춰 뒤돌아서서 물었다.

"우린 잘 알지도 못하는 사이인데 내 속마음을 어찌 아는 거죠? 혹… 혹시 단랑을 잘 아나요?"

"네 속마음이야 물론 잘 알지."

그는 양팔 소맷자락 속에서 각각 가느다란 검은색 철장鐵杖 하나씩을 꺼내 들고 말했다.

"가자!"

이 말과 함께 왼손 철장으로 바위 위를 한 번 찍자 몸이 훌쩍 날아오르며 1장가량 밖에 사뿐히 내려앉았다. 목완청은 두 다리가 허공에 떠 있는 상태로 오로지 철장 하나에만 지탱하며 극히 평온한 자세로 있는 그의 모습을 보고 매우 신기해했다.

"당신 두 다리가…."

"내 두 다리는 이미 불구가 된 지 오래다. 됐어. 지금부터 나에 관해서는 더 이상 물어보지 마라!"

"더 물어보면요?"

말이 끝나기가 무섭게 목완청은 갑자기 두 다리에 맥이 풀려 땅바닥에 쓰러져버리고 말았다. 청포객이 질풍처럼 달려와 오른손 철장으로 그녀의 오금을 연달아 두 번 찍고, 이어서 두 다리가 뼛속까지 저리도록 가격을 했던 것이다. 그녀 입에서 비명이 터져 나오자 청포객은 철장을 연이어 찍어가며 다시 그녀의 혈도를 풀어주었는데 그 수법이 기묘할 정도로 빨랐다. 목완청은 벌떡 일어나 화를 내며 말했다.

"정말 무례하기 짝이 없구나!"

이 말과 함께 소맷자락 속의 단전을 걸어쥐고 쏘려 했다.

"단전 한 발을 쏠 때마다 볼기짝 한 대씩 때릴 것이다. 나한테 단전 열 발을 쏘면 볼기짝 열 대를 맞는 것이다. 못 믿겠으면 쏴봐라!"

목완청은 생각했다.

'단전을 쏴서 명중시키면 그 자리에서 죽어버릴 텐데 날 어찌 때리겠어? 나쁜 사람도 아닌 것 같고 불쌍하기도 한데 죽일 필요까지는 없잖아? 더구나 이자의 무공이 남해악신보다 고강한 것 같아 명중시키기는 쉽지 않을 거야. 그럼 정말 날 때릴 텐데 그럼 큰일이잖아?'

이때 그 목소리가 들렸다.

"감히 날 쏘지 못할 거라면 순순히 내 지시대로 해라. 내 말 거스르지 말고."

"불쌍해 보여서 죽이지 않는 거지 쏘지 못하는 게 아니에요. 그리고 당신 지시대로 순순히 따르진 않을 거예요!"

이 말을 하고 단전 발사기에서 오른손 손가락을 뗐다.

청포객이 두 다리를 대신해 가느다란 철장 두 개로 앞을 향해 걸어가자 목완청은 그 뒤를 따랐다. 길이가 7~8척가량 되는 철장들은 한 번 내디딜 때마다 보통 사람 걸음의 두 배 이상을 갔다. 그러다 보니 목완청이 기를 모아 힘겹게 추적해야 겨우 따라붙을 수 있었다. 산을 오르고 준령을 넘는 청포객의 발걸음은 마치 평지를 걷는 듯했다. 그는 산중에 나 있는 길은 물론 어지럽게 널린 바위들과 가시밭도 철장을 찍어가며 거침없이 나아갔다. 줄곧 고생스럽게 쫓아가던 목완청은 옷자락이 가시에 너덜너덜 찢겼지만 원망하거나 약한 모습을 보이진 않았다.

산봉우리를 몇 개 넘자 저 멀리 시커멓고 큰 숲이 보였다. 목완청이 생각했다.

'만겁곡에 당도했구나!'

그녀는 청포객을 향해 물었다.

"만겁곡에는 뭐 하러 가는 거죠?"

청포객은 몸을 뒤로 돌리면서 대뜸 철장을 날려 그녀의 오른쪽 다리를 한 대 때렸다.

"계속 그렇게 잔소리를 할 테냐?"

평소의 목완청 성격이라면 상대에게 적수가 되지 못한다 해도 누군가에게 이런 수모를 당하고 가만있지 않았을 것이다. 하지만 지금은 이 정도로 고강한 실력을 지닌 사람이라면 혹시라도 자기 소원을 들어줄 수 있을지 모른다는 생각이 들었던 터라 적당히 얼버무리며 참을 수밖에 없었다.

"내가 당신을 겁내는 줄 알아요? 잠시 봐주는 줄 알아요!"

"가자!"

청포객은 나무 동굴을 뚫고 들어가는 대신 산골짜기 옆 비탈길을 돌아 골짜기 뒤편으로 걸어갔다. 마치 골짜기 내의 지름길을 훤히 꿰뚫고 있는 듯 좌우로 이리저리 돌아 점점 골짜기 뒤쪽 깊은 곳으로 들어갔다.

목완청은 사숙인 감보보를 만나기 위해 만겁곡에 왔을 때 골짜기 안에서 수일간 머무른 적이 있었다. 지금 청포객이 그녀를 데리고 들어간 곳은 그녀가 한 번도 와본 적이 없는 곳이었기에 만겁곡 내에 이렇게 황량하고 외진 곳이 있으리라고는 상상도 하지 못했다.

한참을 걸어가다 한 거대한 숲속으로 진입했다. 사방이 모두 하늘을 찌를 듯한 고목들로 가득해서 햇살이 찬연하게 비칠 때였지만 그 안은 마치 황혼이 질 무렵처럼 어두컴컴했고 안으로 들어가면 들어갈수록 울창해져 나중에는 몸을 옆으로 세워 지나가야만 할 정도였다. 다시 수십 장을 더 걸어가자 전면에 커다란 담장을 연상케 하는 수많은 고목들이 빽빽하게 모여 있어 더 이상 진입할 수가 없었다.

청포객이 왼손 철장을 뻗어 목완청의 등에 대고 휘두르자 그녀의 몸은 자기도 모르게 허공으로 치솟아 한 고목의 나뭇가지 위에 내려

앉았다. 그사이 청포객은 허공으로 가볍게 뛰어올라 철장을 한 고목 위에 꽂고 그대로 몸을 날려 고목 담장을 뛰어넘었다. 그런 능력이 없는 목완청은 고목의 나뭇가지와 잎들에 고스란히 부딪쳐가며 나무 담장 건너편으로 뛰어내려야 했다.

눈앞에 넓은 공터가 보이고 그 중간에 석옥石屋 하나가 외롭게 서 있었다. 기괴한 모양의 석옥은 무수히 많은 돌을 울퉁불퉁하게 겹겹이 쌓아놓아 마치 작은 산처럼 보였는데 그 앞에 동굴 같은 입구가 있었다. 청포객이 소리쳤다.

"들어가!"

목완청이 석옥 안을 슬쩍 들여다보니 그 안은 어두컴컴하기 이를 데 없었다. 안에 무슨 괴물 같은 게 숨어 있는지 알 수 없는 판국에 어찌 무턱대고 들어갈 수 있겠는가? 돌연 누군가의 손바닥이 그녀 등을 누르는 느낌이 들었다. 목완청이 황급히 피하려 했지만 청포객은 손바닥으로 공력을 토해내 그녀를 석옥 안으로 밀어넣었다.

그녀는 왼손으로 몸을 보호한 채 효풍불류曉風拂柳 초식을 펼쳐 얼굴을 막았다. 어둠 속에 있을지 모를 알 수 없는 괴물의 습격이 두려웠던 것이다.

"구르릉, 쾅!"

커다란 굉음을 내며 옥문이 뭔가 육중한 물체에 의해 닫혀버렸다. 대경실색한 그녀가 재빨리 입구로 다가가 손을 뻗어 밀어봤지만 손이 닿은 곳은 거칠기 짝이 없었다. 자세히 보니 거대한 화강암이었다.

그녀는 양팔에 기를 모아 전력을 다해 밀었다. 그러나 거대한 암석은 꿈쩍도 하지 않았다. 다시 한번 필사적으로 힘을 모아 밀어봤지만 거석이 미동도 하지 않자 다급한 마음에 큰 소리로 외쳤다.

"이봐요, 왜 날 여기 가두는 거죠?"

그때 청포객의 목소리가 들려왔다.

"나한테 한 부탁을 벌써 잊은 게냐?"

그 목소리는 거대한 암석 옆에 난 구멍을 통해 아주 또렷이 들렸다. 목완청은 정신을 가다듬고 옥문을 막고 있는 암석을 살폈다. 암석 주변 도처에는 빈틈이 드러나 있었는데 크기가 2~3촌가량 되는 것이 있는가 하면 어떤 것은 반 척에 가까웠다. 하지만 절대 몸이 지나갈 수 있는 크기가 아니었다.

목완청이 부르짖었다.

"내보내줘요! 어서 내보내줘요!"

밖에서는 더 이상 아무 기척도 없었다. 빈틈에 눈을 갖다대고 밖을 쳐다보니 저 멀리 보이는 청포객이 커다란 파랑새처럼 고공으로 훌쩍 뛰어올라 고목 담장을 뛰어넘어가고 있었다.

목완청은 몸을 돌려 뒤돌아서다 눈이 번쩍 뜨였다. 석옥 한 귀퉁이에 탁자와 침상이 있는데 그 침상 위에 누군가 앉아 있었던 것이다. 그녀는 다시 한번 깜짝 놀라 소리쳤다.

"다… 당신은…."

그 사람이 몸을 일으켜 두 걸음 걸어나오며 소리쳤다.

"완 누이, 당신도 왔소?"

놀라움과 기쁨으로 가득 찬 그 음성은 뜻밖에도 단예였다.

목완청은 절망 속에서 뜻밖에도 정든 임과 해후를 하자 환희에 찬 나머지 심장이 멎어버릴 것만 같았다. 그녀는 당장 달려가 그의 품속에 와락 안겨버렸다. 석옥 내부에 불빛이라고는 거의 없었지만 단예는 어렴풋이나마 그녀의 창백한 얼굴에서 두 줄기 눈물이 흘러내리는 모습을 볼 수 있었다. 그는 가여운 마음에 그녀를 꼭 껴안고는 바르르 떨리는 그녀의 앵두 같은 입술을 보자 참을 수 없다는 듯 그녀 입술에 입을 맞추었다. 두 사람은 상대 입술이 맞닿는 순간 같은 생각을 했다.

'우리 두 사람은 남매야. 이러면 안 돼.'

두 사람 모두 순간 움칫하며 껴안고 있던 두 팔을 풀고 각자 뒤로 물러섰다. 그러고는 석실 벽에 등을 기댄 채 넋을 잃고 상대방을 쳐다봤다.

"흑!"

목완청이 별안간 소리를 내며 울음을 터뜨리자 단예가 부드러운 목소리로 위안을 했다.

"완 누이, 이는 하늘이 점지해주신 운명이니 괴로워할 것 없소. 난 당신 같은 누이가 생겨서 정말 기쁜 마음이오."

목완청은 발을 동동 구르며 큰 소리로 울었다.

"난 괴로워해야겠어요. 기쁘지 않아요! 당신이 기쁜 마음이라면 당신은 양심도 없는 사람이에요."

단예가 한숨을 내쉬었다.

"달리 방도가 있겠소? 애당초 완 누이를 만나지 말았어야 했소."

목완청은 발을 동동 굴렀다.

"난 당신을 만나려 한 적 없어요. 누가 날 찾아오래요? 당신이 전갈을 전하지 않는다고 꼭 그들 손에 죽임을 당하는 것도 아니었는데! 당신은 내 흑매괴를 죽음에 이르게 만들고 내 마음마저 갈기갈기 찢어놨어요. 게다가 내 사부님을 내 어머니, 당신 아버지를 내 아버지로 바꾸어놓고, 당신 자신을 내 오라버니로 바꾸어놨어요! 난 싫어요! 모든 게 싫단 말이에요! 당신은 또 날 여기 갇히게 만들었어요! 난 나갈래요! 나가고 싶다고요!"

"완 누이, 다 내 잘못이오. 화내지 마시오. 천천히 빠져나갈 방법을 생각해봅시다."

"안 나갈 거예요. 여기서 죽어도 좋고 나가서 죽어도 좋아요. 다 상관없어요. 안 나가요! 안 나간다고요!"

조금 전까지만 해도 나가겠다고 소리를 치던 사람이 잠깐 사이에 다시 나가지 않겠다고 소리를 치고 있었다. 단예는 그녀의 감정이 격해져 있음을 알고 있었기에 달리 납득시킬 방법이 없어 더 이상 아무 말도 하지 않았다.

목완청이 한바탕 성질을 부렸지만 단예가 외면하자 물었다.

"왜 아무 말도 안 하죠?"

"무슨 말을 하라는 거요?"

"여기서 뭐 하고 있었는지 물었잖아요?"

"내 제자한테 잡혀왔소…."

"당신 제자?"

그러나 불현듯 기억이 나자 목완청은 자신도 모르게 울음을 그치고 빙긋 웃었다.

"맞아요. 남해악신이었죠. 그 사람이 당신을 잡아와 가뒀다고요?"

"그렇소."

"그럼 사부님답게 무게를 잡고 당장 풀어달라고 말했어야죠."

"어디 한두 번 말했겠소? 몇 번이나 무게를 잡고 분부했지만 그자는 오히려 자기를 사부로 모셔야만 풀어주겠다고 했소."

"허! 당신이 제대로 무게를 잡지 못했나 보죠."

"그럴 수도 있지. 완 누이, 당신은 누구한테 잡혀온 거요?"

목완청은 우연히 청포객을 만난 일을 간략하게 설명해줬지만 오라버니를 남편으로 바꿔달라고 했다는 부분에 대해서는 함구했다. 단예는 그자가 입술을 움직이지 않고 배 속에서 말을 할 수 있으며 두 다리가 불구인데도 날아가듯 내달린다는 말에 호기심이 일었다. 이에 자세한 내막을 끊임없이 캐물으며 매우 신기해했다.

두 사람이 한참을 얘기하고 있을 때 갑자기 석옥 밖에서 딸그락 소리와 함께 동굴 구멍 틈 사이로 그릇 하나가 들어왔다. 곧이어 누군가의 목소리가 들렸다.

"밥 먹어!"

단예가 손을 뻗어 받아드니 그릇 안에는 구수한 냄새가 풍기는 따끈따끈한 홍소육紅燒肉이 있었다. 이어서 찐빵 열 개가 구멍 사이로 들어왔다. 단예는 홍소육과 찐빵을 탁자 위에 올려놓고 나지막이 말했다.

"이 음식 안에 독약이 들어 있지 않을까?"

"저들이 우리를 죽이려 한다면 일도 아니에요. 밥을 안 주면 그뿐인데 굳이 독까지 쓸 필요는 없겠죠."

단예는 그 말이 옳다고 생각했다. 게다가 마침 배도 고팠다.

"먹읍시다!"

그는 홍소육을 찐빵 안에 집어넣어 목완청에게 먼저 주고 자신도 먹기 시작했다. 밖에서 누군가의 목소리가 들렸다.

"다 먹고 나면 빈 그릇을 밖에 내놔라. 누가 와서 치워갈 것이다."

그 사람은 이 말을 하자마자 곧바로 가버렸다. 목완청이 구멍을 통해 바라보니 그 사람은 나무를 타고 위로 올라가 고목 담장의 다른 곳에서 뛰어내려갔다. 이를 본 목완청이 속으로 생각했다.

'밥을 주고 간 사람의 몸놀림이 범상치 않군.'

그녀는 다시 단예 곁으로 가서 함께 홍소육을 넣은 찐빵을 먹기 시작했다.

단예가 찐빵을 먹으며 말했다.

"염려할 것 없소. 백부님과 아버지께서 우리를 구하러 오실 거요. 남해악신과 섭이랑 같은 자들의 무공이 아무리 고강하다 해도 우리 아버지의 적수가 되지는 못할 것이오. 백부님께서 친히 오신다면 놈들은 더더욱 추풍낙엽처럼 쓰러지겠지. 그럼 필시 뿔뿔이 흩어져 도망쳐 버리고 말 것이오."

"흥! 대리국의 황제일 뿐인데 무슨 무공이 그리 대단하다고 그러는 거죠? 그 청포 괴인을 당해낼 수 있을 거라고는 믿지 않아요. 보나마나 철갑기병 수천 명을 대동하고 공격해올 테지요."

단예가 머리를 연이어 설레설레 흔들었다.

"아니오. 그렇지 않소! 우리 단씨의 선조는 원래 중원 무림의 인사였소. 대리에서 나라를 세워 황제가 되긴 했지만 중원 무림의 규율만은 아직까지 잊지 않고 있지. 세력만 믿고 남을 업신여기거나 수에 의지해 이기려 든다면 대리단씨는 천하영웅들의 비웃음거리가 되고 말 것이오."

“쳇! 이제 보니 당신 집안사람들은 황제나 왕이 되고 나서도 강호 호한의 신분을 버리지 못하고 있는 거군요.”

“백부님과 아버지께서 늘 하시는 말씀이 있소. 사람은 근본을 잊어서는 안 된다고 말이오.”

목완청이 흥 하고 비웃고는 말했다.

“쳇! 입으로는 인의도덕을 말하면서 일을 행함에 있어서는 비열하고 파렴치하던데요? 당신 아버지는 당신 어머니가 있는데 왜 또… 우리 사부님께 못된 짓을 한 거죠?”

단예는 순간 머뭇거리다 말했다.

“아니! 당신이 어찌 내 아버지를 욕할 수 있소? 내 아버지가 바로 당신 아버지 아니오? 더구나 천하의 황제와 제후들의 후손들 중에 부인을 여럿 두지 않는 경우가 어디 있단 말이오? 부인을 열 명 스무 명 둔다 해도 문제 될 것은 없는 것이오.”

이 시기는 북송北宋 연간이라 북쪽에는 거란, 중원에는 송, 서북쪽에는 서하西夏, 서남쪽에는 토번吐蕃, 남쪽에 대리가 있었다. 삼궁육원三宮六院[7]이라 하여 후궁을 3천 명이나 거느리고 있는 송나라 황제는 말할 것도 없고, 나머지 네 나라의 황제와 제후들 역시 정비正妃 외에 많게는 수백 명, 적게는 수십 명까지 무수히 많은 시첩을 거느리고 있었으며, 차순위인 제후들의 귀족 관리들 역시 시첩을 거느리지 않은 이가 없었다.

예로부터 이어진 역대 왕조들 모두 이와 같았기에 세인들은 이미 당연한 것으로 받아들이고 있었다.

목완청은 그 말을 듣고 속에서 화가 치밀어올라 단예의 오른쪽 뺨을 세차게 후려갈겼다. 찰싹 하는 소리가 우렁차게 울려퍼짐과 동시에 순간 어안이 벙벙해진 단예는 손에 있던 반쯤 먹다 만 찐빵을 땅바닥에 떨어뜨리고 말았다.

"아니… 누이…."

목완청이 화를 버럭 냈다.

"그 사람은 아버지로 인정 못해요! 처첩들을 여럿 거느리는 남자는 양심이 없는 거예요. 한 사람이 여럿에게 마음을 품는다는 것 자체가 무정하고 의리가 없다는 거라고요."

단예는 부어오르기 시작한 자신의 뺨을 어루만지며 씁쓸하게 웃었다.

"난 당신 오라버니이고 당신은 내 누이인데 어찌 이리 무례하게 군단 말이오?"

목완청은 가슴속의 울분을 풀 길이 없자 손을 들어 다시 한번 단예의 뺨을 후려쳤다. 그러나 이번에는 미리 대비를 한 단예가 발을 교차시키는 능파미보를 전개해 그녀의 등 뒤로 슬쩍 피했다. 목완청이 다시 일장을 날렸지만 단예는 이를 또다시 피했다. 석실 내부는 고작 1장 남짓한 정방형의 공간이었지만 그가 펼쳐내는 신묘하기 그지없는 능파미보는 목완청의 손이 갈수록 빨라지는데도 불구하고 절대 닿지 않았다. 목완청은 갈수록 더 화가 치밀어올랐다.

"아야!"

별안간 비명 소리와 함께 목완청이 넘어지는 척을 하자 단예가 깜짝 놀라 외쳤다.

"어찌 그러시오?"

이 말을 하며 손을 뻗어 부축하려 하자 목완청은 아주 얌전히 그의 몸에 기대는 척하다 왼팔로 그의 목을 끌어당기며 재빨리 휘어감았다.

"어디 한번 또 도망가봐요!"

이 말과 동시에 오른손으로 그의 왼쪽 뺨을 냅다 후려갈겼다. 찰싹 하는 낭랑한 소리가 석실 안에 울려퍼졌다.

단예는 극심한 통증을 느끼고 괴성을 질러댔다. 그때 갑자기 단전 안에서 한 줄기 뜨거운 열기가 급속도로 상승하더니 삽시간에 혈맥이 팽창하면서 제어할 수 없는 정욕이 솟구쳐오르기 시작했다. 순간 자신의 품에 안긴 낭자의 미세한 숨소리와 은은한 향기가 느껴지자 정신이 혼란스러운 가운데 자기도 모르게 그녀의 입술에 입을 맞추게 됐다.

이 입맞춤에 목완청은 순간 전신의 맥이 풀려버렸다. 단예는 그녀의 몸을 들어올려 침상에 눕히고 손을 뻗어 그녀가 입은 옷의 단추를 풀기 시작했다. 목완청이 나지막이 속삭였다.

"다… 당신은 내 친오라버니예요!"

단예는 의식이 혼란스러운 상태였지만 이 말만은 청천벽력과도 같았다. 순간 멍하니 있다 급히 그녀를 내려놓고는 뒤로 세 걸음 물러나 양손을 좌우로 펼쳤다가 퍽퍽퍽퍽! 하고 자기 입을 연이어 네 번 후려갈기며 자책을 했다.

"난 죽어도 싸! 죽어도 싸!"

목완청은 시뻘겋게 충혈된 그의 두 눈에서 기이한 광채가 발하는 데다 얼굴 근육이 비틀린 채 떨리고 콧구멍을 연신 벌렁거리는 모습을 보자 깜짝 놀라 외쳤다.

"아이고! 단랑! 음식 안에 독이 들어 있었어요. 우리가 당했어요!"

이때 단예는 온몸이 찜통 안에 들어와 있는 듯 펄펄 끓어오르고 있었다. 그는 음식 안에 독이 들어 있었다는 목완청의 말을 듣고 오히려 기뻐했다.

'이제 보니 내 본성을 혼란스럽게 만들어 완 누이한테 패륜적인 행동을 하게 만든 건 독약 때문이었구나. 그게 아니었다면 그동안 성현들의 서책을 읽은 나날들이 억울할 뻔했어. 느닷없이 자신을 주체 못 하고 무슨 금수처럼 미친 듯이 행동했으니 말이야.'

온몸이 참을 수 없을 정도로 뜨거워지자 단예는 옷을 하나둘 벗어 버리기 시작했다. 그러나 홑옷과 속바지만 남자 더 이상 벗을 수는 없었다.

그는 가부좌를 틀고 정신을 집중해 산란한 마음을 최대한 억제하려고 노력했다. 망고주합을 복식服食한 이후 이미 만독이 침범할 수 없는 상태였긴 했지만 홍소육 속에 섞여 있던 것은 인명을 살상하는 독약이 아니라 욕정을 유발시키는 춘약春藥이었다. 남녀 간의 욕정은 사람의 본성이다. 이 춘약은 사람이 태어나면서 지니고 있는 욕정을 더욱 악화시켜 자제할 수 없도록 만들 뿐이었다. 망고주합이 만독을 제거할 수 있다 해도 이 춘약은 독이 아니기에 이 약에 대해서만은 무용지물이었다.

목완청 역시 온몸이 이글이글 타오르는 듯 뜨거워 안절부절못하다 나중에는 더 이상 참지 못하고 겉옷을 모두 벗어버렸다.

단예가 소리쳤다.

"더 이상 벗지 말고 석벽에 등을 기대시오. 좀 시원해질 것이오."

두 사람은 재빨리 석벽에 등을 기댔다. 등은 시원했지만 가슴과 복부, 사지와 얼굴은 뜨거워서 화끈거리지 않는 곳이 없었다. 단예는 양

볼이 불같이 달아오른 목완청의 모습을 보자 말할 수 없이 아름답고 사랑스럽게 느껴졌다. 그녀의 촉촉해진 두 눈은 당장이라도 자신의 품 안으로 뛰어들고 싶어 하는 마음이 역력해 보였다. 단예는 속으로 생각했다.

'지금은 굳은 마음으로 약성과 맞서 싸워야 한다. 사람의 힘으로 한계가 있겠지만 만일 여기서 패륜적인 행동을 해버린다면 우리 단씨 집안 체면에 먹칠을 하게 되고 백번 고쳐 죽는다 해도 속죄할 수 없을 거야.'

그는 목완청을 향해 소리쳤다.

"독전 한 발만 주시오."

"그건 뭐 하게요?"

"내… 내가 약 기운을 당해내지 못할 경우에는 독전으로 자결을 하겠소. 그래야 당신한테 해가 가지 않을 거요."

"안 돼요."

단전의 독으로는 그를 죽음에 이르지 못하게 한다는 사실을 두 사람 모두 모르고 있었다.

"한 가지만 약속해주시오."

"뭔데요?"

"내가 손을 뻗어 당신 몸을 만지려 하면 그 즉시 독전을 쏴서 날 죽이시오."

"그렇게는 못해요."

"부탁이오. 약속해주시오. 수백 년을 이어온 우리 대리단씨의 청백한 명예를 내 손으로 망칠 수는 없소. 그렇지 않으면 내가 죽고 난 후에 무슨 낯으로 선조들을 대할 수 있겠소?"

갑자기 석실 밖에서 누군가의 목소리가 들려왔다.

"대리단씨가 본래 대단하긴 했다. 허나 단정명 손에 넘어간 뒤로 입으로는 인의와 도덕을 논하면서 사실상 은혜와 의리를 저버렸기에 이미 청백한 명예라 할 수는 없다."

단예가 버럭 화를 냈다.

"넌 누구냐? 헛소리 마라!"

목완청이 나지막이 말했다.

"저 사람이 바로 그 청포 괴인이에요."

그 청포객 목소리가 들려왔다.

"목 낭자, 내가 약속했지 않느냐? 네 오라버니를 남편으로 만들어주겠다고 말이야. 그 해결책은 내 손안에 있으니 틀림없이 이룰 수 있을 것이다."

목완청이 대로했다.

"독을 써서 사람을 해쳐놓고 내가 부탁한 일과 무슨 상관이 있다는 거죠?"

"내가 홍소육 안에 대량의 음양화합산陰陽和合散을 집어넣었다. 그걸 먹은 다음 남녀가 음양의 조화를 이루는 부부가 되지 않는다면 곧 살갗이 터져버려 일곱 개의 구멍에서 피를 흘리며 죽고 말 것이다. 더구나 그 화합산은 시간이 지날수록 약성이 강해져 여드레째 되는 날에는 설령 네가 대라금선大羅金仙이라 해도 참아내기 어려울 것이다."

단예가 대로해 소리쳤다.

"난 당신과 그 어떤 원한도 없거늘 어찌 그런 독으로 해치려 드는 거요? 날 면목 없는 놈으로 만들고 우리 백부님과 부모님까지 평생 수치심을 느끼며 살아가시게 만들 작정이오? 난… 백번 고쳐 죽는다 해도 그렇게 수치를 모르는 패륜적인 행위는 절대 하지 않을 것이오."

청포객이 말했다.

"너하고는 원한이 없다만 네 백부와 나 사이에는 뼈에 사무친 원한이 있다. 단정명과 단정순 두 녀석이 다른 사람 볼 면목 없이 평생 수치심을 느끼며 살아간다면 더 이상 좋을 수는 없지. 아주 좋아! 아주 좋아! 흐흐흐…!"

청포 괴인은 입을 움직일 수 없어 웃음소리를 후두에서 내는지라 더욱 기괴하고 듣기가 거북했다.

단예가 다시 뭔가 설명을 하려다 옆을 힐끗 쳐다봤다. 마치 잠에서 덜 깬 해당화 같은 얼굴에 막 피어난 연꽃 같은 몸을 지닌 목완청이 보이자 심장이 쿵쾅대며 마구 날뛰기 시작했다. 오죽하면 심장 뛰는 소리가 귀에까지 들릴 정도였다. 순간 머릿속이 흐릿해지면서 이런 생각이 들었다.

'완 누이와 난 혼인을 약속한 사이인데 둘이 함께 대리로 돌아가지 않았다면 완 누이와 내가 친남매라는 걸 누가 알 수 있었겠어? 이는 선대의 잘못으로 초래된 업보인데 우리 두 사람이 무슨 상관이야?'

이렇게 생각하고 비틀거리면서 몸을 일으키자 목완청 역시 석벽에 손을 딛고 천천히 일어서고 있었다. 불현듯 머릿속을 전광석화처럼 스쳐 지나가는 생각이 있었다.

'안 돼! 안 돼! 단예야! 단예야! 사람과 짐승의 차이는 순간의 실수를 하느냐 마느냐에 있어. 네가 오늘 실수를 범한다면 자기 신세를 망

치는 것은 물론 백부님과 아버지마저 너로 인해 해를 입으시게 된다!'

그러고는 곧바로 큰 소리로 호통을 쳤다.

"완 누이, 난 당신 친오라버니요! 당신은 내 친동생이고. 알겠소? 《역경》에 대해 아시오?"

목완청은 혼미한 의식 속에서 갑자기 그의 이런 질문을 듣고 당황스러웠다.

"《역경》이 뭐예요? 몰라요."

"좋소! 내가 가르쳐주겠소. 이 《역경》이란 학문은 지극히 심오하니 잘 들어야 하오."

목완청이 의아한 듯 말했다.

"그건 배워서 뭐 해요?"

"이걸 배우고 나면 쓸데가 있소. 우리 두 사람이 지금 이 곤경을 빠져나올 수 있을지도 모르니까."

그는 미친 듯이 솟아오르는 욕정을 느꼈다. 사람과 짐승의 기로인 극히 위험한 지경에 놓인 것이다. 만일 목완청이 자신의 몸을 덮쳐 조금이라도 유혹한다면 둑이 무너지듯 걷잡을 수 없을 것처럼 느껴져 속히 《역경》을 가르쳐야겠다는 생각을 했다. 한 사람은 가르치고 한 사람은 배우면서 둘이 하나에 집중하다 보면 남녀 간의 관계는 생각나지 않을 것이라 기대한 것이다.

"《역경》의 기본은 태극太極에 있소. 태극은 양의兩儀를 낳고 양의는 사상四象을 낳고 사상은 팔괘八卦를 낳은 것이오. 팔괘 도형에 대해 아시오?"

"몰라요. 귀찮아죽겠어요! 단랑, 이리 와요! 할 말이 있어요."

단예가 정색을 하며 말했다.

"난 당신 오라비이니 이제부터 단랑이라 부르지 마시오. 오라버니라고 불러야 하오. 내가 팔괘 도형의 가결歌訣을 들려줄 테니 똑바로 기억해두시오."

건삼련乾三連　건은 세 개가 연결되어 있고
곤육단坤六斷　곤은 여섯 개가 끊어져 있으며
진앙우震仰盂　진은 주발이 하늘을 바라보는 모양이고
간복완艮覆碗　간은 사발이 엎어져 있는 형상이며
리중허離中虛　리는 가운데가 비어 있고
감중만坎中滿　감은 가운데가 가득 차 있으며
태상결兌上缺　태는 위가 뚫려 있고
손하단巽下斷　손은 아래가 끊겨 있다

목완청은 단예의 목소리를 따라 한 번 외워보고 물었다.

"주발이니 사발이니 하는 건 다 뭐죠?"

"그건 팔괘의 형상을 뜻하는 말이오. 팔괘에 함축된 의미는 천지만물 중 포함되지 않은 것이 없소. 한 집안 사람을 두고 말해주지. 건은 아버지, 곤은 어머니, 진은 장자, 손은 장녀… 우리 두 사람은 남매이니 난 진괘震卦이고 당신은 손괘巽卦인 것이오."

목완청은 기운이 없어 축 늘어진 상태로 말했다.

"아니에요. 당신은 건괘乾卦고 난 곤괘坤卦예요. 우리 두 사람이 혼인을 해서 부부가 되어 훗날 아들딸을 낳아 키우면 진괘와 손괘를 낳는 것이 되는 거예요….”

단예는 서투르지만 교태 어린 그녀의 말을 듣고 자신도 모르게 심장이 두근거리기 시작하자 깜짝 놀랐다.

“쓸데없는 생각 말고 내 말이나 잘 듣도록 하시오.”

“어서… 내 옆에 와서 앉아요. 그럼 들을게요.”

그때 석옥 밖에서 청포객의 목소리가 들려왔다.

“좋구나! 아주 좋아! 너희 둘이 부부가 돼서 아들딸을 낳으면 곧 풀어주도록 하겠다. 그럼 너희들 목숨을 살려주는 것은 물론 두 사람에게 내가 가진 무공을 전수해 너희 부부가 천하를 제패할 수 있게 해줄 것이다.”

단예가 화를 내며 말했다.

“최후의 기로에 서게 된다면 난 스스로 석벽에 머리를 박고 죽어 우리 대리단씨의 후손으로서 죽어도 욕되지 않게 만들 것이니 내 몸에 복수를 하려 한다면 일찌감치 단념하는 게 좋을 것이오.”

“네가 죽든 말든 난 상관하지 않겠다. 네가 스스로 죽음의 길을 택한다면 난 너희 두 사람 시신을 실오라기 하나 남기지 않고 알몸뚱이로 만들어, 대리단씨 단정명의 조카와 조카딸이자 단정순의 아들과 딸이 사사로이 근친상간을 하다 남에게 발각돼 수치심에 자결하게 됐다는 글을 써 붙여놓을 것이다. 그리고 너희 두 사람 시신을 소금에 절여 우선 대리성 저잣거리에 사흘간 걸어두고, 다시 변량汴梁, 낙양洛陽, 임안, 광주光州 등 도처에 들고 가 온 백성들에게 공개할 것이다.”

단예가 노발대발해서는 큰 소리로 호통을 쳤다.

“우리 단가에서 당신한테 어떤 죄를 지었기에 이토록 악독하게 보복을 한단 말이오?"

"내 개인적인 일을 너 같은 녀석한테 뭐 하러 말해주겠느냐?"

이 말을 남기고는 더 이상 아무 기척도 내지 않았다.

단예는 목완청과 말을 섞을 때마다 더욱 위험해진다는 사실을 알자 면벽을 하고 앉아 능파미보 중 복잡한 보법을 한 걸음씩 사색하기 시작했다. 이런 혼미한 상태로 얼마나 지났을까? 돌연 이런 생각이 들었다.

'그 석동 속의 신선 누님이 완 누이보다 열 배는 더 아름다울 거야. 그러니 내가 만일 아내를 맞아들인다면 신선 누님 같은 사람을 맞아들여야 억울하지 않겠지.'

희미한 정신 속에 고개를 돌려보니 꽃처럼 아름답고 은은한 향기가 흐르는 교태로 가득한 목완청의 모습이 그 차디찬 신선 누님에 비해 훨씬 더 사랑스러워 보였다. 그는 참을 수 없는 마음에 생각했다.

'사람은 죽으면 모든 게 끝이거늘 사후의 옳고 그름을 어찌 상관할 수 있단 말인가?'

그러다가 다시 생각을 바꿨다.

'부모님과 백부님께서 날 그렇게 아끼셨는데 내 어찌 단씨 가문을 천하의 웃음거리로 만들 수 있겠는가?'

갑자기 목완청이 입을 열었다.

"단랑, 당신한테 해를 입히지 않으려면 제가 독전으로 자결을 해야겠어요."

단예가 소리쳤다.

"잠깐! 우리 남매가 죽어버린다면 저 악독한 자가 우릴 가만 내버려두지 않을 것이오. 저자는 악랄하기가 이를 데 없소. 아기를 가지고 노는 섭이랑이나 심장을 파내는 남해악신보다 훨씬 더 악독하단 말이오. 저자가 누군지 모르겠소?"

그때 그 청포객 목소리가 들려왔다.

"녀석이 그래도 보는 눈은 있구나. 노부가 바로 사대악인의 우두머리인 악관만영惡貫滿盈이시다!"

8

호랑이가 포효하고 용이 울부짖다

황미대사가 오른손으로 목탁채를 들어 청석 위에 작은 원을 새겼다. 청포객은 생각도 하지 않고 오른손으로 다시 한 수를 두었다. 이리되자 두 사람은 왼손으로는 내력 대결을 펼쳐야 하기에 추호의 느슨함도 보일 수 없었으며, 오른손으로는 첨예한 대립 상태에서 한 수 한 수 압박을 받아가며 바둑을 두어야만 했다.

진남왕부의 내당에서는 선천후 고승태가 돌아와 종만구 부부와 진홍면이 이미 왕부를 떠나 멀리 가버렸다는 사실을 고하고 있었다. 진남왕비 도백봉은 아들이 걱정됐다.

"황상, 만겁곡이 어디 있는지 아시는지요?"

보정제 단정명이 답했다.

"만겁곡이란 지명은 오늘 처음 들었지만 대리에서 그리 멀지 않은 것 같습니다."

도백봉이 다급하게 말했다.

"종만구 말에 따르면 심히 은밀한 곳이라 찾기 쉽지 않다고 했습니다. 예아가 만약 적들 수중에 오래 있다가는…."

보정제가 빙긋이 웃었다.

"예아는 응석받이로 자라 속세가 얼마나 험악한지 모르지 않습니까? 그런 어려움을 겪고 단련을 해두는 것도 나쁠 것 없지요."

도백봉은 매우 초조했지만 감히 더 이상 말을 잇지 못했다.

보정제가 단정순을 향해 말했다.

"순 아우, 주안상을 좀 내오게. 위로의 의미로 한잔 하도록 하세."

"네!"

단정순이 대답과 동시에 명을 내리자 순식간에 연회석이 마련돼 산해진미로 가득 찼고 보정제는 그 자리에 있던 사람들과 동석해 주연을 함께했다.

대리는 남쪽에 위치한 아주 작은 나라로 수많은 민족이 모여 살았으며 그중 파이족 인구가 가장 많았다. 진남왕비인 도백봉이 바로 파이 사람이었다. 대리국 백성들은 중원 문화에 깊이 교화되지 않았던 터라 조정 예법이 송나라에 비해 비교적 관대한 편이었다. 특히나 보정제는 자애롭고 인자한 인성을 지녀 조정에서 국사를 논할 때 외에는 언제나 예법에 구애받길 원치 않았다. 따라서 단정순 부부와 고승태 세 사람도 아랫자리에 앉아 주연을 함께했다.

주연이 벌어지는 동안 보정제가 조금 전 상황에 대해 거론조차 하지 않자 도백봉은 양미간을 잔뜩 찌푸린 채 음식도 제대로 먹지 않고 심란해했다. 여명이 밝아오자 문밖의 시위들이 고했다.

"파巴 사공司公이 황상을 뵙자 합니다."

보정제가 말했다.

"들라 해라!"

발이 들춰지면서 비쩍 마른 몸에 작은 키의 까무잡잡한 사내가 안으로 들어와 보정제를 향해 몸을 굽혀 예를 갖추었다.

"황상께 아뢰옵니다. 만겁곡은 선인도를 지나 철색교 건너편에 있사옵니다. 다만 커다란 나무 동굴을 하나 통과해야 골짜기 진입이 가능합니다."

도백봉이 손뼉을 치며 환하게 웃었다.

"파 사공이 나서는데 적의 소굴을 찾지 못할 리 있겠어요? 진작 알았다면 저도 온종일 걱정하지 않았을 거예요."

검은 얼굴의 사내가 몸을 굽히며 말했다.

"왕비낭랑, 과찬이십니다. 신 파천석巴天石이 몸 둘 바를 모르겠사옵니다."

이 까무잡잡하고 비쩍 마른 파천석이란 사내는 보잘것없는 외모를 지녔지만 매우 영리하고 능력이 출중했다. 일찍이 조정에 적지 않은 공을 세워 현재는 대리국의 사공이라는 요직에 있었는데 사도司徒, 사마司馬, 사공, 이 삼공三公의 직위는 조정에서도 극히 존귀하고 영예로운 자리였다. 파천석은 무공 실력이 매우 탁월했다. 특히 경공에 정통해서 이번에도 보정제의 명을 받들어 적의 근거지를 탐색 중이었고 암암리에 종만구 일행을 미행해 결국 만겁곡 위치를 찾아낸 것이다.

보정제가 만면에 웃음을 띠고 말했다.

"천석, 앉아서 좀 드시오. 곧 출발해야겠소."

파천석은 보정제가 무릎 꿇고 엎드려 절하는 과도한 예절을 별로 좋아하지 않으며 신하를 형제나 친구처럼 호칭하길 좋아해 신하들이 지나치게 예를 갖추면 오히려 화를 낸다는 사실을 잘 알고 있었기에 대답과 동시에 자리에 앉아 밥그릇을 들고 먹기 시작했다. 그는 깡마르고 매우 작은 몸이었지만 술은 한 방울도 마시지 않는 대신 식사량은 놀라울 정도로 많아서 순식간에 밥 일곱 그릇을 연달아 비워버렸다. 단씨 형제와 고승태는 그와 오랜 기간 알고 지내왔기에 이를 전혀 이상하게 여기지 않았다.

파천석은 밥을 다 먹자 자리에서 일어나 소맷자락으로 입가에 묻은 기름기를 닦아내며 말했다.

"신이 길을 안내하겠습니다."

이 말을 하고는 앞장서서 걸어나갔다. 보정제와 단정순 부부 그리고 고승태가 그 뒤를 이어 차례대로 따라나섰다. 진남왕부를 나서자 저·고·부·주 사대호위가 이미 말을 끌고 문밖에서 대기 중이었다. 그 외에 수십 명의 시종들이 보정제를 비롯한 나머지 사람들의 무기를 들고 그 뒤에 서 있었다.

단씨의 선조는 양주 사람으로 원래 중원의 무림세가였다가 대리에서 나라를 세운 연유로 수백 년 동안 이어진 선조들의 유습을 잃지 않고 있었다. 단정명과 단정순 형제는 부귀영화를 누리고 살면서도 출타할 때는 늘 미복微服 차림을 고수했으며, 무림인들이 은원을 해결하러 찾아와도 무림 규율에 따라 상대할 뿐 황실의 위세를 내비치지는 않았다. 보정제가 이날 친히 출정을 나갈 때도 평소에 이를 잘 아는 수하들은 모두 평상복으로 갈아입었다. 따라서 모르는 사람들 눈에는 벼슬아치나 부호들이 시종들을 데리고 외유를 하는 것처럼 보일 뿐이었다.

도백봉은 파천석의 수하들 중 20명가량이 커다란 도끼와 톱을 들고 있는 모습을 보고 웃음을 참지 못했다.

"파 사공, 우리가 무슨 목공들 데리고 집을 지으러 가기라도 하려는 건가요?"

파석천이 답했다.

"나무를 베고 집도 헐어야 합니다."

준마를 타고 바람처럼 내달려간 일행은 해가 중천에 뜨기도 전에 이미 만겁곡 외곽의 숲에 당도했다. 파천석은 수하들을 지휘해 길을 가로막고 있는 커다란 나무들을 도끼와 톱으로 베어 넘어뜨렸다. 골짜기 입구에 도착한 보정제는 '단씨 성을 가진 자가 이 계곡에 들어오면 살아남지 못할 것이다'란 글이 쓰인 커다란 나무를 가리키며 웃었다.

"여기 만겁곡 주인은 우리 집안과 깊은 원한이 있나 보구나."

단정순은 종만구가 자신이 감보보를 찾으러 골짜기 안으로 들어올까 두려워한다는 사실을 알고 있었다. 아내를 힐끗 쳐다보자 그녀는 냉소를 머금고 있었다.

장정 네 명이 도끼를 들고 달려가 여러 명이 양팔을 뻗어야 껴안을 수 있는 두께의 거목을 순식간에 베어버렸다.

파천석은 수하들에게 명을 내려 말을 끌고 골짜기 입구에서 기다리도록 했다.

저·고·부·주 사대호위가 앞장을 서고 그 뒤로는 파천석과 고승태 그리고 진남왕 부부, 맨 마지막에 보정제가 뒤를 이었다. 만겁곡 안으로 진입하니 사방이 쥐 죽은 듯 조용하고 사람이라곤 찾아볼 수 없었다. 파천석은 강호 규율에 따라 단정명과 단정순 두 형제의 명첩을 손에 쥐고 본채가 있는 곳 앞으로 성큼성큼 걸어가 큰 소리로 외쳤다.

"대리국 단씨 형제가 종 곡주를 만나뵈러 왔소."

말이 떨어지기 무섭게 왼쪽 숲속에서 돌연 길쭉한 인영이 하나 솟구쳐오르더니 전광석화처럼 달려들어 파천석 수중에 있는 명첩을 빼앗으려 손을 뻗쳤다. 파천석은 오른쪽으로 세 걸음 비켜서며 고함을 쳤다.

"귀하는 누구시오?"

바로 궁흉극악 운중학이었다. 그는 자신의 일조가 불발되자 걸음을 재빨리 놀려 다시 한번 파천석을 향해 달려들었다. 파천석은 그의 경공이 뛰어난 것을 보고 한번 겨뤄봐야겠다는 생각에 즉시 앞을 향해 세 걸음 달려가자 운중학 역시 곧바로 세 걸음 쫓아갔다. 파천석이 발을 쭉 뻗어 앞으로 내달리자 운중학 역시 그 뒤를 쫓아갔다. 유난히 작고 큰 두 사람이 삽시간에 본채를 중심으로 바깥으로 세 바퀴를 돌았다. 운중학은 보폭이 기이할 정도로 컸지만 파천석이 아래위로 펄쩍펄쩍 날아가듯 뛰어가니 오히려 운중학보다 빨라서 두 사람은 시종 수 척가량의 거리를 유지했다. 운중학이 따라잡지도 못했지만 파천석 역시 그를 완전히 따돌리지도 못했다. 두 사람 모두 경공에 있어서는 줄곧 천하무적이라 자부해온 터라 뜻밖의 강적을 만나자 서로 놀라지 않을 수 없었다. 두 사람이 내달리는 속도가 점점 빨라지자 바람에 날린 옷자락이 펄럭거리는 소리를 냈다. 단 두 명이 쫓고 쫓기는 상황이었지만 옆에서 볼 때는 대여섯 명이 돌고 있는 것처럼 보였다. 나중에는 두 사람의 거리가 점점 멀어지면서 본채 주위를 그저 빙글빙글 뛰고 있는 형태로 변해버려 이미 운중학이 파천석을 쫓는 건지, 아니면 파천석이 운중학을 쫓는 건지 모를 정도였다. 파천석이 운중학을 따라잡았다면 이번 경공 대결은 자연히 그의 승리였을 테지만, 운중학이 맹렬하게 분발하기 시작하면서 다시 파천석을 수 장 거리로 따라잡았다.

그때 삐걱 소리와 함께 본채 대문이 열리고 종만구가 걸어나왔다. 파천석은 걸음을 멈추지 않고 암암리에 내공을 운용해 오른손을 날렸다. 그러자 명첩이 평평한 상태로 종만구를 향해 날아갔다.

종만구가 손을 뻗어 받아들고는 버럭 화를 내며 호통을 쳤다.

"단가야! 네가 강호 규율에 따라 여기 온 것이라면 어찌 우리 곡문을 부순 것이냐?"

저만리가 호통을 쳤다.

"존귀하신 황상께서 어찌 그따위 나무 동굴을 뚫고 오실 수 있단 말이냐?"

아들 걱정에 여념이 없던 도백봉은 더 이상 참지 못하고 물었다.

"우리 아들은요? 그 아이를 어디에 숨겨뒀죠?"

집 안에서 한 여인이 튀어나와 날카로운 목소리로 말했다.

"한발 늦었어! 단가 그 꼬마 녀석은 우리가 이미 배를 가르고 내장을 꺼내서 개한테 줘버렸다!"

그녀는 양손에 각각 칼을 한 자루씩 쥐고 있었다. 버드나무 잎처럼 얇은 도신刀身에서 시퍼런 광채를 내뿜고 있는 이 칼은 바로 피만 봐도 즉사해버린다는 수라도였다.

이 두 여인은 19년 전에 질투로 인한 증오가 싹터 극심한 원수를 맺은 사이였다. 도백봉은 진홍면의 말이 사실이 아닐 것이라 믿었지만 자신이 사랑하는 외아들을 그렇게 참혹하게 죽였다고 말하자 과거의 원한이 새로운 분노와 합쳐져 일시에 분출되기 시작했다. 도백봉이 냉랭한 어조로 말했다.

"난 종 곡주한테 물어본 것이다. 어디서 감히 천한 년이 말을 섞는 것이냐?"

별안간 진홍면이 쌍도를 동시에 내질렀다. 질풍 같은 속도로 앞으로 나아가 도백봉을 향해 쌍도를 세차게 휘둘렀다. 이 십자작十字斫 초식은 무림에 그녀의 명성을 떨치게 만든 절기로 그녀가 펼쳐낸 이 수라쌍도의 독한 초식 앞에 얼마나 많은 강호 호한이 목숨을 잃었는지 모른다. 도백봉은 적시에 불진을 뽑아 들어 진홍면의 공격을 막아낸 다음, 신형을 전환해 불진 끝으로 진홍면의 등을 향해 찍어갔다.

단정순은 난처한 입장에 처했다. 한 명은 정실부인이고 한 명은 과

거의 정인이 아닌가? 도백봉에게 깊은 애정을 기울이고 있기는 했지만 진홍면에 대해서는 옛정을 잊지 못하고 있었다. 그런데 두 여자가 눈앞에서 생사의 혈투를 벌이니 누가 부상을 입든 단정순 입장에서는 평생의 한이 될 터였다. 그는 다급하게 말렸다.

"그만 멈추시오!"

단정순은 장검을 뽑아 들고 비스듬히 몸을 날려 다가가 두 사람의 무기를 떼어놓으려 했다.

종만구는 단정순을 보자마자 배 속 가득 화가 치밀어올라 챙 하고 대환도大環刀를 뽑아 들어 그의 얼굴 정면을 향해 베어갔다. 저만리가 나섰다.

"왕야께선 나서지 마십시오. 소인이 처리하겠습니다!"

저만리는 쇠막대기를 휘둘러 내밀어 종만구의 목을 향해 찔러갔다. 원래 그가 사용하던 쇠막대기는 섭이랑에게 끊어져버리고 말았지만 이때 사용한 것은 새로 주조한 것이었다. 종만구가 욕을 해댔다.

"너희 단가는 사람 수만 믿고 떼로 덤빈다는 걸 잘 알고 있다."

단정순은 픽 하고 웃었다.

"만리, 물러서라! 종 곡주의 무공이 어떠한지 좀 봐야겠다."

그는 장검을 곧게 세워 들어 저만리의 쇠막대기를 튕겨내고 여세를 몰아 종만구가 들고 있던 대환도의 칼등을 스치고 내려가 그의 손가락을 잘라버리려 했다. 튕겨내고, 스치고, 자르는 세 가지 초식을 단숨에 펼치는 이 일초에는 도중에 변초變招를 한 흔적이라고는 전혀 없었다.

종만구는 깜짝 놀랐다.

'이 단가 놈의 검법이 보통이 아니로구나.'

곧바로 노기를 거두고는 칼을 횡으로 꺾어 방어 자세를 고수했다. 강적을 앞에 두고 감히 함부로 경솔하게 나설 수는 없는 노릇이었다.

단정순이 검을 세워 맹렬하게 찔러가자 종만구는 그의 매서운 기세를 보고 막아낼 수 없다고 느꼈는지 뒤로 세 걸음 물러섰다. 단정순은 그가 더 이상 귀찮게 달려들지 못하게 한 뒤 몸을 날려 도백봉과 진홍면이 있는 곳으로 달려갔다. 진홍면의 도법은 이미 집중력을 잃어 도백봉에게 조금씩 밀리고 있었다. 갑자기 슉, 슉, 슉 하는 소리가 울려 퍼지며 진홍면이 연달아 세 발의 독전을 발사했다. 그녀의 단전은 목완청이 쏜 것과 같은 형상이었지만 수법은 훨씬 출중했다. 세 발의 단전은 각각 왼쪽과 오른쪽, 가운데 세 방향으로 날아가 상대가 피하기 어렵게 만들었다. 도백봉의 몸이 위로 높이 솟구쳐오르자 세 발의 단전은 모두 그녀의 발밑으로 지나가버렸다. 그러나 도백봉의 몸이 허공에 솟아 있을 때 진홍면은 세 발의 독전을 또다시 발사해 첫 번째 화살은 그녀의 복부로, 두 번째 화살은 두 다리 사이로, 세 번째 화살은 그녀의 발바닥을 향해 날렸다. 그 순간 더 이상 높이 솟구칠 수 없었던 도백봉의 몸은 하강하기 시작했고 진홍면이 쏜 세 발의 화살이 그녀의 머리와 가슴, 복부 세 곳을 향해 날아가고 있었다.

도백봉은 당황한 나머지 재빨리 불진을 펼쳐 첫 번째 독전을 말아 감았지만 몸이 급속하게 낙하하는 바람에 눈앞에 보이는 두 번째, 세 번째 화살이 가슴과 아랫배를 향해 날아들어 피할 수 없는 상황에 이르렀다. 이때 갑자기 눈앞에 허연 빛이 번뜩이더니 장검 한 자루가 도백봉의 면전을 밑에서 위로 스쳐 지나가며 단전 두 발을 토막 내버렸다. 이와 동시에 누군가가 번개같이 나타나 도백봉 앞을 막아섰다. 단정순이 도백봉의 목숨을 구하러 달려온 것이었다. 단정순의 검초가 조금이라도 정확하지 않아 단전을 토막 내지 못했다면 진홍면의 단전 두 발은 필시 도백봉의 몸에 박혔을 것이다.

순간 도백봉과 진홍면은 놀라서 얼굴이 창백해지고 가슴이 마구 쿵쾅대기 시작했다. 도백봉이 소리쳤다.

"당신 도움은 필요 없어요!"

이 말을 하면서 몸을 훌쩍 날려 남편 뒤에서 돌아나갔다. 그녀는 곧바로 불진을 휘둘러 진홍면을 향해 후려갈겼다. 도백봉은 진홍면의 악랄한 수법에 약이 바짝 올랐던 터라 불진을 비스듬히 들어 좌우로 움직여가며 공격해 상대가 독전을 발사할 여유를 주지 않았다.

진홍면은 조금 전 두 발의 화살이 하마터면 단정순을 맞힐 뻔했던 데다가 목숨을 돌보지 않고 아내를 구하려는 단정순의 행동을 보고 당황스러우면서도 씁쓸한 마음을 감출 수 없었다. 그사이 도백봉이 날린 불진 공격에 미처 대비하지 못했다. 도백봉이 불진을 들어 봉서어오鳳棲於梧 초식으로 진홍면의 정수리를 내리칠 때 진홍면은 재빨리 오른쪽으로 피했지만 도백봉은 왼손을 동시에 뻗어 공격하고 있었다. 그녀의 일장은 진홍면의 가슴을 정확히 조준하고 있어 진홍면은 곧 선혈을 토해내며 쓰러질 위기에 놓였다. 도백봉의 일장이 진홍면의 가슴에서 반 척 앞까지 다가왔을 때 갑자기 옆에서 한 남자의 손이 뻗어나와 그 일장을 밀어내버렸다. 단정순이 출수를 해서 도운 것이었다.

"봉황아, 그만두시오!"

진홍면은 어이가 없는 얼굴로 화를 냈다.

"봉황아인지 공작아인지 그게 내 앞에서 할 소리예요?"

이 말을 하고는 왼손에 들고 있던 수라도로 단정순의 어깨를 향해 내리쳤다. 도백봉 역시 남편이 옛 정인을 도와 자신이 날린 회심의 일초를 피하게 만든 데 대해 심기가 불편했다. 그는 불진을 들어 별안간 단정순의 얼굴을 향해 후려갈겼다.

두 여인이 동시에 출수하면서 서로가 단정순을 공격하고 있다는 사실에 놀라 일제히 소리쳤다.

"이런!"

두 여인은 곧바로 동시에 단정순을 보호하려 했다. 도백봉은 불진의 공격 방향을 전환해 수라도를 막아냈고, 진홍면은 발을 날려 도백봉을 걷어차며 불진을 거두도록 만들었다.

단정순은 비스듬히 몸을 날려 슬쩍 피했지만 퍽 소리와 함께 진홍면이 날린 발길질에 그의 엉덩이가 걷어차이고 말았다. 도백봉이 노해 말했다.

"우리 남편은 어찌 걷어차는 것이냐?"

진홍면이 겸연쩍은 모습으로 말했다.

"단랑, 고의가 아니었어요. 아… 아프세요?"

단정순은 두 여인의 화를 가라앉히기 위해 일부러 진홍면에게 차였던 것이라 더욱 과장되게 아픈 척하며 소리쳤다.

"아이고! 아파죽겠네!"

그러고는 몸을 낮춰 쪼그리고 앉아버렸다.

종만구는 이때다 싶어 칼을 정면으로 들고 단정순을 향해 내리쳤다. 도백봉이 부르짖었다.

"멈춰라!"

진홍면이 소리쳤다.

"그만둬요!"

불진과 수라도가 일제히 종만구를 향해 날아들자 종만구는 칼을 돌려 막을 수밖에 없었다.

"단가 이 더러운 놈아! 기생오라비같이 생겨가지고 여자한테 기대 목숨을 부지하다니. 네가 그래놓고 사내대장부라 할 수 있느냐?"

단정순이 껄껄대고 큰 소리로 웃다 벌떡 몸을 일으켜 연이어 세 번의 검을 찔러 종만구가 비틀거리며 뒤로 물러서게 만들었다. 진홍면이 순간 멍하니 보다 화를 내며 말했다.

"다치지도 않았으면서 다친 척했군요!"

도백봉도 옆에서 거들었다.

"저렇게 사람을 잘 속이는데 어찌 믿을 수 있겠어?"

진홍면이 소리쳤다.

"받아라!"

도백봉이 외쳤다.

"저 인간을 쳐라!"

이번에는 두 여인이 힘을 합세해 단정순을 공격하기 시작했다.

보정제는 동생이 두 여인과 뒤엉켜 다투는 것을 보고는 고개를 가로저으며 웃다가 저만리를 향해 명했다.

"너희들은 안으로 들어가 수색해라!"

저만리가 답했다.

"네!"

저·고·부·주 네 사람은 곧 집 안으로 들어갔다. 고독성의 왼발이 문턱을 넘어서려 하는 순간 갑자기 머리 위에서 찬바람이 휙 불어왔다. 그는 왼발을 바닥에 딛기 전에 재빨리 오른발 뒤꿈치로 바닥을 차고 뒤로 물러섰다. 그때 아주 얇고 넓은 칼날이 불과 수 치 앞에서 면전을 스치고 지나갔다. 조금만 늦었다면 머리통이 두 동강 났거나 최소한 코가 베어져 나갔을 것이다. 기겁을 한 고독성은 등에서 식은땀을 흘렸다. 자세히 보니 불시에 급습을 가한 사람은 예쁘장한 용모를 지닌 중년의 여자였다. 바로 무악부작 섭이랑이었다. 그녀의 박도薄刀는 장방형으로 생긴 매우 얇고 예리한 날을 가진 칼로, 그녀가 짧은 칼자루를 잡고 살짝 휘두르자 둥근 광채가 원을 그리며 번뜩였다. 고독성은 그녀의 기세에 심히 놀랐지만 곧 정신을 차리고 호통을 내지르며 도끼를 휘둘러 그녀의 박도를 향해 찍어갔다. 섭이랑의 박도는 끊임없이 회전을 하는지라 그의 판부같이 무거운 도검류로는 상대하기 버거웠다. 그러나 고독성은 칠십이로난파풍부법七十二路亂波風斧法을 전개해 쌍도끼를 위아래로 흔들어가며 찍어갔다. 섭이랑은 기괴한 표정을 지으며 조롱 섞인 말을 몇 마디 던졌다. 옆에 있던 주단신은 그녀가 급박한 순간에도 여유가 넘치는 데다 도법 또한 괴상망측한 것을 보고 싸움이 길어져 고독성이 당해내지 못할까 두려운 나머지 판관필을 곧추세워 앞으로 달려들며 협공을 펼쳤다.

그때 파천석과 운중학 두 사람은 여전히 커다란 원을 그리며 본채 주위를 빙글빙글 돌고 있었다. 두 사람은 서로의 경공이 엇비슷해서 단시간 안에 승부가 가려지지 않는다는 것을 알고 있었다. 결국 내력의 고하가 승부를 결정지을 수밖에 없었다. 파천석은 100여 바퀴를 내달려보니 운중학의 하체 공력이 표일하기는 하나 유연성이 부족해 자신의 순발력에 미치지 못한다는 것을 알았기에, 자신이 갑자기 멈춰서서 삼장을 날린다면 필시 막아내지 못할 거라 생각했다. 그러나 파천석은 권각拳脚의 공력보다 경공으로 겨루어 승부를 봐야겠다는 생각에 여전히 쉬지 않고 내달렸다.

갑자기 누군가 거친 목소리로 고함을 쳤다.

"이런 젠장맞을! 시끄러워서 잠을 못 자겠네. 웬놈들이야?"

남해악신이 손에 악취전을 들고 후닥닥 튀어나왔다.

부사귀가 소리쳤다.

"네 사부님 아버지께서 오셨다."

남해악신이 고함을 쳤다.

"내 사부 아버지라니 누구?"

부사귀가 단정순을 가리키며 외쳤다.

"진남왕께서는 단 공자의 부친이시다. 단 공자가 네 사부님이란 건 모두가 아는 사실이거늘 잡아뗄 생각이냐?"

남해악신이 수없이 악행을 일삼아오긴 했지만 장점은 있어서 일단 내뱉은 말에 대해서는 책임을 지는 성격이었다. 그 말을 듣자 화가 난 듯 안색이 누렇게 변해 감히 부인은 못 하고 큰 소리로 고함만 내질렀다.

"난 내 사부를 모셨을 뿐인데 너 같은 후레자식이 무슨 상관이란 말이냐?"

부사귀가 껄껄 웃으며 말했다.

"내가 네 아들도 아니거늘 어찌 나더러 후레자식이라 하느냐?"

남해악신이 어리둥절해하며 한참을 생각하다가 그가 배운 것 없는 무식한 놈이란 뜻의 '후레'란 말을 돌려서 자신에게 한 것이라는 사실을 알아차렸다. 곧 으익 하고 고함을 버럭 지르며 철커덕 철커덕 하는 소리와 함께 부사귀를 향해 악취전을 뻗어냈다. 남해악신이 머리는 둔했지만 몸놀림은 쾌속하기 그지없었다. 그의 악취전에 촘촘히 박힌 새하얀 이빨은 마치 낭아봉狼牙棒에 붙어 있는 가시와도 같았다. 부사귀는 숙동곤으로 삼초를 받아쳤지만 곧 양팔이 시큰거리고 저려오는 느낌을 받았다. 옆에 있던 저만리가 긴 쇠막대기를 휘둘러 쇠막대기에 연결된 철사로 만든 채찍, 즉 강사연편鋼絲軟鞭을 내뻗어 남해악신의 얼굴을 향해 후려쳐가자 남해악신은 악미편을 꺼내 맞불을 놨다.

상황을 가만히 지켜보던 보정제는 다들 크게 위험해 보이지 않자 고승태를 향해 말했다.

"자넨 여길 지키고 있게."

"네!"

고승태는 대답과 함께 뒷짐을 진 채 한쪽에 섰다.

보정제가 집 안으로 들어가 소리를 질렀다.

"예아야, 어디 있느냐?"

그러나 대답을 하는 사람은 없었다. 그는 왼쪽에 있는 사랑채 방문을 열어젖히며 다시 외쳤다.

"예아야! 예아야!"

그때 열대여섯 살 정도로 보이는 어린 소녀가 문 뒤에서 돌아나와 당황한 기색으로 물었다.

"누… 누구세요?"

"단 공자는 어디 있느냐?"

"단 공자는 왜 찾으시는 거죠?"

"그 아이를 구해 가려고 왔다!"

그 소녀가 고개를 가로저으며 말했다.

"구해내지 못할 겁니다. 단 공자는 커다란 바위에 막힌 석옥 안에 갇혀 있어요. 문 앞에 파수꾼도 있고요."

"어서 앞장서라. 내가 파수꾼을 없애버리고 바위를 열어 구출해낼 것이다."

"안 돼요! 제가 앞장서 갔다가는 우리 아버지가 절 죽이고 말 거예요."

"네 아버지가 누구더냐?"

"제 성은 종이고 우리 아버지는 바로 이곳의 곡주세요."

그 소녀는 바로 무량산에서 도망쳐 돌아온 종영이었다.

보정제는 고개를 끄덕이며 속으로 생각했다.

'이런 어린 소녀를 대하면서 에둘러 묻는 것도 모자라 무력으로 핍박을 가한다면 내 체면이 뭐가 되겠는가? 단예가 이 골짜기 안에 있는 한 찾아내는 건 그리 어렵지 않은 일이니 길을 안내할 다른 사람을 찾아야겠다.'

석옥 안에 갇힌 단예와 목완청은 문밖에 있는 청포객이 천하제일 악인인 악관만영이라는 말을 듣고 깜짝 놀라 서로에게 달려가 와락 껴안았다. 단예가 나지막이 말했다.

"이제 보니 우리가 천하제일 악인의 수중에 있었군. 정말 보통 일이 아니오."

"네!"

목완청이 대답을 하면서 머리를 그의 품속으로 들이밀었다. 단예는 그녀의 머리카락을 가볍게 어루만지며 위로를 했다.

"겁내지 마시오."

두 사람은 입고 있던 상하의가 온통 땀으로 젖어 물속에서 막 나온 사람처럼 살갗에 철썩 붙어 있었다. 온몸이 불처럼 달아오르면서 살 냄새가 모락모락 피어올라 코를 찌르자 욕정은 더욱더 불타오르기 시작했다. 하나는 혈기왕성한 청년이었고 하나는 애정의 싹이 자란 소녀였으니 설사 춘약의 힘이 발동하지 않았다 해도 억제하기가 어려운 순간이었다. 하물며 음양화합산은 그 효과가 독하기 그지없어 단정한 선비도 음란한 호색한으로 만들고, 정숙한 여인도 저속한 탕부로 만들며, 성현조차 심신을 혼미하게 만들어 금수로 바꿔놓을 정도였으니 오죽하겠는가? 이때까지만 해도 단예는 아직 총기가 남아 있어 단씨의 결백한 명성과 미덕을 잊지 않고 있었기에 가까스로 자제할 수 있었다.

청포객이 득의양양해서는 괴성을 섞어가며 큰 소리로 웃었다.

"남매 둘이 어서 일을 치러 하루라도 빨리 아이를 낳는다면 조만간 그 우리 안을 빠져나올 수 있을 것이다. 난 이만 가보마."

이 말과 동시에 거목 담장을 넘어가버렸다.

단예가 소리쳤다.

"악노삼! 아니, 악노이! 네 사부가 위기에 빠졌으니 어서 와서 돕도록 해라!"

이렇게 반나절을 외쳤지만 대답하는 이가 있을 턱이 없었다. 단예는 곰곰이 생각했다.

'이런 위기의 순간에는 그자를 사부로 모신다 해도 어쩔 수 없는 일이겠지. 악인을 사부로 모시는 잘못을 저지르는 건 내 개인의 일이니까 백부님과 아버지께 누를 끼친다고 볼 순 없을 거야.'

이렇게 생각하고는 소리 높여 부르짖었다.

"남해악신! 당신을 사부로 모시고 싶소! 남해파의 전수자가 되길 원한단 말이오. 허니 어서 와서 당신 제자 좀 구해주시오!"

한바탕 목이 터져라 고함을 질러댔지만 도대체 남해악신은 기척조차 없었다. 돌연 이런 생각이 들었다.

'아이고! 큰일 났다! 남해악신이 가장 두려워하는 사람이 바로 악노대 악관만영이 아닌가? 내가 울부짖는 소리를 듣는다 해도 감히 구하러 오지는 못하겠구나.'

이런 생각을 하며 속으로 끊임없이 죽는소리를 해댔다.

목완청이 대뜸 말을 붙였다.

"단랑, 당신과 혼인하고 나서 우리의 첫 번째 아이는 사내가 좋아요, 아니면 계집애가 좋아요?"

혼미한 정신 속에서 단예가 답했다.

"사내!"

이 말이 끝나기 무섭게 갑자기 석옥 밖에서 한 소녀의 음성이 들려왔다.

"단 공자, 당신은 목 언니 오라버니예요. 절대 혼인할 수 없다고요."

단예는 순간 멍한 표정을 짓다 말했다.

"혹… 혹시 종 낭자요?"

그 소녀는 바로 종영이었다.

"네, 저예요. 청포 악인이 하는 말을 엿들었어요. 제가 오라버니와 목 언니를 구해낼 방법을 강구해볼게요."

단예가 크게 기뻐했다.

"잘됐소. 가서 해약을 훔쳐오시오."

목완청이 화를 내며 말했다.

"종영, 요놈의 계집애! 당장 물러가지 못해? 누가 너한테 구해달라고 했어?"

종영이 말했다.

"우선은 이 바위부터 밀어젖힐 방법을 찾아야겠어요. 여기서 빠져나올 수 있게 말이에요."

단예가 말했다.

"아니! 아니오! 해약을 훔쳐오시오. 더… 더 이상 견딜 수가 없소. 곧… 죽어버리고 말 것이오."

종영이 깜짝 놀라 말했다.

"견딜 수가 없다니 뭘 말이죠? 어디 배라도 아픈 건가요?"

"배가 아픈 게 아니오."

"그럼 머리가 아파요?"

"머리가 아픈 것도 아니오."

"그럼 어디가 불편해서 그런데요?"

저 어린 소녀에게 욕정을 참을 수 없다는 말을 어떻게 할 수 있을까? 그는 이렇게 말할 수밖에 없었다.

"온몸이 다 불편한 거요. 어쨌든 가서 해약을 훔쳐올 방법이나 강구해보시오."

종영이 이맛살을 찌푸리며 말했다.

"증상을 말하지 않으면 무슨 해약인지 알 수가 없잖아요? 우리 아버지한테는 해약이 엄청 많아요. 그러니까 우선 배가 아픈 건지 머리가 아픈 건지 아니면 가슴이 아픈 건지 알아야 한다고요."

단예가 한숨을 길게 내쉬었다.

"아픈 곳은 전혀 없소. 내… 내가 음양화합산이란 독약을 먹었소."

종영이 손뼉을 치며 말했다.

"독약 이름을 알면 일이 한결 편해져요. 단 오라버니, 지금 당장 아버지한테 가서 해약을 가져올게요."

그녀는 황급히 거목 담장을 뛰어넘어 부친에게 가서 음양화합산 해약을 달라고 졸랐다. 음양화합산은 청포객의 약물이긴 했지만 종만구는 그 이름을 듣고 그게 뭔지 단번에 알아차렸다. 그는 길쭉한 얼굴을 쭉 내밀고는 딸을 꾸짖었다.

"이 꼬맹이 아가씨야, 너하곤 아무 상관 없는 그런 물건을 난데없이 왜 찾는 게냐? 한 번만 더 쓸데없는 소리를 지껄였다간 뺨을 한 대 갈겨줄 줄 알아!"

종영이 다급한 목소리로 말했다.

"쓸데없는 소리가 아니라…."

바로 그때 보정제 일행이 만겁곡 안으로 들어와 종만구가 황급히 적을 맞으러 나가자 집 안에는 종영 혼자 남게 됐다. 그녀는 집 밖에서 무기가 난무하며 험한 싸움이 벌어지는 상황에도 아랑곳하지 않고 부친이 약을 숨겨두는 곳을 샅샅이 뒤졌다. 종만구는 수백 가지 약병에 모두 약 이름을 써놓았지만 음양화합산 해약은 도무지 찾을 길이 없었다. 그렇게 어찌할 바를 모르고 있던 차에 누군가 안으로 들어오는 소리를 듣고 밖으로 나갔다가 보정제를 만나게 된 것이었다.

보정제는 길 안내할 사람을 찾았지만 주변에 아무도 보이지 않았다. 그때 갑자기 등 뒤에서 들리는 발소리에 뒤를 돌아보니 종영이 헐레벌떡 뛰어오고 있는 것이 아닌가! 걸음을 멈추고 기다리자 종영이 그의 곁으로 가까이 다가와 말했다.

"해약을 못 찾겠어요. 제가 안내해드릴게요! 당신이 그 바위를 밀어서 열 수 있을지 모르겠네요."

보정제는 무슨 영문인지 몰라 그녀에게 물었다.

"해약이라니?"

"절 따라오면 아실 거예요."

만겁곡 안에는 구불거리는 길들이 많았지만 종영의 안내를 받아 가니 순식간에 고목 담장 앞까지 이를 수 있었다. 보정제가 종영의 팔을 받쳐들고 몸을 훌쩍 뛰었다. 그러자 별안간 종영의 몸이 허공으로 높이 솟구치더니 아주 평온하게 고목 담장을 넘어가는 것이 아닌가! 종영이 손뼉을 치며 찬사를 보냈다.

"정말 대단해요! 대단해! 하늘을 나는 것 같아요! 아이고! 큰일 났네!"

석옥 앞에 누군가 꼿꼿이 앉아 있었다. 그는 다름 아닌 청포 괴인이었다.

반생반사半生半死의 모습을 한 그자를 가장 무서워했던 종영은 갑자기 목소리를 낮췄다.

"지금은 그냥 돌아갔다가 저 사람이 가고 나면 다시 와요."

보정제 역시 청포 괴인을 보고 매우 괴이쩍게 느꼈지만 그는 종영을 안심시키며 말했다.

"내가 있으니 무서워할 것 없다. 단예가 이 석옥 안에 있구나. 그러하냐?"

종영이 고개를 끄덕이고는 보정제 뒤로 몸을 숨겼다.

보정제는 앞으로 천천히 걸어가며 말했다.

"조금만 비켜주시오."

청포객이 듣지도 보지도 못한 듯 그대로 앉아 꼼짝도 하지 않았다.

"귀하가 길을 비키지 않겠다면 재하가 무례를 해도 탓은 하지 마시오."

그는 이 말을 하고 몸을 옆으로 돌려 청포객의 왼쪽을 스쳐 지나갔다. 석옥 앞에 이르러 오른 손바닥을 비스듬히 세우고 거석을 잡아 경력을 운용해 밀어내려는 순간, 청포객이 겨드랑이 밑에서 가느다란 철장을 꺼내 들더니 자신의 결분혈缺盆穴을 향해 찍어오는 것이 아닌가! 그는 철장을 자신의 몸에서 1척가량 떨어진 곳까지 뻗어 멈추고 계속해서 흔들었다. 보정제가 힘을 써서 흉복 간의 빈틈이 벌어지는 틈에 그가 철장으로 찍어오기라도 한다면 보정제는 도저히 피할 방법이 없을 상황이었다. 보정제가 순간 흠칫하며 말했다.

"점혈 공력이 고명하기 그지없군. 귀하는 누구시오?"

이 말을 하며 오른 손바닥을 슬쩍 휘둘러 철장을 내리치고 왼 손바닥은 오른 손바닥 밑에서 뽑아내 다시 바위 위에 올려놓았다. 그때 청포객의 철장은 위치를 바꿔 보정제의 천지혈天池穴을 가리키고 있었다. 보정제가 바람과도 같은 장세掌勢로 연이어 일곱 차례나 방위를 바꿨지만 청포객도 마찬가지였다. 청포객은 철장을 이동시켜 허공 위로 매

번 혈도 자리를 찍어가며 형세를 유지했다. 이로 인해 보정제는 손으로 바위를 잡고 있음에도 힘을 쓸 수가 없었다.

두 사람이 연이어 변초를 했지만 청포객은 경력을 운용해 바위를 밀어내려는 보정제를 번번이 저지했다. 그가 펼쳐내는 점혈 공력의 정확성은 자신과 막상막하의 수준임은 물론 동생인 단정순보다 우위에 있는 것처럼 느껴졌다. 보정제가 왼 손바닥을 비스듬히 깎아내리다 돌연 손바닥을 손가락으로 바꾸자 일양지의 힘이 분출되며 피육 소리를 내며 맹렬하게 철장을 향해 날아갔다. 보정제의 이 일지가 제대로 찍혔다면 철장은 엿가락처럼 구부러졌을 테지만 놀랍게도 청포객의 철장에서도 가공할 힘이 분출되어 나오고 있었다. 두 힘이 공중에서 충돌하자 보정제는 한 걸음 뒤로 물러섰고 청포객 또한 몸을 비틀거렸다. 보정제의 얼굴에는 붉은빛이 살짝 비쳤고 청포객의 얼굴에서는 푸른빛이 은은하게 감돌다 이내 사라졌다.

보정제는 무척이나 기이하게 생각했다.

'이자의 무공은 놀라울 정도로 고강할 뿐만 아니라 뭔가 굉장한 연원이 있어 보인다. 그의 저 장법은 필시 일양지와 관련이 있어.'

보정제는 곧 공수를 하며 말했다.

"선배님의 존성대명을 알려주실 수 있는지요?"

그때 알 수 없는 목소리가 울려퍼졌다.

"그대가 단정명이오? 시간이 꽤 흘렀는데 아직까지 늙지 않았군."

청포객이 입술을 전혀 움직이지 않고 말하는 모습을 목격한 보정제는 더욱 의아한 생각이 들었다.

"재하가 단정명이오."

"흥! 당신이 당금의 대리국 황제인 보정제요?"

"그렇소!"

"당신 무공과 내 무공을 비교하면 누가 더 고강한 것 같소?"

보정제가 한참을 망설이다 말했다.

"무공은 그대가 약간 우세한 듯하지만 제대로 대결한다면 내가 이길 수 있을 것 같소."

"그렇소. 어쨌든 난 불구인 몸이라는 약점이 있지. 흠… 그런 자리에 앉아 있음에도 여태껏 무공 연마를 계속 해오다니 뜻밖이로군."

배 속에서 나오는 그의 목소리가 기괴하긴 했지만 그의 말 속에는 슬픔과 원망의 감정이 가득 서려 있었다.

청포객의 내력을 알아채지 못한 잠깐 사이에 보정제의 뇌리 속에는 무수히 많은 의문점이 스치고 지나갔다. 이때 갑자기 석옥 안에서 급박한 울부짖음이 들려왔다. 바로 단예 목소리였다.

보정제가 외쳤다.

"예아야, 괜찮으냐? 당황할 것 없어. 내가 구하러 왔다!"

종영이 깜짝 놀라 소리쳤다.

"단 오라버니, 단 오라버니!"

이즈음 단예와 목완청은 춘약의 강력한 효과에 취해 점점 욕정과 맞서는 데 힘들어하고 있었다. 심지어 목완청은 정신이 혼미해지면서 단예가 친오라버니라는 사실조차 잊어버린 상태였다.

"단랑, 안아주세요! 어서 안아줘요!"

그녀는 처녀의 몸인지라 남녀 간의 일에 대해서는 아는 게 별로 없었지만 달아오르는 몸을 주체하지 못하고 단예한테 안기지 않으면 안 되는 상황에 이르자 그대로 그를 덮치려 했다. 단예가 소리쳤다.

"이러지 마시오!"

그는 재빨리 몸을 피했다. 이때 사용한 발놀림은 당연히 능파미보였다. 목완청은 단예를 덮치는 데 실패하자 몸을 뒤틀다 침상 위에 쓰러져 기절해버렸다.

단예가 연이어 능파미보를 전개하자 내식은 자연스럽게 경맥의 운행을 따라 점점 더 빨라져 도저히 숨을 쉴 수 없을 정도로 가슴이 답답해졌다. 그는 더 이상 참지를 못하고 고함을 내질렀다. 이 고함 소리에 답답한 가슴이 어느 정도 풀리면서 몇 걸음 더 걸을 수 있었다. 고함 소리 덕에 욕정이 줄어들긴 했지만 보정제와 청포객이 석옥 밖에서 하는 대화나 보정제가 당황할 것 없다고 외치는 말소리는 제대로 들을 수 없었다.

청포객이 말했다.

"녀석이 의지가 꽤 강하더군. 내 음양화합산을 먹고도 지금까지 버티는 걸 보면 말이야."

보정제가 깜짝 놀라 물었다.

"그게 무슨 독약이오?"

"독약이 아니라 약효가 강한 춘약에 불과할 뿐이다."

"저 아이한테 그따위 약물을 먹이다니 의도가 무엇이오?"

"저 석옥 안에는 여자도 한 명 있다. 다름 아닌 단정순의 사생아이자 단예의 배다른 동생이지."

보정제는 그 말을 듣고 깜짝 놀랐다. 아무리 수양이 잘된 그였지만 그 말을 듣고 화가 나지 않을 수 없었다. 보정제는 긴 소맷자락을 휘날리며 청포객을 향해 피육 하고 일지를 찍어나갔다. 청포객이 철장을 횡으로 들어 막아내자 보정제가 다시 한번 일지를 찍어냈다. 이번에는 청포객의 목 밑에 있는 칠돌혈七突穴을 향했다. 그곳은 치명적인 사혈死穴이었기에 그가 전력을 다해 반격해올 것이라 예상했다.

"흐흐."

그러나 청포객은 심상치 않은 웃음소리를 내고 피하지도 방어하지도 않았다. 그의 이런 모습을 본 보정제는 뭔가 이상하다 여기고 재빨리 일지를 거두어들였다.

"왜 죽음을 자초하는 것이오?"

"네 손에 죽는다면 더 이상 좋을 수는 없지. 네 죄과가 한층 더 깊어질 테니까."

"도대체 당신은 누구요?"

청포객이 나지막이 뭐라고 한마디 하자 보정제의 낯빛이 순간 어두워졌다.

"믿을 수 없소!"

청포객은 오른손에 들고 있던 철장을 왼손으로 바꿔 들고 오른손 식지로 피육 하는 일성과 함께 보정제를 향해 찍어갔다. 보정제가 몸을 비틀어 피하며 반격의 일지를 가했지만 청포객은 중지로 다시 한 번 일지를 날렸다. 안색이 굳어버린 보정제 역시 중지로 이를 되받아쳤다. 청포객이 세 번째 초식을 무명지無名指로, 네 번째 초식을 소지로 가볍게 찍어가자 보정제는 상대가 날리는 초식에 일일이 대응을 했다. 다섯 번째 초식에 이르러 청포객은 무지로 일지를 펼쳤다. 무지는 다섯 손가락 중 가장 짧은 탓에 가장 느리고 날렵하지 못했지만 손가락에 서린 기운은 가장 강력했다. 보정제는 이를 감히 가벼이 여기지 않고 무지를 쳐들어 똑같은 일초로 대응했다.

종영은 한쪽에 서서 신기한 듯 바라보다 청포객에 대한 두려움을 잊고 환하게 웃었다.

"지금 벌주놀이 하는 거예요? 한쪽에서 손가락 하나를 뻗으면 또 한쪽에서 손가락을 뻗고… 그래서 누가 이긴 거죠?"

이 말을 하면서 조금씩 가까이 다가갔다. 순간 아무 기척도 없이 거센 바람이 휘몰아쳤다. 종영이 어리둥절해하고 있는 사이 왼쪽 어깨에 기절할 정도의 통증이 몰려왔다. 보정제가 손바닥을 펼쳐 그녀의 몸을 밀어젖힌 것이었다. 곧 뒤쪽으로 훌쩍 몸을 날려 그녀를 부축하며 말했다.

"꼼짝 말고 서 있어라."

종영이 얼이 빠진 표정으로 말했다.

"저… 저 사람이 절 죽이려 하나요?"

보정제는 고개를 가로저었다.

"아니다. 저자와 무공 대결을 펼치고 있으니 누구도 접근해서는 안 된다."

그러고는 손바닥을 뻗어 그녀의 등을 가볍게 몇 번 쓰다듬었다.

청포객이 말했다.

"아직도 믿지 못하겠느냐?"

보정제가 몇 걸음 다가가 몸을 굽히며 말했다.

"정명이 선배님을 뵈옵니다!"

"날 선배라고 칭한다는 건 날 인정할 수 없다는 뜻이로군. 아니면 믿지 못한다는 것이냐?"

"저 정명은 일국의 군주인 몸이라 언행을 신중히 해야 합니다. 제가 아들이 없다 보니 종묘사직을 이을 중책을 단예가 지고 있습니다. 부디 단예를 풀어주시기 바랍니다."

"난 대리단씨를 천륜을 저버린 패덕한 가문으로 만들어 대를 끊어버릴 작정이다. 얼마나 어렵게 이날을 기다려왔는데 어찌 함부로 놓아준단 말이냐?"

보정제가 강경한 태도로 말했다.

"이 단정명이 절대 용납하지 않을 것이오."

"하하하! 넌 자칭 대리국의 황제이고 난 그저 조정에 의해 제위를 찬탈당한 난신적자亂臣賊子일 뿐이다. 자신 있으면 가서 신책군神策軍과 어림군禦林軍을 끌고 와라. 다시 말하지만 내 세력이 너한테는 미치지 못해도 단예 저 어린 도적놈 정도 죽이는 일은 식은 죽 먹기일 뿐이다."

보정제는 낯빛이 파래졌다가 다시 백지장처럼 하얗게 변하며 어쩔 줄을 몰라 했다. 그의 말이 괜한 말이 아님을 알았기 때문이다. 신책군이나 어림군을 불러오는 것은 차치하고라도 자신을 도울 사람이 하나쯤은 더 있어야만 했다. 이 청포객을 당해내지 못한다면 단예를 적시에 구해낼 수 없을 테고 더구나 이자의 신분을 생각하면 절대 죽일 수는 없었다.

"그럼 어찌해야 풀어주시겠습니까?"

"그야 간단하지. 천룡사天龍寺의 승려로 출가를 하고 제위를 나한테 넘기겠다고 약속해라. 그리하면 내가 단예 체내의 약성을 해독해 생기발랄하고 덕행이 무결한 조카로 되돌려줄 것이다."

"조종의 대업을 어찌 함부로 남의 손에 넘길 수 있겠습니까?"

"하하하! 그게 네 대업이더냐, 아니면 내 대업이더냐? 원래 주인에게 돌려주는 것인데 어찌 남의 손에 넘긴다 하느냐? 조정을 동원해 제위를 찬탈한 너의 대죄는 추궁하지 않겠다. 그건 넓은 도량으로 이해했다 칠 것이다. 만일 끝까지 고집을 하겠다면 인내심을 가지고 기다려도 된다. 저 둘이 자식을 낳으면 내가 풀어줄 것이다."

"그리하려면 차라리 일찌감치 죽이는 게 나을 겁니다."

"그 외에 한 가지 방법이 더 있지."

"그게 무엇입니까?"

"첫 번째 방법은 네가 암수를 쓰는 것이다. 내가 미처 방어할 수 없을 때 날 죽이는 거지. 그럼 저 아이를 데려갈 수 있을 것이다."

"그대에게 암수 같은 건 쓰지 않을 것입니다."

"암수를 쓴다 해도 절대 성공하지 못할 것이다. 두 번째 방법은 단예에게 스스로 일양지 무공을 써서 나와 겨루도록 해라. 날 이긴다면 알아서 나갈 수 있지 않겠느냐? 하하… 하하하하!"

보정제는 노기가 충천한 나머지 이를 참지 못하고 버럭 화를 내려다 가까스로 자제를 했다.

"단예는 무공이라고는 전혀 할 줄 모릅니다. 더구나 일양지는 배운 적이 없습니다."

"대리 단정명의 조카가 일양지를 모른다? 그걸 누가 믿는단 말이냐?"

"단예는 어려서부터 시서와 불경을 읽고 심성 또한 자비로워 결코 무공을 배우려 하지 않았습니다."

"그렇다면 또 하나의 작위적인 위군자僞君子가 나셨군! 그런 인간이 대리의 군주가 된다면 백성들에게는 청천벽력과도 같은 일이니 하루라도 빨리 없애는 게 낫다."

"선배님, 그 외에 다른 방법은 없는 겁니까?"

"과거 나에게도 다른 방법이 있었더라면 이렇게 죽은 것도 산 것도 아닌 지경에 이르지는 않았을 것이다. 남들은 나에게 방법을 알려주지 않는데 내가 왜 너에게 방법을 알려주겠느냐?"

보정제는 고개를 숙이고 한참을 고민하다 갑자기 고개를 들어 굳게 다짐한 듯 엄숙한 태도로 소리쳤다.

"예아야, 널 구할 방법이 없구나. 넌 단가의 후손임을 잊지 말거라!"

그때 석옥 안에 있던 단예의 외침이 들렸다.

"백부님, 안으로 들어오셔서 백부님의 일지로… 일지로 절 죽여주세요."

이때 단예는 걸음을 멈추고 굳게 닫힌 바위에 기대 보정제와 청포객이 하는 대화의 뒷부분을 똑똑히 듣고 있었다. 보정제가 엄한 목소리로 말했다.

"뭣이라고? 네가 우리 단씨 가문의 문풍을 해하는 행동을 이미 저질렀단 말이냐?"

"아니요! 아닙니다! 이 조카… 조카가 달아오르는 몸을 견딜 수가 없어… 도저히 살 수가 없습니다!"

"생사는 운명에 달린 법이니 하늘에 맡길 수밖에 없다."

이 말을 남긴 채 종영의 팔을 받쳐들고 하늘로 솟구쳐 거목 담장을 뛰어넘어갔다.

"꼬마 아가씨, 길을 안내해줘서 고맙다. 후에 꼭 보답할 것이다."

그는 왔던 길로 되돌아가 본채 앞에 당도했다.

이때 저만리와 부사귀는 남해악신과 대결하면서 여전히 승패를 가리지 못하고 있었고, 주단신과 고독성 두 사람은 섭이랑의 박도에 점점 밀리고 있었다. 또 사랑채 쪽에서는 운중학의 발걸음이 아직 느려지지는 않았지만 숨소리가 커지고 많이 지쳐 보였다. 오히려 파천석은 아래위로 펄쩍펄쩍 뛰어가며 여전히 가볍고 편안해 보였다. 고승태는 뒷짐을 지고 이리저리 서성거리기만 할 뿐 주변의 싸움에 대해서는 전혀 관심이 없었다. 사실 눈으로 육로六路를 보고 귀로 팔방八方을 들을 수 있는 그였기에 정신만은 대세를 관망하고 있었다. 막상 위기에 빠진 사람은 아무도 없었기에 직접 나서서 도와줄 필요가 없었던 것이다. 그러나 단정순 부부와 진홍면, 종만구 네 사람이 보이지 않았다.

보정제가 고승태를 향해 물었다.

"순 아우는?"

고승태가 답했다.

"진남왕은 종 곡주 뒤를 쫓아 왕비낭랑과 함께 단 공자를 찾으러 갔습니다."

보정제가 소리 높여 외쳤다.

"아무래도 달리 계획을 세워야겠소. 모두 철수하시오!"

파천석이 갑자기 걸음을 멈추자 운중학은 이때다 싶어 곧바로 그를 향해 덮쳐갔다. 파천석이 펑 하는 소리를 내며 일장을 날려 공격을 가하자 운중학은 쌍장으로 이를 막아내긴 했지만 가슴속의 기혈이 부글부글 끓어올라 자칫하면 피를 뿜어낼 뻔했다. 그는 억지로 참아가며 고개를 들어 어슴푸레한 눈으로 쳐다봤지만 이미 상대의 모습은 보이지 않았다. 이미 승기를 잡은 파천석은 추격할 생각조차 하지 않고 냉소를 머금을 뿐이었다.

"한 수 잘 배웠다."

이때 숲속 뒤편에서 단정순의 목소리가 들려왔다.

"여기도 없군. 뒤쪽으로 더 가서 찾아봅시다."

도백봉이 말했다.

"사람을 찾아 물어보는 게 좋겠어요. 한데 골짜기 안에 어떻게 하인도 하나 없죠?"

진홍면이 말했다.

"사매가 모두 숨어 있으라고 했겠죠."

보정제와 고승태, 파천석 세 사람은 서로 얼굴을 마주 보며 웃었다. 진남왕의 대단한 능력에 혀를 내두른 것이다. 도대체 무슨 묘수를 썼기에 조금 전까지만 해도 목숨을 걸고 싸우던 두 여인이 다시 손을 잡고 함께 단예를 찾으러 갈 수 있는지 알다가도 모를 일이었다. 단정순의 목소리가 들려왔다.

"그럼 당신 사매한테 가서 물어봅시다. 당신 사매는 우리 예아를 어디에 가둬뒀는지 알 것이오."

도백봉이 화를 벌컥 내며 말했다.

"감보보한테 가는 건 안 돼요. 심보가 고약한 여자예요."

진홍면이 말했다.

"사매가 그랬어요. 영원토록 당신 얼굴을 보지 않겠다고."

세 사람은 이런 말을 하다 숲속에서 나왔다. 단정순이 보정제와 마주치자 물었다.

"형님, 예아를 구출… 아니, 찾으셨나요?"

그는 본래 예아를 구출해냈는지 물어볼 생각이었지만 주변에 아들이 보이지 않자 곧 말을 바꿨다. 보정제가 고개를 끄덕이며 말했다.

"찾았네. 돌아가서 얘기하세."

저만리, 주단신 등 호위들은 황상의 명에 싸움을 멈추고 손을 거두려 했지만 섭이랑과 남해악신이 싸움에 열중하며 끈질기게 달라붙고 있었다. 보정제는 미간을 찌푸리며 말했다.

"어서 가자!"

고승태가 말했다.

"네!"

그는 대답을 하자마자 품속에서 쇠피리를 꺼내 들어 피리를 곧추세운 채 남해악신의 목을 향해 후려쳤다. 곧이어 팔을 반대로 휘둘러 횡으로 섭이랑을 향해 쓸어쳤다. 이 두 번의 피리 초식은 적의 빈틈을 노린 공격이었다. 남해악신은 공중제비를 돌아 피했지만 퍽! 하는 소리와 함께 쇠피리가 섭이랑의 왼쪽 어깨를 강하게 가격했다. 섭이랑은 비명을 지르며 황급히 몸을 날려 도망쳤다.

고승태는 이 두 사람의 무공 실력과 큰 차이가 있다고 할 수 없었지만 옆에서 한동안 지켜보면서 속으로 대처할 절초를 미리 생각해두고 있었다. 이 일초는 전적으로 남해악신을 노린 것 같았지만 실제로는 양동작전陽動作戰이었다. 느닷없이 허를 찔러 섭이랑에게 혹독한 공격을 가하고 전날 맞은 일장에 대한 복수를 하려 한 것이다. 보기에는 내키는 대로 대충 구사한 것 같았지만 실제로는 마음속에서 이미 여러 번 따져본 뒤 일생일대의 공력을 응집해 전력을 쏟아부은 것이었다.

남해악신은 콩알 같은 눈을 동그랗게 뜨며 놀랍고도 존경스러운 마음을 표했다.

"이런 젠장맞을! 대단하군! 정말 예상 밖이로구나…."

이 말을 내뱉고는 그다음 말을 더 이상 잇지 못했다. 그는 원래 이렇게 말하려 했다.

'예상 밖이로구나. 네가 우리 셋째 누이를 이기다니. 노부도 네 녀석의 적수가 되진 못할 것 같다.'

도백봉이 보정제를 향해 물었다.

"황상, 예아는 어떻습니까?"

보정제는 속으로 무척이나 우려하고 있었지만 아무렇지도 않은 목소리로 대수롭지 않게 말했다.

"별일 없습니다. 그 애를 단련시키기에는 아주 좋은 기회인 것 같습니다. 며칠 지나면 나올 테니 자세한 얘기는 궁에 돌아가 합시다."

이 말을 하면서 몸을 돌려 걸어갔다.

파천석이 앞장을 서고 단정순 부부가 보정제 뒤에, 그 뒤에는 저·고·부·주 네 명의 호위 그리고 마지막에 고승태가 걸어갔다. 조금 전 고승태가 매섭고 뛰어난 일초로 적을 굴복시켰기에 남해악신이 아무리 흉악하다 해도 감히 다시 나서서 도발할 수는 없었다.

단정순이 10여 장을 걸어가다 더 참지 못하고 고개를 돌려 진홍면을 바라보자 진홍면 역시 멍한 표정으로 그의 뒷모습만 바라보고 있었다. 눈이 마주친 두 사람은 서로가 미련 가득한 눈빛으로 바라보기만 할 뿐이었다.

악에 받친 종만구가 대환도를 손에 쥐고 본채 뒤편에서 달려나오며 고함을 내질렀다.

"단정순! 우리 부인을 만나지 못한 건 운이 좋은 탓인 줄 알아라! 내가 널 힘들게 하지 않았으니까! 우리 부인은 이미 맹세했다. 다시는 널 안 보겠다고 말이야. 다만… 다만 그 역시 믿을 수는 없다. 우리 부인이 만약 네놈을 본다면 아마 제기랄! 또… 어쨌든 다시는 오지 마라!"

종만구는 단정순과 사투를 벌이다 수 초를 겨뤄도 이겨낼 수가 없자 당장 부인 곁으로 돌아가 단정순이 찾아와 유혹하지 못하게 지키고 있었다.

단정순은 서글픈 마음에 생각했다.

'왜? 왜 다시는 내 얼굴을 안 본다는 거지? 당신은 이미 남편이 있는 몸인데 내가 어찌 또다시 당신의 명예와 절개를 더럽힐 수 있단 말이오? 대리단씨 둘째가 비록 풍류를 즐기고 여색을 밝힌다고는 하나 그렇게 비열한 사람은 아니오. 다시 볼 기회를 주시오. 설사 우리 둘이 멀리 거리를 두고 말 한 마디 하지 않는다 해도 좋소.'

이런 생각을 하며 고개를 돌리자 아내가 차가운 눈빛으로 자신을 바라보고 있었다. 순간 두려운 마음에 발걸음을 재촉해 골짜기를 빠져나왔다.

대리로 돌아온 후 보정제가 모두에게 말했다.

"다 같이 궁에 들어가서 상의 좀 합시다."

황궁 내서방內書房에 들어서자 보정제는 가운데 있는 표범 가죽으로 덮인 커다란 의자에 앉았다. 단정순 부부가 그다음 자리에 앉고 고승태를 비롯한 나머지 사람들은 두 손을 드리우고 시립했다. 보정제는 내시들에게 의자를 내오라 명해 나머지 사람들까지 모두 앉히고 내시들을 물리친 뒤 단예가 적들한테 어떻게 잡혀 있는지 상황을 설명하기 시작했다.

단정순은 부끄러운 기색으로 보정제를 향해 나지막이 말했다.

"황형! 그 목 낭자가 신의 사생아임은 분명합니다. 청포객이 남매 두 사람을 한곳에 가둬뒀다는 것은 실로 악랄하기 그지없는 짓입니다…."

보정제가 이해한다는 듯 고개를 끄덕였다.

그러나 관건은 그 청포객한테 있다는 사실을 모든 이가 알고 있었다. 그자가 일양지를 구사할 줄 알 뿐만 아니라 공력도 자신보다 우위에 있다는 보정제의 말을 듣자 그 누구도 감히 나서지 못하고 고개를 숙인 채 숨을 죽이고 있었다. 다들 일양지가 단씨 가문에 전해내려오는 무공이며 아들에게만 전수할 뿐 외인에게는 전수하지 않는다는 사실을 알고 있었다. 청포객이 일양지를 구사한다는 것은 그가 단씨의 직계 후손이 틀림없다는 것이었다.•

보정제가 단정순을 향해 말했다.

"순 아우, 그자가 누구인지 알겠나?"

단정순은 고개를 가로저었다.

"모르겠습니다. 혹시 천룡사 내 승려 중 누군가가 환속해서 변장을 한 게 아닐까요?"

보정제가 고개를 가로저었다.

"아니, 바로 연경태자延慶太子네!"

이 말이 떨어지자 좌중은 대경실색했다. 단정순이 말했다.

"연경태자는 이미 세상을 뜬 지 오래입니다. 그자는 연경태자의 이름을 사칭한 것이 분명합니다."

보정제가 길게 한숨을 내쉬었다.

"이름은 마음대로 사칭할 수 있겠지만 일양지는 함부로 모방할 수가 없지. 남의 무공을 훔쳐 배우는 일이 무림에서 흔히 있는 일이긴 하지만 일양지의 심법을 어찌 훔칠 수 있겠나? 그자가 연경태자란 건 틀림없는 사실이네."

단정순은 한참을 생각하다 물었다.

"그렇다면 그는 우리 단가의 걸출한 인물인데 어째서 우리 가문의 문풍과 명예를 훼손하려 하는 겁니까?"

보정제가 한숨을 내쉬었다.

"전신에 장애를 입었으니 자연히 성격이 바뀌었겠지. 정상적인 이치대로 살아갈 수 없었을 테니까. 더구나 대리국 황위에 내가 앉아 있어 가슴이 분노로 가득 차 있을 테니 우리 형제 두 사람 명예에 금이 가게 만들어야 속이 후련해질 것이 아니겠나?"

"황형께서는 이미 오래전에 제위에 올라 신하와 백성들이 추종하고 있고 나라 역시 태평합니다. 연경태자가 아니라 상덕제上德帝께서 환생하신다 해도 그 자리에 오를 수는 없는 일입니다."

고승태가 몸을 일으켜 말했다.

"지당하신 말씀입니다. 연경태자가 단 공자를 순순히 풀어준다면 모르겠지만 그렇지 않다면 우리도 태자든 아니든 인정할 수 없습니다. 오로지 천하 사대악인 중 우두머리라고 보고 누구든 주멸할 수 있는 것입니다. 그가 무공이 강한 호한이라 하나 결국에는 다수를 당해낼 수는 없을 것입니다."

10여 년 전인 상덕上德 5년, 대리국의 상덕제 단염의段廉義가 재위하고 있던 시절, 조정에 크나큰 변고가 발생한 적이 있다. 상덕제가 간신인 양의정楊義貞에게 시해되었던 것이다. 그 후 상덕제의 조카인 단수휘段壽輝가 천룡사의 여러 고승과 충신 고지승高智昇의 도움으로 양의정을 진압하고 단염의의 뒤를 이어 제위에 올라 상명제上明帝로 칭하게 됐다. 그러나 상명제는 황제 자리에 염증을 느껴 재위 1년 만에 천룡사로 출가해 승려가 됐고 제위를 당제堂弟인 단정명에게 물려주어 단정명이 연호인 보정保定을 제호에 써서 보정제가 된 것이다. 상덕제에겐 원래 친아들이 하나 있었는데 당시 조정에서는 연경태자라고 불렀다. 간신 양의정이 제위를 찬탈할 때 거국적인 대란이 일어나 연경태자가 행방을 감추자 사람들은 그가 양의정에게 피살됐다고 여겼지만 뜻밖에도 수년이 지난 지금 다시 나타난 것이었다.

보정제는 고승태의 말을 듣고 고개를 가로저었다.

"황위는 본래 연경태자 것이오. 과거 그를 찾을 수가 없어 상명제께서 제위에 오르셨고 시간이 지나 나한테까지 이어지게 된 것이오. 연경태자가 다시 나타난 이상 내 황위도 응당 돌려줘야 맞소."

그러고는 고개를 돌려 고승태를 바라보고 말했다.

"영존께서 살아 계셨다면 아마 나와 같은 생각이셨을 거요."

고승태는 대공신大功臣인 고지승의 아들이었는데 과거 역도들을 제거할 수 있었던 것은 전적으로 고지승의 큰 힘이 작용한 덕분이었다.

고승태는 일보 앞으로 나아가 바닥에 엎드려 아뢰었다.

"선친께서는 충군애민忠君愛民을 실행하셨던 분입니다. 그 청포 괴객은 사대악인의 우두머리인데 만일 그자가 우리 대리국의 만민 앞에 군림한다면 백성들이 얼마나 많은 고초를 당할지 모르는 일입니다. 황상께서 양위를 하시겠다는 의견은 신 고승태가 죽어도 받들 수 없사옵니다."

파천석 역시 바닥에 엎드려 상주했다.

"조금 전 신 파천석이 사대악인의 우두머리를 악관만영이라고 칭하는 남해악신의 괴성을 들었습니다. 그 악인이 연경태자가 아니라면 자연히 황위까지 노릴 수는 없을 것입니다. 하지만 그가 연경태자라 해도 그렇게 흉악하고 음험한 자에게 어찌 대리국 국정을 맡길 수가 있겠습니까? 그런 불행한 일이 일어난다면 필시 나라가 무너지고 사직이 멸하게 될 것이며 백성들은 도탄에 빠지게 될 것입니다."

보정제가 손을 위로 휘저으며 말했다.

"두 사람 다 어서 일어나시오. 여러분 말에도 일리가 있소. 다만 예아가 그의 수중에 있으니 내가 제위를 양보하는 것 외에 예아를 구할 방법이 또 뭐가 있을 수 있겠소?"

단정순이 말했다.

"황형, 자고로 군주나 부친이 어려움에 처했을 때 신하나 자식 된 자가 몸을 바쳐 희생한다는 말은 있지만 지금은 그게 아닙니다. 예아가 비록 황형의 사랑을 받았지만 어찌 그 아이를 위해 황위까지 포기하신단 말씀입니까? 만일 그리하신다면 예아가 위기를 벗어난다 해도 대리국의 천고 죄인으로 남고 말 것입니다."

보정제는 몸을 일으켜 왼손으로 턱 밑에 길게 자란 수염을 쓰다듬고 오른손 두 손가락으로는 이마를 가볍게 쳐가며 방 안을 천천히 걸었다. 좌중에서는 보정제가 대사를 해결하기 힘들 때마다 이렇게 넋을 놓고 사색한다는 것을 알기에 감히 그의 생각을 방해하는 소리를 낼 수 없었다. 보정제가 한참 동안을 이리저리 서성거리다 입을 열었다.

"그 연경태자는 수단이 보통 악랄한 것이 아니오. 예아한테 먹인 음양화합산은 약성이 매우 강력해서 보통 사람은 견뎌내기가 매우 힘들지. 아마… 아마 예아도 지금쯤 약 기운 때문에 혼미한 상태에 빠져 있을지도 모르는 일이오. 에이! 남이 파놓은 함정에 빠져 독약을 먹었을 테니 예아를 탓할 수도 없는 노릇이지."

단정순은 고개를 숙인 채 부끄러워 몸 둘 바를 몰랐다. 결국 이 문제는 풍류를 즐기는 자신의 성격으로 인해 벌어진 일이었기 때문이다.

보정제는 자리로 돌아와 앉았다.

"파 사공, 속히 한림원翰林院에 조서를 내려 명하시오! 내 아우 정순을 황태제로 책봉한다고 말이오."

단정순이 깜짝 놀라 황급히 무릎을 꿇고 말했다.

"황형께서는 아직 왕성한 춘추에 백성들에게 공덕을 쌓으셨으니 하늘에서 보우하시어 자손이 면면할 것입니다. 황태제 문제는 훗날 상의해도 늦지 않습니다."

보정제는 손을 뻗어 부축을 하며 말했다.

"우리 형제는 하나일세. 이 대리국 강산은 원래 우리 두 형제가 함께 다스려야 했지. 나에게 적자가 없다는 건 차치하고 설사 아들이고 손자가 있다 해도 아우한테 양위할 생각이었네. 순 아우, 내가 아우를 후계자로 세우겠다는 결심은 이미 오래전에 했기에 온 백성들도 다 알고 있는 사실이네. 지금이라도 속히 명분을 세운다면 연경태자를 단념하게 만들 수 있을 거야."

단정순이 몇 번이나 고사를 했지만 받아들여지지 않자 하는 수 없이 머리를 조아리며 은혜에 대한 감사를 드릴 뿐이었다. 고승태를 비롯한 신하들이 모두 앞으로 나아가 축하의 인사를 올렸다. 보정제에게는 자식이 없었던지라 훗날 황위가 단정순에게 넘어갈 것이라는 건 기정사실이었기에 누구도 의아하게 생각하는 이가 없었다.

보정제가 말했다.

"모두들 가서 쉬도록 하시오. 연경태자 건은 화華 사도와 범范 사마 두 사람에게만 이야기하고 그 밖의 사람에게는 발설해서는 아니 될 것이오."

단정순을 비롯한 모든 이가 일제히 명을 받들겠다는 대답을 하고는 몸을 굽혀 예를 갖추고 물러갔다. 파천석은 곧 한림학사를 찾아가 조서를 내리고 황태제 책봉을 기초起草하도록 했다.

보정제는 어선御膳을 들고 난 뒤 잠시 눈을 붙였다. 잠에서 깨자 궁 밖에서 어슴푸레 풍악 소리와 폭죽이 터지는 소리가 들렸다. 내감이 들어와 옷 갈아입는 시중을 들며 고했다.

"폐하께서 진남왕을 황태제로 책봉하자 백성들이 이를 환호하며 경축하느라 나라가 아주 떠들썩하옵니다."

당시 대리국은 수년 동안 전쟁이 없고 조정 정치가 투명해 서민들이 안정된 생활을 영위하고 있었기에 백성들이 황제와 진남왕, 선천후 등 당금의 군신君臣들을 우러러 섬기고 있었다. 보정제가 명했다.

"어명을 전하라. 내일 꽃등 놀이를 크게 열 터이니 대리성의 야간 통행 금지령을 해제하고 전군에 포상을 내리며 노인들과 고아들에게 술과 고기를 내리도록 하라."

어명이 하달되자 대리성의 온 백성이 더욱 기뻐했다.

저녁 무렵이 되자 보정제는 평상복으로 갈아입고 혼자 궁을 나섰다. 그는 큰 모자를 눈썹까지 눌러쓰고 얼굴을 가렸다. 가는 길에 백성들이 손뼉을 치고 노래를 부르는데 그중에는 흥에 겨워 춤을 추고 노래하는 젊은 남녀들도 보였다. 다양한 종족들이 모인 대리국은 당시 중원인들이 오랑캐로 치부할 정도로 예의범절에 관해 중원 지역과 크게 달랐다. 거리에서 젊은 남녀가 손을 잡고 걸어가거나 시시덕거리며 옆에 아무도 없는 듯 행동을 해도 이상하게 생각하는 사람이 없었던 것이다. 이를 보던 보정제도 함께 축원했다.

'우리 대리국 백성들이 대대손손 이렇듯 즐겁게 살아갔으면 좋겠구나….'

그는 성을 빠져나온 뒤 빠른 걸음으로 앞으로 나아갔다. 20여 리쯤 걸어간 후 산에 오르자 가면 갈수록 궁벽한 곳으로 접어들었다. 산모롱이 네 개를 돌아 한 작은 고찰古刹 앞에 당도했는데 절 문 위에는 '염화사拈花寺'라는 세 글자가 적혀 있었다. 불교는 대리국의 국교로 대리 경성 안팎에 큰 절이 수십 개, 작은 고찰이 수백 개에 달했다. 이 염화사는 외진 곳에 위치해 있고 향불마저 없어 대리인들조차 아는 사람이 별로 없었다.

보정제는 절 앞에 서서 잠시 묵도를 올리고는 절 문 앞으로 다가가 문을 가볍게 세 번 두드렸다. 잠시 후 절 문이 열리면서 소사미 한 명이 걸어나와 합장을 하고 물었다.

"어서 오십시오. 어인 일로 오셨는지요?"

보정제가 말했다.

"번거롭지만 황미대사黃眉大師께 고해주시오. 옛 친구 단정명이 뵈러 왔다고 말이오."

"들어오십시오."

그러고는 몸을 돌려 객을 맞이했다. 보정제가 절 안으로 발을 들이자 후원에서부터 땡땡 하고 두 번의 청아한 경쇠[8] 소리가 유유히 들려왔다. 삽시간에 온몸이 청량해지면서 마음속에 안정감이 느껴졌다.

보정제가 절 안의 낙엽을 밟으며 후원으로 걸어 들어가자 소사미가 말했다.

"존객께서는 여기서 잠시 기다리십시오. 제가 가서 사부님께 고하겠습니다."

보정제가 말했다.

"알겠소."

그는 뒷짐 진 채 정원에 서서 기다렸다. 정원에 있는 은행나무에서 누런 낙엽이 천천히 떨어지고 있었다. 그가 이렇게 문밖에서 누군가를 기다리는 일은 극히 드문 일이었다. 그러나 이 염화사에 오면 속념이 사라지고 자신이 남방국의 일개 황제라는 사실도 잊을 수 있었다.

그때 노쇠한 누군가의 목소리가 들려왔다.

"단 현제賢弟, 무슨 고민이라도 있으시오?"

보정제가 고개를 돌리자 온통 주름투성이 얼굴에 건장한 체구를 지닌 노승 하나가 작은 법당에서 문을 열고 나왔다. 누르스름하고 기다란 눈썹을 지닌 이 노승은 양쪽 눈썹 끝이 밑으로 축 처져 있었다. 다름 아닌 황미대사였다.

보정제는 두 손으로 공수를 하고 말했다.

"수행하시는 데 방해가 된 게 아닌지 모르겠습니다."

황미대사가 옅은 미소를 띠었다.

"들어가십시다."

보정제가 법당 안으로 성큼성큼 걸어 들어가자 중년 화상 두 사람이 몸을 굽혀 예를 올렸다. 그들이 황미대사의 제자임을 알아본 보정제는 손을 들어 답례를 한 뒤 서편에 있는 포단 위에 가부좌를 틀고 앉았다. 그러고는 황미대사가 동편에 있는 포단에 좌정할 때까지 기다렸다가 입을 열었다.

"저한테 단예라는 조카가 있습니다. 그 애가 일곱 살 때 제가 안고 와서 사형의 경전 강론을 들려준 적이 있지요."

황미대사가 미소를 지었다.

"깨달음이 빠른 아이였소. 훌륭하지. 아주 훌륭한 아이요."

보정제가 말했다.

"그 아이는 불법에 교화돼 자비로운 성품을 지녀서인지 살생을 피하려 무공 연마마저 원치 않았습니다."

"무공을 모른다 해도 사람을 죽일 수는 있소이다. 무공을 안다고 반드시 사람을 죽이는 건 아니외다."

"그렇지요."

보정제는 단예가 무공을 배우지 않겠다는 단호한 결심으로 집을 나갔던 얘기와 어떻게 목완청을 알게 되고 어떻게 천하제일 악인이라 불리는 연경태자한테 석실에 갇혀 춘약을 먹게 됐는지 사실 그대로를 설명해주었다. 황미대사는 정신을 집중해 경청만 할 뿐 중간에 말을 끊지 않았고 그의 등 뒤에 시립해 있던 두 제자 역시 얼굴색 하나 변하지 않았다.

보정제가 말을 끝내자 황미대사가 천천히 말했다.

"그 연경태자가 현제의 당형이라 하니 현제가 직접 나서서 손을 쓰는 것도 편치 않거니와 수하들을 보내 사람을 구해내는 것도 타당치 않소."

"사형께서 고견을 내려주십시오."

"천룡사의 고승대덕들은 현제보다 고강한 무공을 지니고 있긴 하지만 그들 역시 단씨 출신이라 집안싸움에 끼어들어 현제 편을 들지는 못할 것이오. 따라서 천룡사에 도움을 청할 수는 없소."

"그렇겠지요."

황미대사는 고개를 끄덕이고는 천천히 중지를 뻗어 보정제의 가슴앞을 찍어갔다. 보정제가 빙그레 웃으며 식지를 뻗어 그의 중지를 겨누어 찔렀다. 두 사람 모두 신형을 번뜩이다 곧 손가락을 거두었다. 황미대사가 말했다.

"단 현제, 내 금강지력으로는 현제의 일양지를 이길 수가 없겠소."

"사형께는 뛰어난 지혜가 있으니 지력으로 이길 필요는 없지요."

황미대사는 고개를 숙이고 아무 말 하지 않았다.

보정제가 몸을 일으키며 말했다.

"5년 전 사형께서 저에게 대리 백성들에 대한 염세鹽稅 면제를 청하신 적이 있습니다만, 그때는 이유가 있어 사형의 분부에 따르지 못했습니다. 첫째는 국고가 부족했고, 둘째는 제 아우인 정순에게 양위를 한 후 아우가 조치하도록 해서 백성들이 아우의 덕으로 생각하게 만들기 위함이었습니다. 내일 아침 일찍 제가 염세 폐지령을 반포하도록 하겠습니다."

황미대사가 자리에서 일어나 몸을 굽혀 예를 올리고는 정중하게 말했다.

"현제가 모든 백성을 위해 복을 가져오니 노납老衲이 그 은덕에 감사드리겠소."

보정제는 몸을 굽혀 답례하고 더 이상 아무 말도 하지 않은 채 초연히 절을 나왔다.

보정제는 궁으로 돌아오자마자 내감에게 명해 파 사공을 대령시키고 염세 폐지에 관한 건을 논의했다. 파천석이 몸을 굽혀 감사의 뜻을 표하며 말했다.

"황상의 크나큰 은덕은 실로 백성들의 복입니다."

"궁중 경비는 최대한 축소하도록 하시오. 또한 화 사도와 범 사마 두 사람을 찾아가 국고에서 절약할 수 있는 것이 뭐가 있는지 상의해 보시오."

"명에 따르겠습니다."

궁에서 나온 파천석은 사도 화혁간華赫艮을 불러낸 다음 함께 사마 범화範驊의 집으로 가서 염세 폐지 사실을 알렸다. 단예가 잡혀간 사실에 관해서는 두 사람한테 이미 이야기해놓은 상태였다.

범화가 망설이며 말했다.

"진남세자께서 악인들 손에 계시는데 황상께서 염세를 폐지한다는 성지를 내리신 것은 필시 어진 정치로 하늘의 동정을 얻어 진남세자께서 무탈하게 돌아오도록 하기 위함일 것이네. 우리가 군주의 근심을 함께 나눌 수 없다면 무슨 낯으로 조당에 나가 서 있을 수 있겠나?"

파천석이 말했다.

"그렇습니다. 둘째 형님께 세자를 구할 수 있는 묘책이 있으신지요?"

범화가 말했다.

"상대가 연경태자라면 황상께서 정면으로 대적하기를 원치 않으실 것이네. 묘책이 있긴 하나 큰형님께 수고스러운 일이라 그게 문제일 뿐이지."

화 사도가 다급하게 말했다.

"수고라고 할 게 뭐 있겠나? 둘째 아우, 어서 말씀해보시게."

범화가 말했다.

"황상 말씀으로는 연경태자의 무공이 황상보다 반 수 정도 위에 있다 하셨습니다. 그렇다면 우리가 정면 대결로 세자를 구하는 건 불가능합니다. 형님, 형님께서 20년 전에 생계를 위해 하셨던 작업을 한번만 더 하시면 어떠하겠습니까?"

화 사도의 자줏빛 얼굴이 살짝 붉어지더니 빙긋 웃었다.

"둘째 아우가 또 날 놀리는구먼."

사도 화혁간의 본명은 아근阿根으로 원래 빈천한 신분이었지만 현재는 대리국 삼공의 자리에 올라 있었다. 출세를 하기 전까지 그는 남의 무덤을 파서 도굴하는 일에 종사했었다. 그것도 왕공이나 거상들의 무덤을 도굴하는 게 특기였다. 이들 부귀한 사람들이 죽으면 필히 진귀한 보물들을 순장하는 까닭에 화아근은 무덤에서 아주 먼 곳으로부터 땅굴을 파서 무덤으로 통하는 입구를 만든 다음 보물을 훔쳐내곤 했었다. 공은 아주 많이 들었지만 남에게 발각된 적은 단 한 번도 없었다. 언젠가 무덤을 파고 들어갔을 때 관 안에 순장되어 있던 무공 비급을 얻게 됐고 그 비급에 따라 무공을 연마해 불세출의 외문기공外門奇功을 습득할 수 있었다. 그 후로 그는 비천한 생업을 포기하고 보정제를 보좌하여 수차례에 걸친 공을 세우게 됐고 그 공을 바탕으로 결국 사도직까지 오를 수 있었다. 그는 관직에 오른 후 너무 속된 옛 이름에 염증을 느껴 혁간이란 이름으로 개명했는데 범화와 파천석 이 두 생사지교를 제외하고 그의 출신을 아는 사람은 극히 적었다.

범화가 말했다.

"아우가 어찌 형님을 놀리겠습니까? 제 생각은 우리가 만겁곡에 잠입해 들어가 땅굴을 파서 진남세자가 계신 석실로 통하는 입구를 만든 다음 쥐도 새도 모르게 구출해내자는 것입니다."

화혁간이 넓적다리를 탁 치며 소리쳤다.

"묘책일세, 묘책이야!"

그는 천성적으로 도굴에 취미를 갖고 있었지만 그 일에서 손을 뗀 지 20년이나 지나 이따금씩 옛 생각에 손이 근질근질하던 참이었다. 하지만 다시 솜씨를 펼칠 수 있는 기회가 오길 바랐다 해도 이미 높은 관직에 올라 부귀영화를 누리고 있는 몸인 그가 이제 다시 도굴에 손을 댄다면 어찌 체통이 선단 말인가? 이런 시점에 범화가 그런 제안을 하자 그는 기쁨을 금할 길 없었다.

범화가 웃었다.

"형님, 좋아하긴 아직 이릅니다. 몇 가지 난관이 있으니 말입니다.

현재 사대악인이 모두 만겁곡 안에 있고 종만구 부부와 수라도 역시 만만치 않은 상대들이라 그들의 이목을 피하기는 쉽지 않은 일입니다. 더구나 연경태자가 석옥 앞에 진을 치고 앉아 있는데 땅굴이 그 밑을 통과하게 된다면 발각되지 않으리란 보장이 어디 있겠습니까?"

화혁간이 한참을 주저하다 말했다.

"땅굴을 석옥 뒤쪽에서부터 파들어간다면 연경태자가 앉아 있는 곳은 피할 수 있겠지."

파천석이 말했다.

"세자 저하께서는 지금 한시가 급한 상황입니다. 땅굴을 파려면 공정이 만만치 않을 텐데 너무 늦지는 않겠습니까? 땅 밑에 단단한 암석이라도 있는 날에는 더욱 어려워질 것입니다."

화혁간이 말했다.

"우리 형제 셋이 함께하면 문제없네. 아우들 둘한테는 안됐지만 나한테 도굴을 하는 좀도적질 좀 배워보시게."

파천석이 웃으며 말했다.

"우리는 대리국의 삼공이 아닙니까? 큰형님께서 솔선수범을 하시는데 우리 아우들이 응당 그 뒤를 따라 발 벗고 나서는 게 옳지요."

세 사람은 박장대소를 했다.

화혁간이 말했다.

"일을 지체할 수 없으니 말이 나온 김에 해버리세."

곧 파천석은 만겁곡 내부 도면을 그리고 화혁간은 그 위에 땅굴 입구와 노선을 표시했다. 사람의 이목을 어떻게 피할 것이며 땅굴에서 파낸 흙은 어떻게 빼낼 것인지에 관한 방법들은 원래 화혁간의 천하무쌍 절기였다. 화혁간은 과거 이 일에 익숙한 수하들을 불러 도울 수 있도록 했다.

하루 밤낮 동안 단예는 매번 몸이 후끈후끈 달아오르는 게 느껴질 때면 당장 능파미보 신법을 전개해 석실 안에서 빠른 걸음으로 움직였다. 한두 바퀴를 돌고 나면 내공이 증진되는 것은 물론 속이 후련해지는 느낌을 받았다. 그러나 목완청은 몸에서 고열이 나면서 정신이 혼미해져 대부분의 시간을 혼수상태로 벽에 기대 잠을 자야만 했다.

다음 날 점심, 단예가 또다시 석실에서 분주히 내달리고 있을 때 별안간 석실 밖에서 웬 노쇠한 목소리가 들려왔다.

"이 종횡의 열아홉 줄이 얼마나 많은 사람을 미혹시켰는지 모르겠소. 거사께서 괜찮으시다면 노승이 한 수 배워도 되겠소이까?"

단예는 이상한 생각이 들어 걸음을 늦추고 다시 앞으로 열 걸음가량 나아가다 멈춰서서 밥이 들어오는 구멍을 통해 밖을 내다봤다.

밖에는 얼굴이 주름으로 가득하고 왼손에 밥그릇 크기의 쇠목탁을 든 누르스름한 눈썹을 지닌 노승이 보였다. 그는 오른손에 거무튀튀한 목탁채를 들고 쇠목탁 위에다 땡땡땡! 하고 몇 번 두드렸다. 들리는 소리로 봐서는 목탁채 역시 강철로 만든 것 같았다. 그는 "아미타불, 아미타불!" 하고 염불을 하면서 몸을 굽혀 목탁채로 석옥 앞에 있는 커다란 청석 위에 줄을 긋기 시작했다.

"파팟!"

강한 파열음과 함께 돌가루가 흩날리더니 청석 위에 직선 한 줄이 새겨졌다. 단예는 속으로 이상한 생각이 들었다. 저 노승을 어디서 본 것 같은 것도 그렇지만, 손의 내력이 얼마나 강하면 출수를 해서 그어갈 때마다 마치 석공이 끌을 대고 쇠망치로 두드려 만들어낸 것처럼 바위 면이 저토록 깊이 파일 수가 있단 말인가? 더구나 선에는 굴곡 하나 없었다. 만일 석공이 끌로 저렇게 일직선으로 새기려면 먹통으로 먹줄을 그어놓고 작업하지 않고서는 불가능한 일이었다.

석옥 앞에서 침울한 목소리가 들려왔다.

"금강지력이로군. 훌륭한 공력이오!"

바로 청포객 악관만영이었다. 그는 오른손 철장을 뻗어내 청석 위에 가로줄 하나를 그어 황미대사가 새긴 선과 교차시켰다. 이 역시 바위 면에 깊이 파였고 굴곡이라고는 전혀 없었다. 황미대사가 껄껄 웃으며 말했다.

"가르침을 내려주시다니 아주 훌륭하군요! 훌륭합니다!"

그러고는 쇠목탁채로 청석에 다시 한 줄을 더 새기자 청포객도 이어서 가로줄을 새겼다. 이렇게 너 한 줄 나 한 줄 각자 공력을 모아 가로세로 줄을 새겨나가다 보니 줄을 새기면 새길수록 목탁채와 철장의 속도는 점점 느려져만 갔다. 자신이 새긴 직선의 깊이가 다르거나 굴곡이 생겨 상대방에게 지는 결과를 가져오길 원치 않아서였다.

한 식경이 채 되기도 전에 가로세로 열아홉 줄의 바둑판이 가지런하게 새겨졌다. 황미대사가 생각했다.

'정명 현제 말이 틀림없어. 연경태자의 내력은 역시 보통이 아니야.'

황미대사가 미리 대비를 하고 온 것임을 전혀 모르고 있던 연경태자는 더욱 놀랐다.

'이런 무시무시한 노화상이 대체 어디서 튀어나온 거지? 단정명이 청해온 조력자가 틀림없다. 이 화상한테 날 붙잡아두게 만들고 그 틈에 단정명이 단예를 구하러 온다면 내가 양쪽 다 상대할 순 없을 것이다.'

황미대사가 말했다.

"단 시주는 공력이 무척 심후하시구려. 정말 탄복해 마지않는 바요. 기예棋藝 역시 노납의 열 배는 넘을 것 같으니 노납이 시주께 넉 점만 접어달라 청해야 하겠소."

청포객이 잠시 어리둥절해하며 생각했다.

'지력이 이토록 뛰어난 것을 보면 필시 지위가 높은 고수임이 틀림이 없다. 나한테 도전을 하면서 어찌 입을 열자마자 접어달라고 할 수 있는가?'

이런 생각을 하고는 곧바로 답했다.

"대사께서는 겸손이 지나치시오. 승부를 가리려면 맞두는 것이 당연하지 않겠소?"

"넉 점은 접어주셔야 하오."

청포객이 담담한 어조로 말했다.

"대사께서 기력이 부족한 것을 자인하신다면 둘 필요도 없소."

"그럼 석 점은 어떻소?"

"선착先着도 양보라 할 수 있소."

"하하하! 알고 보니 시주께서는 기예에 대한 조예가 깊지가 못한 것 같소이다. 그럼 내가 석 점을 접어드리겠소."

"그럴 것 없소. 호선互先[9]으로 대국을 펼치면 될 것이오."

황미대사는 깊은 두려움에 떨었다.

'이자는 교만하거나 초조해하지도 않고 음험하리만치 침착하구나. 그것만 봐도 대단한 강적이다. 내가 아무리 자극을 해도 시종 감정을 드러내지를 않아.'

사실 황미대사는 반드시 이긴다는 확신이 없었다. 바둑을 좋아하는 사람은 대부분 승부욕이 강하기에 석 점, 넉 점을 접어달라고 청하면 승낙하는 경우가 종종 있다는 사실을 잘 알고 있었다. 황미대사는 속세를 떠난 사람이라 그런 헛된 명예는 부질없다는 것을 잘 알고 있었다. 그에게 접어달라고 청하면 연경태자는 자신의 능력을 과시하기 위해 당연히 응할 것이고, 그러면 자신이 유리한 위치를 점해 이 필사의 결투에서 승산이 커질 것이라고 생각했다. 그러나 뜻밖에도 연경태자는 상대가 유리한 위치를 점하게 놔두지 않았고 자신이 유리한 위치를 점하지도 않았다. 추호의 빈틈도 없이 치밀하게 상대하겠다는 뜻이었다.

황미대사가 말했다.

"좋소, 당신이 주인이고 노납이 객이니 노납이 선착을 하겠소."

"아니! '아무리 강한 용이라도 지방의 우두머리 뱀은 누르지 못한다'는 말이 있소. 조정의 관리라 한들 어찌 현지의 우두머리를 짓밟을 수 있겠소? 내가 선착을 하겠소."

"그럼 먹국[10]으로 선후를 정할 수밖에 없겠소. 노승의 올해 나이가 홀수인지 짝수인지 맞혀보시오. 시주가 맞히면 시주가 선착을 하고, 틀리면 노승이 선착을 하겠소."

"내가 맞힌다 해도 발뺌을 하면 그뿐 아니오?"

"좋소! 그럼 내가 발뺌할 수 없게 해줄 테니 맞혀보시오. 노승이 일흔이 된 후에 두 발의 발가락이 홀수겠소, 아니면 짝수겠소?"

실로 기괴하기 짝이 없는 수수께끼이다 보니 청포객은 속으로 셈을 해봐야 했다.

'사람의 발가락은 모두 열 개이니 당연히 짝수다. 일흔이 된 후라고 설명한 것은 일흔에 발가락 하나를 잃었다고 생각하도록 만들기 위함일 테지. 병법에 이런 말이 있다. "실한 것은 허하게 보이도록 하고 허한 것은 실하게 보이도록 하라." 그는 발가락이 열 개임에도 고의로 교활한 술책을 쓰는 게 분명한데 내 어찌 그런 술수에 넘어가겠는가?'

이렇게 생각을 하고는 즉시 답을 했다.

"짝수요."

"틀렸소. 홀수요."

"신을 벗어 증명해보시오."

황미대사는 천천히 왼쪽 신과 버선을 벗었다. 그의 발가락 다섯 개는 온전하게 모두 있었다. 청포객은 상대방의 안색을 살폈다. 그런데 살짝 웃는 낯으로 매우 침착한 표정을 하고 있는 것이 아닌가? 청포객은 왠지 속아넘어간 기분이 들어 속으로 생각했다.

'이제 보니 오른발 발가락이 정말 네 개밖에 없는 모양이로구나.'

이런 생각을 하는 동안 황미대사가 오른쪽 신을 천천히 벗고는 다시 손을 뻗어 버선을 벗으려 하자 속으로 이런 생각을 했다.

'벗을 것 없소. 그냥 당신이 선착을 하시오.'

한편으로는 이런 생각도 들었다.

'그냥 속아넘어갈 수는 없지.'

그때 황미대사가 오른쪽 버선을 벗었다. 그런데 오른발 역시 다섯 발가락 모두 온전하게 있는 것이 아닌가?

청포객의 뇌리에는 잠깐 사이에 수많은 생각이 스쳐 지나갔다. 그는 상대가 도대체 무슨 의도로 이런 짓을 했는지 깊이 헤아렸다. 순간 황미대사가 쇠 목탁채를 들더니 아래쪽을 향해 냅다 후려쳤다. 빠직 하고 뼈가 깨지는 소리가 들렸다. 황미대사가 자신의 오른발 새끼발가락을 잘라버린 것이다. 그의 등 뒤에 있던 제자 둘은 사부가 갑자기 지체肢體를 자해해 선혈이 뿜어져 나오는 것을 보고 놀라움을 감추지 못해 비명을 질렀다. 대제자 파의破疑가 재빨리 품 안에서 금창약을 꺼내 상처 부위에 바르고는 옷소매를 찢어 동여매주었다.

황미대사가 껄껄 웃었다.

"노납은 올해 예순아홉 살이오. 일흔이 될 때면 내 발가락은 홀수가 될 것이오."

"좋소. 대사가 선착하시오."

청포객 악관만영은 천하제일 악인이란 칭호를 들으며 잔인하고 악랄한 짓이라면 뭐든 다 해보고 직접 보기도 했다. 따라서 새끼발가락 하나 잘라낸 일쯤은 대수롭게 생각하지 않았다. 이 늙은 화상이 선착을 하기 위해 이런 방법까지 불사한다는 것은 대국에서 기필코 이기겠다는 의지인지라 만약 자신이 진다면 지불해야 할 대가가 말할 수 없이 가혹할 것임을 짐작할 수 있었다.

"양보에 감사드리겠소."

황미대사는 이렇게 말을 하고 쇠 목탁채를 들어 양쪽 대각 사사로四四路, 즉 우상귀와 좌하귀 화점花點 두 곳에 각각 작은 원을 하나씩 새겨넣어 백돌을 두었다. 그러자 청포객이 철장을 뻗어 또 다른 양쪽 사사로인 좌상귀와 우하귀 화점 두 곳을 눌러 마치 흑돌 두 개를 둔 것처럼 움푹 파버렸다. 네 귀퉁이의 사사로, 즉 좌우상하귀 화점에 각각 흑백 돌 두 개씩을 놓은 형태를 세자勢子라고 하는데, 백이 먼저 두고 흑이 나중에 두는 중국의 옛 바둑 법칙인 이런 형식은 후대의 바둑 법칙과는 상반되는 것이다. 황미대사가 곧바로 평위平位[11] 육삼로六三路에 백으로 첫 돌을 두자 청포객은 구삼로九三路에 흑으로 대응했다. 초반에는 둘 다 매우 빠른 속도로 착수를 했다. 황미대사는 한 치의 방심도 할 수 없었다. 새끼발가락 하나와 맞바꾼 선착을 쉽사리 잃을 수는 없었던 것이다.

열일고여덟 수를 두고 난 후부터는 매 수마다 첨예한 대립이 이어지면서 격렬한 싸움으로 전개되어갔고, 이와 동시에 두 사람이 손가락으로 내뿜는 공력도 끊임없이 소모되어 한편으로는 이기기 위해 정신을 집중하면서도 한편으로는 운기에 힘을 배가하느라 대국 속도도 점차 느려져만 갔다.

황미대사가 한참을 망설이며 장고에 돌입한 순간 갑자기 석옥 안에서 누군가의 목소리가 들려왔다.

"거위에서 반격을 하면 선착의 효效를 잃지 않아요."

어려서부터 바둑을 좋아했던 단예가 두 사람이 바둑판 위에서 격렬한 싸움을 벌이는 모습을 보고 자신도 모르게 훈수를 두게 된 것이다.

옛말은 틀린 게 없다. '옆에서 지켜보는 사람이 수를 더 잘 보고 바둑을 두는 당사자는 수를 잘 보지 못한다'라고 하지 않았던가? 단예의 기력은 황미대사보다 높은 경지에 있었던 데다 옆에서 지켜보고 있었으니 관건이 어디에 있는지 더욱 쉽게 볼 수 있었다. 황미대사가 말했다.

"노납도 그리할 생각이 있었으나 순간적으로 취사선택이 힘들었을 뿐이오. 시주의 그 말을 들으니 노승이 품었던 의혹도 풀린 듯하오."

이 말을 하고는 곧바로 거위 칠삼로七三路에 한 수를 두었다. 중국의 옛 법칙에 따르면 바둑판은 각각 평平·상上·거去·입入 네 구역으로 나뉘는데 거위는 우측 상단 모서리 쪽을 말한다.

청포객이 냉담한 어조로 말했다.

"옆에서 지켜보면서 입을 열지 않는 것이 진정한 군자이며 자신의 생각대로 결정을 하는 것이 대장부라 했소."

단예가 소리쳤다.

"날 이곳에 가둔 건 당신이니 당신은 이미 진정한 군자가 아니오!"

황미대사가 웃으며 말했다.

"난 대화상이지 대장부는 아니오."

청포객이 말했다.

"뻔뻔스럽도다! 부끄러움을 모르다니!"

청포객은 잠시 골똘히 생각을 하다가 거위에 우묵한 구멍을 팠다.

몇 수를 주고받다가 다시 황미대사에게 위기가 닥쳤다. 단예가 아무 말도 하지 않자 이를 초조하게 바라보던 파진破嗔 화상이 석옥 앞으로 다가가 나지막이 물었다.

"단 공자, 다음 수를 어찌 두어야 합니까?"

단예가 속삭이듯 말했다.

"이미 방법을 생각해두었습니다. 다만 이번에는 모두 일곱 번을 주고받아야 하는 수라서 제가 입 밖에 내면 저자 귀에 들어가 소용이 없게 될 것이라 속으로 망설이다 입 밖에 내지 않은 겁니다."

파진이 나지막이 말했다.

"손바닥에 써주십시오."

파진은 구멍을 통해 손바닥을 석옥 안으로 집어넣으며 입으로는 다른 말을 했다.

"그렇다면 도저히 방법이 없는 거로군요."

청포객의 내공이 심후하다는 것을 알고 있던 파진은 단예가 귓속말로 속삭이긴 했지만 청포객에게 들렸을까 두려웠던 것이다.

단예는 속으로 묘책이라고 느껴 손가락으로 파진의 손바닥에 일곱 수를 써주었다.

"존사尊師께서는 기력이 고명하시어 필시 묘수가 있을 것이니 굳이 재하의 지적이 필요 없을 것입니다."

파진은 이 일곱 수가 매우 묘하다 생각해 사부의 등 뒤로 돌아와 손가락으로 등에 적어 내려가기 시작했다. 그가 입은 승포僧袍의 커다란 소맷자락이 손바닥을 덮고 있어 청포객은 파진이 무슨 잔꾀를 쓰는지 볼 수가 없었다. 황미대사는 잠시 골똘히 생각하다 그 수대로 돌을 놓았다.

청포객이 흥 하고 코웃음을 치며 말했다.

"옆에서 가르쳐준 게로군. 대사의 기력이 이 경지에는 이르지 못한 것 같은데 말이오."

황미대사가 빙긋 웃었다.

"바둑이란 것이 원래 지혜를 겨루는 놀이요. 좋은 물건은 깊이 감추어 드러내지 않고 능력이 있는 자는 실력을 보이지 않는 법이지. 노납의 기력이 시주가 뻔히 들여다볼 수 있을 정도로 만만하다면 이 대국 자체가 무슨 의미 있겠소?"

"교활한 수법을 쓰다니! 소맷자락 밑에서 수작을 부린 거 아니오?"

그는 파진 화상이 왔다 갔다 하면서 소맷자락으로 황미대사의 등을 덮는 행동을 수상쩍게 보고 있었다. 다만 기국의 변화에 집중하다 보니 큰 신경을 쓰지 못했을 뿐이었다.

황미대사는 단예에게 가르침을 받은 대로 여섯 수를 연이어 두었다. 이 여섯 수는 깊이 사색할 필요조차 없었다. 그저 운공에 집중하고 쇠 목탁채로 작은 원 여섯 개를 동그랗고 깊이 새겨넣어 정신이 온전하고 기식氣息이 충족해 있다는 것을 보여주기만 하면 되는 것이었다. 청포객은 갈수록 기세가 넘치는 황미대사의 여섯 수를 보고 매 수마다 신중하게 생각해 대처해야 했다. 그러나 절대적인 수세에 몰리자 철장을 눌러 만든 구멍에도 깊이에 미세한 차이가 드러나기 시작했다. 황미대사가 여섯 번째 수를 두자 청포객은 한참 동안 넋을 잃고 바라보다가 갑자기 입 위에 흑돌 하나를 두었다.

이 돌발적인 한 수는 단예의 예상을 완전히 벗어났기에 황미대사도 순간 섬뜩한 기운을 느끼며 장고에 빠지게 됐다.

'단 공자의 일곱 수는 정말 심오하기 짝이 없어서 일곱 번째 수를 두게 되면 내가 한 점에서 두 점까지 앞설 수 있었다. 한데 이리되면 일곱 번째 수를 둘 수 없게 되는 것이니 공든 탑이 무너지는 꼴이 되지 않겠는가?'

청포객은 형세가 불리하게 돌아가는 것을 보고 어떤 수로 대응을 한다 해도 적합하지 않다고 생각했다. 이런 까닭에 이를 무시하고 의외의 수를 두어 상대방의 다른 구역을 공략한 것이다. 이는 '불응의 응수'로서 실로 찬탄을 금할 수 없는 묘수였다. 황미대사는 좋은 수가 생각나지 않는 듯 이맛살을 찌푸렸다.

갑자기 판세가 바뀌면서 사부가 응수에 곤란을 겪자 파진이 다시 석옥 옆으로 달려갔다. 이미 수를 생각해둔 단예는 파진의 손바닥에 여섯 수를 일일이 써주었다. 파진은 곧장 사부 등 뒤로 돌아가 손가락을 뻗어 그의 등에 써내려가기 시작했다.

청포객은 천하제일 악인으로 불리는 자였다. 그런데 상대의 그런 끊임없는 농간을 어찌 번번이 용인할 수 있겠는가? 그는 대뜸 왼손으로 철장을 뻗어 파진의 어깻죽지를 찍으며 고함을 질렀다.

"넌 좀 물러나 있거라!"

"파팟!"

철장이 찍힐 때마다 강력한 소리가 뿜어져 나왔다.

황미대사는 제자가 이를 당해내지 못하고 몸에 중상을 입게 될 것이라 여겨 재빨리 왼손을 뻗어 철장 끝을 움켜쥐려 했다. 청포객은 철장 끝을 흔들며 황미대사의 왼쪽 젖꼭지 밑에 있는 혈도를 찍어갔다. 황미대사가 손바닥을 움켜쥐는 초식에서 베는 초식으로 변화시켜 철장을 베려 했지만 철장 역시 이미 변초를 한 상태였다. 순식간에 두 사람은 8초를 겨루었다. 황미대사는 자신의 팔이 짧고 상대의 철장은 길어 이대로 맞대결을 하다가는 수비만 하다가 패하고 말 것이라는 생각이 들었다. 그는 철장이 찔러오는 틈을 타 불쑥 일지를 내뻗어 철장 끝을 향해 찍어갔다. 청포객 역시 물러서지 않고 철장 끝으로 그의 손가락과 맞부딪치고는 각자 내력을 운용해 필사적으로 맞섰다. 철장과 손가락은 순간 꼼짝도 하지 않고 대치했다.

청포객이 말했다.

"다음 수를 두지 않고 지연하는 건 패배를 인정한다는 뜻이오?"

황미대사가 껄껄 웃었다.

"귀하는 선배 고인이거늘 어찌 내 제자를 향해 기습을 가하시는 것이오? 신분에 걸맞지 않은 행동은 삼가시오!"

황미대사가 오른손으로 목탁채를 들어 청석 위에 작은 원을 새기자 청포객은 생각도 하지 않고 오른손으로 다시 한 수를 두었다. 이리되자 두 사람은 왼손으로는 내력 대결을 펼쳐야 하기에 추호의 느슨함도 보일 수 없었으며, 오른손으로는 첨예한 대립 상태에서 한 수 한 수 압박을 받아가며 바둑을 두어야만 했다.

황미대사는 5년 전 보정제에게 대리국 백성들을 위해 염세를 면하게 해달라는 명을 청한 적이 있었다. 그런데 보정제가 이제야 그 청을 윤허했다는 것은 직접적으로 말은 안 했지만 그에게 단예를 반드시 구해오라는 뜻임을 서로 잘 알고 있었다. 황미대사는 생각했다.

'내 목숨을 부지하지 못하는 건 상관없다. 만약 단 공자를 구출하지 못한다면 어찌 정명 현제를 대할 수 있단 말인가?'

무예를 배우는 사람은 내공을 수련할 때 절대 잡념이 없어야 한다. 이른바 자아 성찰을 통해 일체의 사물과 나를 모두 잊어야 하는 것이다. 다만 바둑을 둘 때는 승기를 잡는 착수를 해야 한다. 한 번의 대국에는 삼백육십일로三百六十一路가 있어 매 일로마다 생각을 해야만 하며 그것도 세세하게 따져보는 정확한 계산이 동반돼야 한다. 따라서 이 양자는 서로 모순이 되면서도 부합되는 면이 있었다. 황미대사는 선정禪定을 통해 심후한 공력을 지니기는 했지만 기력에 있어서는 상대에 미치지 못했던 터라 대적을 위한 내력 운용에 몰두하느라 대국을 그르치게 됐다. 그렇다고 바둑에 정신을 집중하면 내력 대결에서는 수세에 몰릴 수밖에 없었다. 그는 불리하게 돌아가는 형국을 보고 자신의 안위를 돌보기보다 죽음으로써 지기知己에 대한 보답을 해야겠다고 결심하기에 이르렀다. 옛말에 "비분에 차 있는 병사들은 반드시 승리한다"라고 했지만 이 순간 황미대사는 비분에 차 있기는 해도 반드시 승리한다고 볼 수는 없었다.

대리국 삼공인 사도 화혁간, 사마 범화, 사공 파천석은 30여 명의 손재주 좋은 장정들에게 목재와 철사, 공명등孔明燈 같은 물건들을 짊어지게 하고 만겁곡 뒤편 숲속으로 들어가 위치를 선정한 다음 땅굴을 파기 시작했다. 다행히 땅속 대부분은 바위가 없고 단단한 흙이었던지라 30여 명이 하룻밤 내내 파내자 땅 밑으로 수십 장을 들어갈 수 있었다. 이튿날 다시 반나절을 파내고 오후가 돼서 셈해보니 석옥과의 거리가 그리 멀지 않은 것으로 보였다. 화혁간은 수하들에게는 뒤로 물러가 파낸 흙을 받도록 하고 삼공 세 사람만 땅굴을 파나가기 시작했다. 세 사람은 연경태자의 무공이 뛰어나다는 것을 알고 있었기에 삽으로 흙을 파면서 아주 작은 소리조차 낼 수 없다 보니 작업 속도가 많이 느려졌다. 그들은 같은 시각 연경태자가 황미대사와 대국을 펼치며 내력을 겨루는 데 전력을 쏟아붓고 있어 땅 밑에서 나는 소리는 절대로 들을 수 없는 상황임을 전혀 모르고 있었다.

그렇게 신시가 될 때까지 땅을 파내다가 대충 헤아려보니 단예가 갇힌 석실 밑에 다다른 것 같았다. 그곳은 연경태자가 앉아 있는 곳에서 1장이 채 되지 않는 거리에 있어 더욱 조심해야 했기에 그 어떤 소리도 낼 수 없었다. 화혁간은 곧바로 삽을 내려놓고 열 손가락을 모두 써서 흙을 파내기 시작했다. 호조공虎爪功 초식을 펼친 것이다. 그의 열 손가락은 마치 무쇠로 만든 호랑이 발톱처럼 흙을 움푹움푹 파낼 수 있었다. 범화와 파천석이 뒤에 일렬로 서서 그가 파낸 흙을 퍼 날랐다. 이때 화혁간은 이미 전방을 향해 흙을 파내는 게 아니라 밑에서 위로 파내고 있었다. 작업이 끝나가면서 단예를 구할 수 있을지 여부가 눈앞에 다가오자 세 사람은 자기도 모르게 심박이 빨라지기 시작했다. 이렇게 밑에서 위로 흙을 파내는 건 비교적 수월했다. 흙이 쉽게 무너져 저절로 떨어져 내렸기 때문이다. 화혁간이 몸을 세우고 난 이후부터는 작업 속도가 더욱 빨라졌다. 그는 한 번 파면 잠시 손을 놓고 귀를 기울여 머리 위에 무슨 기척이 있는지 주의 깊게 살폈다. 이렇게 이 주향二柱香의 시간 동안 더 파내자 지면과의 거리는 이제 1척 남짓에 불과했다. 화혁간은 작업 속도를 더욱 늦춰 천천히 흙을 헤쳐나갔다. 그러다 결국 평평한 나무판에 손이 닿자 뛸 듯이 기뻐했다.

"석옥 바닥에 나무판을 깔아놨구나. 일이 더욱 쉬워지겠다."

그는 손가락에 힘을 모아 바닥판에 길이가 가로세로 두 자가량 되는 정사각형 모양의 선을 천천히 그었다. 그러자 목판을 떠받치고 있던 손이 느슨해지면서 정사각형 모양으로 도려내진 나무판이 떨어져 내리고 사람 한 명이 들어갈 수 있는 구멍 하나가 생겼다. 화혁간은 삽을 들어 구멍 밖으로 한 바퀴 휘저어봤다. 누군가 공격을 가하는 사태를 방지하기 위해서였다. 갑자기 "악!" 하는 한 여자의 날카로운 비명 소리가 들려왔다.

화혁간이 나지막이 말했다.

"목 낭자, 조용하시오. 우린 친구요. 그대들을 구하러 왔소!"

그러고는 몸을 솟구쳐 구멍 위쪽으로 올라갔다.

화혁간은 주변을 둘러보고 깜짝 놀라지 않을 수 없었다. 이게 어디 사람을 가둬두는 곳이란 말인가? 안에는 밝은 빛이 들어오는 창문과 깨끗한 탁자 그리고 일용 용기들로 가득한 장과 선반들이 보였고 놀라고 당황한 기색의 한 소녀가 구석에 웅크리고 있었다. 화혁간은 계산에 뭔가 착오가 있음을 깨달았다. 위치가 잘못된 것이다. 여러 사람의 손을 거치다 보니 차이가 아주 적지도 크지도 않긴 했지만 어쨌든 뭔가 잘못된 것은 확실했다.

화혁간이 나온 곳은 다름 아닌 두 칸으로 된 종만구 부부의 방이었다. 하나는 부부 침실, 다른 하나는 응접실이었다. 종만구가 비치해놓은 갖가지 약물과 감보보의 옷과 장신구들이 모두 그 안에 있었다. 구석에 웅크리고 있던 소녀는 종영이었다. 그녀는 부친의 방 안 여기저기를 뒤적거리면서 단예에게 가져다줄 해약을 찾고 있었다. 그런데 뜻밖에도 방바닥 밑에서 한 사내가 솟구쳐올라왔으니 어찌 대경실색하지 않을 수 있겠는가?

화혁간이 재빨리 머리를 굴렸다.

'잘못 팠으니 다시 파는 수밖에 없지. 우리 정체가 탄로 났다고 이 소낭자를 죽여버린다면 만겁곡 사람들이 시신을 보고 대대적으로 수색을 할 것이다. 그럼 석옥까지 파고 들어가기도 전에 땅굴이 발각되고 말 거야. 잠시 이 소낭자를 땅굴로 데려갈 수밖에 없겠어. 그러면 이 소낭자를 찾아나선다 해도 골짜기 밖으로 나갈 테니까.'

바로 그때 갑자기 문밖에서 발소리가 들리며 누군가 가까이 다가오고 있었다. 화혁간은 종영에게 손을 가로저으며 아무 소리 내지 말라는 신호를 했다. 이어서 몸을 돌려 왼발을 구멍 안으로 집어넣어 내려가는 듯한 자세를 취하다가 돌연 몸을 반대로 돌려 훌쩍 뛰었다. 이와 동시에 왼손으로는 종영의 입을, 오른손으로는 허리를 감싸안고 구멍 옆으로 들고 가 땅굴 밑으로 밀어넣었다. 밑에서 손을 뻗어 받아든 범화가 당장 진흙 뭉치를 한 줌 쥐어 종영의 입을 막아버렸다. 화혁간은 재빨리 땅굴 안으로 내려가 좀 전에 잘라낸 정사각형 나무판을 원위치에 갖다놓고 나무판 틈으로 위쪽에서 나는 소리를 엿들었다.

방 안으로 들어온 두 사람 중 한 남자의 말소리가 들렸다.

"당신은 그놈한테 미련을 버리지 못한 게 분명해. 아니라면 내가 단씨 집안 좀 망쳐놓겠다는데 왜 자꾸 말리는 거요?"

화가 잔뜩 난 여자 목소리가 들렸다.

"미련은 무슨 미련이에요? 정이라곤 느껴본 적도 없는 사람이라고요! 생전 그런 적이 없었는데 미련이라니 그게 무슨 말이에요?"

"그보다 좋은 대답은 없지. 좋소, 아주 좋아!"

그 목소리는 환희에 가득 차 있었다.

"그보다 목 낭자는 내 사저 딸이라 아주 가까운 사이인데 어떻게 그 애를 그렇게 힘들게 할 수 있어요?"

두 사람이 종 곡주 부부라는 걸 알아차린 화혁간은 그들의 대화가 단예와 관련 있다 보니 더욱 유심히 귀를 기울였다.

종만구의 목소리가 들렸다.

"당신 사저가 몰래 단예를 풀어주려다가 다행히 섭이랑한테 발각되지 않았겠소? 당신 사저는 우리와 이미 적인 거요. 더 이상 그 여자

딸한테 신경 쓸 게 뭐 있소? 부인, 대청에 온 객들은 모두 대리 무림에서 명성을 떨치고 있는 인물들이오. 한데 객들은 거들떠보지도 않고 눈을 부릅뜬 채 들어오다니 그건 너무… 너무… 예의가 없는 행동 아니오?"

종 부인이 버럭 화를 내며 씩씩거렸다.

"저런 자들은 뭐 하러 부른 거예요? 우리하고 아무런 교분도 없는데. 감히 대리국 당금의 황제한테 상대나 되겠어요?"

"내가 싸움을 도와달라고 한 것도 아니고 단정명에 맞서 모반을 일으키라고 부탁한 것도 아니오. 공교롭게 하나같이 대리성 안에 있었고 와서 술이나 한잔하면서 단정순의 친아들과 친딸이 윤리 도덕을 위배해 금수같이 합방을 했으니 그 장면을 직접 보고 증인을 서달라 청한 것뿐이오. 오늘 청한 빈객 중에는 북쪽 변경 쪽에서 온 중원의 호걸들도 몇 있소. 내일 아침 석옥 문을 열어 단가의 일양지 전수자가 도덕성이 어떠한지 모든 객한테 똑똑히 보여준다면 그 얼마나 재미있겠소? 강호에 그 이름이 널리 퍼질 것이 아니오?"

종만구는 큰 소리로 킬킬대며 득의양양한 모습을 지어 보였다.

종 부인이 그의 말에 비웃으며 말했다.

"흥! 비열한 인간, 비열해요! 정말 뻔뻔스럽기 짝이 없네요!"

"누가 비열하고 뻔뻔스럽다고 욕하는 거요?"

"누구든 비열하고 뻔뻔스러운 짓을 하는 자가 비열하고 뻔뻔스럽다는 거예요. 내 욕과는 상관없이!"

"그렇지! 단정순 그 천하의 악당이 풍류를 남발하는 바람에 업보를 자초한 것이오. 결국에는 자기 친아들과 친딸이 간음을 하게 되었으니 그거야말로 비열함과 뻔뻔스러움의 극치라 할 수 있지."

종 부인이 흐흥 하고 냉소를 머금고는 아무 말도 하지 않았다.

"어찌 그리 비웃는 것이오? 비열하고 뻔뻔스럽다는 말을 단정순한테 한 것이 아니었소?"

"단가를 당해내지 못하니까 평생 골짜기 안에 처박혀 숨어 지내는 건 그렇다 쳐요. 이른바 부끄러움을 아는 것이 용기에 가깝다는 말과 일맥상통하는 행동이니 그렇다고 쳐줄 수 있죠. 하지만 당신이 그런 악랄한 수법을 써서 단정순의 아들과 딸을 그렇게 만들었다는 걸 천하영웅들이 안다면 뻔뻔하다고 비웃음을 살 사람은 단정순이 아니라 바로 당신 종만구라고요!"

종만구는 자리에서 벌떡 일어나 버럭 성을 냈다.

"나… 나더러 비열하고 뻔뻔스럽다고 욕을 해?"

종 부인은 눈물을 흘리며 목이 멘 소리로 말했다.

"내가 선택한 사람은 평생 몸 바칠 수 있는 선량한 사람인 줄로만 알았는데 뜻밖에도… 영웅적인 기개나 공명정대한 기상이라고는 전혀 없는 이런 못난 인물일 줄은 생각지도 못했어요. 아이고, 내 팔자야!"

종만구는 아내가 눈물을 흘리는 것을 보고 안절부절못했다.

"알았소! 알았어! 욕을 하고 싶으면 마음껏 하시오!"

그는 방 안에서 이리저리 서성거리며 아내에게 속죄의 말을 어찌할지 궁리를 하다 적절한 말이 생각나지 않은 듯 변명을 했다.

"그건 내 생각이 아니었소. 단예는 남해악신이 잡아왔고 목완청은 악관만영이 붙잡아온 것이오. 음양화합산 역시 악관만영 것이고 말이오. 나한테 어찌 그런 비열하고 뻔뻔스러운 약물이 있을 수 있겠소?"

종만구는 자신의 책임을 미루려고 무진 애를 썼지만 종 부인이 냉랭하게 비웃었다.

"비열하고 뻔뻔스러운 게 뭔지는 아는 것 같으니 다행이네요. 당신도 그 방법에 찬성하지 않는다면 어서 목 낭자를 풀어주세요."

"그건 안 되지. 안 되고말고. 목완청을 풀어주면 단예 그 자식 혼자 무슨 볼거리를 제공하겠소?"

"좋아요! 당신이 그렇게 비열하고 뻔뻔스럽게 나온다면 나도 당신과 똑같이 비열하고 뻔뻔스러운 짓을 해버릴 거예요."

종만구는 깜짝 놀라 다급하게 물었다.

"아니… 당신… 무슨 짓을 하려는 거요?"

종 부인이 비웃었다.

"가서 잘 생각해보세요."

종만구가 떨리는 목소리로 말했다.

"다… 당신이 또 단정순… 단정순 그놈하고 사통을 하려는 게요?"

종 부인이 화를 내며 말했다.

"또는 뭐가 또예요?"

종만구는 말을 잘못했다는 듯 눈웃음을 살살 치며 말했다.

"부인, 화내지 마시오. 입에서 말이 헛나왔소. 당신은 그런 적이 없지… 그 자식하고 그… 그 짓을 한 적이… 나랑 똑같이 비열하고 뻔뻔스러운 짓을 한다는 말은 사실이 아니겠지. 농담으로 한 말 아니오?"

종 부인은 아무 말도 하지 않았다.

종 부인의 태도에 심란해하던 종만구는 언뜻 뒷방 약실에 숨겨둔 약병들이 어지럽게 널려 있는 것을 보게 됐다.

"흥! 영아 요 녀석이 또 말썽을 피웠구나! 어린 계집애가 어디서 들었는지 몰라도 나한테 음양화합산이 뭐니 하면서 묻더니만 결국에는 여기까지 와서 홀딱 뒤집어놓고 가버렸어."

이 말을 하며 약병들을 정리하기 위해 약장이 있는 곳으로 걸어갔다. 그런데 그의 발 한쪽에 화혁간이 잘라낸 정사각형 나무판이 밟히는 것이 아닌가? 화혁간은 발각되지 않으려고 재빨리 힘을 주어 나무판을 떠받쳤다.

종 부인이 말했다.

"영아는요? 애가 어디 간 거죠? 근데 조금 전에는 왜 그 애를 데리고 대청에 가서 객들한테 보인 거예요?"

종만구가 씩 웃으며 말했다.

"우리 둘이 그렇게 아름다운 딸을 낳았는데 어찌 좋은 친구들한테 보여주지 않을 수 있소?"

"고양이한테 생선 맡길 일 있어요? 운중학이란 그 작자를 보니까 음흉한 눈을 떼굴떼굴 굴리면서 끊임없이 영아를 훑어보고 있던데. 조심해야 한다고요."

"난 당신만 조심하면 그뿐이오. 당신처럼 꽃 같은 용모에 달 같은 자태를 지닌 미녀를 그 누군들 품고 싶어 하지 않겠소?"

종 부인이 침을 퉤 내뱉고는 소리쳤다.

"영아야, 영아야!"

그때 계집종 하나가 달려와 고했다.

"아가씨께선 방금 전에 돌아오셨습니다."

종 부인은 고개를 끄덕이며 말했다.

"가서 아가씨를 불러오너라. 내가 할 말이 있다."

나무판 밑에 있던 종영은 두 사람이 하는 말을 하나도 빠짐없이 똑똑히 들었지만 소리를 낼 수 없어 너무나 고통스러웠다. 더구나 마음은 급한데 입안은 진흙으로 가득 차 있어 더욱 견디기 힘들었다.

종만구가 말했다.

"가서 좀 쉬시구려. 난 가서 객들을 모셔야겠소."

종 부인은 차갑게 비웃었다.

"당신이 쉬는 게 좋겠어요. 객들은 내가 모실게요."

"둘이 같이 갑시다."

"객들이 내 꽃 같은 용모와 달 같은 자태를 보고 싶어 하겠지, 당신 같은 말상 얼굴한테 흥미를 느낄 것 같아요? 언젠가 나도 당신을 보는 게 싫증이 나면 그 느낌을 알게 되겠지요."

요 며칠 동안 종만구는 걸핏하면 아내한테 책망을 들었다. 무슨 말을 하든 아내는 늘 밑도 끝도 없이 빈정거리기 일쑤였던 것이다. 종만구는 그녀가 단정순을 오랫동안 못 보다가 다시 만난 이후 옛정을 회상하느라 심사가 편치 않다는 것을 알고 있었다. 그 역시 기분이 좋지는 않았지만 개의치 않는 척을 해야 했기에 대청 쪽으로 걸어가면서 이런 생각만 할 뿐이었다.

'나한테 무슨 비열하고 뻔뻔스러운 짓을 보여준다는 거지? "언젠가 나마저 당신을 보는 게 싫증이 나면"이란 말을 했다는 건 아직까지는 나한테 싫증이 나지 않았다는 말이니 큰일은 아닌 듯한데… 다만 단정순 그 개자식이 걱정이로구나….'

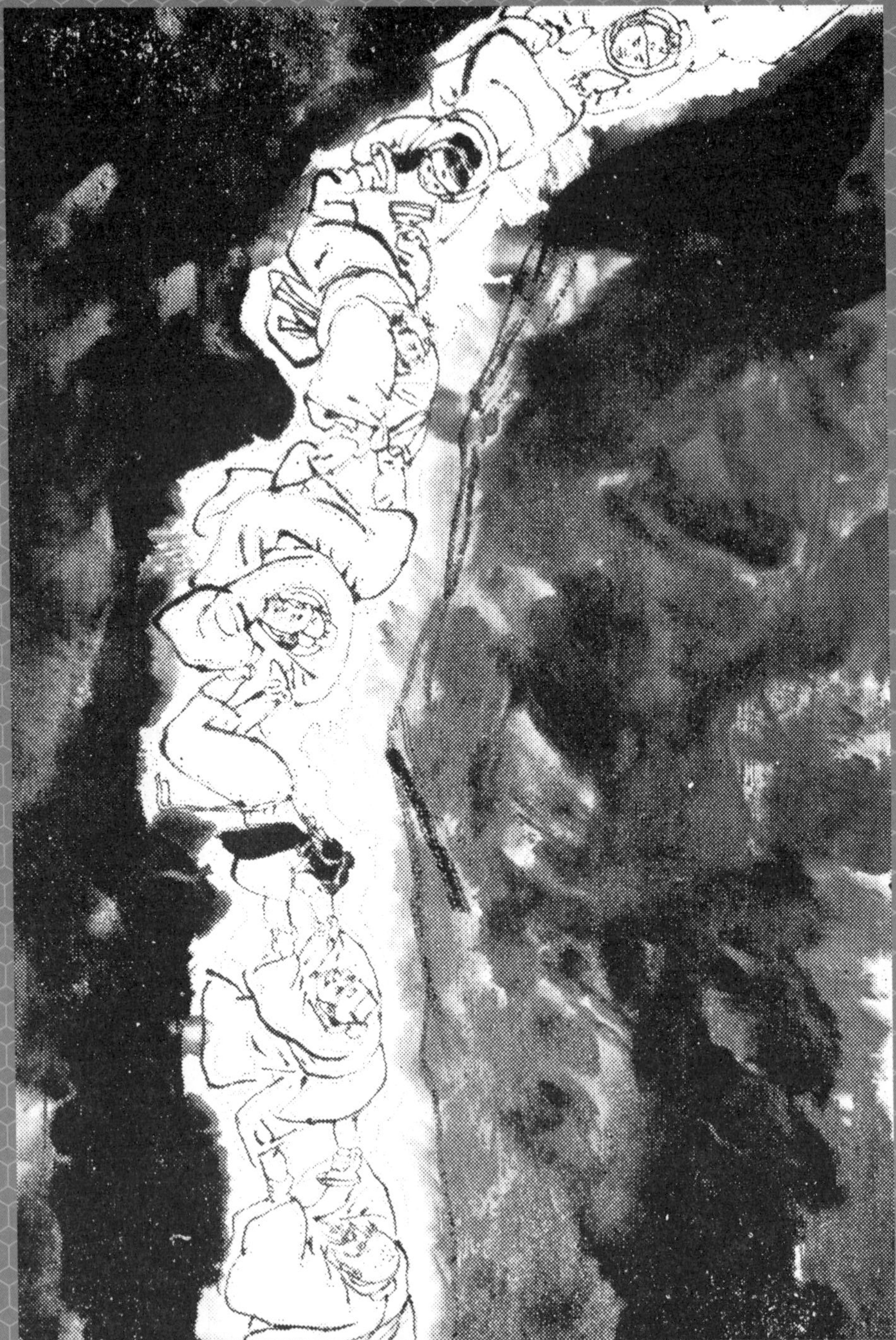

9

뒤바뀐 운명

줄줄이 엮인 사람들은 두 손으로 앞사람의 발목을 움켜쥐었다. 칠흑같이 어두운 지하 땅굴 안에서 자신의 내력이 끊임없이 쏟아져 나가는 느낌이 들자 모두들 경악을 금치 못했다.

보정제가 염세를 폐지한다는 어명을 공포하자 대리국 백성들이 그의 은덕을 기렸다. 운남 지역은 소금이 많이 나지 않는 곳이었다. 온 나라를 통틀어 오직 백정白井, 흑정黑井, 운룡雲龍 등 아홉 개 우물에서밖에 소금이 나오질 않아 매년 촉중蜀中에서 소금을 사와야 했다. 이로 인해 대리국은 염세가 매우 높았고 변방에 사는 빈민들은 1년 중 몇 달 동안 싱거운 음식만 먹어야 했다. 보정제는 염세를 폐지하면 황미대사가 단예를 구할 방법을 마련해 보답할 것이라는 걸 알고 있었다. 그는 평소에도 황미대사의 기지와 무공을 존중했고 또 그의 제자 두 명 역시 무공이 상당하다는 걸 알았기에 사도 셋이 함께 나서면 성공하리라 믿었던 것이다.

그런데 하루 밤낮을 기다려도 소식이 전무할 줄 누가 알았으랴? 파천석에게 동정을 살펴보라고 명을 내리려 했지만 뜻밖에도 파천석과 화 사도, 범 사마 세 사람마저 보이지 않자 보정제는 속으로 생각했다.

'연경태자가 정말 그 정도로 대단한 건 아니겠지? 황미 사형과 사도들 세 사람 그리고 조정의 삼공까지 모조리 만겁곡 안에서 위험에 빠진 것인가?'

이에 황태제 단정순, 선천후 고승태, 저만리 등 사대호위와 진남왕비 도백봉까지 함께 만겁곡에 다시 가보기로 했다. 아들에 대한 사랑이 간절했던 도백봉은 보정제에게 어림군을 대동해서 아예 만겁곡을 소탕해버릴 것을 청했다. 보정제가 말했다.

"최후의 순간에 이른 것이 아니라면 강호 규율에 따라 일을 처리해야만 합니다. 단씨 가문에 수백 년간 내려온 가훈을 위배해서는 아니 됩니다."

보정제 일행이 만겁곡 입구에 당도하자 운중학이 음흉한 미소를 지으며 맞이했다. 그는 보정제를 향해 정중하게 읍을 하며 말했다.

"우리 천하사악天下四惡과 종 곡주는 여러분이 오늘 재차 왕림하리란 것을 짐작하고 재하가 여기서 한참을 기다렸소. 귀하께서 철갑군을 대동하고 나타났다면 우린 진남왕부 공자와 따님을 데리고 줄행랑을 쳤을 것이오. 만일 강호 규율에 따라 무공을 논하는 벗이 되고자 한다면 대청 안으로 모셔 차를 올리겠소."

보정제는 상대가 매우 침착하면서도 뭔가 믿는 구석이 있는 듯 두려워하지 않는 데다 며칠 전처럼 다가오자마자 다짜고짜 싸움을 거는 모습과는 전혀 다른 것을 보고 오히려 더 놀랄 수밖에 없었다. 보정제는 곧 읍을 하고 답례하며 말했다.

"그거 좋소!"

운중학이 앞장서서 가자 일행들은 순식간에 대청에 당도했다.

대청 안은 사람들로 가득 차 있었다. 그 안에는 섭이랑과 남해악신을 포함한 강호 호걸들이 즐비했지만 연경태자만은 보이지 않았다. 보정제는 속으로 경계를 게을리할 수 없었다. 운중학이 큰 소리로 외쳤다.

"천남天南 단가의 장문인 단 사부께서 당도하셨소."

그가 '대리국 황제 폐하'라고 하지 않고 무림 별호로 호칭을 한 것은 모든 것을 강호 규율에 따라 행사해야 한다는 점을 명시한 것이었다.

단정명은 일국의 군주임은 말할 것도 없고 무림 내에서의 명망과 지위만 가지고 논해도 누구에게나 존경받는 일대종사一代宗師였기에 군웅은 그의 이름을 듣자마자 모두 자리에서 일어섰다. 다만 남해악신은 여전히 아무렇지 않다는 듯 거만한 자세로 앉아서 말했다.

"난 또 누구시라고? 이제 보니 황제 영감이시구먼. 안녕하시오?"

종만구가 몇 걸음 달려나와 말했다.

"종만구가 멀리까지 영접을 나가지 못했으니 부디 용서해주시오."

보정제가 답했다.

"별말씀을 다 하시오!"

사람들은 빈주로 나뉘어 앉아 있었다. 이미 모든 것을 강호 규율에 따라 하기로 한 이상 단정순 부부와 고승태는 군신의 예를 따르지 않고 보정제 다음 자리에 앉았고 저만리 등 사대호위도 보정제 등 뒤에 섰다. 만겁곡의 시종들이 차를 가져와 올렸다. 보정제는 황미대사를 비롯한 사도 세 사람과 파천석 일행이 대청에 없는 것을 보고 속으로 말을 어찌 꺼낼 것인지 계산했다. 그때 종만구의 목소리가 들렸다.

"단 장문께서 재차 왕림하시어 재하의 체면이 제대로 서게 됐소. 좋은 친구들이 이렇게 동시에 한데 모이는 것도 쉽지 않은 일이니 제가 단 장문께 한 분씩 소개를 시켜드리도록 하겠소."

그러고는 대청에 모인 호걸들의 이름을 하나하나 호명했다. 그중 몇 명은 북쪽 변경에서 온 중원 호걸들이었고 그 나머지는 모두 대리 무림에서 나름 명성이 있는 인물들이었다. 그중에는 신쌍청과 좌자목,

마오덕 등도 포함되어 있었다. 보정제는 대부분 처음 본 사람들이었지만 이름만은 모두 들어 이미 잘 알고 있었다. 여러 강호 호걸들은 보정제에게 일일이 예를 갖추었다. 극히 공손하게 예를 올리는 사람들도 있었지만 일부는 고의로 거만한 태도를 보였고 어떤 이들은 무림의 후배 입장에서 예를 갖추기도 했다.

종만구가 말했다.

"단 장문께서 어려운 발걸음을 하셨으니 며칠 더 묵어가도록 하시지요. 그럼 여러 형제들이 많은 가르침을 받을 수 있을 것이오."

보정제가 말했다.

"재하의 조카인 단예가 종 곡주께 노여움을 사서 귀댁에 억류되어 있소. 재하가 오늘 온 것은 첫째, 청을 드리러 온 것이고 둘째, 사죄를 하러 온 것이오. 종 곡주께서 재하의 체면을 봐서라도 조카의 무지를 용서해주신다면 감격해 마지않겠소."

좌중 호걸들이 이를 듣고는 모두 속으로 탄복했다.

'대리국 단 황제는 무림 규율로 강호인들을 대한다고 하더니 과연 명불허전이로군. 이곳은 대리국 치하인 곳이라 수백 군마만 파견을 해도 조카를 데려갈 수 있을 텐데 이렇게 친히 나서서 좋은 말로 부탁을 하다니 정말 뜻밖이구나.'

종만구가 껄껄껄 웃으며 대답을 하려는 찰나 마오덕이 먼저 입을 열었다.

"이제 보니 단 공자가 종 곡주께 노여움을 산 게로군요. 단 공자는 얼마 전 저희 보이普洱 객사에 온 적이 있습니다. 그때 형제들과 함께 무량산으로 유람을 갔다가 재하가 제대로 돌보지를 못하는 바람에 여러 가지 사건들이 발생을 했었지요. 재하도 종 곡주께서 단 공자를 너그러이 용서해주시길 바라는 바요."

남해악신이 갑자기 큰 소리로 고함을 쳤다.

"내 제자 문제를 누가 나서서 왈가왈부하라고 했더냐?"

고승태가 차가운 목소리로 말했다.

"단 공자는 당신 사부가 아니오? 이미 고두를 하고 사부로 모셨거늘 어디서 발뺌을 하는 것이오?"

남해악신은 얼굴이 시뻘게져서는 큰 소리로 욕을 해댔다.

"이런 젠장맞을! 노부는 발뺌 같은 건 안 한다. 내 오늘 그 유명무실한 사부를 없애버릴 것이다. 노부가 순간의 실수로 그 녀석을 사부로 모시는 바람에 수치스러워 죽을 지경이다."

좌중에 있던 호걸들은 무슨 영문인지 몰라 하나같이 어리둥절해했다.

도백봉이 나섰다.

"종 곡주, 풀어줄 건지 아닌지 직접 말씀해보세요."

종만구가 실실 웃으며 말했다.

"풀어주겠소. 풀어주지. 풀어줘! 당연하오. 내가 댁네 영식令息은 잡아둬서 뭐 하겠소?"

운중학이 불쑥 끼어들었다.

"단 공자는 준수한 외모에 풍류까지 아는 인물이 아니오? 이곳 종부인 소약차 역시 절세가인이라 단 공자를 만겁곡 안에 둔다면 늑대를 끌어들이고 호랑이를 키워 화를 자초하는 꼴이 되고 말 것이니 종 곡주도 당연히 풀어줄 것이오. 안 풀어줄 수가 없지. 어찌 감히 풀어주지 않겠소?"

군웅 호걸들이 듣고는 모두들 아연실색했다. 이 궁흉극악 운중학이 오만방자하게 말을 하는 데다 종만구 따위는 안중에도 없다는 듯 행동하는 모습을 보고 모두들 궁흉극악이란 그의 별호가 딱 맞아떨어진다고 느꼈기 때문이다. 종만구가 대로해서 운중학을 향해 소리쳤다.

"운 형, 이 문제가 처리되고 나면 재하가 귀하께 한 수 배우고 싶소!"

"그거 좋지! 아주 좋아! 내 전부터 그대를 죽이고 부인을 차지하고 싶었소. 그대 재산은 물론 이곳 골짜기까지 말이오."

군웅 호걸들 모두 소스라치게 놀랐다. 무량동 동주인 신쌍청이 나서서 말했다.

"강호의 영웅호한들은 아직 죽지 않았소. 당신네 천하사악의 실력이 아무리 고강하다 해도 결국에는 공도公道를 피할 수 없을 것이오."

섭이랑이 간드러진 목소리로 교태를 부리며 말했다.

"신辛 도우道友, 나 섭이랑이 무례한 행동을 한 것도 아닌데 나는 왜 거기 연루시키는 거지?"

좌자목은 섭이랑이 자기 아들을 납치했던 지난 일을 상기하고 아직까지 공포심이 남았는지 몰래 곁눈질로 쳐다보기만 할 뿐이었다. 섭이랑이 키득거리며 좌자목을 향해 말했다.

"좌 선생, 당신 아드님은 전보다 더 포동포동해지지 않았나요?"

좌자목은 감히 답을 하지 못하다가 나지막이 말했다.

"얼마 전에 풍한이 들어 지금까지도 완쾌가 되지 않았소."

섭이랑이 깔깔대고 웃었다.

"아! 그건 다 내 탓이에요. 나중에 우리 귀여운 손자 산산이나 보러 가야겠네요."

좌자목이 깜짝 놀라 다급하게 말했다.

"수고스럽게 굳이 그럴 필요 없소이다."

보정제가 생각했다.

'천하사악이 온갖 악행을 저지르고 다녀 곳곳에 원한을 맺었구나. 여기 있는 강호 호걸들은 결코 저들의 방조자가 아니다. 일을 처리하기에 더 좋은 상황이야. 단예를 구출해낸 다음 기회를 봐서 저 악인들을 제거해야겠어. 사악의 우두머리인 연경태자가 단씨 문중 사람이라 내가 직접 손을 쓰기는 어렵지만 결국에는 자신의 죄과에 대한 징벌을 받게 될 날이 올 것이다.'

도백봉은 여러 사람이 난잡하게 떠들어대서 화제가 분산되는 것을 보고 자리에서 벌떡 일어나 말했다.

"종 곡주께서 우리 아이를 돌려주겠다고 동의했으니 어서 그 아이를 데려와 모자가 대면할 수 있게 해주세요."

종만구 역시 자리에서 일어나 말했다.

"그러지요!"

그러고는 갑자기 고개를 돌려 단정순을 험악한 눈초리로 째려보고 크게 한숨을 내쉬었다.

"단정순, 당신은 이미 이렇게 훌륭한 아내와 아들을 두었는데 그것으로도 부족하단 말이오? 오늘 당신 명성이 땅에 떨어질 상황에 놓인 것은 자업자득인 셈이니 이 종만구를 탓하지는 마시오."

단정순은 종만구가 아들을 돌려주겠다고 약속하는 것을 보고 절대 그리 쉽게 끝내지는 않을 것이라 짐작하고 있었다. 필시 교활한 음모를 꾸며놓았을 것이라 생각한 그는 그 말을 듣고 벌떡 일어나 종만구 곁으로 다가가 말했다.

"종 곡주, 우리 아이를 털끝 하나 건드리기라도 했다면 이 단정순이 평생 후회하도록 만들어줄 것이오."

종만구는 당당한 용모에 위엄이 서려 있고 고결하고도 화려한 기백을 가진 단정순이 자신과는 크게 차이가 나는 것처럼 보이자 자괴감이 느껴져 가슴 가득 강한 질투심이 불타올랐다. 곧 큰 소리로 고함을 내질렀다.

"일이 이리된 이상 나 종만구가 패가망신을 하고 몸이 산산조각이 난다 해도 당신과 갈 때까지 가볼 것이오. 아들을 원한다면 따라오시오!"

종만구가 곧바로 성큼성큼 대청문을 나섰다.

일행이 종만구를 따라 고목 담장 앞에 이르자 운중학이 자신의 경공을 과시라도 하는 듯 가장 먼저 담장을 뛰어넘었다. 단정순은 오늘 일이 좋게 끝날 리가 없으니 차라리 자신의 위엄을 미리 세우고 상대로 하여금 불리한 형세를 느끼게 만들어 물러서도록 하는 것이 좋겠다는 판단이 들었다.

"독성, 나무 몇 그루만 베어버리게. 모두 지나갈 수 있게 말이네."

고독성이 답했다.

"네!"

고독성이 쇠도끼를 들어 몇 번 내려치자 커다란 나무 한 그루가 금방이라도 쓰러질 듯 절단이 났다. 부사귀가 두 손으로 가볍게 밀자 절단이 난 나무는 옆으로 쓰러져버렸다. 백광을 번뜩이며 연이어 휘날리는 쇠도끼에 나무 패는 소리가 끊이지 않는가 싶더니 고목들이 하나하나 쓰러지며 순식간에 고목 다섯 그루가 바닥에 누워버렸다.

종만구는 그동안 심혈을 기울여 힘들게 길러온 나무 담장을 고독성이 단숨에 다섯 그루나 베어버리자 화가 치밀어오르지 않을 수 없었다. 그러나 곧 생각을 바꿔 꾹 참았다.

'대리단씨가 오늘 크게 망신을 당하게 될 테니 이런 사소한 일 따위는 시시콜콜 따질 필요 없지.'

일행은 곧 나무가 베어진 공간 안으로 걸어들어갔다.

고목 담장 뒤에서는 황미대사와 청포객이 각자 왼손을 철장 양쪽 끝에 지지한 채 정수리에서 희뿌연 김을 내뿜으며 내력 대결을 펼치고 있었다. 황미대사가 갑자기 오른손을 뻗어 쇠로 된 목탁채로 몸 앞에 있는 청석 위에 원을 그렸다. 청포객은 잠시 사색에 잠기다 오른손 철장으로 청석 위를 지그시 눌렀다. 보정제는 의아한 듯 바라보다 곧 깨달았다.

'이제 보니 황미 사형이 연경태자와 바둑을 두면서 내력 대결을 펼치고 있었군. 지혜를 겨루면서 내력 대결까지 펼치다니. 이런 기이한 형태의 대결은 실로 위험하기 짝이 없건만 하루 밤낮 동안 어찌 회답이 없나 했더니 이 대결을 벌이느라 그랬던 것이야. 한데 여태껏 승부를 가리지 못했단 말인가?'

바둑판 위를 힐끗 보니 이 대국은 싸움의 결과가 쌍방, 또는 어느 한쪽의 생사로 직결되는 생사패生死覇에 승패가 달려 있었다. 그러나 황미대사는 수세에 몰려 대마를 살리기 위해 애쓰고 있는 상황이었고 황미대사의 두 제자인 파의와 파진은 이미 바닥에 쓰러져 꼼짝도 하지 못하고 있었다. 두 제자는 자신들의 사부가 위기에 몰리자 출수를 해서 청포객을 협공하려 했지만 그의 철장에 혈도를 찍혀버리고 만 것이다.

단정순은 앞으로 다가가 두 사람의 혈도를 풀어주고 소리쳤다.

"만리, 자네들은 가서 저 바위를 밀어내고 예아를 구해내게."

저만리 등 사대호위가 일제히 답을 하고는 어깨를 나란히 한 채 앞으로 나아갔다.

종만구가 외쳤다.

"잠깐! 저 석옥 안에 또 누가 있는지 아시오?"

단정순이 화를 내며 말했다.

"종 곡주, 악랄한 수법으로 우리 아이를 해했다면 당신한테도 아내와 딸이 있음을 알아야 할 것이오."

종만구가 차갑게 웃었다.

"흐흐흐… 그렇소. 나 종만구에게도 아내와 딸이 있지. 다만 아들이 없다는 게 천만다행이오. 더구나 아들이 있다 해도 그 애는 내 친딸과 인륜을 벗어난 난잡한 행위는 하지 않았겠지!"

얼굴이 새파랗게 질린 단정순이 고함을 내질렀다.

"무슨 헛소리를 하는 게요?"

"목완청은 당신 사생아가 아니오?"

"목 낭자의 출신이 당신하고 무슨 상관이 있단 말이오?"

"하하하! 상관이 있다고는 안 했소. 대리단씨는 남방 지역의 황가로서 무림에서도 그 명성이 자자하오. 여기 계신 모든 영웅호한 여러분!

모두 눈을 크게 뜨고 보시오. 단정순의 친아들과 친딸이 이곳에서 천륜에 위배되는 금수만도 못한 간음을 하여 이미 부부가 됐소!"

그는 남해악신을 향해 손짓을 보낸 다음 두 사람이 함께 손을 뻗어 석옥 앞을 가로막고 있던 바위를 밀어젖혔다.

단정순이 다급하게 말했다.

"잠깐!"

그는 손을 뻗어 이를 막았다. 섭이랑과 운중학이 일장을 뻗어내며 좌우에서 공격을 가하자 단정순은 일장을 세워 이를 막아냈다. 고승태 역시 몸을 옆으로 기울이며 나타나 운중학의 일장을 막아냈다. 뜻밖에도 섭이랑과 운중학은 자신들의 일장이 모두 빗나가자 오른손과 왼손을 동시에 되밀어 바위 위를 가격했다. 바위의 무게는 천 근에 달했지만 종만구, 남해악신, 섭이랑, 운중학 네 사람이 힘을 합쳐 밀어내자 곧 한쪽 편으로 힘없이 굴러가버렸다. 이 일초는 네 사람이 사전에 계획을 세워 맞춰둔 허허실실 전법이었다. 단정순은 이를 저지할 방법이 없었다. 사실 단정순 역시 한시라도 빨리 사랑하는 아들이 보고 싶어 제대로 힘을 써서 막지는 않았다. 바위가 힘없이 굴러가자 출입문이 열리며 석옥 내부가 그대로 드러났다. 그러나 석옥 내부는 어두컴컴하기만 할 뿐 제대로 보이지를 않았다.

종만구가 웃었다.

"고독한 남녀가 벌거벗은 채로 이 어두운 방 안에 함께 있었다면 무슨 일을 벌였을지는 빤한 것 아니겠소? 하하… 하하하… 모두들 똑똑히 보시오!"

종만구가 큰 소리로 웃고 있는 사이 한 젊은 남자가 산발한 머리에 상반신을 적나라하게 드러낸 채 걸어나오고 있었다. 하반신은 짧은 바지만 입었을 뿐 양쪽 허벅지가 모두 드러난 상태였다. 바로 단예였다. 그의 손에는 한 여인이 가로로 들려져 있었다. 그 여인은 속옷만 걸친 채 그의 품에 꼭 안겨 있었고 등 쪽은 설백의 희고 보드라운 살갗을 고스란히 드러내고 있었다.

보정제의 얼굴은 수치심으로 가득했고 단정순은 고개를 숙인 채 꼼짝도 하지 않았다. 도백봉은 두 눈에 눈물을 머금은 채 중얼거렸다.

"업보로구나, 업보야!"

고승태가 재빨리 장포를 벗어 단예 몸에 덮어주기 위해 달려갔다. 마오덕은 단씨 형제에게 잘 보이려는 마음에 황급히 몸을 돌려 단예 앞을 막아섰다. 남해악신이 소리쳤다.

"이런 후레자식아! 비켜!"

종만구는 득의양양한 얼굴로 깔깔대고 웃다가 갑자기 웃음을 멈추며 흠칫하고 놀랐다. 그러다 별안간 참담한 목소리로 부르짖었다.

"영아야, 네가 어떻게 된 게냐?"

이를 지켜보던 강호 호걸들은 종만구가 부르짖는 소리를 듣고 속으로 놀라움을 금치 못했다. 종만구가 단예 앞으로 달려가 그가 안고 있던 여인을 가로채는 모습을 본 것이다. 사람들은 그때 비로소 그 여인의 얼굴을 자세히 볼 수 있었지만 나이가 목완청보다 어린 데다 몸매 역시 비교적 가냘프고 앳된 얼굴이 목완청으로 보이지는 않았다. 그녀는 바로 종만구의 친딸인 종영이었다. 호걸들이 처음 만겁곡에 당도했을 때 종만구는 부인과 딸을 대청으로 데려와 빈객들에게 인사를 시키며 자기 집 모녀의 아름다운 미모를 과시한 적이 있었다.

단예는 정신이 혼미한 상태에서도 수많은 사람이 자기를 둘러싸고 있고 백부와 부모까지 모두 와 있다는 사실을 깨달았다. 그는 재빨리 종만구가 안고 갈 수 있도록 종영을 내주고 부르짖었다.

"어머니, 백부님, 아버지!"

도백봉은 황급히 앞으로 달려가 그를 품에 안으며 물었다.

"예아야, 이게… 어찌 된 일이냐?"

단예가 어찌할 바를 모르고 말했다.

"저… 저도 모르겠어요!"

종만구는 오히려 자기 자신이 당할 줄은 꿈에도 생각지 못했다. 단예가 석옥 안에서 안고 나올 사람이 자기 친딸일 거라고 어찌 상상이나 했겠는가? 그는 딸을 안고 멍하니 있다가 이내 바닥에 내려놓았다. 짧은 속옷만 걸친 채로 있던 종영은 갑자기 수많은 사람을 보자 부끄러운 마음에 얼굴이 시뻘겋게 달아올랐다. 종만구는 입고 있던 장포를 벗어 딸에게 덮어주었다. 그러나 곧바로 손바닥을 들어 그녀의 왼쪽 뺨이 빨갛게 부어오르도록 세차게 후려치고는 욕을 퍼부어댔다.

"뻔뻔스러운 년! 누가 너더러 이 짐승 같은 놈하고 같이 있으라고 했더냐?"

종영은 억울한 마음이 복받쳐올라 울음을 터뜨리고 말았다. 변명을 하려 했지만 변명할 틈이 없었다.

종만구는 문득 이런 생각이 들었다.

'목완청 그 계집이 아직 석옥 안에 있는 게 분명해. 그년을 데리고 나오면 영아의 치욕이 분산될 거야.'

그러고는 큰 소리로 고함을 쳤다.

"목완청! 어서 나와라!"

연달아 세 번을 외쳤지만 석옥 안에서는 아무런 기척도 없었다. 종만구는 문안으로 달려 들어갔다. 석옥 내부는 1장 남짓한 넓이라 한눈에 볼 수가 있었지만 눈을 씻고 찾아봐도 사람이라고는 그림자조차 없었다. 종만구는 가슴이 터져버릴 정도로 화가 치밀어올라 몸을 돌려 나오자마자 손바닥으로 딸을 사정없이 후려치며 호통을 쳤다.

"너 이 계집애! 내가 죽여버리고 말겠다!"

별안간 옆에서 손이 하나 뻗어나오며 무명지와 소지로 종만구의 손목을 슬쩍 쳤다. 종만구는 급히 손을 빼며 피했다. 손을 써서 막은 사람은 바로 단정순이었다. 종만구는 화를 내며 말했다.

"내가 내 딸 좀 교육시키겠다는데 당신이 무슨 상관이오?"

단정순이 빙긋이 웃으며 말했다.

"종 곡주, 당신이 내 아들을 정말 특별히 대우해주셨구려. 우리 애가 혼자 적적할까 봐 귀한 당신 영애한테 돌보도록 했으니 말이오. 재하가 감격해 마지않소. 이리된 이상 영애는 이미 우리 단씨 집안 사람인데 재하가 어찌 상관하지 않을 수 있겠소?"

종만구가 대로했다.

"어째서 단씨 집안 사람이라는 게요?"

"영애가 이 석옥 안에서 우리 아들 단예의 시중을 든 지가 꽤 되지 않았소? 고독한 남녀가 벌거벗은 채로 이 어두운 방 안에 숨어 있으니 무슨 일을 벌였을지는 빤한 것 아니겠소? 우리 아들은 진남왕세자요. 비록 영애를 세자정비로 맞아들이기는 어렵겠지만 처첩을 여럿 둔다 한들 무슨 문제가 있겠소? 그럼 우린 사돈지간이 되는 것 아니오? 하하하… 하하하…!"

종만구는 끓어오르는 분노를 참을 길이 없어 즉시 달려들어 연이어 삼장三掌을 날렸다. 그러나 단정순은 웃음을 지은 채로 그의 공격을 번번이 무력화했다.

강호 호걸들이 각자 이런 생각을 했다.

'대리단씨가 역시 대단하긴 하구나. 어떤 방법을 썼는지는 모르겠지만 어쨌든 종 곡주의 딸로 바꿔치기를 해서 석실 안에 가둬둘 수 있었다니. 종만구가 대리에 살면서 이유 없이 단가와 적대를 한다면 이는 고난을 자초하는 꼴이 아니겠는가?'

사실 이는 화혁간을 비롯한 삼공이 만들어낸 술책이었다. 화혁간이 종영을 땅굴로 잡아들인 것은 그녀가 땅굴의 비밀을 누설하지 못하게 할 의도였으나 후에 종만구 부부의 대화를 듣고 세 사람이 땅굴 속에서 조용히 상의한 결과, 이 일이 아주 중대한 문제와 연루되어 있으며 매우 급박한 상황임을 인식하게 됐다. 종 부인이 떠나기만 기다리던 파천석은 몰래 구멍으로 빠져나가 경공을 펼쳐 석옥의 정확한 위치와 거리를 답사했고, 이를 토대로 화혁간이 다시 정확한 경로를 만들어냈다. 곧바로 모두가 땅굴을 파는 데 박차를 가했고, 밤새 서둘러 작업한 끝에 새벽녘이 되어서야 비로소 석옥 밑까지 파낼 수 있었다.

화혁간이 석옥 안으로 올라갔을 때 단예는 미친 사람처럼 석실 안을 마구 내달리고 있었다. 화혁간이 손을 뻗어 멈춰 세우려 했지만 신법이 어찌나 민첩하고 괴이했던지 도저히 붙잡을 수가 없었다. 이에 파천석과 범화까지 일제히 단예를 에워싸 중앙으로 밀어붙였다. 좁은 석실 안에서 단예가 더 이상 피할 곳이 없자 화혁간은 그의 손목을 움켜쥐었다. 순간 온몸이 부르르 떨리면서 마치 뜨거운 목탄이라도 잡은 듯 뜨거운 느낌이 들었다. 그는 곧바로 손에 힘을 주어 잡아당겼다. 단예를 땅굴 안으로 끌고 가서 재빨리 도망갈 생각이었다. 그런데 힘을 쓰자마자 체내의 진기가 외부로 급속도로 빨려 나가는 것이 아닌가?

"으악!"

화혁간이 순간 참지를 못하고 비명을 내지르자 파천석과 범화가 화혁간을 잡고 힘껏 잡아당겼다. 세 사람이 합심을 하자 비로소 북명신공에 의해 진기가 흡입되는 화를 면할 수 있었다. 대리 삼공의 공력이 무량검 제자들에 비해 훨씬 고강했고 또 적시에 신속한 대응을 한 덕분이었다. 그렇다 해도 이미 깜짝 놀란 세 사람은 온몸이 식은땀으로 범벅이 된 채 공히 이런 생각을 하게 됐다.

'연경태자의 간사한 꾀는 정말 무섭구나.'

그 후로 다시는 단예의 몸을 건드리지 못했다.

어찌해야 할지 방법을 몰라 고민하는 사이 석옥 밖에는 사람들 소리로 시끄러웠다. 보정제와 진남왕 등 일행들을 데리고 온 종만구가 큰 소리로 비아냥대고 있었던 것이다. 이때 파천석이 기발한 생각을 떠올렸다.

'종만구 저자는 고약하기 이를 데 없어. 저자를 골탕 먹여야겠다.'

그는 곧바로 종영의 겉옷을 벗겨 목완청에게 입히고 종영을 안아 단예에게 넘겼다. 단예는 몽롱한 정신 속에서 아무 생각 없이 그녀를 받아들었고, 화혁간 등 세 사람은 목완청을 데리고 땅굴로 들어가 나무판을 원위치에 놓으니 아무런 흔적도 남지 않았다.

보정제는 조카가 무탈한 데다 사태가 뜻밖의 상황으로 전개되자 안도의 한숨을 쉬면서도 한편으로는 우스꽝스럽게 여겨졌다. 순간 어찌 된 연유인지 알 수 없었기 때문이다. 다만 황미대사와 연경태자가 내력 대결을 벌이며 위기일발의 순간에 봉착해 있던 터라 자칫 실수라도 하는 날에는 생명이 위태로울 수 있다는 생각에 당장 몸을 돌려 두 사람이 각축을 벌이는 장면을 지켜봤다. 콩알 같은 땀을 바둑판 위로 뚝뚝 흘려대는 황미대사와 얼굴색 하나 변하지 않고 태평스럽기만 한 연경태자의 모습으로 보아 승부는 이미 결정 난 것 같았다.

단예는 정신이 들자마자 대국의 승패에 관심이 쏠려 당장 두 사람 옆으로 다가가 대국을 지켜봤다. 황미대사는 이미 팻감[12]을 다 써버리고 연경태자가 다시 패를 한 번 쓰면 더 이상 둘 곳이 없어 패배를 인정해야 하는 상황이었다. 연경태자가 철장을 뻗어 바둑판에 찍으려 했다. 그가 가리키는 곳은 관건이 되는 바로 그 자리였다. 그 수를 두기만 하면 황미대사는 더 이상 만회할 방법이 없었기에 단예는 다급한 마음에 생각했다.

'저 수는 못 두게 해야 된다.'

그는 지체 없이 손을 뻗어 철장을 움켜쥐었다.

연경태자는 철장으로 상위上位 삼칠로三七路를 찍으려 했지만 난데없이 손바닥이 떨리면서 오른팔의 진력이 마치 최대한으로 당긴 화살이 날아가듯 세차게 빠져나가는 것이었다. 너무 놀란 나머지 곁눈질로 슬쩍 흘겨보니 단예가 무지와 식지로 철장 끝을 잡고 있는 것이 아닌가! 단예는 철장을 밀어젖혀 대국의 관건이 되는 위치에 두지 못하게 할 심산이었지만 뜻밖에도 철장은 마치 허공에 주조해놓은 것처럼 꼼짝도 하지 않았다. 다시 힘을 주어 밀어붙이자 연경태자의 내력은 단예의 소상혈을 통해 체내로 빨려들어가기 시작했다.

연경태자가 깜짝 놀라 속으로 생각했다.

'성수해星宿海에 사는 정丁 노괴老怪의 화공대법化功大法이로구나!'

곧바로 단전에 진기를 모아 그 기운을 손과 팔에 관통시키자 철장에서 거대한 힘이 뻗어나가 그 진동으로 단예의 손가락을 철장에서 떼어낼 수 있었다.

순간 단예는 반신이 시큰거리고 저리면서 당장이라도 까무러칠 것 같은 느낌을 받았다. 그는 몸을 몇 번 휘청거리다 손으로 눈앞에 있는 청석을 짚고서야 정신을 차릴 수 있었다. 그러나 연경태자가 쏟아부은 웅대한 내공의 거의 절반가량은 어디로 가버렸는지 마치 바다에 가라앉은 돌처럼 감쪽같이 사라져버리고 말았다. 이는 예삿일이 아니었기에 연경태자는 속으로 경악을 금치 못했다. 이때, 철장이 밑으로 떨어지다 마침 상위 칠팔로七八路를 내리찍고 말았다. 단예의 저지로 인해 내력을 자유롭게 조절할 수 없다 보니 철장이 밑으로 내려가면서 남아 있던 힘에 의해 자연스럽게 그 자리를 내려찍게 된 것이었다. 연경태자는 속으로 외쳤다.

'큰일이다!'

이런 생각에 다급하게 철장을 들어올렸지만 칠팔로의 교차선 위에는 이미 아주 작고 움푹 파인 구멍이 나버린 상태였다.

고수들이 바둑을 둘 때는 한번 내려놓은 돌을 물릴 수는 없는 법이었다. 하물며 바위에 새긴 바둑판을 파내는 것이 바둑돌인 상황에서 내력이 미치는 바위 부분이 깨져버렸는데 어찌 두지 않았다고 할 수 있겠는가? 다만 이 상위 칠팔로는 스스로 집 하나를 막는 꼴이 되어버렸다. 바둑의 규칙에 대해 조금이라도 아는 사람이라면 두 집이면 살고 한 집이면 죽는다는 원리를 알 것이다. 연경태자는 이 대마에 이미 두 집을 만들어놓고 그곳을 황미대사를 압박하는 전초기지로 삼으려 했지 버젓이 살아 있는 집 하나를 스스로 막아 자멸할 생각은 없었다. 그러나 돌을 내려놓은 이상 바둑 이론에도 없는 수일지라도 결국 이는 공력에 부족함이 있음을 드러낸 셈이었다.

연경태자는 속으로 탄식을 했다.

'한 수의 패착이 패배를 자초한다더니 이게 하늘의 뜻이던가?'

그래도 나름 근본이 있는 사람이 아니던가? 그는 이로 인해 황미대사와 논쟁을 벌이고 싶지 않아 당장 몸을 일으켜 두 손으로 청석을 짚고 바둑판을 주시한 채 한동안 꼼짝도 하지 않았다.

강호 호걸들은 대부분 그를 직접 본 사람이 별로 없었기에 다들 그의 기이한 표정을 주시하고 있었다. 바둑판을 한참 동안 바라보던 그는 별안간 아무 말도 없이 철장 끝으로 바닥을 찍어가며 마치 나무다리 걷기를 하듯 큰 걸음으로 성큼성큼 걸어 멀찌감치 사라져버렸다.

"쿠쿠쿵!"

돌연 커다란 굉음이 들리며 청석 바위가 몇 번 흔들거리다 이내 예닐곱 조각으로 산산이 부서져 바닥에 흩어져버렸다. 천고에 길이 빛날 위대한 대국이 이대로 속세에서 자취를 감춰버린 것이다. 강호 호걸들은 깜짝 놀라 비명을 내지르며 서로의 얼굴만 쳐다볼 뿐이었다. 보정제, 황미대사와 사도들, 삼대악인들 외에는 모두 이런 생각을 했다.

'사람 같지도 귀신 같지도 않은 강시 같은 그 청포객의 무공이 저 정도일 줄이야.'

요행히 대국에서 승리하게 된 황미대사는 두 손을 무릎에 올려놓은 채 넋이 빠진 듯 멍하니 앉아 있었다. 조금 전에 벌어졌던 손에 땀을 쥐는 상황들을 회상하자 마음이 편치 않았다. 연경태자가 어째서 승리를 확정 지을 수 있는 상황에서 갑자기 스스로 두 집 중 한 집을 막아버린 것일까? 설마 단정명을 비롯한 고수들이 당도한 것을 보고 포위공격을 당할까 두려워 일부러 지고 도망가려 했던 것일까? 그러나 그의 조력자들도 적지 않은 마당에 쉽게 당하지는 않았을 것이다.

보정제와 단정순, 고승태 등은 갑작스러운 변고에 대해 의혹감을 감추지 못했다. 하지만 운 좋게 단예를 구출해내서 단씨 가문의 명예에 손상을 입지 않았을뿐더러 연경태자가 대국에서 패해 물러가면서 완승을 거두었으니 그 안에 얽힌 짐작할 수 없는 갖가지 속사정들에 대해선 당장 규명할 필요가 없었다. 단정순은 종만구를 향해 웃었다.

"종 곡주, 영애가 이제 우리 아들의 첩이 되었으니 수일 내로 사람을 보내 데려가도록 하겠소. 우리 부부가 영애를 사랑으로 감싸고 친딸처럼 잘 대우해줄 것이니 안심해도 될 것이오."

부아가 치밀 대로 치밀어오른 종만구는 단정순의 비꼬는 듯한 말투를 듣자 챙 하는 소리와 함께 허리춤에 있던 패도를 뽑아 들어 종영의 머리를 내리치며 소리쳤다.

"성질나 죽겠네! 이 천한 년부터 죽이고 얘기하자!"

별안간 어디선가 기다란 인영이 날아와서는 신속무비하게 종영을 낚아채 질풍처럼 스쳐 지나가는가 싶더니 이미 수 장 밖으로 날아가 있었다. 푹 소리와 함께 종만구의 일도一刀가 땅바닥을 갈랐다. 종영을 안고 간 사람을 바라보니 다름 아닌 궁흉극악 운중학이었다. 종만구는 대로해서 호통을 쳤다.

"아니… 이게 무슨 짓이오?"

운중학이 킬킬대고 웃었다.

"딸이 필요 없으면 칼로 베어 죽인 셈 치고 나한테 주시오."

말이 끝나기 무섭게 그는 다시 수 장을 날아갔다. 운중학은 보정제와 황미대사의 무공이 자신보다 뛰어나며 단정순과 고승태 역시 보통 인물들이 아님을 아는지라 재빨리 종영을 안고 달아나기로 작정을 한 것이다. 더구나 파천석이 현장에 없어 자신이 경공을 펼치기만 하면 나머지 사람 중에는 자신을 따라올 사람이 없다고 판단했다.

운중학의 경공이 보통이 아니란 사실을 알고 있는 종만구는 발만 동동 구르며 욕을 해댈 뿐이었다. 보정제 등 일행 역시 일전에 그가 파천석과 집 주위를 뱅글뱅글 돌며 추격전을 펼치는 실력을 본 적이 있었다. 더구나 지금은 종영을 안고 가는데도 불구하고 빈손으로 가는 듯 나풀거리며 가볍게 달려가자 모두들 어찌할 바를 몰랐다.

단예가 순간 기지를 발휘해 소리쳤다.

"악노삼, 사부의 명이다. 어서 저 소낭자를 뺏어오도록 해라."

남해악신이 어리둥절해하다가 버럭 화를 냈다.

"이런 젠장맞을! 뭔 소리야?"

"날 사부로 모시고 절까지 올렸는데 발뺌할 생각이냐? 그럼 네 말은 다 헛소리였단 말이냐? 정말 염병할 후레자식이 되고 싶은 것이냐?"

남해악신은 눈을 부라리며 호통을 내질렀다.

"난 내가 한 말에는 책임을 진다. 네가 내 사부인 게 뭐 어떻다고?

노부는 화가 치밀어오르면 네가 사부라도 한칼에 베어버릴 수 있어."

"인정하면 됐다. 종영 그 낭자는 내 아내이자 네 사모이기도 하니 어서 가서 되찾아와라. 운중학이 그 낭자를 능욕한다면 네 사모를 능욕하는 것이 되니 네 체면도 땅에 떨어질 것이다. 그럼 영웅호한이라 할 수 없어."

남해악신이 멍하니 서 있다가 속으로 그 말에 일리가 있다고 생각했지만 갑자기 목완청이 단예의 부인이란 것이 생각났다. 이미 목완청이 있는데 어찌 종영까지 부인이 될 수 있단 말인가? 곧 단예를 향해 물었다.

"도대체 나한테 사모가 몇이나 있는 게냐?"

"더는 묻지 마라. 목완청은 대사모이고 저 아가씨는 소사모니까. 소사모를 모셔오지 못한다면 네 체면은 바닥에 떨어질 것이다. 여기 있는 수많은 호한이 똑똑히 보고 있다. 네가 넷째 악인인 운중학조차 당해내지 못한다면 다섯째 악인으로 강등되는 것이다. 아니, 여섯째 악인이 될 수도 있지."

남해악신에게 있어 서열이 운중학보다 밑으로 내려간다는 것은 죽기보다 더 싫은 일이었다. 그는 미친 듯이 소리를 질러대다 곧바로 운중학을 향해 달려가며 외쳤다.

"우리 소사모를 당장 내놔라!"

운중학은 몸을 위로 솟구쳐 앞으로 날아가며 외쳤다.

"셋째 형님도 정말 멍청하시오. 지금 저놈한테 속고 있는 거요!"

자신이 그 누구보다 대단하다고 생각하는 남해악신은 운중학이 많은 사람 앞에서 자신이 속고 있다고 말하자 더욱 노기가 충천해 큰 소리로 외쳤다.

"나 악노이가 어찌 남한테 속는단 말이냐?"

이 말을 하고 진기를 모아 재빨리 추격했다. 둘은 쫓고 쫓기는 형태를 유지한 채 순식간에 산길을 돌아나갔다.

종만구는 미친 듯이 노해 딸을 칼로 베려 했지만 딸이 악인한테 납치당하는 것을 보자 어쨌든 부녀지간의 깊은 정도 있고 아내가 물어보면 변명할 여지도 없다는 생각이 들어 다급한 마음에 그 역시 칼을 들고 추격에 나섰다.

보정제는 그길로 군웅과 작별 인사를 나누고 일행들과 함께 만겁곡을 떠나 대리성으로 돌아가 다 같이 진남왕부에 모였다. 화혁간, 범화, 파천석 세 사람이 왕부에서 마중을 나왔는데 옆에는 화려한 옷차림에 아름다운 미모를 지닌 소녀가 한 명 있었다. 바로 목완청이었다.

범화는 화혁간이 땅굴을 파서 종영을 석옥에 집어넣고 목완청을 구해낸 사연을 보정제에게 고했다. 이에 모두들 종만구가 남을 해치려다 오히려 스스로를 해치게 된 사연이 여기 있었음을 알고 매우 다행스러워했다.

음양화합산의 약효가 강하기는 하지만 독약은 아니었기에 단예와 목완청은 설사약을 먹고 냉수를 몇 사발 들이켜자 곧 회복할 수 있었다.

정오가 지나 왕부에서는 연회가 열렸다. 모든 이가 기쁨에 넘쳐 연회석상에서 만겁곡 얘기를 주고받았다. 다들 이번 일에 대한 모든 공을 황미대사와 화혁간 두 사람에게 돌렸다. 황미대사가 단연경을 견제

하지 않았다면 땅굴을 파고들어가는 계책이 그자에게 발각되지 않을 수 없었을 거라 생각한 것이다.

도백봉이 대뜸 입을 열었다.

"화 사마, 한 번만 더 고생 좀 해주셨으면 좋겠어요."

화혁간이 말했다.

"왕비낭랑의 분부라면 응당 명에 따를 것입니다."

"사람을 시켜 그 땅굴을 막아버리세요."

화혁간이 어리둥절해하다 곧바로 대답했다.

"네!"

대답을 하긴 했지만 그녀가 무슨 뜻으로 그런 분부를 했는지 알 수가 없었다. 도백봉은 단정순을 한번 흘겨보다 다시 말했다.

"그 땅굴은 종 부인의 거실로 들어가는 통로이니 그걸 막지 않는다면 아마 여기 계신 분들 중 한 분이 매일 밤 그 땅굴을 뚫고 들어갈 거예요."

좌중에 있던 모든 사람이 깔깔대고 웃었다.

목완청은 수시로 단예를 몰래 훔쳐보았다. 시선이 마주칠 때마다 둘은 고개를 돌려 피했다. 그녀는 이생에서 그와 부부가 될 수 없다는 것을 알기에 며칠 전 두 사람이 석옥에서 함께 지내던 정경을 떠올리며 더욱 울적해했다. 주변에서는 종영이 단예의 첩이 될 것이며, 그녀가 운중학에게 납치돼 갔지만 남해악신과 종만구 두 사람이 합세해 구해올 수 있을 거라고 얘기하는 소리가 들렸다. 게다가 보정제가 저·고·부·주 사대호위를 향해 연회가 끝나면 종영 소식을 탐문해보고 그녀를 보호할 방법을 강구하라는 명을 내리자 목완청은 더욱 화가 치밀어올랐다. 그녀는 품 안에서 작은 황금 상자를 꺼내 들었다. 종 부인이 단예에게 부친을 찾아가 종영을 구해달라는 부탁을 전하라며 주었던 신물이었다. 목완청은 황금 상자를 단정순의 눈앞에 내밀며 말했다.

"감보보 사숙이 드리랬어요."

단정순이 깜짝 놀라 말했다.

"뭐?"

목완청이 화난 목소리로 말했다.

"종영 그 계집애 사주단자예요."

그러고는 황금 상자를 든 채 단예를 손가락으로 가리키며 다시 말했다.

"감 사숙이 단 공자한테 주면서 갖다드리라고 한 거예요."

단정순은 상자를 받아들자 가슴이 아려왔다. 그 황금 상자는 과거 그가 감보보와 혼약을 하던 날 밤 그녀에게 준 것이었다. 뚜껑을 열어 보니 상자 속의 작은 붉은색 종이에 이런 글이 적혀 있었다.

"을묘년乙卯年 십이월 초닷새 축시녀丑時女."

아주 작고 삐뚤삐뚤한 글씨체로 보아 감보보의 필적이 틀림없었다.

도백봉이 쌀쌀맞게 쏘아붙였다.

"아주 잘됐네요. 자기 딸 사주단자까지 보내왔으니 말이에요."

단정순은 종이를 뒤집었다. 종이 뒷면에는 아주 가늘고 작은 글씨로 몇 줄이 적혀 있었다.

"상심한 채 힘들게 기다리다 절망과 체념에 빠졌어요. 그러나 아이한테 아비가 없을 수는 없기에 16년 동안 아침저녁으로 그리워하며 임이 오기만 기다렸어요. 어쩔 수가 없어 을묘년 유월에 종씨에게 시집갑니다."

글씨가 아주 미세해서 눈여겨보지 않는다면 거의 보이지 않을 정도였다. 감보보를 처절하게 저버린 상황을 떠올린 단정순은 눈시울이 붉어졌다. 불현듯 옛일이 생각나 이 글 안에 함축된 의미를 알게 됐던 것이다.

'보보가 을묘년 유월에 종만구에게 시집을 가고 종영이 같은 해 십이월 초닷새에 태어났다면 자연히 종영은 종만구의 딸이 아니다. 보보가 날 기다리다 결국 오지 않자 "아이한테 아비가 없을 수 없다"고 한 것이다. 더구나 "어쩔 수가 없어 시집을 갔다"면 이미 회임을 했던 까닭에 시집을 가지 않고 아이를 낳을 수는 없었다는 거야. 그렇다면 종영 그 아이는 내 딸이라는 말인데… 맞아! 바로 그때였어. 16년 전 봄 보보와 두 달을 함께 지내다 종영 그 아이가 생긴 거로구나….'

이런 사연을 이해하자 입에서 불쑥 이런 말이 터져 나왔다.

"이런, 큰일이구나!"

도백봉이 물었다.

"큰일이라니 뭐가요?"

단정순이 고개를 가로젓고는 씁쓸한 웃음을 지었다.

"종만구 그… 그자는… 그자는 심보가 매우 고약한 인간이오. 그래서 그런 악독한 계략을 꾸며 우리 단씨 가문을 모해한 것이오. 우린 절대… 그 집안과 사돈을 맺을 수 없소. 죽었다 깨나도 안 돼!"

단정순이 말을 더듬는 모습을 본 도백봉은 마음에 없는 소리임을 알아차리고 재빨리 그의 손에서 붉은색 종이를 빼어 읽었다. 잠시 생각에 잠겨 있던 그녀는 그 안에 얽힌 사연을 깨닫자 노기를 참지 못하고 쏘아붙였다.

"이제 보니… 이제 보니… 허! 종영 그 계집애도 당신 사생아였군요!"

그녀는 당장 손을 뒤로 빼서 일장을 날리려 했지만 단정순이 고개를 비스듬히 돌려 슬쩍 피했다.

대청에 있던 사람들은 당혹감을 감추지 못했다. 보정제가 미소를 지으며 말했다.

"그게 사실이라면 이번 혼사도 없었던 일로 해야겠군…."

그때 왕부의 장수 하나가 대청 입구로 걸어들어와 두 손에 명첩名帖 하나를 받쳐들고 몸을 굽히며 말했다.

"호뢰관虎牢關의 과언지過彦之 대인이 왕야를 뵙자 합니다."

단정순은 과언지가 복우파伏牛派 장문인 가백세柯百歲의 대제자이며 추혼편追魂鞭이란 별호를 쓰는 매우 뛰어난 무공의 소유자란 사실을 기억하고 있었다. 다만 평소 단씨 가문과는 왕래가 없는 사람인데 무슨 일로 먼 길을 달려왔는지 궁금했다. 단정순은 자리에서 일어나 보정제를 향해 고했다.

"그자가 무슨 일로 왔는지 모르겠군요. 제가 나가보겠습니다."

보정제는 미소를 띤 채 고개를 끄덕이며 생각했다.

'추혼편이 때마침 잘 왔구나. 이 틈에 자리를 뜨는 게 낫지.'

단정순이 화청에서 나가자 고승태와 저·고·부·주 사대호위가 그 뒤를 따라갔다. 대청으로 나가자 큰 키의 중년 사내가 서쪽 의자에 앉아 있었는데 그는 상복을 입고 머리에 마관麻冠을 쓰고 있었다. 여독이 심해 보이는 안색에 두 눈이 벌겋게 부어 있는 것으로 보아 가내에 상사喪事가 있거나 가까운 사람이 죽은 것 같았다. 과언지는 단정순이 대청 안으로 들어서는 것을 보고 자리에서 일어나 몸을 굽혀 예를 올리며 말했다.

"하남河南의 과언지가 왕야를 뵈옵니다."

단정순은 답례를 하고 말했다.

"과 선생께서 대리에 왕림하셨는데 소제 단정순이 멀리까지 영접을 나가지 못한 점 용서하시오."

과언지가 생각했다.

'대리단씨 형제들이 존귀한 위치에 있음에도 교만하지 않다 하더니 과연 명불허전이로군.'

이런 생각을 하다 말했다.

"소인 과언지는 초야의 필부일 뿐인데 왕야를 뵙고자 했으니 실로 외람되기 짝이 없습니다."

"왕야란 작위는 그저 속인들이 만들어낸 것일 뿐이오. 과 선생의 고명은 재하가 전부터 흠모하고 있었소. 지나친 예는 거두시고 서로 형제의 예로 칭하십시다."

그는 즉시 고승태를 소개한 후 각각 빈주 자리에 앉았다.

과언지가 말했다.

"왕야, 저희 사숙은 귀부에 오랫동안 기거해왔습니다. 부디 그분께 고해 얼굴이라도 뵙게 해주십시오."

단정순이 의아해하며 말했다.

"과 형의 사숙이라니요?"

이 말을 하면서 생각했다.

'우리 왕부 안에 복우파 사람이 어디 있단 말인가?'

과언지가 말했다.

"소인의 사숙은 성과 이름을 바꿔 귀부에 피신해 있는 것이라 왕야께 미리 말씀드리지 못했을 것입니다. 불경한 일인 줄은 알지만 부디 왕야께서 아량을 베푸시어 사숙을 탓하지 않으셨으면 좋겠습니다."

이 말을 하며 자리에서 일어나 깊이 읍을 했다. 단정순은 답례를 하면서 생각해봤지만 과언지의 사숙이 누구인지 도저히 알 수가 없었다.

고승태 역시 속으로 곰곰이 생각해봤다.

'누구지? 누구일까?'

고승태는 단씨 형제를 보좌하는 사람인지라 조정 궁중 및 진남왕부 안의 갖가지 일들에 주의를 기울여온 터였다. 순간 누군가의 별호와 성씨가 생각이 났다.

'그가 틀림없어!'

그는 당장 옆에 있던 하인에게 명했다.

"장방帳房에 가서 곽 선생께 고해라. 하남의 추혼편과 대인이 오시어 긴한 일로 금산반金算盤 최崔 노선배님께 드릴 말씀이 있으니 대청으로 드시라고 말이다."

"네!"

하인이 대답을 하고 나간 후 얼마 지나지 않아 후당에서 질질 끄는 발소리와 함께 누군가 걸어오며 소리쳤다.

"자네가 이렇게 오면 난 이제 밥을 어찌 얻어먹고 살라는 겐가?"

단정순은 '금산반 최 노선배'란 말을 듣고 안색이 돌변했다.

'설마 금산반 최백천崔百泉이 이곳에 숨어 있었다는 말인가? 내가 왜 몰랐지? 고 현제는 왜 나에게 그 말을 안 했던 걸까?'

단정순이 이런 생각을 하는 사이 비루한 용모를 지닌 노인 하나가 실실 웃으며 대청 안으로 걸어들어왔다. 바로 장방에서 잡무를 돕는 곽 선생이었다. 그자는 매일같이 만취해 있지 않으면 하인들과 노름이나 하는 왕부에서 가장 게으르고 너절한 자였지만 장방에서 하는 금전 처리는 틀림이 없어 10여년이 넘도록 방탕한 생활을 용인해왔던 터였다. 단정순은 대경실색했다.

'저 곽 선생이 정말 최백천이란 말인가? 그를 알아보지 못했다니 내가 얼굴을 들고 다닐 수 없겠구나!'

다행히 고승태가 그 말이 나오자마자 불러온 덕에 과언지도 진남왕부 사람들이 모두 알고 있다고 생각하게 되었다.

곽 선생은 늘 7할쯤 취해 있고 3할쯤 깨어 있는 몽롱한 상태였지만 과언지가 상복을 입은 모습을 보자 깜짝 놀라 다급하게 물었다.

"아니… 어찌…."

과언지는 앞으로 달려나가 바닥에 무릎 꿇고 그에게 절을 한 후 대성통곡을 했다.

"최 사숙, 우리 사… 사부님께서… 살해당하셨습니다."

순간 곽 선생 최백천의 안색이 돌변해 누르스름하고 삐쩍 마른 그의 얼굴은 삽시간에 음험하게 변했다. 그는 경계의 눈빛을 띤 채 천천히 물었다.

"그 원수가 누구던가?"

과언지가 울면서 말했다.

"소질小侄이 무능하여 원수의 정체를 알아내지 못했습니다. 다만 제 짐작으로는 고소모용가姑蘇慕容家 사람임이 틀림없습니다."

최백천의 얼굴에 돌연 공포의 기색이 스쳐 지나갔다가 다시 안정을 되찾았다. 그가 침통한 표정으로 말했다.

"그 일은 천천히 신중하게 상의해야겠군."

단정순과 고승태는 서로를 마주 보고 같은 생각에 잠겼다.

'북교봉北喬峯 남모용南慕容이라 했는데 복우파가 고소모용씨와 원한을 맺게 됐다면 원수를 갚기는 힘들겠구나.'

최백천이 참담한 기색으로 과언지를 향해 말했다.

"과 현질賢侄, 우리 사형께서 어찌 돌아가셨는지 상세히 말해보게."

과언지가 말했다.

"사부님의 원수는 아버지의 원수와도 같습니다. 당장이라도 원수를 갚지 않는다면 편히 살 수 없습니다. 사숙께서 당장 길을 떠나신다면 소질이 가는 길에 자세히 고하겠습니다. 지금은 한시도 지체할 수 없습니다."

최백천은 과언지의 안색을 보고 눈치를 챘다. 대청 안에 이목이 많아 말하기가 불편했던 것이다. 더구나 일일이 따져묻기에는 시간이 너무 없었다. 그는 속으로 계산을 해봤다.

'내가 진남왕부에서 몇 년 동안 기거하면서도 정체를 드러내지 않았는데 저 고 후야는 내막을 간파하고 있었어. 만약 단왕야께 사죄의 뜻을 표하지 않는다면 단가에 큰 죄를 짓는 셈이 된다. 더구나 고소모용씨를 찾아가 사형의 원수를 갚는 것은 나 혼자 힘만으로 절대 불가능하지만 단가의 도움을 받게 된다면 상황은 달라질 수 있을 것이다.

친구와 적은 차이가 크지 않은가?'

그는 곧바로 단정순 앞으로 걸어가 두 무릎을 꿇고 쿵쿵 소리를 내며 연신 절을 해댔다.

그가 이런 예상 밖의 행동을 하자 단정순은 황급히 손을 뻗어 부축을 하려 했다. 그러나 뜻밖에도 최백천의 몸은 마치 바닥에 박힌 못처럼 꼼짝도 하지 않았다. 단정순은 속으로 생각했다.

'알고 보니 이 주정뱅이가 대단한 무공의 고수였군. 여태껏 내가 감쪽같이 속았던 거야.'

그가 양팔에 힘을 주어 위로 들어올리자 최백천은 더 이상 힘을 써서 버티지 않고 그 힘에 기대 몸을 일으켰다. 최백천은 몸을 일으키자마자 온몸에서 뭐라 말할 수 없는 고통을 느꼈다. 마치 작은 돛단배를 타고 망망대해로 나갔다가 모진 풍파에 배가 요동쳐 뱃멀미를 하는 듯한 고통이었다. 자신에게 징계를 내리기 위한 단정순의 출수였던 것이다. 그는 운공을 통해 저항을 하다 진남왕에게 오해를 받을까 염려가 됐다. 모르긴 몰라도 자신이 왕부에 첩자로 잠입해 간악한 흉계를 꾸몄을 거라 의심할지도 모르는 일이었다. 그는 체내의 진기가 흔들린 틈을 타 곧바로 바닥에 쓰러져버렸고 내친김에 아예 뒤로 벌렁 나자빠져 망측한 꼴을 보이며 소리쳤다.

"아이고!"

단정순이 미소를 지으며 손을 뻗어 그의 몸을 당겨 일으켰다. 동시에 손가락을 짚어 그의 체내 기운을 진정시켰다.

최백천이 말했다.

"왕야, 소인 최백천이 원수의 핍박에 갈 곳을 잃은 처지라 염치없게도 귀부에 의탁해 왕야의 명성을 등에 업고 지금까지 살아왔습니다. 그간 이 최백천이 왕야께 진상을 밝히지 않았으니 백번 죽어 마땅합니다!"

고승태가 말했다.

"최 형께선 어찌 그리 겸손하시오? 왕야께서는 이미 귀하의 신분과 내력을 알고 계시오. 최 형께서 진면목을 드러내지 않으려고 한 이상 왕야께서도 굳이 파헤치려 하지 않으신 것뿐이오. 왕야뿐만 아니라 주변 사람들도 이미 다 알고 있었소. 일전에 세자께서 남해악신을 상대하실 때 최 형을 모시고 와서 사부라고 한 적이 있지 않소? 세자께서도 우리 왕부 안에서 왕야를 제외하고는 최 형만이 그 악인을 상대할 수 있다 여겼던 것이오."

사실 그날 단예가 최백천을 대령해 자신의 사부라고 속인 것은 의도적인 것이 아니었다. 왕부에 있는 사람들 중에 외모가 가장 볼품없고 비루한 사람을 데려와야 남해악신을 놀릴 수 있었기에 그를 데려왔던 것이다. 그러나 최백천은 이 말을 철석같이 믿고 속으로 자괴감을 느꼈다.

고승태가 다시 말을 이었다.

"왕야께서는 평소 빈객들을 후대하는 분이시오. 최 형은 우리 대리국에 악의가 있거나 음모를 꾸민 적이 없을 뿐만 아니라 설사 불손한 생각을 가졌다 해도 왕야께서 넓은 아량으로 포용하고 성심성의껏 대하셨을 것이오. 허니 지나친 예는 접어두시오."

사실 이 말은 '네가 악행을 저지르지 않았기에 여태껏 용서해준 것이지 그러지 않았다면 일찌감치 처단했을 것'이란 뜻이었다.

최백천이 말했다.

"지당하신 말씀입니다. 말은 그렇다 하나 소인 최백천이 왕부에 어찌 의탁하게 됐는지는 소인이 작별을 고하기 전에 밝히는 게 맞는 듯합니다. 그렇지 않다면 떳떳하지 못할 것 같습니다. 이 문제는 주변 사람이 연루되어 있으니 은밀히 말씀드리도록 하겠습니다."

단정순이 고개를 끄덕이고 과언지를 향해 말했다.

"과 형, 사문의 깊은 원한은 매우 중대한 사안이긴 하나 그리 서두를 것 없소. 천천히 해결해도 늦지 않을 것이오."

과언지가 대답도 하기 전에 최백천이 앞으로 달려나갔다.

"왕야의 분부에 따르겠습니다."

그때 가장家將 하나가 대청 앞으로 걸어와 몸을 굽히며 고했다.

"왕야께 아뢰옵니다. 소림사 방장이 보낸 고승 둘이 전갈을 가져왔습니다."

소림사는 당나라 초부터 무림의 태산북두였다. 단정순은 소림사라는 말에 곧바로 일어나 대청 아래까지 달려가 그들을 영접했다.

중년 승려 두 사람이 가장 두 명의 인도를 받으며 안뜰로 들어왔다. 깡마른 승려 하나가 몸을 굽혀 합장을 하고 말했다.

"소림사의 혜진慧眞과 혜관慧觀이 왕야를 뵈옵니다."

단정순이 포권으로 답례를 했다.

"먼 길 오시느라 고생들이 많았소. 대청에 올라 차라도 드시지요."

대청에 들어왔지만 두 승려는 자리에 앉지 않았다. 혜진이 말했다.

"왕야, 빈승은 폐사敝寺의 방장 명을 받들어 서찰을 전해드리러 왔습니다. 보정황제 폐하와 진남왕야께 올리는 것입니다."

이 말을 하면서 품속에서 기름종이 뭉치를 꺼내 한 겹씩 벗겨내고는 누런색의 서찰 한 통을 두 손으로 단정순에게 바쳤다.

단정순이 서찰을 받아들었다.

"황제 폐하께서도 이곳에 계시니 직접 만나뵙는 게 좋겠소."

그는 최백천과 과언지를 향해 말했다.

"두 분께서는 요기나 좀 하고 계시오. 자세한 얘기는 잠시 후에 합시다."

이 말과 함께 혜진과 혜관을 데리고 안으로 들어갔다.

그때 보정제는 난각 안에서 휴식을 취하면서 황미대사를 청해 차를 마시며 담소를 나누는 중이었다. 단예가 한쪽에 앉아 두 사람 이야기를 경청하고 있었다. 세 사람은 혜진, 혜관이 들어오는 모습을 보고 모두 자리에서 일어섰다. 단정순이 서찰을 건네자 보정제는 서찰을 개봉했다. 그 서찰은 형제 두 사람한테 쓴 것이었다. 앞부분에는 '오래전부터 귀하의 명성을 흠모하였으나 만나뵐 방도가 없었습니다', '천남에 위세를 떨쳐 그 인자한 덕이 천하를 덮고 있습니다', '만백성이 우러러보고 호걸들은 심복하고 있습니다', '불법을 보호하고 도리를 천명하니 성스러운 도가 드높아지고 있습니다' 등등과 같은 인사치레뿐이었지만 본론으로 들어가자 이런 말이 있었다.

'폐敝 사제인 현비선사玄悲禪師가 제자 넷을 이끌고 귀국의 경내에 들어가게 됐으니 같은 불자이자 무림 동도라는 우의를 감안해 부디 잘 보살펴주시기를 청하옵니다.'

하단의 서명에는 '소림선사小林禪師 석자釋子[13] 현자玄慈가 합장하여 올림'이라고 쓰여 있었다.

보정제는 서찰을 선 채로 읽었다. 이는 소림사를 존중한다는 의미였다. 혜진과 혜관은 아주 공손한 자세로 한쪽에서 팔을 늘어뜨리고 시립해 있었다. 보정제가 말했다.

"두 분께서는 앉으시오. 소림 방장께서 법지法旨를 내리셨으니 같은 불문 제자이자 무림의 일파로서 부족한 힘이지만 그 명에 따르는 게 당연하오. 현비대사는 불학에 조예가 깊고 무공도 심후한 분이라 우리 형제도 평소에 흠모해왔던 터요. 대사께서는 언제나 왕림하실지 모르겠소? 우리 형제가 모실 곳을 준비해놓도록 하겠소."

혜진과 혜관이 갑자기 두 무릎을 바닥에 꿇어 쿵쿵! 소리를 내며 고두를 하고는 곧이어 목이 메도록 대성통곡을 했다.

보정제와 단정순은 깜짝 놀라 생각했다.

'혹시 현비대사가 이미 세상을 떠난 것인가?'

보정제는 손을 뻗어 속히 두 사람을 일으켰다.

"우리는 무림 동도이니 지나친 예는 가당치 않소."

혜진이 몸을 일으키고는 말했다.

"저희 사부님께서는 원적圓寂에 드셨습니다!"

보정제는 속으로 생각했다.

'이 서찰은 원래 현비대사를 직접 보내 전하려 한 것이로구나. 그렇다면 우리 대리 경내에서 죽었다는 말인가?'

그는 혜진에게 물었다.

"현비대사께서 원적에 드셨다면 불문에서는 고승 한 명을, 무림에서는 고수 한 명을 잃게 된 셈이니 실로 안타깝기 짝이 없는 일이오.

현비대사께서는 언제 그렇게 되신 거요?"

"한 달 전쯤 저희 방장 사백께서는 천하 사대악인이 대리에 입성해 황제 폐하와 진남왕을 위협한다는 소식을 들으셨습니다. 천남에 위세를 떨치고 있는 대리단씨가 그런 하찮은 사대악인을 두려워할 리 없겠지만 두 분께서 혹시라도 수하의 집사나 여타 부하들에게 암수를 당하실지도 모르는 일인지라 방장 사백께서 저희 사부님에게 제자 네 명을 대동하고 대리로 가서 저희들을 보낸 이유를 황제 폐하께 아뢰라 하신 것입니다."

보정제는 이 말을 듣고 감격해 속으로 생각했다.

'소림파가 수백 년 동안 만인에게 존경받는 이유가 있었구나. 현자 방장은 천하 무림의 안위를 자신의 소임으로 삼고 있다는 것이 아닌가? 우리가 이 머나먼 남쪽 구석에 있음에도 이토록 지대한 관심을 보이고 있으니 말이다. 서찰에서 우리한테 현비대사 일행을 잘 돌봐주라고 한 말은 사실 사람을 파견해 도움을 주겠다는 전갈을 보낸 것이었다.'

그는 몸을 살짝 굽히며 말했다.

"방장 대사의 후의에 우리 형제가 어찌 보답할지 모르겠소."

"지나친 겸손이십니다. 저희 사도는 길을 재촉해 남쪽으로 오다가 지난달 스무여드레 날에 잠시 대리 육량주陸涼州에 있는 신계사身戒寺에 머물렀습니다. 한데 스무아흐레 날 새벽에 저희 사형제 넷이 일어나 보니 사부님께서 그만… 사부님께서 누군가에게 음해를 당해 신계사 대전 위에서 입멸入滅하신…."

여기까지 말하고는 목이 메어 더 이상 말을 잇지 못했다.

보정제가 장탄식을 하며 물었다.

"그럼 현비대사께서 극악의 암기에 당하신 것이오?"

"아닙니다."

보정제와 황미대사, 단정순, 고승태 네 사람 모두 의아한 기색을 내비치며 생각했다.

'현비대사의 무공 실력이라면 온몸을 견혈봉후 같은 극악의 암기에 당하는 것을 제외하고는 배후에서 기습을 가한다 해도 저항도 못한 채 그대로 죽지는 않았을 것이다. 대리국 내에서 그 어떤 사파의 고수가 그런 독수를 쓸 능력이 있단 말인가?'

단정순이 보정제를 향해 말했다.

"오늘은 초사흘이고 지난달은 작은 달이니 스무여드레 날 밤이라면 나흘 전입니다. 예아가 만겁곡으로 잡혀간 것이 스무아흐레 밤이었습니다."

보정제가 고개를 끄덕이며 말했다.

"사대악인은 아니로군."

단연경은 지난 며칠 동안 줄곧 만겁곡에 있었으니 천 리 밖에 있는 육량주까지 가서 살인을 할 수는 없었을 것이다. 하물며 천하의 단연경이라 해도 아무런 기척도 없이 단번에 현비대사를 죽일 수 있는 능력이 있을 리가 만무했다.

혜진이 다시 말했다.

"저희들이 사부님을 부축해 일으켰을 때는 온몸이 얼음장처럼 차가워서 원적에 드신 지 이미 오래된 상황이었습니다. 더구나 대전에는 대결을 펼친 흔적도 전혀 없었습니다. 저희들이 곧바로 절 밖으로 쫓아나갔고 신계사의 사형들도 함께 수색에 나섰지만 수십 리 안에서는 흉수의 단서를 찾아낼 수 없었습니다."

보정제가 매우 침울한 표정을 지었다.

"현비대사는 우리 단씨 집안 때문에 돌아가신 셈이오. 더구나 대리국 경내에서 벌어진 일이니 도리상 우리 형제가 절대 좌시할 수 없소."

혜진과 혜관 두 승려가 동시에 합장을 하며 사의謝意를 표했다. 혜진이 다시 말했다.

"저희 사형제 네 사람은 신계사 방장인 오엽五葉대사와 상의해 사부님의 유해를 잠시 신계사에 안치해놓고 훗날 장문 사백께서 검시하실 수 있게 화장은 하지 않도록 조치해놓은 뒤 다른 두 사형은 장문 사백께 고하기 위해 소림사로 달려갔고 소승과 혜관 사제는 이렇게 황제 폐하와 진남왕야께 고하기 위해 대리로 달려온 것입니다."

보정제가 말했다.

"오엽 방장께선 지긋한 나이에 덕망이 높고 견식도 뛰어난 분이시라 무림 비화들에 대해 아시는 바가 많으실 텐데 그분께선 뭐라고 하시던가요?"

"오엽 방장께서는 흉수가 십중팔구 고소모용가 사람일 거라고 말씀하셨습니다."

단정순과 고승태는 얼굴을 마주한 채 속으로 똑같은 생각을 했다.

'또 고소모용이로구나!'

황미대사는 아무 말 없이 듣고 있다가 불쑥 입을 열었다.

"그럼 현비대사께서는 자객의 대위타저大韋陀杵 초식을 가슴에 맞아 원적하신 게요?"

혜진이 깜짝 놀라 말했다.

"대사께서 짐작하신 대로입니다. 한데 어떻게… 그걸…."

황미대사가 말했다.

"소림사 현비대사의 대위타저는 무림에서 인정하는 절기로 그 초식에 적중되면 늑골이 마디마디 부러져버리는 무시무시한 무공이라는 건 익히 들어 알고 있소. 다만 지나치게 파괴적인지라 우리 불문 제자들에게는 어울리지 않았지… 흠!"

그때 단예가 불쑥 끼어들며 말했다.

"맞습니다. 그 무공은 너무 악랄해요."

혜진과 혜관은 황미대사의 자신들 사부에 대한 평가에 불만을 가졌지만 선배 승려를 존중하는 의미에서 감히 토를 달지는 않았다. 그 와중에 단예까지 나서서 말을 거들자 노기 어린 눈초리를 감출 수 없었다. 단예는 이를 못 본 체하고 신경도 쓰지 않았다.

단정순이 황미대사를 향해 물었다.

"사형께서는 현비대사가 대위타저에 맞아 원적하셨다는 걸 어찌 아셨습니까?"

황미대사가 탄식을 하며 말했다.

"신계사 방장 오엽대사가 흉수를 고소모용씨로 추측한 것은 괜히 한 말이 아닐 것이오. 단 현제, 세간에는 고소모용씨를 대변하는 말이 있소이다. 바로 '상대가 쓴 방법을 상대에게 펼친다'. 이 말을 들어본 적이 있으시오?"

단정순은 잠시 주저하다 대답했다.

"그 말은 저도 들은 적이 있습니다. 다만 그 말에 함축된 의미는 정확히 모릅니다."

황미대사가 중얼거리듯 말했다.

"상대가 쓴 방법을 상대에게 펼친다는 말은 음… 이 말의 의미는…."

그의 얼굴에 갑자기 두려움으로 가득한 낯빛이 스쳐 지나갔다. 보정제, 단정순은 황미대사와 수십 년을 알고 지내던 사이였지만 평소 얼굴에 두려운 기색을 드러낸 적은 없었다. 오늘처럼 연경태자와의 생사의 결투에서 벼랑 끝에 몰려 낭패에 빠진 상황에서도 여전히 태연자약한 기색을 하고 있던 그였다. 그런 그가 지금 이렇게 두려움으로 가득한 기색을 드러냈다는 것은 상대가 얼마나 두려운 존재인지 알 수 있는 대목이었다.

난각 안은 순간 정적에 빠졌다. 한참 후에 황미대사가 천천히 말을 이었다.

"노납이 듣기로 고소모용 세가의 무공은 그 깊이와 넓이가 이루 헤아릴 수 없을 정도라 하오. 무림의 그 어떤 일파와 일가의 절기에 정통하지 않은 것이 없고, 펼쳐내지 못하는 초식도 없다고 하니 말이오. 더욱 기이한 것은 사람을 죽일 때 필히 상대가 이름을 떨친 절기를 사용한다는 것이오."

단예가 말했다.

"정말 황당무계하군요. 천하에는 수없이 많은 무공이 있는데 그들이 어떻게 그걸 다 배울 수 있다는 겁니까?"

황미대사가 말했다.

"현질 말이 틀림없소. 배움은 바다처럼 깊고 넓은 법인데 한 사람이 어찌 그걸 다 소화할 수 있겠소? 허나 모용가의 원수는 그리 많지가 않다 하오. 듣자 하니 그들은 원수의 절초를 배울 수 없다면 그 절초로 상대를 죽일 수 없으니 아예 손을 쓰지 않는다고 하더군."

보정제가 말했다.

"저도 중원에 그런 무림세가가 있다는 말은 들어본 적 있습니다. 하북河北에 비추飛錐 사용에 능한 낙씨駱氏 삼웅三雄이 있었는데 그 세 사람 역시 비추에 맞고 목숨을 잃었다고 하더군요. 산동山東의 장허도인章虛道人은 사람을 죽일 때 필히 사지를 절단해 상대가 반나절이나 비명을 지르다 죽게 만들었는데 장허도인 본인 역시 그런 참혹한 대가를 치르고 말았지요. '상대가 쓴 방법을 상대에게 펼친다'라는 모용박慕容博 이야기도 바로 장허도인 입에서 전해졌다고 하더군요."

그는 잠시 멈추었다가 다시 말을 이었다.

"당시 장허도인이 제남濟南의 저잣거리 한가운데에서 땅바닥을 뒹굴며 비명을 지르는 모습을 얼마나 많은 사람이 보았는지 모릅니다."

그는 여기까지 말을 하고 장허도인이 죽음에 이르렀을 때의 참상이 아련하게 기억이 났는지 참을 수가 없다는 듯 불만으로 가득 찬 기색을 내비쳤다.

단정순이 고개를 주억거리며 말했다.

"그랬었죠."

그러고는 갑자기 무언가가 생각난 듯 말했다.

"듣기로는 과언지 대인의 사부인 가백세가 연편 사용에 능하다고 하더군요. 그가 연편에 신는 공력은 강경 일변도여서 적을 죽일 때는 종종 일편一鞭으로 상대의 머리통을 부숴버린다던데 혹시 그… 그가….”

그러고는 손뼉을 세 번 쳐서 시종을 불러 말했다.

“가서 최 선생과 과 대인을 모셔오도록 해라. 상의할 것이 있다.”

시종이 답했다.

“네….”

그러나 시종은 최 선생이 누구인지 몰라 자리에서 머뭇거리며 갈 생각을 하지 않았다. 고승태가 웃으며 말했다.

“최 선생은 바로 장방의 곽 선생을 말하는 것이다.”

시종은 그제야 큰 소리로 “네!” 하고 답을 하고는 몸을 돌려나갔다.

얼마 지나지 않아 최백천과 과언지가 난각으로 들어오자 단정순은 우선 보정제와 황미대사 등에게 인사를 시키고 말했다.

“과 형, 재하가 묻고 싶은 것이 좀 있소. 부디 괴이쩍게 생각 마시오.”

과언지가 말했다.

“그럴 리가 있겠습니까?”

“영사令師이신 가 선배님께서 어쩌다 암수를 당하신 거요? 권각에 의한 것이었소, 아니면 무기에 의한 것이었소? 무엇으로 치명상을 입으신 거요?”

과언지는 돌연 얼굴이 새빨갛게 변하면서 부끄러운 표정을 지었다. 그는 한참을 우물쭈물하다 비로소 입을 열었다.

“사부님께서는 연편으로 펼치는 무공인 천령천렬天靈千裂 일초에 당하셨습니다. 흉수의 공력이 어찌나 강맹했던지 사부님도 어… 어쩔 도리 없이…."

보정제, 단정순, 황미대사 등은 서로를 마주 보면서 속으로 두려움을 느끼지 않을 수 없었다.

혜진이 최백천과 과언지 앞으로 가서 합장으로 예를 갖추고 말했다.

"저희 사형제는 두 분과 같이 공동의 원수에 대해 적개심을 가지고 있습니다. 고소모용씨를 멸하지 못한다면…."

여기까지 말하다가 속으로 고소모용씨를 멸할 수 있는지에 대해 확신이 없었는지 이를 꽉 물었다.

"빈승은 그자들 손에 죽어도 여한이 없습니다."

과언지는 두 눈에 눈물을 머금고 말했다.

"소림파도 고소모용씨에게 원한이 있으시오?"

혜진은 곧 사부인 현비대사가 모용씨의 손에 어떻게 죽임을 당했는지 간략하게 설명해주었다.

과언지는 비분강개한 기색을 감추지 못하고 이를 꽉 깨물었다. 그러나 최백천은 고개를 숙인 채 풀이 죽은 모습으로 아무 말도 하지 않았다. 마치 사형의 피맺힌 원한 따위는 가슴에 담아두고 있지 않은 듯했다. 혜관 스님이 불쑥 입을 열었다.

"최 선생, 고소모용씨가 두려우십니까?"

혜진이 다급하게 소리쳤다.

"사제, 무례는 삼가게!"

최백천은 동쪽을 바라보고 다시 서쪽을 둘러보며 누가 엿방에서 들을까 무섭다는 듯, 아주 대단한 적이 급습이라도 할까 걱정된다는 듯, 두려움에 가득 찬 모습을 하고 있었다. 혜관이 비웃으며 혼잣말을 했다.

"사내대장부가 죽으면 죽는 거지 뭐가 그리 무서워서 그래?"

혜진 역시 최백천의 겁먹은 태도가 상당히 못마땅했던지라 사제가 무례한 언사를 내뱉는데도 이번에는 제지하지 않았다.

"흐흠…."

황미대사가 가볍게 헛기침을 했다.

"이 문제는…."

최백천이 전신을 부르르 떨며 벌떡 일어서다 탁자 위에 있던 찻잔을 뒤집고 말았다.

"쨍그랑!"

찻잔이 바닥에 떨어져 산산조각 나버리자 그는 정신을 가다듬고 사람들을 쳐다봤다. 순간 모든 시선이 자신에게 쏠려 있음을 인식하고는 자기도 모르게 얼굴이 벌겋게 달아올랐다.

"송구합니다, 송구합니다!"

과언지가 이맛살을 찌푸린 채 몸을 구부려 깨진 찻잔 조각들을 줍기 시작했다.

단정순은 속으로 생각했다.

'최백천 저 친구는 정말 쓸모없는 자로구나.'

그는 황미대사를 향해 물었다.

"사형, 어떻습니까?"

황미대사가 차를 한 모금 마시더니 천천히 말했다.

"이제 보니 최 시주께서 모용박을 본 적이 있나 보구려."

최백천은 모용박이란 이름을 듣자 깜짝 놀라면서 양손으로 의자를 붙잡은 채 떨리는 목소리로 말했다.

"본 적 없… 네… 본 적 있… 없습니다…."

혜관이 큰 소리로 물었다.

"최 선생! 도대체 모용박을 봤다는 겁니까? 못 봤다는 겁니까?"

최백천이 넋이 나간 모습으로 허공을 바라보고 있자 단정순 등은 고개를 가로저었다. 과언지는 사숙의 이런 추한 모습을 보고 당혹스러움을 감추지 못했다. 얼마나 지났을까? 그제야 최백천이 떨리는 목소리로 말했다.

"없습니다… 음… 아마… 아마 없을 겁니다… 그게…."

황미대사가 말했다.

"노납이 직접 경험한 일을 말씀해드릴 테니 참고하도록 하시오. 이는 45년 전 일이오. 당시 노납은 젊고 힘이 넘칠 때라 강호에 갓 발을 들여놓았지만 그래도 약간의 이름을 떨치던 시기였소. 한마디로 하룻강아지 범 무서운 줄 모르는 애송이였던지라 천하가 제아무리 크다 해도 사부님 외에는 누구도 내가 지닌 무예보다 고강하지 못하다고 자신하고 있었소. 그해 노납은 임기가 끝난 한 중앙 관청 관리와 그의 가족들을 호송하기 위해 변량에서 산동으로 돌아가던 중이었소. 가는 길에 청표강青豹岡 부근 산모롱이에서 도적 네 명을 만났는데 이들의 목적은 재물 강탈이 아니라 관리집 아가씨를 잡아가려는 것이었소. 노납은 당시 혈기가 왕성한 젊은이였던지라 용서라곤 없어 첫 출수부터 극히 악랄한 초식인 금강지력을 펼쳐냈고 도적 네 명은 노납의 일지에 명치를 찔려 신음 소리 한번 내지 못하고 그 자리에서 죽어버렸소. 당시 난 기고만장해하며 관리한테 침이 마르도록 자기 자랑에 열을 올렸소. '도적놈들 네 명이 아니라 열 명이 다시 와도 똑같이 내 금강지를 사용해서 놈들을 없애버릴 겁니다!' 이렇게 허풍을 떨어가면서 말이오. 바로 그때 다그닥 다그닥 하고 얼룩 당나귀를 탄 두 사람이 길옆을 지나가면서 갑자기 당나귀 등에 탄 한 사람이 코웃음을 흥 치는데 여자로 보이는 그 사람의 비웃음 속에는 경멸의 의미가 담겨 있는 것 같았소. 고개를 돌려보니 당나귀 한 필 위에는 서른예닐곱가량 되는 부인이 그리고 또 한 필의 당나귀 위에는 준수한 외모의 열대여섯 살 정도 되는 소년이 타고 있었소. 두 사람 모두 전신에 참최斬衰14를 걸치고 말이오. 그때 그 소년이 이런 말을 했소. '엄마, 금강지가 뭐 그리 대단하다고 저렇게 기고만장해하는 거죠?'"

황미대사의 출신 내력은 보정제 형제도 익히 알고 있었다. 마침 그가 만겁곡에서 청석을 파내 두는 대국을 벌일 때 금강지력으로 연경태자와 사투를 벌이는 장면을 목격했기에 모두들 깊이 존경해 마지않고 있던 터였다. 그가 펼쳐내는 금강지력을 인정하지 않는 이가 없었기에 당시 소년이 했다는 그 말을 듣고 모두들 헛소리라고만 생각했다.

그러나 뜻밖에도 황미대사는 가벼운 한숨을 내쉬며 말을 이어갔다.

"당시 노납은 그 말을 듣고 화가 났지만 어리고 무지한 소년의 헛소리에 대꾸할 필요가 뭐 있겠느냐는 생각이 들어 노기에 찬 눈빛만 쏘아 보내고 신경도 쓰지 않았소. 그러나 곧 그 부인의 꾸짖는 소리가 들려왔소. '저 사람의 금강지는 복건福建 천주泉州에 있는 달마하원達摩下院의 정종正宗으로 이미 3성 공력에 이른 것이다. 네가 뭘 안다 그러느냐? 네가 지금 출지를 해도 저 정도로 정확하진 못할 것이다.' 노납은 그 말을 듣고 놀랍기도 했지만 치밀어오르는 노기를 참을 수 없었소. 우리 사문의 내력은 강호에서도 아는 사람이 극히 적은데 그 젊은 부인이 그걸 단박에 알아챈 데다 소승의 금강지를 3성 공력이라고 말하는 통에 화가 나지 않을 수 없었던 거요. 허… 사실 당시의 노납은 하늘 높은 줄 몰랐던 시절이었던지라 그 시기의 공력을 논하자면 3성이라고 말한 것도 상당히 높게 본 것이오. 기껏해야 2성 6~7푼에 불과했으니 말이오. 허나 그때 노납은 호통을 쳤소. '부인께선 존성이 어찌 되시오? 재하의 금강지력을 무시하다니 한 수 가르침을 내려주실 수 있으시겠소?' 그 소년이 고삐를 당겨 당나귀를 멈추고 답하려 할 때 젊은 부인이 갑자기 붉어진 두 눈 위로 눈물을 글썽거리며 소년에게 말하더이다. '아버지가 임종하실 때 뭐라고 하셨더냐? 벌써 잊은 게냐?' 그러자 그 소년이 이렇게 답을 했소. '네, 소자가 어찌 잊을 수 있겠습니까?' 두 사람은 그 즉시 채찍을 휘둘러 당나귀를 재촉하며 앞으로 내달려가버렸소. 노납은 생각할수록 분이 풀리지 않아 말을 달려 뒤를 쫓아가며 소리쳤지요. '이보시오! 터무니없는 소리로 남의 무공을 지적해놓고 아무 말도 없이 그대로 달아날 작정이오?' 노납이 탄 말은 각력이 뛰어난 매우 빠른 준마였기에 이 말을 하는 동안 이미 당나귀 두 필을 추월해 두 사람 앞을 가로막을 수 있었소. 그 순간 부인이 소년에게 말하더이다. '봐라, 네가 말을 함부로 하니 저리 화가 난 것이 아니냐?' 그 소년은 모친에 대해 효심이 깊은 것으로 보였소. 그 뒤로 다시는 날 쳐다보지 않았으니 말이오. 노납은 그들이 날 두려워하는 것으로 보였고, 또 아비 없는 고아와 과부인 것 같아 굳이 무력을 써서 이겨봐야 부질없는 짓인 듯하여 굳이 상대할 필요 없다는 생각을 하게 됐소. 다만 그 부인이 한 말에 따르면 그 소년도 금강지력을 구사할 줄 안다는 것이 아니오? 소승의 그 무공은 꼬박 15년을 힘들게 연마해서 그 당시 갓 완성했던 것인데 그런 어린아이가 어찌 구사할 수 있다 생각할 수 있겠소? 해서 그 앞에서 큰소리를 쳤소이다. '오늘은 그냥 보내줄 테니 앞으로는 말조심하시오.' 그 부인은 여전히 노납의 눈 한번 마주치지 않고 소년한테 말을 하더이다. '저 숙부님 말씀이 옳다. 앞으로는 필히 말조심을 해야 한다.' 한데 이대로 끝났다면 얼마나 좋았겠소? 당시 노납은 젊고 혈기왕성할 때가 아니었겠소? 노납은 말고삐를 당겨 길옆으로 비켜서서 젊은 부인이 당나귀를 몰아 먼저 지나가게 한 뒤, 소년이 당나귀 몸을 차 당나귀가 발을 옮기려 할 찰나 채찍을 휘둘러 당나귀의 볼기짝을 향해 후려갈겨버렸소. 어서 꺼져버리라며 큰 소리로 웃으며 말이오. 그때 내 채찍은 당나귀 볼기짝에서 1척가량 되는 거리에 있었지만 순간 피육 하는 소리가 들리면서 소년이 몸을 돌려 일지를 날리는데 그 일지가 얼마나 빠르고 강력했던지 허공을 격하며 날아오는 그의 지력은 노납의 채찍을 저 멀리 날려버리고 말았소. 노납은 너무 놀란 나머지 순간 멀뚱멀뚱 바라보기만 할 뿐이었소. 소년의 일지가 노납과는 비교도 되지 않을 정도로 대단했으니 말이오. 그때 부인의 목소리가 들려왔소. '이왕 출수를 했다면 끝장을 봐야 한다.' 그러자 소년이 '네!' 하고 답하고는 당나귀 머리를 돌려 노납을 향해 돌진해오는 것이었소. 노납은 재빨리 왼손바닥을 뻗어내 난운수欄雲手 초식을 펼쳐 밀어붙였소. 그러나 순간 피육 소리와 함께 소년이 손가락을 뻗어 일지를 찔러내자 노납은 왼쪽 가슴에 극한의 통증이 밀려오며 전신의 공력이 상실되는 느낌을 받기에 이르렀소."

황미대사는 여기까지 말하다 천천히 승포를 벗어젖히면서 뼈만 앙상하게 남은 가슴을 드러냈다. 그의 왼쪽 가슴 심장 부분에 1촌가량 깊이의 구멍이 보였다. 구멍의 상처가 이미 아물긴 했지만 여전히 과거에 입은 상처가 얼마나 중했는지를 상상할 수 있게 만들었다. 한 가지 기이한 것은 그 상처가 심장 깊이 파고든 것처럼 보였지만 황미대사가 죽지 않고 오늘날까지 살아 있다는 것이었다. 이를 지켜본 모두가 아연실색하지 않을 수 없었다.

황미대사는 자신의 오른쪽 가슴을 가리키며 말했다.

"여러분, 보십시오."

그의 오른쪽 가슴 부위의 살갗이 끊임없이 움직이며 요동치고 있었다. 이 모습을 본 사람들은 그제야 이해할 수 있었다. 원래 그는 태어날 때부터 보통 사람들과는 달리 심장이 왼쪽이 아닌 오른쪽에 붙어 있었던 것이다. 그 당시 사지에서 목숨을 건질 수 있었던 이유도 바로 거기에 있었다.

황미대사는 승포 고름을 다시 잘 여미고 말했다.

"이렇게 심장이 오른쪽에 붙어서 태어나는 경우는 만 명 중 한 명이 될까 말까 합니다. 그 소년은 자신이 펼쳐낸 일지가 내 심장에 적중했음에도 노납이 그 자리에서 죽지 않고 아직 숨이 붙어 있는 것을 보고서는 당나귀를 끌고 몇 걸음 다가와 매우 의아하다는 표정을 짓더군요. 노납은 가슴에서 흘러내리는 선혈을 보면서 더 이상 목숨을 부지하지 못할 것이라 느껴 소년을 향해 거침없이 욕을 쏟아부었소. '이 어린 도적놈아, 네가 금강지를 펼칠 줄 안다고? 흥! 달마하원의 금강지가 피를 내고도 사람이 살아 있다는 게 말이나 되는 소리더냐? 네 일지는 근본적으로 잘못됐다. 그건 금강지라고 할 수 없어.' 소년은 앞으로 몸을 날려 다시 손가락으로 찌르려 했지만 그때 노납은 저항할 능력이 없던 상태라 속수무책으로 당할 수밖에 없었소. 한데 뜻밖에도 그 부인이 손에 들고 있던 채찍을 휘둘러 소년의 손목을 휘감아버리는 것이 아니겠소? 노납은 정신이 혼미한 상태에서 부인이 아들을 질책하는 소리를 들었소. '고소모용씨 가문 사람들 중 너처럼 못난 자식은 또 없다. 네 지력이 아직 절정에 이를 정도로 연마가 되지 않아 단번에 죽이지를 못한 것 아니더냐? 너에게 벌을 내릴 것이다. 앞으로 이레 안에….' 벌을 내려 이레 안에 뭘 어떻게 하라고 했는지는 노납이 기절해버린 뒤라 들을 수가 없었소."

최백천이 떨리는 목소리로 물었다.

"대… 대사! 그… 그 뒤로 그들을 다시 만난 적이 있습니까?"

황미대사가 말했다.

"말씀드리기 부끄러우나 노납은 그 일을 당한 이후 한동안 실의에 빠져 지냈소. 일개 어린 소년조차 그토록 조예가 깊은 수준이건만 노납은 남은 평생 동안 아무리 연마를 해도 소년에 미치지 못할 것 같다는 생각이 들었던 것이오. 하여 가슴에 입은 부상이 완쾌된 후 노납은 대송大宋 국경을 떠나 머나먼 대리로 오게 됐고 단 황제 폐하 치하에서 은덕을 입어 몇 년 후 다시 출가를 하게 됐던 것이오. 노납은 몇 년 동안 생사에 대한 참선을 해왔기에 더 이상 과거의 영욕을 가슴속에 담아두지 않게 됐지만 간혹 옛일을 회상하면 여전히 두려움을 금할 길이 없소. '자라 보고 놀란 가슴 솥뚜껑 보고 놀란다'라는 말이 남의 일이 아닌 듯하오."

단예가 물었다.

"대사, 그 소년이 만약 지금까지 살아 있다면 예순 살쯤 됐을 텐데 그가 바로 모용박인가요?"

황미대사가 고개를 가로저었다.

"말하기 부끄럽지만 난 잘 모르겠소. 솔직히 그 소년이 당시에 펼친 일지가 금강지인지 아닌지도 정확히 보지 못했으니 말이오. 출수하는 자세가 똑같지 않다는 것만 느꼈을 뿐이지. 그게 맞든 안 맞든 대단했다는 건 확실했으니까. 정말 무시무시했지…."

사람들 모두 잠자코 아무 말도 하지 못했다. 또한 조금 전 최백천을 잠시 경시했던 마음도 모두 거두어들였다. 황미대사처럼 고강한 무공을 지닌 사람이 고소모용씨에 대해 저렇게 두려움을 느끼는데 최백천이 넋이 나갈 정도로 놀라는 것도 무리가 아니라는 생각을 한 것이다.

최백천이 말했다.

"황미대사 같은 분도 과거지사를 숨김없이 밝히시는 마당에 저처럼 하찮은 놈이 추한 꼴을 보이는 게 뭐가 두렵겠습니까? 재하는 원래 진남왕부에 잠입한 이유를 폐하와 왕야께 상세하게 고할 생각이었습니다. 여기 계신 분들 모두 외인이 아니니 재하가 가감 없이 모두 말씀드리겠습니다. 모두 참고하시기 바랍니다."

그는 이 몇 마디 말을 하면서 감정이 격해지기 시작했다. 이미 목이 타고 혀가 말랐는지 차 한 잔을 남김없이 비우고는 그것도 모자라 과언지 앞에 놓인 차까지 모두 들이켠 다음 말을 이어갔다.

"이… 이 일은 18년… 18년 전으로 거슬러 올라갑니다…."

여기까지 얘기하다 창문 밖을 물끄러미 쳐다봤다.

잠시 후 정신을 차리고 다시 말했다.

"남양부성南陽府城에는 여呂씨 성을 가진 토호가 한 명 있었는데 재물을 위해서라면 인의仁義를 돌보지 않고 양민들을 억압하는 자였습니다. 그자에게 박해를 받던 우리 가 사형의 한 친구분 가족이 모두 그자 손에 몰살을 당했지요."

과언지가 말했다.

"사숙, 여경도呂慶圖 그 도적놈을 말씀하시는 겁니까?"

최백천이 말했다.

"맞아. 자네 사부님도 여경도를 언급할 때면 늘 이를 부득부득 갈며 증오했었지. 자네 사부님이 수차례에 걸쳐 관부에 상소를 올렸지만 여경도가 번번이 뇌물을 갖다바쳐 무마해버렸네. 자네 사부님이 연편을 쓰기만 했다면 그 여경도란 놈 하나 죽이는 건 일도 아니었어. 하지만 자네 사부님은 강호에서 영웅적 기개가 넘치는 인물이었기는 해도 고향에 집과 가업이 있어 전부터 국법에 어긋나는 행동은 절대 하지 않는 분이셨네. 나 최백천은 달랐어. 도둑질을 일삼고 계집질과 도박은 물론 살인과 방화까지 무슨 짓이든 했으니까…."

최백천이 말을 이었다.

"그날 밤 전 치밀어오르는 분을 참지 못하고 여경도 집으로 쳐들어가 놈의 일가 30여 명을 모조리 죽여버렸습니다. 그 집 대문 앞에서부터 죽이기 시작해 후원에 이를 때까지 집 안에 있는 시녀들은 물론 정원사들까지 하나도 남김없이 죽여버렸지요. 한데 화원에 이르렀을 때

한 작은 누각 창문으로 등불이 새어나오는 게 보였습니다. 전 당장 누각으로 뛰어올라가 문을 걷어차고 들어갔지요. 알고 보니 그곳은 서재였습니다. 사면의 서가 위에 겹겹이 쌓인 서책으로 가득한 방 안에는 남녀 한 쌍이 어깨를 나란히 한 채 서탁에 앉아 책을 읽고 있었습니다. 사내는 마흔 살가량의 준수한 외모에 서생들이 입는 의관을 입고 있었고, 여인은 비교적 젊은 나이였는데 저와 등을 지고 있어 얼굴을 확인할 수 없었습니다. 다만 담녹색의 가벼운 적삼을 입고 있는 모습이 촛불 아래 보기에는 수려한 용모를 지닌 것처럼만 보였지요. 제기랄!"

그는 본래 말을 아주 고상하게 하는 편이었으나 평소와는 달리 대뜸 저속한 욕을 내뱉자 모두가 깜짝 놀랐다. 최백천은 이를 알아채지 못했는지 계속해서 말을 이었다.

"… 전 단숨에 30명이 넘는 사람을 죽이면서 점점 재미를 느껴가고 있었습니다. 한데 별안간 나타난 그 개 같은 연놈들을 보자 빌어먹을! 뭔가 괴이한 기분이 들었던 겁니다. 여경도 집안사람들은 하나같이 거칠고 흉악하기만 한데 이런 빼어난 연놈들이 어디서 갑자기 튀어나왔단 말입니까? 마치 희문戱文[15] 속에 등장하는 당현종唐玄宗과 양귀비楊貴妃를 연상케 하지 뭡니까? 전 뭔가 이상한 생각이 들어 그들을 죽여버려야 한다는 생각조차 못했습니다. 그때 사내 말소리가 들렸습니다. '부인, 귀매龜妹부터 무왕武王까지 어떻게 배열해야 할지 모르겠소.'"

단예는 "귀매부터 무왕까지"라는 구절을 듣고 생각했다.

'귀매는 뭐고 무왕은 또 뭐지?'

다시 생각해보니 곧 무슨 말인지 알 수 있었다.

'아, "귀매부터 무망까지"라는 말을 한 거야. 그 사내는《역경》얘기

를 한 것이다.'

순간 단예는 정신이 번쩍 들었다.

최백천이 다시 말을 이었다.

"그 여인은 잠시 주저하다가 이렇게 말하더군요. '동북쪽으로부터 비스듬히 대가大哥 쪽으로 가다가 다시 자자姊姊 쪽으로 돌면 매끄럽게 걸을 수 있지 않을까요?'"

단예는 생각했다.

'대가? 자자? 아! 그건 대과大過와 기제다.'

그는 다시 한번 깜짝 놀랐다.

'그 여인이 말한 건 분명 능파미보 보법이야. 똑같지는 않지만 위치만 약간 치우쳤을 뿐이지. 혹시 그 여인이 동굴 속의 신선 누님과 어떤 관련이 있는 것이 아닐까?'

최백천이 말을 이었다.

"그 부부 두 사람이 귀매니 대가니 자자니 뭐니 하면서 쉬지 않고 담론을 나누기에 전 더 이상 참을 수가 없어 큰 소리로 호통을 쳤습니다. '이 개 같은 연놈들아, 빌어먹을! 썩 나오지 못하겠느냐?' 뜻밖에도 두 사람 모두 제 말을 전혀 듣지 못하는 귀머거리처럼 여전히 눈 하나 깜빡하지 않고 서책만 보고 있었습니다. 그 여인이 가냘픈 목소리로 이렇게 말하더군요. '여기서부터 자자까지는 모두 아홉 걸음이라 닿지 않을 거예요.' 전 다시 호통을 쳤습니다. '걸어라, 걸어! 너희 할머니 집까지 걸어가란 말이다! 가서 너희들 18대 조상들이나 보라고!' 제가 앞으로 발걸음을 내딛으려는 순간 그 사내가 갑자기 양손을 들어 손뼉을 한 번 치고는 큰 소리로 웃었습니다. '훌륭하오! 아주 훌륭해!

할머니는 곤괘에 해당되고 18대 조상이라면… 그렇지! 곤위坤位로 돌아가야 되는군. 이 일보에 대한 생각이 풀렸어!' 그는 손을 뻗어 서탁 위에 있던 주판을 잡아쥐었습니다. 어찌했는지는 모르겠지만 갑자기 주판알 세 개가 날아왔습니다. 순간 가슴에 극심한 통증이 느껴지면서 몸이 못에라도 박힌 듯 꼼짝도 할 수 없었습니다."

그는 계속 말을 이어갔다.

"두 사람은 여전히 날 신경도 쓰지 않은 채 자기들끼리 소가가小哥哥니 소축생小畜生이니 하며 담론을 나누는 데만 몰두하더군요. 전 말로 표현할 수 없을 정도로 두려웠습니다. 재하의 별호는 금산반입니다. 몸에 항상 황금으로 만든 주판을 지니고 다녀서 그런 별호를 지니고 있지요. 그 주판에는 장치가 달려 있어 91개의 주판알을 용수철로 튕겨낼 수 있습니다. 허나 서탁 위에 있던 주판을 보니 홍목紅木으로 만들어진 극히 평범한 것이었습니다. 중간에 대오리 하나가 몇 토막으로 부러져 있는 것으로 보아 그 사내가 내력으로 부러뜨리고 다시 내력으로 주판알을 움직여 발사한 것으로 보였습니다. 그 공력이 젠장맞을! 정말 대단하더군요. 그 연놈 한 쌍은 시간이 갈수록 즐거워했지만 전 오히려 점점 두려워졌습니다. 그 집에서 30여 명의 사람을 죽여버리는 사건을 저질렀는데 하필이면 그곳에서 온몸이 굳어진 채 꼼짝도 하지 못하고 말조차 할 수 없는 상황에 처하게 됐으니 말입니다. 이미 살인을 저지른 이상 그에 대한 대가는 제 목숨으로 치르면 그뿐이었지만 그렇게 된다면 우리 가 사형까지 연루를 시키는 꼴이 되지 않겠습니까? 두 시진이 좀 넘는 그 시간이 제게는 10~20년 동안 혹형을 받는 것보다 더 힘들었습니다. 도처에서 닭 우는 소리가 들리자 그 사내는 비로소 웃음을 지으며 말하더군요. '부인, 오늘은 그다음 몇 걸음이 생각나지 않으니 이제 그만 갑시다!' 그러자 그 여인이 말했습니다. '저기 금산반 최 선생께서 이 걸음에 대해 묘법을 생각해내주셨는데 저분한테 뭐든 보답을 해드려야 하지 않나요?' 전 또 한 번 놀랐습니다. 그들이 이미 제 별호와 이름을 알고 있었기 때문입니다. 그 사내가 말했습니다. '그렇다면 몇 년만 더 살게 해주고 다음에 다시 만나면 그때 목숨을 거둡시다! 감히 당신과 날 욕했는데 그대로 넘어갈 수는 없지 않겠소.' 이 말을 하면서 서책을 챙기고는 왼손을 돌려 제 등을 가볍게 쳐서 혈도를 풀어주더군요. 곧바로 두 사람 모두 창문 밖으로 훌쩍 뛰어나가버렸습니다. 고개를 숙여보니 가슴 부위 옷자락 위에 구멍 세 개가 나 있고 주판알 세 개가 제 가슴에 가지런히 박혀 있었습니다. 자를 가지고 재도 이렇게 한 치의 오차도 없이 정확할 순 없을 겁니다. 자, 다들 보세요. 이 흉측한 꼴을 말입니다."

그는 이 말을 하면서 옷을 벗어젖혔다.

사람들은 그의 가슴을 보자 모두 실소를 금치 못했다. 주판알 두 개가 그의 양쪽 젖꼭지 위에 정확히 박혀 있었고 두 젖꼭지 사이에 또 하나가 있었기 때문이다. 일을 당한 지 수년이 됐지만 여태껏 주판알을 뽑아낼 수 없었던 것이다.

최백천은 고개를 가로젓고 단추를 잠그며 말했다.

"이 주판알 세 개가 몸에 박혀 있어 불편한 점이 한둘이 아닙니다. 전부터 칼로 파내려고 시도는 해봤지요. 한데 조금만 힘을 줘도 제 혈도를 건드리는 바람에 기절해버리기 일쑤였습니다. 한번 기절하면 두 시진이 지나야만 깨어날 수 있었습니다. 줄칼이나 사포로 살살 갈아서

없앨 생각도 해봤지만 얼마나 고통이 심한지 할아버지 할머니를 찾으며 부르짖어야 할 정도였습니다. 업보인지는 몰라도 이로 인한 폐해는 끊임없이 이어졌습니다. 날씨가 바뀌어 비가 오겠다 싶으면 주판알이 박힌 이 세 곳이 젠장! 견딜 수 없을 정도로 아프니 말입니다. 어찌 된 게 거북이 등껍데기보다 용하다니까요."

사람들은 모두 경악을 금치 못하면서도 우스꽝스럽다고 느꼈다.

최백천이 길게 한숨을 내쉬었다.

"그자는 다음에 다시 만나면 그때 제 목숨을 거두겠다고 했습니다. 하지만 제 목숨을 그자가 거둬가게 만들 수는 없는 일 아니겠습니까? 그렇다고 그자를 만났을 때 제 목숨을 거두지 못하게 할 방법도 없는 노릇이니 제가 살 수 있는 유일한 방법은 다시 만나지 않는 것뿐이었습니다. 전 달리 방법이 없어 멀리 도망가는 수밖에 없었고 결국 여기 이 진남왕부에 잠입하게 된 것입니다. 그런 생각을 한 것은 여기 대리국이 외진 운남에 있어 중원 무림 인사들이 이유 없이 남쪽까지 오지 않을 것 같다는 이유에서였습니다. 설령 그 빌어먹을 후레자식이 정말 여기까지 찾아온다 해도 이곳에는 단왕야와 고 후야를 비롯해 무공의 고수인 수많은 친구가 있으니 제가 그자에게 목숨을 잃는 상황이 왔을 때 수수방관만 하지는 않을 것이라 믿었던 겁니다. 제 가슴에 박혀 있는 이 꼴 보기 싫은 주판알들은 일단 통증이 오기 시작하면 죽어라 술을 마셔야만 흐리멍덩한 정신으로 참아낼 수 있습니다. 이로 인해 대를 이어야 한다는 명분이나 웅대한 포부 따위는 구중천 밖으로 모두 날려버려야만 했습니다."

모든 이가 같은 생각을 했다.

'이 사람 처지도 황미대사와 대동소이하구나. 하나는 출가한 승려가 되고, 하나는 이름을 숨기고 은둔했을 뿐이다.'

단예가 물었다.

"곽 선생, 그 부부가 고소모용가 사람이라는 걸 어찌 아셨죠?"

곽 선생이란 호칭이 이미 버릇이 된 그는 한순간에 바꿔서 말하지 못했다.

최백천은 머리를 긁적이다 말했다.

"그건 우리 사형이 추측해낸 겁니다. 주판알에 맞은 이후 사형을 찾아가 상의를 하니 사형 말씀이 무림에서는 고소모용씨 일가만이 상대가 쓴 방법을 상대에게 펼칠 수 있다고 하더군요. 평소에 제가 주판알로 사람을 공격해왔기에 그자가 주판알로 절 공격했던 겁니다. 고소모용가는 사람이 그리 많지 않습니다. 빌어먹을! 사람이 적어 그나마 다행이지 자손까지 번창했다면 강호에서 고소모용씨 말고 누가 살아남을 수 있겠습니까?"

그의 말은 대리단씨에게는 매우 불경한 말이었지만 그 누구도 신경 쓰지 않았다. 그는 계속해서 말을 이었다.

"그 집안에서 이름을 날린 사람은 모용박 하나뿐입니다. 45년 전 금강지력으로 여기 계신 대사께 부상을 입힌 소년이 열대여섯 살이었고, 18년 전 제 몸에 주판알을 박은 놈이 마흔 살 남짓 됐으니 헤아려 보면 모용박이 틀림없습니다. 한데 우리 사형마저 그놈 손에 당했다니 정말 뜻밖이군요. 과 현질, 자네 사부님은 그자에게 무슨 잘못을 했는가?"

과언지가 말했다.

"사부님께서는 몇 년 동안 생업에 전념하시면서 늘 '웃는 얼굴이 부를 가져온다'라는 말씀을 해오셨기에 누구와 다투는 일이라고는 없었습니다. 고소모용가에 잘못할 일은 더더욱 없었지요. 저희들은 남양에 있었고 그자들은 소주에 있어 거의 10만하고도 8천 리나 떨어져 있었으니 말입니다."

최백천이 말했다.

"필시 모용박은 이 비겁한 날 찾을 수 없으니 자네 사부한테 따져물으러 간 게 분명하네. 자네 사부님은 의리가 있어 내가 대리에 있다는 사실을 죽어도 발설하지 않으려다가 독수에 당하신 거지. 가 사형, 소제가 사형을 해쳤소이다!"

이 말을 하면서 눈물콧물이 범벅이 된 채 오열을 했다.

"모용박! 네 이놈! 내가 네놈의 살가죽을 벗겨버리고 말 것이다!"

그는 한참을 목메어 울다가 고개를 돌려 단정순을 향해 말했다.

"단왕야, 이제 충분히 설명드린 것 같습니다. 그동안 절 돌봐주시고 제 내막을 파헤치지 않아주신 점에 대해서는 진심으로 감사의 말씀을 드립니다. 이를 어찌 보답할지 모르겠습니다. 전 이만 소주로 가봐야 할 것 같습니다."

단정순이 의아해하며 물었다.

"소주로 가겠다고?"

"그렇습니다. 제 사형은 저와 친형제나 다름없습니다. 형을 죽인 원한을 어찌 갚지 않을 수 있겠습니까? 과 현질, 어서 가세!"

이 말을 하면서 그 자리에 있던 모든 사람에게 일일이 읍을 하고는 몸을 돌려나갔다. 과언지 역시 공수를 하며 예를 갖추고 그를 따라나섰다.

그의 이런 행동은 모든 이에게 뜻밖의 모습이었다. 고소모용씨를 그렇게 두려워하던 그가 사형의 원수를 갚겠다는 말이 끝나자마자 길을 나섰으니 말이다. 더구나 그대로 가면 목숨을 잃을 것을 뻔히 알면서도 전혀 두려워하는 기색이 아니었다. 모두의 마음속에서 존경심이 일었다. 그때 단정순이 말했다.

"두 분은 서두를 것 없소. 과 형이 먼 길을 오셨으니 오늘 밤은 여기서 묵고 내일 아침 일찍 움직여도 될 것이오."

최백천이 걸음을 멈추고 몸을 돌려 답했다.

"알겠습니다. 왕야의 분부시니 그에 따르겠습니다. 하룻밤만 더 신세를 지도록 하겠습니다. 과 현질, 한잔하러 가세."

그는 과언지를 데리고 밖으로 나갔다.

보정제가 단정순을 향해 말했다.

"순 아우, 내일 화 사도와 범 사마, 파 사공을 대동하고 육량주 신계사로 가서 나 대신 현비대사 영전 앞에 참배를 올리도록 하게."

단정순이 답했다.

"알겠습니다."

그러자 혜진, 혜관은 절을 올려 감사의 뜻을 표했다. 보정제가 다시 단정순에게 말했다.

"우선 오엽 방장을 만나뵙고 소림사 대사들이 당도할 때까지 신계사에서 기다렸다가 그분들한테 내가 현자 방장께 올리는 서찰을 전해 주게."

곧이어 고승태에게 말했다.

"서찰 두 통을 쓰도록 하시오. 한 통은 소림사 방장, 또 한 통은 신계사 방장 앞으로. 또 두 곳에 보낼 예물도 준비토록 하시오."

고승태가 몸을 굽혀 보정제의 명을 받들었다. 보정제가 말했다.

"소림사에서 오신 두 대사를 모시고 가서 쉬도록 하시오."

고승태가 혜진과 혜관 두 화상을 대동해 나가고 난 후 보정제가 다시 말했다.

"우리 단씨의 근원은 중원 무림이며 수백 년 동안 근본을 잊지 않고 있소. 중원 무림의 친구가 대리에 왔으니 극진히 대접하는 게 마땅하오. 허나 우리 단씨에겐 선조들의 유훈이 있으니 그건 바로 단씨 자손들은 중원 무림의 사사로운 복수전에 개입하는 것을 금지한다는 것이오. 현비대사의 죽음에 대해서는 우리 대리단가에서 신경 쓰지 않을 수 없지만 복수만은 응당 소림파에서 자체적으로 해결해야만 하며 우린 끼어들 수가 없소."

단정순이 말했다.

"네, 명심하겠습니다."

황미대사가 말했다.

"중간자적인 입장에서는 정말 난감하군요. 소림파를 돕지 않을 수도 없고 사사로운 원한에 끼어들 수도 없으니 말이오. 모용씨 일가가 비록 사람이 적다 하나 그 정도 되는 무림세가라면 필시 친구나 수하들이 많이 있을 것이외다. 소림파와 고소모용가가 정면으로 맞붙게 된다면 무림을 경악시킬 대사가 벌어지고 피바람이 몰아쳐 얼마나 많은 인명이 희생당할지 모르는 일이오. 대리국은 수년 동안 태평성세를 이루어왔는데 만일 이런 소용돌이 속에 휘말리게 된다면 앞으로 중원의 무인들이 대리에 와서 문제를 일으키는 일들이 끊임없이 이어지게 될 것이오."

보정제가 말했다.

"대사 말씀이 옳습니다. 우리는 오로지 정도에 따라 일을 행하고 겸손을 미덕으로 삼아 늘 양보만 해왔을 뿐입니다. 순 아우, '정도를 지키고 인내를 감수한다'는 우리의 철칙을 꼭 기억해두게."

단정순이 몸을 숙여 그 뜻을 받아들였다.

황미대사가 말했다.

"두 분 현제! 노납은 이만 물러가보겠소. 만겁곡에 좀 다녀와야 할 것 같소이다."

사람들은 모두 의아하게 생각했다. 보정제가 물었다.

"사형께서 만겁곡에는 무슨 일이 있으십니까? 누굴 데려가실 겁니까?"

황미대사가 껄껄 웃으며 말했다.

"노납의 제자 둘도 데려가지 않을 것이오. 두 분 현제께서 알아맞혀 보시오. 노납이 만겁곡에 무슨 일로 가겠소?"

보정제와 단정순은 그가 미소를 띠는 모습을 보고 피곤한 일은 아닐 거라고 짐작은 했지만 무슨 일인지는 알 수 없었다. 황미대사는 단예를 보고 웃으며 말했다.

"아마 현질이 알아맞힐 수 있을 것이오."

단예는 어리둥절해하며 말했다.

"백부님과 아버지도 맞히시지 못하는 걸 어찌 제가 알아맞힌다고 하시는 거죠?"

그는 잠시 주저하다가 곧 이치를 깨닫고 빙긋 웃었다.

"복기復棋를 하러 가시는군요?"

황미대사가 껄껄대고 큰 소리로 웃었다.

"바로 그것이오. 지난 대국의 수는 속으로 기억해두었지만 내가 어찌 이길 수 있었는지 기이하기 짝이 없었지. 연경태자가 자충수를 둔 건 무슨 연고인지 모르겠소."

단예가 고개를 가로저었다.

"소질도 잘 모르겠습니다."

"혹시 석옥 안이나 청석 위에 뭔가 문제가 있는 것은 아닌지 가서 살펴봐야 할 것 같소."

바둑광들은 대국을 치르고 나면 승패를 떠나 반드시 면밀히 되짚어 보면서 어디서 실착을 했고 어디서 강약 조절을 못했으며 어디서 메워야 할 곳을 메우지 못했는지 깊이 연구해서 알아야만 안심할 수 있었다. 황미대사는 지난 대국에서 승리한 사실을 특히나 이상하게 여겼던 터라 중도에 관건이 되는 수를 정확히 알지 못한다면 평생 고민에 빠져야 할 상황이었다.

보정제는 어가에 올라 회궁을 했다. 황미대사는 두 제자에게 염화사로 돌아가도록 지시하고 자신은 혼자 만겁곡으로 가서 단연경이 부숴버린 청석 바둑판을 다시 맞춰 한 수 한 수 처음부터 복기하며 석옥과 청석 상황을 자세히 살폈다.

단정순은 보정제와 황미대사가 진남왕부를 떠나자 내실로 돌아와 왕비와 대화를 나누고자 했다. 그러나 도백봉은 종영이 단정순의 또 다른 사생아라는 사실을 알고 나서 화가 머리끝까지 나 있던 터라 문조차 열어주지를 않았다. 단정순이 문밖에서 한참 동안 애걸복걸하자 도백봉은 노발대발하며 말했다.

"자꾸 귀찮게 하면 당장 옥허관으로 돌아갈 거예요!"

단정순은 하는 수 없이 서재에 우두커니 앉아 있다 운중학에게 납치된 종영을 떠올렸다. 그는 종만구와 남해악신이 종영을 구해올 수 있을지도 모른다는 생각이 들어 저만리 등을 보내 소식을 탐문토록 하였으나 지금껏 회신이 없자 마음이 놓이질 않았다. 곧 품속에서 감보보가 건네준 황금 상자를 꺼내 그가 쓴 작은 글씨들을 보면서 17년 전 그녀와 함께한 환락의 세월을 회상했다. 또 그녀가 돌아오지 않는 자신을 기다리다 종만구의 압박에 못 이겨 혼인을 한 고초를 상상하며 자신도 모르게 비통함을 느꼈다.

'그때 그녀는 열일곱 살밖에 되지 않은 어린 아가씨였지. 그녀의 부친과 계모가 그녀한테 못되게 굴었을 텐데, 배 속에 내 아이를 회임했을 때는 또 얼마나 힘들게 했을까?'

그는 가슴이 아파왔다. 그러다 갑자기 도백봉이 화 사도를 보고 한 말이 생각났다.

"그 땅굴은 종 부인의 거실로 들어가는 통로이니 그걸 막지 않으면 아마 여기 계신 분들 중 한 분이 매일 밤 그 땅굴을 뚫고 들어갈 거예요."

그는 당장 근위병을 불러 화 사도 수하의 유능한 장수 둘을 소문이 새어나가지 않게 몰래 들게 하라고 명했다.

단예는 침실 안에서 요 며칠 동안 벌어진 기이한 우연에 대해 이리저리 생각해봤다. 목완청과 부부의 연을 맺기로 혼약을 했는데 뜻밖에도 그녀는 자신의 친누이였고 설상가상 종영마저 자신의 누이였다니 이를 어찌 상상할 수 있었겠는가? 더구나 종영이 운중학에게 잡혀간 이후 그의 손에서 벗어났는지 알 수 없었던 터라 그녀에 대한 근심이 이만저만이 아니었다. 또 모용박 부부가 능파미보를 연구했다고 하는데 그들이 동굴 속의 신선 누님과 어떤 연관이 있는 것은 아닌지 곰곰이 생각해봤다.

'혹시 그들은 소요파의 제자가 아닐까? 신선 누님이 나더러 소요파 제자들을 모조리 없애라고 분부했잖아? 무공이 그렇게 고강한데 그 부부가 나 단예를 죽이러 오지 않는 것만 해도 천지에 감사할 일이거늘 내가 그들을 죽이러 간다는 건 천하의 웃음거리가 아니고 무엇이겠는가?'

또한 며칠 동안 석옥 안에 갇혀 지내면서 천륜에 어긋나는 짓을 벌이지 않은 것이 천만다행이라는 생각도 들었다. 능파미보 보법은 이제 어느 정도 숙련이 됐지만 신선 누님께서 분부하신 숙제는 많이 지체된 상태였다. 손을 품속에 넣어 두루마리를 꺼내려다 손가락이 닿는 순간 뭔가 잘못됐다는 느낌이 들었다. 두루마리를 재빨리 꺼내 든 그는 연신 안타까운 탄식만 내뱉었다.

"어이쿠! 이런!"

두루마리는 이미 갈기갈기 찢어져서 한 무더기로 뭉쳐 있었다. 조심스럽게 펼쳤지만 어디 온전할 리가 있겠는가? 이미 흔적을 알아볼 수 없는 지경으로 변해 기껏해야 3할 정도 남아 있고 두루마리 안의 그림과 문자도 심하게 훼손돼버린 상태였다. 또한 신선 누님의 신형은 물론 얼굴조차 전혀 알아볼 수 없었다. 단예는 순간 온몸이 얼음장으로 변해버렸다.

'어… 어쩌다 이 모양이 된 거지?'

한참이 지난 후에야 비로소 어렴풋이 생각났다. 청포 괴객한테 석옥에 갇혀 있을 때 온몸에 열이 오르자 견딜 수가 없어 입고 있던 옷을 마구 찢어버리지 않았던가! 그 후에도 미친 듯이 내달리면서 마찬가지로 옷을 계속 찢어버렸었다. 정신이 혼미했던 상황이라 그게 옷인지 두루마리인지 분간조차 못했으니 자연히 한꺼번에 잡아 뜯어내며 함부로 취급했던 것이다.

그는 그림 속 나부의 사지가 갈기갈기 찢겨져 있자 한동안 멍하니 바라보고 있다가 오히려 무거운 짐을 내려놓은 기분이 들어 안도의 한숨을 내쉬었다.

'두루마리가 엉망이 되어버려 이제 신선 누님의 신공을 연마할 수가 없게 됐어. 연마하기 싫어서가 아니라 연마할 방법이 없어진 거야. 소요파 제자들을 모조리 없애버리라는 분부는 이제 없던 일이 된 셈이다.'

갈기갈기 찢어진 두루마리 조각들을 화로에 넣어 잿더미로 만들고는 속으로 생각했다.

'이 두루마리 속의 나체 그림을 한 번 더 볼 때마다 신선 누님을 한 번 더 모독하는 셈이 되는 것이다. 이렇게 태워버리는 것도 하늘의 뜻이야.'

날이 저물자 어머니가 있는 방으로 가서 어머니와 담소를 나누며 함께 밥을 먹고 싶다는 생각이 들었다. 어머니의 방 앞에 이르렀지만 방문이 굳게 잠겨 있었다. 왕비를 시중드는 시녀가 말했다.

"왕비낭랑께서는 주무십니다. 공자께서는 내일 오십시오."

단예는 속으로 생각했다.

'아, 맞다. 아버지께서 방에 계시지.'

그는 곧장 뒤돌아나왔다. 문득 목완청과 얘기를 나눠봐야겠다는 생각이 들어 회랑을 지나 걸어가다 아직은 얼굴을 마주할 때가 아니라고 느꼈다. 지금 얼굴을 보면 공연히 그녀 마음에 상처만 입히게 될 테니 그냥 마음속으로 걱정해주는 것이 최선일지도 모르겠다고 생각한 것이다. 그는 허전한 마음에 발길이 닿는 대로 걸어가다 후원에 이르렀다.

하늘은 이미 어둑어둑해졌다. 잠시 연못가 정자에 앉아 있자니 동쪽 편에서 초승달이 떠오르기 시작했다. 저 달빛이 검호변의 무량옥벽 위에도 비출 것이라는 생각이 들자 얼마 전 일이 떠올랐다.

'이제 몇 시진만 지나면 옥벽 위에 오색찬란한 장검 한 자루가 나타나 신선 누님이 사시는 동굴을 가리키겠지.'

넋을 잃고 이런 생각을 하는 순간 갑자기 담장 밖에서 몇 번의 휘파람 소리가 들려왔다. 그 소리는 잠시 멈추었다 다시 또 몇 번 들려왔다. 옛날 같았으면 그런 소리를 듣고 신경도 쓰지 않았을 테지만 지난 며칠 동안 수많은 일을 경험해왔던 터라 왠지 의아한 생각이 들었다.

'혹시 강호인들이 사용하는 암호인가?'

얼마 지나지 않아 휘파람 소리가 다시 들리기 시작하면서 느닷없이 모란꽃 화단 밖에서 호리호리해 보이는 인영이 순식간에 스쳐 지나갔다. 그 인영은 담장 쪽으로 내달리다 훌쩍 담장 위로 뛰어올라가는 것이었다. 단예는 자기도 모르게 비명이 터져 나왔다.

"완 누이!"

다름 아닌 목완청이었다. 이미 그녀는 하늘 위로 솟구쳐올라 담장 밖으로 뛰어내린 뒤였다.

단예가 다시 한번 소리쳤다.

"완 누이!"

그는 목완청이 뛰어넘어간 곳으로 달려갔지만 담장을 넘을 수 있는 능력이 없었다. 화원 후문이 바로 옆에 있었지만 빗장으로 잠겨 있었고 자물쇠까지 달려 있어 고함을 칠 수밖에 없었다.

"완 누이, 완 누이!"

목완청이 담장 밖에서 외치는 소리가 들렸다.

"난 왜 부르는 거예요? 난 영원히 당신을 안 볼 거예요. 우리 어머니한테 갈 거라고요."

단예가 다급하게 외쳤다.

"가지 마시오, 절대 가지 마시오!"

그러나 목완청은 아무 대답도 하지 않았다.

얼마 후 담장 밖에서 나이가 좀 들어 보이는 여인의 음성이 들려왔다.

"완아야, 어서 가자! 에이, 못난 것!"

목완청은 여전히 아무 대답도 하지 않았다. 단예는 그 여인이 진홍면일 거라 짐작하고 담장 밖을 향해 다시 외쳤다.

"진 아주머니, 안으로 들어오세요."

진홍면이 말했다.

"들어가서 뭐 하라고? 네 어미한테 죽게 만들려고?"

단예는 말문이 막혀 힘껏 화원 문을 두드리며 부르짖었다.

"완 누이, 가지 마시오. 천천히 방법을 찾아봅시다."

목완청이 말했다.

"무슨 방법이 있는데요? 하늘도 어쩔 수 없는 일이에요."

그러고는 잠시 아무 말도 하지 않다 갑자기 소리쳤다.

"아! 방법이 하나 있어요. 그 방법대로 할 거예요?"

단예는 기뻐서 소리쳤다.

"좋소. 방법이 뭐요? 하겠소. 할 것이오!"

그때 파팍 하는 소리와 함께 시퍼런 칼날 빛이 문틈에서 새어나오며 빗장이 두 동강 나버렸다. 곧이어 쾅, 쾅 하고 두 번의 소리가 연달아 나더니 화원 문이 활짝 열렸다. 목완청이 서슬 퍼런 수라도를 손에 들고 문 앞에 서서 말했다.

"목을 들이밀어요. 내가 단칼에 베어버리고 나도 자결할 테니까. 내세에 다시 사람으로 태어난다면 그땐 남매가 아니라 좋은 부부로 만나요."

단예가 깜짝 놀라 멍하니 바라보다 떨리는 목소리로 말했다.

"그… 그건… 그건 아니 되오."

목완청이 말했다.

"난 받아들이는데 당신은 왜 받아들이지 않는 거죠? 그럼 당신이 나 먼저 죽이고 자결해요."

이 말을 하면서 수라도를 내밀었다. 단예는 재빨리 두 걸음 뒤로 물러섰다.

"아… 아니 되오!"

목완청은 천천히 돌아서서 모친의 손목을 잡고 빠른 걸음으로 내달렸다. 단예는 모녀 두 사람의 뒷모습이 어둠 속으로 사라질 때까지 멀뚱멀뚱 바라만 보다 한참이 지나도록 꼼짝도 하지 않았다.

달이 점점 떠올라 중천에 이를 때까지 그는 여전히 멍하니 서서 깊은 생각에 잠겼다. 별안간 뒷덜미가 잡히는가 싶더니 그의 몸이 누군가에 의해 하늘 높이 솟아올랐다. 그러고는 누군가 나직이 웃는 소리가 들려왔다.

"살고 싶은지 죽고 싶은지 말해봐라! 내 사부가 돼서 사부로 죽고 싶으냐? 아니면 내 제자가 돼서 제자로 살아남겠느냐?"

다름 아닌 남해악신의 목소리였다.

단정순은 화혁간의 유능한 수하 장수 둘을 데리고 말을 달려 만겁곡에 당도했다. 이 두 장수는 과거 화혁간을 따라 땅굴을 파낸 적이 있어 땅굴 입구가 있는 위치를 알고 있었다. 땅굴 입구에 덮어놓은 나뭇가지를 치운 장수 하나가 단정순에게 말했다.

"소인이 앞장서겠습니다."

단정순이 말했다.

"필요 없네! 자네들은 여기서 기다리도록 하게."

단정순이 땅굴 속으로 기어 들어가려는 순간, 서쪽 나무 뒤에서 갑자기 신법이 매우 민첩한 인영 하나가 번뜩이는 것이 보였다. 단정순은 몸을 벌떡 일으켜 재빨리 내달려 나지막이 외쳤다.

"누구냐?"

나무 뒤의 그 사람이 조용히 속삭였다.

"왕야! 접니다. 최백천."

그러고는 몸을 옆으로 돌려나왔다. 단정순이 의아한 듯 물었다.

"최 형이 이곳에는 웬일이오?"

"영애께서 악인한테 잡혀갔다는 소식을 듣고 과 사질과 저 두 사람이 각자 흩어져 수색을 하는 중입니다. 소인이 오는 길에 발견한 단서로 추정하기로는 아가씨가 이곳으로 도망치자 그 악인이 끝까지 추적하고 있는 것 같습니다."

단정순은 문득 깨달은 것이 있었다.

'최백천은 은원이 분명한 사람이다. 몇 년 동안 우리 왕부에 숨어 지내면서 갚지 못한 은혜가 있다고 생각한 것이야. 고소모용씨를 찾아가 복수를 하겠다고 할 때도 그자 손에 자신의 목숨을 희생하겠다고 결의를 다지지 않았는가? 이자는 영아를 되찾아와 10여 년 동안 보호를 해준 정에 보답을 하려는 것이다.'

그는 최백천에게 깊이 읍을 하며 말했다.

"최 형의 고결한 의리에 재하가 감격해 마지않소."

"소인은 저쪽을 찾아보겠습니다."

곧이어 신형이 흔들 하더니 최백천은 숲속으로 사라져버렸다. 과연 굉장한 경공을 지니고 있었던 것이다.

단정순은 순간 안심을 하고 생각했다.

'최 형의 무공이 만리나 단신보다 부족함이 없구나.'

그는 다시 땅굴 입구로 돌아와 안으로 기어가기 시작했다.

한참을 기어가다 보니 땅굴 속에 갈림길이 나왔다. 그는 이미 동북쪽으로 통하는 땅굴이 단예와 목완청이 갇혀 있던 석옥이며 서북쪽 통로가 종씨 부부의 침실이라는 사실을 화 사도의 두 장수들에게 물어 알고 있었기에 곧장 서북쪽을 향해 기어갔다. 땅굴 끝에 이르러 머리 위의 나무판을 가볍게 수 촌가량 들어올리자 불빛이 새어들어왔다. 그는 작은 틈 사이로 내부를 들여다봤다. 바닥에 옅은 자줏빛의 꽃신 한 켤레가 보였다.

단정순은 쿵쾅거리는 가슴을 안고 나무판을 2촌가량 더 들어올렸다. 그러자 길게 한숨을 내쉬는 소리가 들리는가 싶더니 잠시 후 가냘픈 목소리로 중얼거리는 감보보의 목소리가 전해져왔다.

"당신이 왕이 아니라 밭을 갈고 사냥이나 하는 보통 사내였다면… 아니, 닭이나 개를 훔치는 좀도적이나 떼를 지어 재물을 약탈하는 강도였다면 당신을 따라갈 수 있겠어요… 그럼 평생을 당신만 따를 수 있어요…."

곧 눈물이 뚝뚝 흘러 꽃신 옆의 나무판 위로 떨어졌다. 단정순은 가슴속에서 뜨거운 피가 용솟음치는 느낌이 들었다.

'왕 같은 건 안 하겠소. 좀도적이나 강도가 돼서 당신이 평생 날 따르도록 만들겠소. 그깟 왕이 무슨 대수라고?'

감보보 목소리가 또 들렸다.

"설마… 설마 평생토록 당신을 보지 못하게 되는 건 아니겠죠? 얼굴 한 번 볼 수 없다는 말인가요? 그럼… 차라리 죽는 게 낫겠어요… 순 오라버니, 순 오라버니… 당신은 제가 보고 싶지 않나요?"

이 나지막이 한 몇 마디 말은 단정순의 심금을 울렸다. 그는 더 이상 참지 못하고 나지막이 말했다.

"보보, 내 사랑 보보."

깜짝 놀라 자리에서 벌떡 일어난 감보보가 한숨을 내쉬며 혼잣말을 했다.

"내가 또 꿈을 꾸고 있어요. 꿈속에서 당신이 날 부르는 소리가 들리네요."

단정순이 나지막이 말했다.

"내 사랑 보보, 이건 꿈이 아니오. 내가 지금 부르고 있는 것이오. 늘 당신 생각만 하고 염려하고 있었소."

감보보가 깜짝 놀라 소리쳤다.

"순 오라버니? 정말 당신인가요?"

단정순이 나무판을 들어올리고는 그 틈으로 나가 감보보에게 속삭이듯 말했다.

"내 사랑 보보, 나요!"

난데없이 나타난 단정순을 발견한 감보보가 창백한 얼굴로 두 팔을 벌린 채 앞으로 몇 걸음 달려가다 휘청하고 넘어질 뻔하자 단정순은 재빨리 뛰어가 그녀를 꽉 껴안았다. 감보보는 몸을 부르르 떨며 그 자리에서 기절해버렸다.

단정순이 황급히 그녀의 인중을 누르자 감보보는 서서히 정신을 차리기 시작했다. 그녀는 자신을 품에 안고 볼에 입맞춤을 하고 있는 단정순의 숨결이 느껴지자 온몸이 활활 타오르는 듯 기뻐서 현기증이 날 지경이었다. 그는 단정순을 향해 속삭였다.

"순 오라버니, 순 오라버니! 제… 제가 또 꿈을 꾸고 있어요."

단정순은 그녀의 따뜻하고 부드러운 몸을 꽉 껴안으며 그녀 귓가에 나직이 속삭였다.

"내 사랑 보보, 꿈이 아니오. 꿈은 내가 꾸고 있는 것이오!"

돌연 문밖에서 누군가 거친 소리로 고함을 쳤다.

"누구냐? 방 안에 누구야? 남자 목소리가 들렸는데."

바로 종만구 목소리였다.

단정순과 감보보 모두 깜짝 놀랐다. 감보보가 소리쳤다.

"저예요. 남자는 무슨 남자? 또 무슨 헛소리를 하는 거예요?"

단정순이 그녀의 귓가에 대고 말했다.

"함께 도망칩시다! 가서 좀도적이나 강도가 될지언정 왕 같은 건 하지 않겠소!"

감보보가 그 말에 희색을 숨기지 못하고 속삭였다.

"저도 당신을 따라 좀도적 부인, 강도 부인이 되겠어요. 하루라도 그렇게 된다면… 얼마나 좋을까요?"

종만구가 방문을 밀어젖히려 했지만 빗장이 걸려 있다는 걸 알았다. 그러나 창밖에 비친 한 남자의 그림자를 보고는 고함을 쳤다.

"방 안에 남자가 있어! 내가 봤다고!"

그는 아내에게 문을 열라는 말도 하지 않은 채 쾅 하는 소리를 내며 발을 날려 문을 박차고 들어갔다.

남해악신에게 뒷덜미를 잡힌 채 허공에 들린 단예는 순간 꼼짝도 하지 못했다. 그는 북명신공을 수태음폐경 하나밖에 연마하지 못했던지라 무지의 소상혈이 사람과 접촉된 상태에서 상대가 운공으로 밀어붙이고 있어야만 내력을 흡입할 수 있었을 뿐 다른 혈도는 아무 소용이 없었다. 단예가 입을 벌려 소리치려 하자 남해악신은 왼손을 뻗어 그의 입을 막은 채 그를 안고 쏜살같이 내달려 진남왕부에서 멀리 떨어진 으슥한 곳에 이르러서야 바닥에 내려놓았다. 남해악신은 단예가 괴상한 보법으로 도망칠까 두려웠는지 한 손으로 여전히 그의 뒷덜미를 움켜쥐고 있었다.

단예는 쓴웃음을 지으며 말했다.

"이제 보니 내 제자가 되지 않기로 생각을 바꿨나 보군요. 그냥 염병할 후레자식이 되기로 말이오."

남해악신이 말했다.

"누가 그래? 일단 나한테 고두팔배를 하고 날 네 문하에서 축출해라! 날 제자로 삼지 않겠다고 말이야. 그다음 나한테 다시 고두팔배를 해서 날 사부로 모셔라. 그럼 우린 규율에 따라 아주 깔끔하게 정리되는 것이다. 그럼 난 염병할 후레자식이 될 일도 없는 거지."

단예가 아연실소를 하며 고개를 가로저었다.

"못하겠소! 당신한테 잡혀온 이상 난 반격할 힘도 없으니 그냥 죽여버리시오."

"쳇! 내가 네 속임수에 넘어갈 것 같으냐? 노부는 절대 너 같은 놈한테 속아서 염병할 후레자식이 되지는 않는다. 내가 바보인 줄 아느냐?"

"똑똑하군, 아주 똑똑해!"

사실 남해악신은 규율에 따라 깔끔하게 정리하는 절차만 마치면 제자가 사부로 바뀔 것이란 묘안을 생각해냈었다. 그런데 상대가 고두팔배 두 번을 죽어도 하지 못하겠다고 하지 않는가? 결국 며칠 내내 꾸며낸 그럴듯한 계획이 허사가 되어버리자 적지 않게 당황했다.

단예가 말했다.

"당신네 남해파 규율에 제자가 사부를 죽일 수 있는 조항이 있소?"

"당연히 안 되지! 사부가 제자는 죽여도 제자가 사부를 죽이는 일은 절대 없다."

"그럼 제자가 사부의 분부를 따르는 것이 옳소? 아니면 사부가 제자의 분부를 따르는 것이 옳소?"

"그야 당연히 제자가 사부의 분부를 따르는 게 옳지. 네가 날 사부로 모시고 나면 내 분부를 무조건 따라야 한다."

"지금 당신은 아직 내 제자가 아니오? 내가 당신 작은 사모님을 구해오라고 했거늘 그 일은 제대로 처리한 것이오?"

"젠장맞을! 내가 넷째하고 한창 싸우고 있는데 소사모 아비가 왔지 뭐야? 우리가 싸우는 틈을 타서 빼어가버렸다고!"

단예는 종영이 이미 운중학의 수중에서 빠져나왔다는 얘기를 듣고 속으로 매우 기뻤다.

남해악신이 말을 이었다.

"그 후에 내가 다시 소사모 아비하고 싸우는데 그 인간이 잠깐 싸우다가 그만두더구먼! 알고 봤더니 소사모가 혼자 도망갔어. 그 아비도 그 뒤를 따라가버렸고. 운중학이 그러더군. 같이 만겁곡에 가서 종만구를 죽여버리자고 말이야."

"왜요?"

"이건 보통 일이 아니니 꼭 그래야 한다는 거야. 안 그러면 나 악노이는 앞으로 강호에서 고개를 들고 다닐 수 없을 뿐만 아니라 사람들이 다 우습게 볼 거라고 하면서 말이야."

단예가 의아한 듯 물었다.

"그게 말이나 되는 소리요? 운중학 그자가 거짓말을 하는 것이니 들을 필요 없소."

"아니, 아니야! 넷째는 날 위해 그런 거야. 네가 여기에 얽힌 이치를 몰라서 그런 것이다. 내가 알려주지. 그 소낭자는 내 사모니까 나보다 항렬이 하나 높지 않으냐? 그럼 사모 아비는 나보다 두 항렬이 높은 셈이지. 젠장! 종만구 그 인간이 뭐라고 나보다 두 항렬이 높단 말이야? 그러니 죽이지 않으면 안 되는 것이다. 넷째가 이런 말도 했어. 종만구의 처를 잡아다 자기 마누라로 삼겠다고 말이야. 이는 우리 사대악인 간의 의리를 고려한 것이지. 오직 나만을 위해 자기 몸은 돌보지 않고 희생을 하겠다는 의지란 말이다!"

단예는 더욱 의아해서 물었다.

"무슨 그런 이치가 다 있단 말이오?"

"종만구 처는 내 사모의 모친이니까 나보다 두 항렬이 높은 거 아니냐? 만일 운중학이 그 여자를 데려다 마누라로 삼으면 나 악노이의 아우 마누라가 되는 거니까 나한테는 제수가 되는 거지. 그럼 그 여자의 딸은 내 조카딸이 되는 셈이니 나보다 한 항렬이 낮은 거고 말이야. 그리고 넌 내 조카의 남편이니까 내 조카사위가 돼서 나보다 한 항렬이 낮아지는 것이다. 그럼 난 널 사부라고 부르고 넌 날 처백부님으로 부르게 될 테니까 둘이 서로 동등한 지위가 되는 거 아니겠느냐? 하하! 세상에 이런 묘책이 어디 있단 말이냐?"

단예가 껄껄대며 크게 웃었다. 그러자 남해악신이 말했다.

"가자! 어서 가! 이런 대사는 속전속결로 처리해야 한다. 세상 천지에 이 악노이보다 항렬이 높은 사람을 둘이나 남겨둘 수는 없다."

이 말을 하면서 단예의 손목을 움켜잡고 만겁곡을 향해 바람처럼 내달렸다.

단정순은 종만구가 방문을 걷어차는 소리를 들었지만 다행히 빗장이 걸려 있어 방문이 곧바로 열리지 않자 순간 좋은 생각이 머릿속을 스치고 지나갔다.

'죽여서는 안 된다!'

그는 안고 있던 감보보를 살며시 떼어놓고 땅굴 안으로 들어가 나무판을 잘 덮었다.

종만구가 다시 한번 문을 걷어차고는 대도를 손에 쥔 채 방 안으로 부리나케 뛰어들어왔다. 그러나 방 안에는 감보보 혼자뿐이지 않은가? 재빨리 옷장과 침상 밑, 문 뒤를 샅샅이 뒤졌지만 남자는 고사하고 개미 한 마리 보이지 않자 무언가에 홀린 느낌이 들었다. 감보보가 버럭 화를 냈다.

"왜 또 와서 사람을 괴롭히는 거예요? 차라리 그 칼로 날 깨끗이 죽여줘요!"

종만구는 남자를 찾아내지 못하자 이미 기쁨에 넘쳐 있었다. 그는 재빨리 대도를 던져버리고 미안한 마음에 눈웃음을 치며 말했다.

"부인, 내가 눈이 삐었나 보오! 조금 전에 술을 몇 잔 했더니 말이오."

이 말을 하면서 여전히 이곳저곳을 두리번거렸다.

그때 문밖에서 발소리와 함께 큰 소리로 부르짖는 종영의 목소리가 들려왔다.

"어머니, 어머니!"

그녀는 호들갑을 떨며 방 안으로 뛰어들어왔다. 곧이어 운중학의 목소리가 들렸다.

"어디 하늘 끝까지 도망쳐봐라. 내가 끝까지 잡아줄 테니까."

이 말을 하면서 재빠른 걸음으로 뒤쫓아 들어왔다.

종영이 소리쳤다.

"아버지, 저 악… 악인이 또 쫓아와요…."

그녀는 운중학의 추격을 피하느라 이미 숨이 턱 밑까지 차 있었지만 다행히 자기 집 지리에 익숙했던 터라 이리저리 숨어 다닐 수 있었다. 더구나 운중학이 이런 좁고 구불구불한 곳에서는 경공을 펼칠 수 없다 보니 그녀의 모친 방까지 도망치게 놔두고 만 것이다. 운중학은 종만구 부부가 모두 방 안에 있는 것을 보고 기쁨을 금할 수 없었다. 이참에 종만구를 죽여버리고 종 부인과 종영 두 사람을 다 잡아갈 생각을 했기 때문이었다.

종만구가 연이어 삼장을 날렸지만 운중학은 이를 가볍게 피하고 탁자를 돌아 종영을 쫓아가면서 생각했다.

'우선 저 계집애 혈도부터 찍어놓아야겠다. 아비를 죽이고 어미를 잡은 다음 그 아비의 딸을 잡아가는 게 순서지.'

종영이 외쳤다.

"이 대나무 꼬챙이 같은 놈아! 계속 쫓아오면 내가 간지럼을 태울 거야!"

운중학이 어리둥절해하다가 소리쳤다.

"간지럼을 태우겠다고? 어디 한번 해봐라!"
이 말을 하면서 몸을 날려 그녀를 향해 덮쳐갔다.

사실 오늘 아침 종영은 운중학에게 끌려간 뒤 빠져나오기 위해 죽을힘을 다해 발버둥을 쳤지만 그의 손아귀에서 빠져나올 수가 없었다. 생명의 위협을 느끼는 순간 남해악신이 뒤쫓아오며 고함치는 소리가 들렸다.

"소사모, 소사모! 빨리 손을 뻗어서 저 녀석 겨드랑이를 간지럽혀라! 대나무 꼬챙이 저 인간은 간지럽히는 걸 가장 무서워한다고!"

종영은 의아하게 생각했다.

'간지럽히라고? 그건 내 주특기인데?'

그녀는 운중학의 겨드랑이에 손을 넣었다. 한데 뜻밖에도 운중학은 남해악신이 하는 말을 듣자마자 종영의 손이 닿기도 전에 지레 참지를 못하고 웃음을 터뜨리기 시작했다. 한번 웃음이 터진 그는 숨이 어긋나면서 걸음걸이도 느려져 남해악신에게 따라잡히고 말았다.

운중학이 말했다.

"셋째 형님! 형님은 또 속임수에 넘어간 거요!"

"헛소리 마라! 나 악노이는 평생 누구한테 속아넘어간 적이 없다! 당장 우리 소사모를 놓아줘라! 안 그러면 이 악취전의 뜨거운 맛을 보여줄 것이다."

운중학은 달리 방법이 없자 하는 수 없이 종영을 풀어주었다. 종영은 운중학이 무방비 상태인 틈을 타서 다시 손을 뻗어 겨드랑이를 간지럽혔다. 운중학은 허리를 구부린 채 숨을 헐떡거리며 웃기 시작했고 웃음이 계속되자 종영 역시 손을 멈추지 않고 계속해서 간지럽혔다. 운중학은 웃음을 멈추지 못하고 기침까지 해가며 전혀 저항을 하지 못했다. 남해악신이 종영을 향해 말했다.

"소사모, 이제 그만 용서해줘라. 계속 간지럽히다 숨을 잇지 못하고 죽어버릴 수도 있으니까!"

종영은 이 상황이 너무나 기이하게 여겨졌다. 이렇게 고강한 무공을 지닌 악인이 어찌 간지럼을 타서 죽을 수가 있단 말인가?

"못 믿겠어요. 어디 간지럼을 타서 죽는지 시험해봐야겠어요."

남해악신이 말했다.

"안 돼! 시험은 무슨 시험? 그러다 죽으면 다시 살릴 수가 없지 않느냐? 운중학은 공력을 수련할 수 없는 곳인 조문罩門이 겨드랑이 밑의 극천혈極泉穴에 있어서 그곳은 절대 건드리면 안 된다."

종영은 그의 말을 듣고는 더 이상 간지럽히지 않았다. 운중학은 몸을 일으켜 세워 갑자기 남해악신을 향해 침을 퉤 뱉으며 욕을 해댔다.

"이런 죽일 놈의 악어 같으니! 더러운 악어! 내 조문 위치를 왜 함부로 발설하는 거야?"

종영이 말했다.

"아니! 또 욕설을 해대?"

그러고는 손을 뻗어 다시 간지럽히려고 했지만 손가락이 닿기 직전 운중학은 발을 날려 그녀를 곤두박질치게 만들고 자신은 한쪽에 멀찌감치 가서 섰다.

남해악신이 종영을 일으키는 순간 종만구가 칼을 들고 쫓아오며 고함을 쳤다.

"이런 더러운 계집애, 얼어 죽을! 여기서 도대체 뭐 하는 거야?"
남해악신이 고개를 돌려 고함을 쳤다.
"제기랄! 어디다 대고 상소리를 하는 거야?"
종만구가 화를 내며 말했다.
"내 딸한테 내가 욕하는데 당신이 무슨 상관이오?"
남해악신이 버럭 화를 내고는 종만구를 향해 손가락질을 하며 호통을 쳤다.
"아니… 이런 개잡놈을 봤나? 감히 내 머리 꼭대기에 앉을 생각을 해? 어디… 오늘 나랑 끝장을 보자!"
종만구가 말했다.
"내가 머리 꼭대기에 앉을 생각을 한다고?"
"저 낭자는 내 사모님이라 나보다 항렬이 하나 높다. 그건 어쩔 수 없는 일이라 나도 다른 방법이 없어. 한데 네가 우리 사모님 아버지를 자칭하니 그… 그건… 네가… 나보다 두 항렬이나 높다는 것이 아니냐? 나 악노이가 남해에서는 존경받는 인물로 모두들 날 조상님이나 조부님 모시듯 하는데 내가 중원에 와서 가는 곳마다 한두 항렬 낮아진다면 이게 말이나 될 법한 소리냐? 노부는 못한다. 그렇게는 못해! 절대 못해!"
"못하면 관두면 그만 아니오? 저 앤 내 친딸이니 당연히 내가 아버지라는데 무슨 자칭 타칭을 따지는 게요?"
남해악신은 고개를 갸우뚱하며 두 부녀를 힐끗 쳐다봤다.
"자칭이라고 하는 게 당연하지. 내 소사모는 저렇게 예쁘고 귀여운데 넌 요괴처럼 추하게 생겼으니 어찌 아버지가 될 수 있단 말이냐?

내 소사모는 필시 네 친자식이 아니라 다른 사람 자식이 분명하다. 넌 진짜가 아니라 가짜 아버지야!"

종만구는 이 말을 듣자 화가 치밀어올라 얼굴이 시커멓게 변했다. 그는 칼을 들어 남해악신을 향해 내리쳤다.

종영이 다급하게 말렸다.

"아버지, 이분이 절 악인의 손에서 구해주셨어요. 죽이지 마세요!"

종만구는 화가 머리끝까지 나서 욕을 퍼부었다.

"이 더러운 년아! 네가 내 친자식이 아니라는 건 진작부터 의심했다. 저런 멍청한 놈까지 그렇게 말하는데 그게 틀릴 리가 있겠느냐? 내 당장 저놈부터 죽이고 너도 죽여버릴 것이다!"

종영은 두 사람이 싸우기 시작하는 것을 보고 승부를 가늠할 수가 없어 큰 소리로 부르짖었다.

"이봐요, 악노삼! 우리 아버지를 해치지 말아요. 그리고 아버지! 악노삼을 해쳐서는 안 돼요."

종영은 이 말을 하고 곧 자리를 떠버렸다.

만겁곡으로 돌아온 그녀는 너무 피곤한 나머지 자기 방에 들어가자마자 곯아떨어져버렸다. 한밤중까지 자던 종영은 운중학이 야단법석을 떨며 각 방을 차례대로 수색하는 소리를 듣고 재빨리 몸을 일으켜 도망쳤고 다급하게 모친의 침실로 도망가자 운중학 역시 그를 뒤쫓아 왔던 것이다.

종영은 운중학을 간지럽히기 위해 가까이 다가설 수 없다는 것을 알았다. 힐끗 옆을 보니 땅굴로 통하는 나무판이 보였다. 그녀는 전에 화혁간에 의해 땅굴 안으로 잡혀 들어간 적이 있었던 터라 재빨리 달려가 나무판을 들어올리고 안으로 기어 들어갔다.

운중학과 종만구는 순간 지하에 동굴이 있는 것을 보자 의아하게 생각했다. 운중학은 잽싸게 덮쳐들어 종영의 발을 잡으려 했지만 종만구가 손바닥을 내뻗어 그의 등을 향해 후려갈겼다. 왼손을 쭉 뻗어 그의 일장을 막아낸 운중학은 종영처럼 아름다운 미모를 지닌 계집이 땅굴 안으로 들어가면 다시는 잡지 못할까 두려워 그녀를 따라 동굴 안으로 기어 들어갔다.

1장쯤 기어 들어갔을까? 어둠 속에서 두 손을 마구 휘저으며 더듬거리다 순간 아주 가는 발목이 손에 잡혔고 그와 동시에 종영의 비명소리가 들렸다.

"어머나!"

종영은 발을 휘둘러 운중학의 손아귀에서 빠져나오려 했지만 운중학은 킬킬대며 좋아했다. 그녀를 어찌 놓칠 수 있겠느냐는 생각에 팔에 힘을 주어 그녀를 끌어내려 했다. 그런데 힘을 주는 순간 종영이 다시 비명을 질렀다.

"어머나!"

이 비명 소리와 함께 그녀는 꼼짝도 하지 못했다. 앞에서 누군가 그녀를 잡아끌고 있는 듯했기 때문이다. 바로 그때 운중학은 양 발목이 조여지는 느낌이 들면서 누군가에게 꽉 잡혀 바깥쪽으로 끌어당겨지고 있었다. 그때 종만구 목소리가 들렸다.

"어서 나와! 어서 나오지 못해!"

운중학이 자기 딸을 해칠까 염려한 종만구가 땅굴까지 쫓아들어와 잡아당기고 있었던 것이다.

운중학을 두 번이나 끌어당겨도 꼼짝도 하지 않아 종만구가 운경을 하려는 순간 갑자기 자신의 양쪽 발목이 누군가에게 잡혀 엄청난 힘에 의해 바깥쪽으로 끌어당겨지는 느낌이 들었다. 그때 뒤에서 남해악신이 걸걸한 목소리로 고함치는 소리가 들렸다.

"이 추한 말상 놈아! 내 소사모 아버지를 자칭하면서 나 악노이보다 두 항렬이나 높은 곳에 있을 생각이더냐? 내 오늘 널 죽이지 않고는 못 배기겠다!"

마침 단예를 데리고 이곳에 온 남해악신은 방문 밖에서 종영과 운중학, 종만구 세 사람이 땅굴로 기어들어가는 것을 보자 당장 '자칭 자기보다 두 항렬 높다고 하는 놈'을 죽여버리는 것이 급선무라 여겨 방 안으로 뛰어들어갔고 지체 없이 땅굴 안까지 쫓아가 종만구의 양다리를 붙잡았던 것이다.

단예가 황급히 방 안으로 뛰어 들어가 종 부인에게 말했다.

"종 백모님, 어서 종영 누이를 구해야 합니다."

이 말을 하고 땅굴 안으로 기어 들어가려 할 때 갑자기 누군가에게 떠밀려 바닥에 넘어져버렸다.

한 여인이 고함을 쳤다.

"악노삼, 악노사! 둘 다 빨리 나오지 못해! 노대의 명이다! 둘이 같은 편끼리 싸우지 말라고 말이야!"

다름 아닌 무악부작 섭이랑이었다. 단연경의 명을 받들어 남해악신과 운중학을 소환하러 온 섭이랑은 한발 늦게 도착해 운중학이 땅굴로 들어가고 곧이어 종만구와 남해악신마저 앞다투어 기어 들어가는 모습을 목격하자 남해악신이 운중학을 뒤쫓아가 죽이려는 줄로만 알았다. 그녀는 밖에서 몇 번을 소리쳐 불러도 남해악신이 나오지 않자 땅굴 안으로 기어 들어가 남해악신의 두 다리를 붙잡고 힘껏 끌어내려 했던 것이다.

단예가 소리쳤다.

"이거 봐요! 우리 종영 누이는 해치지 마시오. 혼인을 하진 않았어도 나와 정혼한 적이 있는 전 아내이자 지금의 내 누이란 말이오!"

땅굴 안에서 큰 소리로 고함치는 소리가 정신없이 들려왔다. 누가 뭐라고 떠드는지는 모르지만 삼대악인이 땅굴 안에 모여 있다 보니 종영이 위태로운 상황임에는 틀림없다는 생각이 들었다. 단예는 종영이 자신에게 정과 의리를 지켜왔으니 비록 무공은 모르지만 목숨을 걸고라도 구해내야겠다는 생각에 당장 동굴 안으로 들어가 섭이랑의 양 발목을 움켜쥐고 젖 먹던 힘을 다해 끄집어내려 했다.

그가 움켜쥔 곳은 다름 아닌 섭이랑의 발목 부위 중 가장 잡기 쉽고 움푹 패여 있는 곳으로 이곳은 속칭 수일속手一束이라 하여 한 손으로 움켜잡기 가장 좋은 곳이었다. 그러나 이곳은 족태음비경足太陰脾經 중 삼음교三陰交라 불리는 대혈大穴 즉, 족소음신경足少陰腎經, 족태음비경, 족궐음간경足厥陰肝經 삼음三陰이 교차하는 곳이기도 해서 그의 무지에 있는 소상혈과 섭이랑 발목에 있는 삼음교의 요혈이 서로 맞닿은 채 두 사람이 동시에 힘을 쓰자 섭이랑의 내력이 순간 역으로 흘러나와 단예의 체내로 쏟아져 들어가기 시작했다.

땅굴 속은 몸을 돌리기도 쉽지 않은 데다 운중학은 종영의 발목을, 종만구는 운중학의 발목을, 또 남해악신은 종만구의 발목을, 섭이랑은 남해악신의 발목을, 마지막에 단예는 섭이랑의 발목을 움켜쥐고 있어 종영 외에는 다섯 사람이 모두 죽을힘을 다해 앞에 있는 사람을 땅굴에서 끌어내려 하고 있었다. 종영은 힘이 별로 없었기에 운중학이 아주 쉽게 끌어낼 수 있었지만 앞에서 도대체 누가 그녀를 잡아끌고 있는지 도저히 끌려오지를 않았다.

이렇게 줄줄이 엮인 사람들은 모두 무지의 소상혈과 앞사람 발목의 삼음교혈이 연결되어 있었다. 섭이랑의 내력이 단예 쪽으로 흘러들어가자 곧이어 내력이 전달되면서 남해악신과 종만구, 운중학, 종영 네 사람의 내력 역시 세차게 쏟아져 들어갔다. 종영이야 내력이 심후하지 않았기에 그렇다 쳐도 나머지 네 사람은 모두 놀라서 혼비백산하면서 죽어라 하고 발버둥을 치며 뒷사람 손아귀에서 벗어나려 했다. 그러나 몸이 겨우 들어갈 정도로 좁은 땅굴 안에 꽉 잡혀 있다 보니 별짓을 다 해봐도 벗어날 수 없었을 뿐만 아니라 힘을 쓰면 쓸수록 내력은 점점 더 빨리 쏟아져 나가버렸다.

운중학은 종영의 발에서 내력이 끊임없이 쏟아져 들어오고 이어서 자신의 발을 통해 빠져나가자 속으로 이 어린 계집아이한테 어찌 이런 심후한 내력이 있는지 매우 의아하게 생각했다. 다행스럽게도 자기 다리에 있는 내력이 빠져나가고는 있지만 손에 그 공급처가 있다는 생각이 들자 어떻게 해서든 종영의 발목을 놓지 않으려고 애썼다. 빠져나가기만 하고 흡수하지 못하는 걸 피하기 위해서는 어쩔 수가 없었다. 종만구를 비롯한 세 사람 역시 똑같은 생각을 했다. 속으로 두렵기는 했지만 양손으로 점점 더 꽉 움켜쥐었다. 마치 물에 빠진 사람이 죽을힘을 다해 지푸라기라도 잡는 심정이었다. 이들의 사활은 모두 거기에 있었다.

하나로 엮인 일련의 사람들은 땅굴 속에서 아무것도 보이지 않아 처음처럼 여전히 고함을 치고 있었다.

"노대가 빨리 오래!"

"어서 내 다리 놓지 못해!"

"노부가 죽여버리고 말 것이다!"

"내 다리는 왜 붙잡고 있는 거야? 어서 놓지 못해!"

"어머니! 어머니! 아버지!"

그러다 나중에는 손으로 전해오는 내력이 점차 약해지는데 발목을 통해 빠져나가는 내력의 기세는 전혀 줄어드는 느낌이 없자 몹시 두려웠지만 어쩔 도리가 없었다.

앞사람 다리를 한참 동안 잡아당기던 단예는 내력이 세차게 몸 안으로 흡입되는 느낌이 들었다. 앞서 무량산에서 한번 경험을 해봤기에 이번에는 능히 대처할 수 있었다. 열이 올라 감당하기 힘들 때마다 쏟아져 들어오는 내력을 단중기해에 저장하면 된다는 걸 알고 있었기 때문이다. 얼마나 지났을까? 단중기해에 내력이 갈수록 쌓여가면서 점차 수용하기 힘들어져 단중기해가 터져버릴 것 같은 느낌이 들었다. 단예는 겁이 나기 시작했지만 극한의 위험에 처해 있는 종영 생각에 어찌 됐건 손을 놓을 수가 없어 이를 악물고 죽을힘을 다해 버텼다.

감보보는 기이한 일들이 연이어 벌어지는 모습을 보고 당황해서 어쩔 줄을 몰랐다. 속으로는 여전히 조금 전에 단정순의 품에 안겨 나누었던 뜨거운 순간들을 음미하며 넋이 나간 채 의자에 앉아 나지막이 혼잣말만 했다.

"순 오라버니, 순 오라버니! 그이가 날 '내 사랑 보보'라고 부르면서 날 꼭 껴안고 입을 맞추었어. 이번에는 진짜야! 꿈이 아니었어!"

단예는 참을 수가 없을 정도로 가슴이 답답했지만 오히려 발목을 움켜쥔 손의 힘은 갈수록 강해져만 갔다. 이때 땅굴 안에 있던 사람들 내력의 거의 반 이상이 그의 체내로 들어가버린 상태였다. 마침내 그는 섭이랑을 땅굴에서 천천히 끄집어낼 수 있었고 이어서 남해악신과 종만구, 운중학, 종영이 줄줄이 땅굴 밖으로 끌려나왔다. 단예는 마지막에 종영의 머리가 나오는 게 보이자 안심이 된 나머지 꼭 움켜쥐었던 섭이랑의 발목을 내려놓고 앞으로 달려가 종영을 부축하며 소리쳤다.

"영 누이, 영 누이! 다친 데는 없소?"

섭이랑을 비롯한 네 사람의 내력은 거의 반 이상이 소모됐던 터라 다들 움켜쥐었던 손을 놓고 바닥에 주저앉아 가쁜 숨을 몰아쉴 뿐이었다.

종만구가 대뜸 호통을 쳤다.

"남자야! 땅굴 안에 남자가 있어! 단정순이야! 단정순!"

종만구는 돌연 깨달았다.

'우리 방 안에 이런 땅굴이 있다는 건 필시 단정순이 한 짓이야. 조금 전에 방문 밖에서 남자 목소리가 들리고 남자 그림자가 보인 것도 단정순이 틀림없다.'

그는 순간 질투심이 활활 불타올라 다짜고짜 달려가 단예를 밀쳐냈다. 종영의 뒷덜미를 잡고 끌어내 한쪽 편에 내동댕이쳐버린 다음 땅굴 안으로 들어가 단정순을 끌어내려 한 것이다.

감보보는 종만구가 "단정순!"이라고 외치는 소리를 듣고 정신이 번쩍 들어 자리에서 일어났다. 속으로 '큰일 났다'는 생각이 든 것이다.

종만구는 자신의 내력이 소모되었다는 생각은 전혀 못하고 있었다. 그는 종영의 뒷덜미를 낚아채고 나서 한쪽에 던져버리지도 못했을 뿐만 아니라 두 다리마저 후들거리며 그 자리에 쓰러져버리고 말았다. 그럼에도 불구하고 그는 여전히 포기하지 않았다. 빨리 종영을 땅굴 밖으로 끌어내고 무슨 수를 써서라도 단정순을 잡겠다는 마음뿐이었다.

몇 번을 끌어낸 끝에 땅굴 속에서 종영의 두 손목을 붙잡고 있는 두 손이 뻗쳐나오자 종만구가 호통을 쳤다.

"단정순, 올라와라! 너랑 사생결단을 내야겠다."

이 말과 함께 종영을 힘껏 끌어당기자 땅굴 속에서 과연 누군가 딸려나왔다.

아니나 다를까! 역시 남자였다!

종만구가 소리쳤다.

"단정순!"

그는 종영을 내려놓고 땅굴로 달려가 딸려나온 그자의 가슴을 붙잡아 홱 끌어올렸다. 눈앞에는 추악한 용모에 우거지상을 한 채 비뚤어진 입과 추켜올라간 어깨를 지닌 비쩍 마른 사내가 나타났는데 한눈에 봐도 단정순과는 전혀 다른 모습이었다. 단예가 소리쳤다.

"곽 선생! 곽 선생이 어찌 여기 있는 거죠?"

그는 바로 금산반 최백천이었다.

종만구가 외쳤다.

"단정순이 아니잖아?"

그는 그 자리에 큰대자로 뻗어버리면서도 여전히 최백천의 다섯 손가락을 부여잡고 놓지 않았다. 그때, 땅굴 속에서 다시 최백천의 두 발목을 잡고 있는 두 손이 뻗쳐나왔다. 종만구가 외쳤다.

"단정순!"

종만구가 다시 힘껏 두 손을 끌어당기자 땅굴에서 또 한 사람이 나왔다.

이 사람은 머리카락이라고는 하나도 없고 계파戒疤뿐인 머리와 주름 가득한 얼굴에 두 눈썹은 누르스름한 빛을 띤 보통 화상도 아닌 아주 늙은 화상이었다. 단예가 소리쳤다.

"황미대사! 어찌 여기 계십니까?"

이 노승은 다름 아닌 황미대사였다.

종만구는 있는 힘을 다해 황미대사를 땅굴 안에서 끌어냈다. 그러나 더 이상 다른 손이 보이지 않자 종만구가 당장 땅굴로 기어 들어갔다. 한참이 지난 후에야 종만구가 숨을 가쁘게 몰아쉬며 땅굴에서 기어나와 소리쳤다.

"아무도 없어! 땅굴 안에 아무도 없다고!"

그는 최백천과 황미대사를 아래위로 훑었다. 아무리 봐도 이 두 사람은 종 부인의 정부로 보이지 않자 그제야 안심을 하고 소리쳤다.

"부인, 미안하오. 내… 내가 당신을 억울하게 만들었소!"

정력이 모두 바닥나버린 그는 땅굴 입구까지 기어나와 끊임없이 숨을 몰아쉬다 더 이상 일어나지 못했다.

황미대사를 비롯해 최백천, 섭이랑, 남해악신, 운중학 다섯 명은 모두 바닥에 앉아 운기조식에 들어갔다. 다섯 사람 중 황미대사의 공력이 가장 심후했는지 얼마 지나지 않아 황미대사가 자리에서 벌떡 일어나 외쳤다.

"세 악인은 들으시오! 내 오늘은 그대들 목숨을 부지하게 해줄 터이니 앞으로 다시는 대리에 와서 소란을 피우지 마시오! 그때는 노납이 용서치 않을 것이오!"

섭이랑과 남해악신, 운중학은 땅굴 안에서 겪은 기이한 변화 때문에 여전히 정신을 차릴 수가 없었다. 모든 것이 황미대사가 사용한 공력 때문인 줄로만 알고 속으로 이 늙은 화상은 악노대조차 상대하기 힘들 것이라 여겼다. 한순간에 자신들의 내력 중 반을 흡입해갔으니 그의 말에 감히 일언반구나 할 수 있겠는가! 세 사람은 다시 한참 동안 운기조식을 하다가 천천히 몸을 일으켜 황미대사를 향해 슬쩍 몸을 굽히며 방을 빠져나갔다. 이때 삼대악인은 패배에 대한 상실감 때문인지 이미 악기惡氣라고는 조금도 찾아볼 수 없었다.

황미대사와 최백천, 단예 세 사람은 종만구 부부와 종영에게 작별을 고하고 만겁곡을 빠져나와 골짜기 입구에 이르렀다. 그런데 단정순이 두 명의 장수를 대동하고 그곳에서 기다리고 있는 것이 아닌가! 단정순과 단예 부자는 서로 얼굴을 마주하고 의아한 표정을 지었다.

원래 단정순은 종만구가 방으로 들어오는 것을 보고 양심의 가책을 느껴 땅굴을 통해 재빨리 도망쳤지만 땅굴 밖으로 나오자 최백천이 기다리고 있었다. 최백천은 평소 풍류를 즐기는 단정순의 성격을 잘 알고 있었던 터라 아무것도 묻지 않고 자진해서 땅굴을 살펴보겠다며 들어갔다. 종 부인이 남편의 독수에 맞는 상황을 대비해 들어간 것이지만 뜻밖에도 종영이 운중학에게 발목을 잡히는 광경을 목격하게 된 최백천은 그녀의 오른팔을 붙잡아 도와주려 했다. 하지만 더 이상 버티기 힘들다고 느꼈을 때 갑자기 누군가 자신의 발목을 잡는데 다름 아닌 황미대사였다. 그는 대국을 복기하던 중 땅굴 안에서 이상한 소리가 들리자 석옥 안의 땅굴을 통해 안으로 들어왔고, 소리가 나는 곳을 찾아 들어가다 최백천의 목소리임을 알고 그를 돕기 위해 발목을 움켜쥐었던 것이다. 황미대사의 고강한 내력 덕에 운중학과 종만구, 남해악신, 섭이랑 등과 맞서 한참을 버텨낼 수 있기는 했지만 그 와중에 황미대사와 최백천 내력의 절반가량이 단예의 체내로 옮겨갈 것이라고 누가 짐작했겠는가?

10

푸른 연무 휘날리는 검기

그는 오른손 무지와 식지를 천천히 모아 마치 한 송이 꽃과 같은 모양으로 만들고 얼굴에 미소를 띤 채 왼손 다섯 손가락을 오른쪽으로 가볍게 퉁겼다.

그의 출지는 가볍고 부드럽기 그지없어 오른손 꽃 위의 이슬방울을 튕겨내는 듯 보였지만 꽃잎이 떨어질까 두려워하는 표정이었다.

다음 날 이른 아침 단정순은 처자와 작별을 고했다. 어젯밤에 이미 목완청이 모친인 진홍면을 따라갔다는 단예의 말에 단정순은 한참을 멍하니 서 있다가 긴 한숨을 내쉬었다. 최백천과 과언지 두 사람 역시 대리단씨에게 깊은 감사의 뜻을 남기고 이미 북쪽으로 길을 떠났다는 말을 전해들은 단정순은 삼공과 사대호위를 대동해 보정제와 작별 인사를 하고 혜진, 혜관 두 화상과 함께 육량주로 길을 떠났다. 단예가 동문 10리 밖까지 나가 배웅을 하고 돌아왔다.

그날 오후, 보정제가 황궁 내 선방禪房에서 불경을 외고 있던 중 태감 하나가 들어와 다급하게 고했다.

"황태제부의 첨사詹事가 전갈을 전해왔사옵니다. 황태제 세자가 갑작스레 사기邪氣[16]에 드신 것 같다며 태의太醫를 불러 진료 중이라 하옵니다."

보정제는 단예가 연경태자가 쓴 약에 중독된 후 깨끗이 해독되지 못했을 것이라 염려한 나머지 태감 두 명을 보내 살펴보고 오도록 지시했다. 반 시진쯤 후 태감 둘이 돌아와 고했다.

"황태제 세자의 병세가 가볍지 않은 듯하옵니다. 정신 착란 증세를 보이고 있사옵니다."

크게 놀란 보정제는 곧바로 진남왕부로 병문안을 갔다. 단예의 침실 밖에 도착하자 와당탕, 우지끈, 빽, 쨍그랑 하는 소리가 끊임없이 이어지며 갖가지 기물들이 깨지고 부서지는 소리가 들렸다. 문밖에 있던 시종들이 당황한 기색을 감추지 못한 채 무릎 꿇고 보정제를 맞이했다.

보정제가 문을 열고 들어가자 단예가 덩실덩실 춤을 추듯 탁자와 의자 그리고 진열되어 있는 각종 기물과 문방, 노리개 들을 닥치는 대로 집어던지고 있었고 태의 둘은 이리저리 피해다니며 매우 난처해하고 있었다. 보정제가 소리쳤다.

"예아야! 어찌 이러느냐?"

단예의 정신은 여전히 멀쩡했다. 다만 가슴을 뚫고 나올 것처럼 왕성한 체내의 진기와 내력 때문에 손발을 움직이고 물건을 내던져 부숴버리는 것으로 진정시키려 했을 뿐이었다. 그는 보정제를 보고 앞으로 달려와 소리쳤다.

"백부님! 죽을 것 같아요!"

그는 무릎 꿇고 예를 올리는 와중에도 두 손으로 허공에 원을 그리며 마구 휘둘러댔다.

도백봉이 옆에 서서 눈물을 뚝뚝 흘리며 말했다.

"폐하! 예아가 오늘 아침만 해도 아버지를 배웅한다고 멀쩡하게 성 밖까지 나갔다 왔는데 어찌 된 일인지 갑자기 미친 사람처럼 변해버렸습니다."

보정제가 도백봉을 위안하며 말했다.

"제수씨, 그리 놀랄 것 없습니다. 필시 만겁곡에서 중독된 독이 남아 있어 그럴 겁니다. 치료가 그리 어렵지는 않을 것입니다."

그는 단예에게 물었다.

"증상이 어떠하냐?"

단예는 끊임없이 발을 놀리며 외쳤다.

"온몸이 부어오르는 느낌이 들어 견디기가 힘듭니다."

보정제가 단예 얼굴과 손의 살갗을 살펴봤지만 아무 이상이 없고 부은 흔적조차 없자 그가 제정신으로 한 말이 아닌 것 같아 자기도 모르게 이맛살이 찌푸려졌다.

단예는 어젯밤에 만겁곡에서 고수 여섯의 내력을 절반 이상 흡입한 상태였다. 당시에는 전혀 느낌이 없었지만 부친을 배웅하고 돌아온 후 잠든 사이 갈 곳을 잃은 진기가 체내에서 마구 요동치기 시작했다. 그는 몸을 벌떡 일으켜 능파미보를 펼쳐 움직여봤지만 걸음을 빨리할수록 진기에 충격이 가해져 더욱더 억제할 수 없었고 이를 참지 못해 큰 소리로 부르짖는 바람에 주변 사람들을 놀라게 했던 것이다.

태의 하나가 말했다.

"황제 폐하께 아뢰옵니다. 세자 저하의 맥박이 과도하게 빠른 것으로 보아 혈기가 지나치게 왕성한 탓인 듯합니다. 신이 보기에는 피를 좀 빼내면 좋아질 수도 있을 것입니다."

보정제는 그 방법이 효과가 있을 것 같다는 생각이 들어 고개를 끄덕였다.

"좋소. 어서 피를 뽑으시오."

"예!"

대답과 동시에 태의는 약상자를 열어 도자기로 된 곽 안에서 통통한 거머리 한 마리를 꺼냈다. 피를 빨아먹는 데 능한 거머리는 병든 사람 몸의 어혈을 빼내는 데 쓰면 아주 편리하고 통증도 거의 없었다. 태의는 단예의 팔뚝을 꽉 잡고 거머리의 입을 혈관 부위에 올려놓았다. 그러나 단예의 팔뚝에 닿은 거머리는 갑자기 심하게 꿈틀거리며 요동만 칠 뿐 깨물 생각을 하지 않았다. 이를 이상하게 여긴 태의가 거머리를 힘껏 눌렀다. 그런데 한참 후에 거머리가 몸이 빳빳하게 굳은 채 죽어버리는 것이 아닌가! 황제 앞에서 체면을 구긴 태의는 이마에서 땀을 줄줄 흘려가며 황급히 두 번째 거머리를 꺼내 팔뚝에 올려놓았다. 그러나 이번에도 역시 빳빳하게 굳은 채 죽어버렸다.

옆에 있던 다른 태의가 근심 어린 얼굴로 고했다.

"폐하께 아뢰옵니다. 세자는 극독에 중독된 것 같습니다. 그로 인해 거머리가 독사한 것입니다."

그는 단예가 만독의 왕인 망고주합을 삼키고 난 후 그 어떤 뱀이나 벌레도 그의 몸에서 풍기는 냄새를 맡으면 피한다는 사실을 모르고 있었다. 그 무섭다는 독사마저도 단예를 두려워하는 마당에 하물며 그 하찮은 거머리는 어떠했겠는가?

보정제가 초조해하며 물었다.

"무슨 독이기에 이렇게 무시무시한 거요?"

한 태의가 말했다.

"신의 소견으로는 세자의 맥에 건조한 기운이 가득한 것으로 보아 아주 희귀한 열독에 중독된 것 같습니다. 그 독의 이름이… 그게… 신이 우둔하여…."

다른 태의가 나섰다.

"그게 아닙니다. 세자의 맥상脈象은 지금 음허陰虛합니다. 그건 독성이 차가워서 그런 것이니 이는 열독을 써서 중화시켜야 합니다."

단예의 체내에는 황미대사와 남해악신, 종만구의 남성적이며 강건한 내력과 섭이랑과 운중학, 최백천의 여성적이고 부드러운 내력까지 들어 있다 보니 두 명의 태의도 각자 의견이 달라 확실한 이유를 말하지 못했던 것이다.

보정제는 두 태의의 계속되는 논쟁을 듣다가 혼자 생각했다.

'이 두 사람은 대리국에서 의술이 가장 뛰어나다고 하는 명의들인데 이렇게 의견 차가 심하다는 건 조카 몸에 있는 극독이 기괴하기 짝이 없다는 뜻이 아닌가?'

그는 오른손을 뻗어 식지와 중지, 무명지 세 손가락을 단예의 손목에 있는 열결혈列缺穴 위에 가볍게 올려놓았다. 단씨 집안 자손들의 맥박은 대부분 손목의 맥을 짚는 부위인 촌구寸口를 지나지 않고 열결을 지나는 것으로 알려져 있어 의원들은 이를 일컬어 반관맥反關脈이라 칭했다.

두 태의는 황제가 의술을 깊이 이해하고 손을 쓰는 것처럼 보이자 탄복을 금치 못했다. 그중 한 태의가 말했다.

"의서에 이런 말이 있습니다. 반관맥이 왼손에 있으면 귀貴를 얻고 오른손에 있으면 부富를 얻으며 좌우가 바뀌면 대부대귀大富大貴한다고 말입니다. 폐하와 진남왕, 세자 세 분께선 모두 반관맥입니다."

다른 태의가 말했다.

"세 분께서 대부대귀한 것이 반관맥 때문이라고 할 수는 없습니다."

앞의 태의가 다시 말했다.

"그렇지 않습니다. 세자의 맥상은 대부대귀하기에 위중한 병에 걸

리시더라도 큰 장애는 없을 것입니다."

그러나 다른 태의는 그렇지 않다고 생각했다.

'그럼 대부대귀한 사람은 비명횡사도 하지 않는다는 말인가?'

혼자 이런 생각을 했지만 이를 감히 입 밖에 낼 수는 없었다.

보정제는 조카의 맥박이 힘차고 빠르게 요동치고 있음을 느꼈다. 맥박이 이대로 계속 뛴다면 심장이 어찌 감당할 수 있을까? 그는 손가락에 살짝 힘을 주었다. 그의 경락 속에 이상한 형상이 있는지 살펴보기 위함이었다. 그런데 갑자기 자신의 내력이 급속도로 빠져나가 삽시간에 사라져버리는 것이 아닌가! 그는 깜짝 놀라 재빨리 손을 떼버렸다. 그는 단예가 북명신공 중의 수태음폐경을 연마했다는 사실을 모르고 있었다. 공교롭게도 이 열결혈이 바로 수태음폐경 경맥에 있는 혈도였던 터라 보정제가 내경을 운용하자 내력이 단예의 체내로 급속하게 빨려들어가 버리고 만 것이다.

단예가 외쳤다.

"아이쿠!"

그는 전신을 격렬하게 떨며 멈추지를 않았다.

보정제는 뒤로 두 걸음 물러서서 말했다.

"예아야! 성수해의 정춘추丁春秋를 만난 적이 있느냐?"

단예가 말했다.

"정… 정춘추요? 누군지 잘 모르겠습니다."

"고아한 풍채와 준수한 외모를 지닌 그림 속의 신선 같은 노인이라 들었다."

"그런 사람은 본 적이 없습니다."

"그자는 남의 내력을 흡수하는 화공대법이란 사악한 무공을 구사해 남이 평생 수련한 무학을 일순간에 못 쓰게 만들 수 있는 능력을 가지고 있다. 그 때문에 천하의 무림 지사들도 매우 증오스럽게 여기는 인물이지. 네가 그자를 보지 못했다면 어찌… 어찌 그런 사악한 무공을 배운 것이냐?"

"소질은 배… 배운 적 없습니다. 정춘추나 화공대법이란 말은 방금 백부님께 처음 들었습니다."

보정제는 단예가 거짓말을 하지 않는 성격이며 또한 조카가 자신의 내력을 약화시킬 이유가 없다는 걸 잘 알고 있었다. 다시 생각해보니 그 이치를 추측할 수 있었다.

'맞아. 필시 연경태자가 이런 사공邪功을 배웠을 것이다. 무슨 괴이한 방법을 사용했는지는 모르겠지만 이 사공을 단예의 체내에 주입해 부지불식간에 나와 순 아우를 해치려 한 것이 분명해. 허허! '천하제일악인'이란 호칭이 과연 명불허전이로구나!'

이때 단예가 두 손으로 온몸을 이곳저곳 긁적이다 옷을 갈기갈기 찢어버리자 살갗에는 손톱으로 긁은 혈흔으로 가득했다. 이렇게 온 힘을 다해 자제를 해야만 비로소 비명 소리는 물론 끊임없이 터져 나오는 신음 소리도 막을 수 있었다. 도백봉이 옆에서 계속 단예를 위로했다.

"예아야! 조금만 참아라. 좀 있으면 괜찮아질 거야."

보정제는 심사숙고했다.

'이런 난제는 천룡사에 가서 가르침을 구할 수밖에 없겠다.'

이런 생각을 하고 단예에게 말했다.

"예아야, 너와 함께 어르신 몇 분을 뵈러 갈 것이다. 그분들한테 네 사악한 독을 치료할 방법이 있을 게다."

단예가 답했다.

"예!"

도백봉은 재빨리 옷을 가져와 아들의 옷을 갈아입혔다. 보정제는 단예를 대동하고 왕부를 나서 각자 말을 타고 점창산點蒼山을 향해 내달렸다.

천룡사는 대리성 외곽 점창산 중악봉中嶽峰 북쪽에 위치한 사찰로 정식 명칭은 숭성사崇聖寺였지만 대리 백성들은 습관적으로 천룡사라고 불렀다. 창산蒼山을 등지고 이수洱水가 인접해 있는 극히 뛰어난 지세를 자랑하는 이 절에는 세 개의 탑이 있었는데 당나라 초기에 세워진 이 탑들은 그 높이가 200여 척에 달했고 16층으로 이루어진 탑 꼭대기에는 강철로 이런 글귀가 주조되어 있었다.

'대당나라 정관貞觀 연간 위지경덕尉遲敬德에 의해 건립되다.'

천룡사에는 다섯 가지 보물이 전해져 내려왔으며 이 세 개의 탑이 다섯 가지 보물 중 최고였다.

단씨의 역대 선황들 중에는 왕왕 제위를 버리고 승려가 된 사람들이 있었는데 그들은 모두 이 천룡사로 출가를 했다. 이런 연유로 천룡사는 대리 황실의 조묘祖廟가 되어 전국의 모든 사찰 중에서 가장 존경받는 곳이 되었다. 각 황제들이 출가를 한 이후 자손들은 그의 생일을 맞아 필히 이 절에 와서 참배를 올리고는 했는데 참배를 할 때마다 각종 장식으로 봉헌을 했다. 그 때문에 이 절에 있는 삼각三閣과 칠루七樓, 구전九殿, 백하百厦 같은 건물들은 규모가 웅장하고 정교하며 매우 화려하게 지어져 중원의 오대五台, 개원開元, 구화九華, 아미峨眉 같은 불가

명승지가 있는 모든 명산의 대사찰들도 이 천룡사에 비할 바가 되지 못했다. 다만 외진 남쪽 변방에 있다 보니 그 이름이 알려지지 않았을 뿐이었다.

단예는 백부의 지시에 따라 말을 타고 가는 길에 체내에서 끊임없이 충돌하는 내식을 소통시켰다. 그러자 가슴을 짓누르던 답답함은 점차 줄어들었고 그즈음 보정제에 이어 천룡사 앞에 당도했다. 천룡사는 보정제가 자주 오는 곳이라 도착 즉시 방장인 본인本因대사를 알현할 수 있었다.

본인대사는 속가에서 항렬을 따지자면 보정제의 숙부였다. 출가인은 군신의 예에 구애받지 않았고 가족 간의 서열도 따지지 않았기에 두 사람은 평등한 예법으로 서로를 대했다. 보정제는 단예가 연경태자에게 어떻게 붙잡혔고, 어떻게 사독에 중독됐으며, 어쩌다 사악한 공력에 감염되어 남의 내력을 흡수하게 됐는지에 대해 일일이 설명해주었다.

본인대사가 잠시 망설이다 입을 열었다.

"함께 모니당牟尼堂으로 가서 사형제 세 분을 만나도록 합시다."

보정제가 말했다.

"대화상분들의 청정 수행에 방해가 되는 것 같아 송구하기 그지없습니다."

"진남세자는 장차 우리 대리국의 대통을 이을 분이니 그분의 몸에 만백성들의 화복이 달려 있다 할 수 있소. 그대의 견식과 내력이 노납보다 상위에 있음에도 노납에게 자문을 구한다는 것은 크나큰 난제임이 틀림없다는 것이오. 노납 혼자로는 해결할 수 없으니 사형제 세 분과 함께 상의토록 합시다."

소사미 둘이 길을 인도하고 그 뒤에 본인대사 그리고 보정제와 단예가 차례대로 따라갔다. 왼쪽 편에 있는 서학문瑞鶴門으로 들어가 황천문晃天門, 청도요대清都瑤台, 기기경旡旡境, 두모궁斗母宮, 삼원궁三元宮, 도솔대사원兜率大士院, 우화원雨花院, 반야대般若臺를 지나 긴 회랑 옆에 당도했다. 소사미 둘이 각각 양쪽으로 나뉘어 몸을 굽힌 채 자리를 잡고는 더 이상 가지 않았다. 세 사람은 긴 회랑을 따라 서쪽으로 더 걸어가 큰 법당이 몇 채 있는 곳 앞에 이르렀다. 단예는 과거 천룡사에 여러 차례 왔었지만 이곳에 와본 적은 없었다. 모두 소나무로 지어진 큰 법당들은 판문과 기둥의 목재가 모두 껍질을 벗기지 않은 자연 그대로의 질박한 모습을 하고 있어 오는 길에 본 금빛 찬란했던 전당들과는 전혀 딴판이었다.

본인대사가 두 손으로 합장을 하며 말했다.

"아미타불! 노납에게 풀지 못할 난제가 있어 세 분 사형제의 수행에 폐를 끼치게 됐습니다."

집 안에 있던 한 사람이 말했다.

"어서 드십시오, 방장!"

본인 방장이 손을 뻗어 천천히 문을 밀었다. 이곳 모니당은 보통 법당이었지만 마치 대전처럼 넓고 탁 트여 있었다. 단예는 방장과 백부를 따라 문안으로 들어갔다. 그는 방장이 "세 분 사형제"라고 말하는 소리를 들었지만 법당 안에는 화상 네 명이 각자 포단 위에 앉아 있었다. 세 명은 바깥쪽을 향해 있었는데 그중 두 명은 몹시 야위었고 나머지 하나는 매우 건장한 체구를 지니고 있었다. 또한, 동쪽 편에는 매우 호리호리한 체구의 화상 한 명이 안쪽 벽을 향해 앉은 채 꼼짝도 하지 않고 있었다.

보정제는 깡마른 두 스님의 법명이 하나는 본관本觀, 하나는 본상本相으로 둘 다 본인 방장의 사형이며 건장한 체구의 스님은 법명이 본참本參인 본인의 사제라는 사실을 알고 있었다. 천룡사 모니당에 본관, 본상, 본참 세 고승이 있다는 것은 알았지만 또 다른 고승의 존재에 대해서는 몰랐던 보정제는 곧바로 몸을 굽혀 예를 갖추었다. 본관 등 세 사람이 미소를 띠며 답례를 했다. 면벽을 하고 있던 스님은 입정入定을 하는 중인지 아니면 중요한 과업을 수행 중이라 한눈을 팔 수 없는 것인지는 몰라도 시종 주변을 거들떠보지도 않았다. 보정제는 '모니'라는 말이 정숙과 침묵의 의미라는 것을 알기에 모니당에 온 이상 말을 적게 할수록 좋겠다는 생각이 들어 단예가 사독에 중독된 일을 간단명료하게 설명하고 마지막으로 한마디 덧붙였다.

"부디 네 분 대덕께서 현명한 지침을 내려주시기 바라겠습니다."

본관은 한참을 숙고했다. 그러다 단예를 한동안 훑어보다가 말했다.

"두 사제들의 뜻은 어떠하시오?"

본참이 말했다.

"내력이 약간 소모된다고 '육맥신검六脈神劍'을 연마하지 못하는 것은 아닙니다."

보정제는 육맥신검이란 말을 듣고 자기도 모르게 부르르 떨면서 생각했다.

'어린 시절 아버지로부터 우리 단씨 가문에 어마어마한 위력을 가진 육맥신검이란 무공이 있다는 얘기를 들은 적이 있다. 허나 아버지께서는 그건 전해져 내려오는 이야기일 뿐, 그 무공을 구사하는 선조가 있다는 말은 들어본 적이 없다고 하셨어. 더구나 얼마나 신묘한 무공인지 그 누구도 아는 사람이 없었는데 지금 본참대사가 언급하는 걸 보니 그런 무공이 있기는 있는 모양이로구나.'

그는 다시 이런 생각을 했다.

'본참대사가 한 말은 내력으로 예아를 해독시키겠다는 뜻인데, 그렇다면 필시 육맥신검을 수련하는 이분들의 진도에 방해가 될 것이 아닌가? 하지만 예아가 중독된 사독과 사공은 기괴하기 그지없으니 여기 있는 다섯 사람이 힘을 합치지 않는다면 치료할 수 없을지도 모를 일이다.'

그는 속으로 송구한 마음이 들긴 했지만 사양한다는 말을 내뱉을 수는 없었다.

본상이 아무 말도 하지 않고 몸을 일으켜 고개를 숙인 채 동북쪽 방위에 자리를 잡았다. 본관과 본참 역시 두 방위에 섰다. 본인대사가 말했다.

"선재善哉로다! 선재로다!"

이 말을 하고는 서남쪽에서 약간 서쪽으로 치우친 방위에 자리 잡았다.

보정제가 말했다.

"예아야, 여기 계신 조부祖父 장로長老 네 분께서는 공력 소모를 감수하고 널 위해 사독을 치료해주시려 하는 것이니 어서 머리를 조아려 감사의 뜻을 표하도록 해라."

단예는 백부의 표정과 네 화상의 태도를 보고 보통 일이 아님을 직감했다. 곧바로 바닥에 엎드려 네 화상에게 일일이 절을 올리자 화상 넷이 미소를 지으며 고개를 끄덕거렸다. 보정제가 말했다.

"예아야, 가부좌를 틀고 앉아 아무 생각도 하지 마라. 전신에 힘이 들어가서는 안 된다. 극한 통증이나 가려움증이 있다면 그건 자연스러운 현상이니 겁내지 말거라."

단예는 그 말에 답을 하고 백부의 말대로 좌정을 했다.

본관은 곧추세운 오른손 무지로 기를 모은 다음 단예의 뒤통수에 있는 풍부혈風府穴을 눌러 일양지력一陽指力을 투입했다. 풍부혈은 머리털이 자라는 경계 부위인 발제髮際에서 1촌 정도 떨어진 독맥督脈에 속해 있는 곳이다. 곧이어 본상이 그의 임맥 자궁혈紫宮穴을 짚고, 본참은 그의 음유맥陰維脈 대횡혈大橫穴을 짚었다. 또 본인대사는 그의 충맥沖脈 음도혈陰都穴과 대맥帶脈 오추혈五樞穴을 짚고 보정제는 음교맥陰蹻脈 청명혈睛明穴을 짚었다. 기경팔맥奇經八脈에 있는 여덟 개의 경맥 중, 양유陽維와 양교陽蹺 두 경맥만 빼고는 모두 짚은 셈이었다. 다섯 사람의 이런 행동은 일양지로 순일純一한 양기의 힘을 발산해 단예의 체내에 중독된 사독邪毒과 사공邪功을 양유와 음교 두 경맥의 혈도를 통해 뽑아내려는 것이었다.

단씨 가문 5대 고수의 일양지 공력은 우열을 가리기가 어려웠다.

"피육! 피육!"

강렬한 지력 소리가 울려퍼지며 순일한 양기의 내력 다섯 줄기가 동시에 단예의 체내로 투입됐다. 단예는 전신이 부르르 떨리긴 했지만 이내 말로 다 표현할 수 없는 포근한 기운을 느꼈다. 마치 한겨울에 따사로운 햇볕을 쬐는 느낌이었다. 다섯 명은 손가락을 연거푸 움직이면서 자신의 내력이 단예 체내로 투입된 후 점차 용해돼버리고 다시는 거두어들일 수 없다는 느낌이 들었다. 단예는 기경팔맥의 북명신공을 연마한 적이 전혀 없었지만 5대 고수가 일양지력을 강제 주입하자 단예의 의지와는 상관없이 내력이 그의 단중기해에 이르러 저장돼버린 것이다. 단씨 5대 고수는 누가 먼저랄 것도 없이 서로를 바라보며 경악을 금치 못했다.

순간 왁 하는 일성대갈이 들리며 각자의 귀에서 웅웅 대는 소리가 울려퍼졌다. 보정제는 이것이 불문 내의 극상승무공인 '사자후獅子吼' 라는 것을 알고 있었다. 단발로 내지르는 호통 속에 잠재되어 있는 심후한 내력으로 적에게 경고를 하고 동료에게는 주의를 주는 효과가 있는 무공이었다. 면벽을 하고 앉아 있던 스님의 목소리가 들렸다.

"강적이 곧 당도할 것이다. 100년간 쌓아온 천룡사의 위엄과 명성이 위태로운 지경이거늘 그런 젖비린내 나는 꼬마가 중독됐다고 어찌 헛되이 공력을 낭비하려는 것이냐?"

그의 이 말은 위엄으로 가득했다.

본인대사가 말했다.

"사숙 말씀이 옳습니다!"

이 말과 함께 왼손을 휘두르자 다섯 명이 동시에 손가락을 거두고 뒤로 물러섰다.

보정제는 본인대사가 그를 사숙이라고 칭하자 다급하게 말했다.

"고영枯榮 장로께서 여기 계신 줄 모르고 소생이 예를 갖추지 못했으니 큰 죄업을 지었습니다."

원래 고영 장로는 천룡사에서 서열이 가장 높은 화상으로 수십 년 동안 면벽 수행에만 전념해왔던 터라 천룡사의 어떤 승려도 그의 진면목을 본 사람이 없었다. 보정제 역시 그의 이름만 들어봤을 뿐 얼굴을 본 적이 없고 줄곧 쌍수원雙樹院에서 혼자 고선枯禪을 한다는 얘기만 전해들었던 데다 10여 년 동안 그 누구도 언급한 사람이 없어 이미 원적에 든 줄로만 알고 있었다.

고영 장로가 말했다.

"만사에는 경중과 완급이 있는 법이다. 대설산大雪山의 대륜명왕大輪明王과 했던 약속 기일이 곧 돌아온다. 정명, 너도 연구에 몰두하도록 하거라."

보정제가 말했다.

"예!"

그는 대답을 하고 생각했다.

'대설산 대륜명왕은 불법이 심오한 분인데 우리와 무슨 관계가 있다는 것일까?'

본인대사는 품에서 금빛 찬란한 서찰 한 통을 꺼내 보정제에게 건네주었다. 서찰을 받아든 보정제는 서찰에서 묵직한 무게감을 느꼈다. 겉보기에 기이하기 짝이 없는 이 서찰은 황금으로 만든 아주 얇은 겉봉투에 백금으로 된 문자가 상감象嵌되어 있었는데 다름 아닌 범문梵文이었다. 보정제는 봉투에 적힌 글을 알아볼 수 있었다.

'숭성사 주지께 올림.'

금 봉투에서 내지를 꺼내자 내지 역시 초박피의 금종이였고 그 위에는 또 범문으로 된 글이 쓰여 있었다. 그 대략적인 내용은 다음과 같았다.

'과거 빈승은 고소모용박 선생과 대면한 자리에서 서로 우의를 맺고 당대 무공에 대해 담론한 적이 있습니다. 모용 선생께서는 귀 사의 '육맥신검'을 극진히 추앙했지만 직접 보지 못한 데 대해 깊은 유감의 뜻을 표하셨습니다. 근자에 모용 선생이 선화仙化하셨다는 소식을 듣고 애통한 마음을 감출 수 없어 빈승은 지기를 애도하는 의미에서 귀 사의 그 경전을 베끼어 모용 선생 묘소 앞에서 소각하고자 합니다. 하여 소승이 수일 내로 가지러 가고자 하니 부디 거절만은 하지 마시기 바랍니다. 소승이 응당 귀한 예물로 보답을 할 것이며 감히 빈손으로 가지는 않을 것입니다.'

서신 끝에는 '대설산 대륜사大輪寺 석자 구마지鳩摩智가 합장하여 올림'이라고 적혀 있었다. 내지에 적혀 있는 범문 역시 백금으로 상감해 만들었으며 상감 공예가 극히 정교한 것으로 보아 고수인 장인이 심혈을 기울여 제작한 것 같았다. 그저 서찰 봉투와 내지 한 장일 뿐이었지만 두 가지 모두 진귀한 보물이었다. 이는 대륜명왕의 호사豪奢가 어느 정도인지 상상할 수 있을 만한 대목이었다.

보정제는 대륜명왕 구마지가 토번국吐番國의 호국법왕護國法王이라는 사실을 알고 있었다. 그는 뛰어난 지혜를 지닌 데다 불법에 정통해 5년마다 한 번씩 개단開壇을 해서 강경講經과 설법說法을 하고 있다는 말을 들은 적이 있다. 이때가 되면 서역과 천축天竺 각지의 고승 대덕들이 대설산 대륜사에 운집해 그의 가르침을 받고 불경을 연구, 토론하는데 설법이 끝나면 모두들 찬탄을 금치 못하고 돌아간다 하여 보정제 역시 그의 경전 강연을 들으러 가려고 마음먹은 적이 있었다. 이 서찰 속 내용처럼 고소모용박과 무공을 담론하고 우의를 맺었다면 필시 무학의 고수임이 틀림없었다. 무예를 배우지 않았으면 모를까 그렇게 지혜를 갖춘 사람이 이미 무예에 정통하다면 필시 보통 실력이 아님은 분명했다.

본인대사가 말했다.

"《육맥신검경六脈神劍經》은 본사의 사보寺寶이며 대리단씨 무학의 최고 법요法要라 할 수 있소. 정명, 우리 대리단씨 가문의 최고 무학은 천룡사에 있소. 그대는 속인이기에 단씨의 후손이라 할지라도 우리가 가진 수많은 무학의 비밀을 공개해줄 수가 없소."

보정제가 말했다.

"예, 그 점은 소생도 이해합니다."

본관이 말했다.

"본사가 《육맥신검경》을 소장하고 있다는 사실은 정명과 정순 형제도 모르는데 고소모용씨가 어찌 알았는지 모르겠군요."

단예는 여기까지 듣자 불현듯 생각나는 바가 있었다. 무량산 석동 낭환복지 안의 빈 서가에 붙어 있던 대리단씨 서표 밑에는 '일양지법, 육맥신검 검법이 빠져 심히 유감임'이란 글이 있었다. 그는 속으로 생각했다.

'신선 누님이 천하 각 문파의 무학 경전들을 망라했지만 우리 가문의 일양지법과 육맥신검 검법은 결국 손에 넣지 못했던 모양이구나.'

이런 생각을 하자 득의양양해하면서도 안타까운 마음을 금할 길 없었다. 신선 누님이 서표에 기재한 '심히 유감임'이란 말을 생각해보니 비급을 손에 넣지 못한 것이 한이었다는 뜻이 아니던가?

그때 본참이 분노에 가득 찬 목소리로 말했다.

"대륜명왕이란 자도 세간에 이름을 날린 고승이 아닙니까? 한데 어찌 사리분별을 하지 못하고 감히 본사에 강압적으로 비급을 내놓으라고 하는 것입니까? 정명, 이런 말을 들어봤을 것이오. '오는 사람은 상대가 쉽지 않고 상대하기 쉬운 사람은 오지 않는다.' 방장 사형께선 이런 진리를 알고 계시기에 필시 뒤탈이 있으리란 걸 예견했던 것이고 이를 스스로 해결할 방법이 없자 고영 사숙께 청해 대국을 주재토록 하신 것이오."

본인대사가 말했다.

"본사에서 그 비급을 소장하고 있는 건 틀림없는 사실이오. 허나 심히 부끄러운 일이지만 우리 중 단 한 사람도 비급 안에 실린 신공을 연성하지 못해 그 심오한 경지를 구경조차 하지 못했소. 고영 사숙께서 참선하고 계시는 본사의 또 다른 신공조차 며칠 더 있어야만 비로소 완벽하게 연성할 수 있는지라 우리가 아직 신공을 연성하지 못했다는 사실은 외부인들이 알 리가 없소. 한데 대륜명왕이 아무 두려움 없이 덤벼드는 것을 보면 육맥신검의 절학이 전혀 두렵지 않다는 뜻이오."

고영이 차가운 목소리로 말했다.

"추측건대 그자는 감히 육맥신검을 경시하지는 못할 것이다. 서찰 내용을 보면 그가 모용 선생을 그토록 존경했다지만 모용 선생은 우리 비급을 앙모했으니 대륜명왕도 스스로 경중을 알고 있을 테니 말이다. 다만 본사에 군계일학의 고수가 없으며 우리 비급이 진귀하긴 해도 이를 연성할 수 있는 사람이 없으니 쓸모가 없으리라 짐작하고 있는 것이 틀림없다."

본참이 큰 소리로 말했다.

"우리 비급을 앙모해 한번 빌려보겠다고 하면 그가 불문 고승인 점을 존중해 완곡하게 거절하면 그뿐 아닙니까? 다만 그자가 비급을 가져다 죽은 사람 무덤 앞에 소각을 하겠다고 한 말이 가장 화가 납니다. 그건 우리 천룡사를 우습게 보는 처사가 아니고 무엇이겠습니까?"

본상이 장탄식을 하며 말했다.

"사제, 그렇게 화낼 필요 없네. 내가 보기에 대륜명왕이 그리 황당무계한 사람은 아니야. 그는 과거 오吳나라의 오계찰吳季札이 무덤에 검을 걸어놓고 신의를 지킨 일화를 모방하려는 것이네. 그는 모용 선생을 많이 흠모하는 것 같아. 좋은 벗이 세상을 떠나 다시 볼 수 없으니…."

이 말을 하면서 천천히 고개를 가로저었다. 보정제가 말했다.

"본상대사께서는 모용 선생이 어떤 인물인지 아십니까?"

본상이 말했다.

"난 모르오. 다만 대륜명왕이 어떤 사람인지 생각해보면 그를 그토록 탄복시킬 수 있었다는 모용 선생이 범인凡人이 아닐 것이라 추측할 뿐이지."

이 말을 하면서 넋을 잃고 그를 생각하는 듯했다.

본인대사가 말했다.

"사숙께서 적의 형세를 헤아려본 결과, 우리가 육맥신검을 조속히 연성하지 못한다면 아마 비급을 빼앗기고 천룡사 역시 철저하게 궤멸되고 말 것이오. 이 신검의 무공은 내력이 주가 돼야 하기에 단기간에 연성할 수는 없소. 정명, 우리는 단예가 사독에 중독된 상황을 팔짱만

끼고 바라만 보겠다고 이러는 것이 아니오. 우리가 치료를 하느라 내력을 지나치게 소모한 상태에서 적을 만났을 때 혹시라도 이를 막아내지 못할까 두려워 그러는 것뿐이오. 보아하니 단예가 중독이 매우 심한 상태이긴 하지만 수일 동안은 생명에 지장이 없을 듯하오. 며칠만 이곳에서 정양을 하도록 하고 만일 상세가 급변한다면 우리가 수시로 치료할 방법을 마련하겠소. 그러다 적을 물리치고 난 후에 우리가 최선을 다해 치료를 하도록 할 것이오. 어떻소?"

보정제는 단예의 병세가 염려되긴 했지만 어쨌든 대국이 우선이고 천룡사가 대리단씨의 근본이란 사실을 잘 알고 있었다. 황실에 어려움이 닥칠 때마다 천룡사가 발 벗고 나서 도와준 덕에 늘 위기에서 벗어날 수 있지 않았던가? 과거 간신 양의정이 상덕제를 시해하고 황위를 찬탈했을 때도 천룡사에서 충신인 고지승과 회동한 덕분에 무사히 난을 평정할 수 있었다. 대리단씨가 오대五代 후진後晉 천복天福 2년인 정유년에 나라를 세워 150여 년이 지나는 동안 무수히 많은 풍랑을 겪으면서도 시종 사직이 무너지지 않았던 이유는 천룡사가 도성 주변을 안정시킨 사실과도 막대한 관련이 있었으니 이제 천룡사에 위기가 왔다는 것은 곧 사직의 위기와 다를 바가 없는 것이다.

"방장의 어진 덕에 소생이 감격해 마지않습니다. 다만 대륜명왕과 대적하는 문제에 있어 소생이 미력한 힘이나마 보탬이 될 수 있을지 모르겠습니다."

본인대사가 잠시 숙고하다 말했다.

"그대는 우리 단씨 속가의 제일 고수이니 적을 막아내는 데 힘을 합칠 수 있다면 기세가 증대될 것임은 확실하오. 허나 그대는 속인이다 보니 우리 불문 제자들의 분쟁에 휘말린다면 대륜명왕이 우리 천룡사 안에는 쓸 만한 인물이 없다고 비웃을 것이 틀림없소."

고영이 대뜸 나서서 말했다.

"우리 각자가 육맥신검을 연마한다면 누구를 막론하고 내력 부족으로 인해 연성해내지 못할 것이다. 해서 노납이 교묘한 방법을 생각해냈다. 그건 바로 각자가 일맥一脈씩 수련해 여섯 명이 일제히 출수를 하는 것이다. 비록 6대 1의 대결이라 정당한 승부라고 볼 순 없겠지만 우리들은 그자와 결코 개인적으로 무예 대결을 펼치려 하는 것이 아니라 우리 경전과 천룡사를 보호하기 위함이니 설사 100대 1로 싸운다 해도 별문제가 없다. 다만 아무리 생각해도 천룡사 내부에는 여섯 번째 내력에 상당하는 고수를 찾을 수 없어 주저하고 있던 터였다. 정명, 네가 그 숫자를 채우도록 해라. 다만 반드시 삭발을 하고 승장을 갖춰야만 한다."

그는 점점 말이 빨라졌다. 매우 흥분한 상태인 듯했지만 어조는 시종 침착했다.

보정제가 말했다.

"불문에 귀의하는 것은 소생의 숙지宿志였습니다. 다만 신검이 워낙 신비로워 소생도 아직 들어보지 못했는데 이런 촉박한 시점에 혹시라도…."

본인대사가 말했다.

"그 검법의 기본 기술은 그대가 이미 구사할 수 있으니 세세한 검법만 주지하면 될 것이오."

보정제는 이해가 되지 않아 말했다.

"방장께서 가르침을 베풀어주십시오."

본인대사가 말했다.

"우선 앉으시오."

보정제는 포단에 가부좌를 틀고 앉았다.

본인대사가 말했다.

"육맥신검은 진검이 아니라 일양지의 지력을 검기로 승화시키는 것으로 본질은 있으나 형태가 없어 무형기검無形氣劍이라 칭하기도 하오. 이른바 육맥이란 손의 여섯 가지 맥인 태음폐경太陰肺經, 궐음심포경厥陰心包經, 소음심경少陰心經, 태양소장경太陽小腸經, 양명대장경陽明大腸經, 소양삼초경少陽三焦經을 말하는 것이오."

그는 이 말을 하면서 본관의 포단 뒤에서 두루마리를 하나 꺼냈다.

본참이 두루마리를 받아들어 벽에 걸고는 천천히 펼쳤다. 두루마리의 비단 면은 오랜 세월을 거쳐서인지 이미 누런색으로 변해 있었다. 비단 위에 그려져 있는 나신 사내의 몸에는 혈도 위치에 대한 주석이 달려 있었고 붉은 선과 검은 선으로 육맥의 운행 경로가 그려져 있었다. 보정제는 일양지의 대가였기에 이《육맥신검경》이 일양지의 지력을 토대로 만든 것임을 단번에 알 수 있었다.

단예는 비단 두루마리와 나신 사내의 그림을 보자 자신이 가지고 있던 갈기갈기 찢어져버린 두루마리가 생각났다.

'신체의 혈도와 경맥은 남녀 공히 똑같다. 신선 누님도 정말 기이하신 분이야. 왜 나신을 여자로 그려넣은 거지? 그것도 자신의 모습으로 말이야.'

그는 왠지 타당치 않다는 생각이 들었다. 신선 누님이 자신의 미모로 사람을 유혹해서 그림 속의 신공을 연마하지 않으면 안 되도록 하려는 의도가 있는 것처럼 느껴지자 자신이 혼미한 상태에서 두루마리를 찢어버린 것이 오히려 큰 화를 피하게 된 것일지 모른다는 생각이 들었다. 그러나 이런 생각을 하는 것 자체가 신선 누님께 무례를 범하는 것이라 느껴져 더 이상 그런 생각을 할 수 없었다.

본인대사가 말했다.

"정명, 그대가 대리국의 군주라 해도 복장을 달리해야만 하오. 이 계책이 임시변통이긴 하지만 상대에게 허점을 노출시킨다면 대리국의 위대한 명성에 흠집이 갈 수도 있소. 이해득실을 따져보고 스스로 결정토록 하시오."

보정제는 두 손을 합장하고 말했다.

"불법과 사찰을 수호하는 일이라면 뒤를 돌보지 않고 의연하게 행동할 것입니다."

본인대사가 말했다.

"좋소. 허나 이 《육맥신검경》은 속가의 자제에겐 전수할 수가 없으니 필히 체도剃度를 해야만 하오. 적을 물리치고 나면 환속하도록 하시오."

보정제는 몸을 일으켜 세웠다가 다시 두 무릎을 바닥에 꿇었다.

"대사께서 자비를 내려주십시오."

고영대사가 말했다.

"이리 와라. 내가 체도를 해줄 것이다."

보정제는 앞으로 걸어가 그의 몸 뒤에 무릎을 꿇었다. 단예는 백부가 체도를 하고 승려가 되려는 것을 보고 놀라지 않을 수 없었다. 그때 고영대사가 오른손을 뻗어 뒤집고는 보정제의 머리를 짓눌렀다. 그의 손바닥은 근육이라고는 전혀 없고 살가죽을 감싸고 있는 것은 모두 뼈뿐이었다. 고영대사는 여전히 몸을 뒤로 돌리지 않은 채 게偈를 읊었다.

티끌 한가운데 있다 화엄의 삼매에 들어	一微塵中入三昧
모든 티끌 속의 삼매를 성취하는구나	成就一切微塵定
이런 티끌은 더도 덜도 하지 않으나	而彼微塵亦不增
작은 티끌에서는 불가사의한 사찰思刹이 나타나느니	於一普現難思刹

그러고는 손바닥을 들어올리자 온 머리를 뒤덮었던 보정제의 두발이 남김없이 떨어져 나가버리고 단 한 가닥의 머리카락도 남지 않았다. 체도剃刀를 사용한 것보다 더 깨끗이 잘린 것이다. 단예는 너무 놀라 몸이 굳어버렸고 보정제와 본관, 본인대사 등도 역시 탄복해 마지않아 모두 이런 생각을 했다.

'고영대사께서 참선에 전념하시더니 공력이 저토록 깊은 경지에 이르셨구나.'

고영대사가 말했다.

"불문에 입적하였으니 법명을 본진本塵으로 하도록 해라."

보정제는 합장을 하고 답했다.

"법명을 하사해주시어 감사합니다. 사부님!"

본인이 비록 보정제의 숙부이긴 하지만 불문에서는 세속의 서열을 따지지 않는 까닭에 고영으로부터 체도를 받은 보정제는 본인대사의 사제가 되었다. 보정제는 곧바로 옷을 승포로 갈아입고 신도 승화로 갈아 신었다. 이제 엄연히 도를 닦는 승려가 된 것이다.

고영대사가 말했다.

"대륜명왕이 오늘 밤에 당도할지도 모른다. 본인, 넌 육맥신검의 비밀을 본진에게 전수하도록 하여라."

본인대사가 대답했다.

"알겠습니다."

그는 벽에 걸린 경맥도를 가리키며 말했다.

"본진 사제, 이 육맥 중에서 사제는 수소양삼초경맥手少陽三焦經脈을 집중적으로 연마토록 하게. 진기를 단전으로부터 어깨와 팔에 있는 모든 혈도로 끌어올린 후, 청냉연清冷淵에서 팔꿈치의 천정天井으로 내리고, 계속해서 사독四瀆, 삼양락三陽絡, 회종會宗, 외관外關, 양지陽池, 중저中渚, 액문液門에 이르기까지 밑으로 내려가며 진기를 응집시킨 다음 무명지의 관충혈關衝穴로 쏘아내면 되는 것이네."

보정제가 그 말에 따라 진기를 운행시켜 무명지로 한 곳을 찍어내자 피육, 피육 하는 소리와 함께 진기가 관충혈을 통해 쏟아져 나왔다.

고영대사가 기뻐하며 말했다.

"네 내력 수련이 범상치가 않구나. 이 검법은 변화무쌍하긴 하지만 검기의 틀을 이미 갖추고 있으니 원하는 대로 운용할 수 있을 것이다."

본인대사가 모두에게 말했다.

"육맥신검의 본뜻에 따르자면 1인이 육맥검기를 동시에 펼쳐내야 마땅하지만 지금은 무학이 쇠퇴일로를 걷고 있는 시대이다 보니 강경하고 심후한 내력을 집중 수련할 수 있는 자가 없어 할 수 없이 여섯 명이 나누어 육맥검기를 펼쳐내는 것이오. 사숙께서 무지 소상검 연마에 전념하고 계시니, 노납은 식지 상양검商陽劍, 본관 사형은 중지 중충검中衝劍, 본진 사제는 무명지 관충검關衝劍, 본상 사형은 소지 소충검少衝劍, 본참 사제는 왼손 소지 소택검少澤劍을 연마하면 되는 것이오. 더 늦기 전에 지금 당장 다 함께 검법 연마를 시작하도록 합시다."

본인대사가 다시 다섯 폭의 그림을 꺼냈다. 앞서 걸어놓은 한 폭까지 모두 여섯 폭이 된 것이다. 다섯 폭의 그림이 사면의 벽에 걸리고 소상검 그림은 고영대사 면전에 걸렸다. 각 그림 위에는 종횡으로 교차된 직선 그리고 원과 호 모양이 그려져 있었다. 여섯 사람은 각자 자신이 연마해야 할 일검의 검기도劍氣圖에 집중하면서 손가락을 내뻗어 허공에다 이리 찍고 저리 그어댔다. 단예는 천천히 몸을 일으켜 앉았다. 체내의 진기가 요동치는 느낌이 전보다 더욱 심해져 견디기가 무척 어려웠다. 그건 조금 전 보정제와 본인대사 등 다섯 사람이 적지 않은 내력을 그의 체내에 주입시켰기 때문이었다. 단예는 백부와 방장 등이 정신을 집중해 연마에 몰두하는 모습을 보고 감히 방해할 수가 없어 한동안 멍하니 앉아 있었다. 그러다 너무 무료한 나머지 의도치 않게 고영대사 앞 벽에 걸린 경맥혈도도經脈穴道圖를 바라보게 되었다. 단 한 번 바라봤을 뿐인데 자신의 오른손 팔뚝이 계속 부들부들 떨리는 게 느껴졌다. 마치 무언가가 살갗을 뚫고 터져 나올 것 같은 기분이었다. 작은 쥐 같은 무언가가 뚫고 나오려 하는 곳은 바로 혈도도 위에 명기된 공최혈이었다.

이 수태음폐경 일로는 일전에 단예가 연마했던 것으로 벽에 걸린 그림 속의 혈도는 나녀도裸女圖의 혈도와 같은 것이었다. 다만 선로가 전혀 다를 뿐이었다. 경맥도상의 붉은 선 하나를 따라 눈길을 돌려보니 공최로부터 대연에 이른 다음 곧바로 건너뛰어 척택으로 되돌아왔다가 다시 그 밑에 있는 어제로 향했다. 비록 선회를 되풀이하긴 했지만 체내에서 좌충우돌하던 진기는 마음먹은 대로 이리저리 구불구불 팔을 따라 위로 올라가 팔꿈치에 이르고 다시 상박까지 상승했다. 진기가 경맥을 따라 운행하자 전신을 짓누르던 답답한 느낌은 곧 줄어들었다. 단예는 정신을 집중해 이 진기를 단중혈로 집어넣었다.

그러나 경맥의 운행이 달라 그 진기는 나녀도 두루마리에서 말했던 것처럼 단중혈로 순조롭게 저장할 수 없었다. 얼마 지나지 않아 단예는 곧 비명 소리를 내질렀다. 보정제는 그의 비명 소리를 듣고 황급히 고개를 돌려 물었다.

"어찌 그러느냐?"

단예가 말했다.

"제 몸 안에 있는 수많은 기류가 마구 요동쳐 너무 고통스럽습니다. 태사숙太師叔의 저 그림 위에 있는 붉은 선을 생각했을 뿐인데 기류가 단중혈로 흘러가고 있어요. 아이고! 한데 단중혈이 가득 차서 더 이상 들어갈 곳이 없습니다. 가… 가… 가… 가슴이 터질 것 같아요!"

이런 내력의 감응은 직접 받는 사람 자신만 느낄 뿐이었다. 그는 가슴이 부풀어오르며 곧 터져버릴 것 같은 느낌이 들었지만 옆 사람이 보기에는 전혀 이상이 없어 보였다. 보정제는 내공을 수련하는 사람들의 제반 환상들에 대해 깊이 알고 있었다. 원래 단중혈이 팽창해 터질 것 같은 정황은 적어도 무공 연마를 20년쯤 한 후에 내력이 심후하기

이를 데 없을 정도가 되어야 비로소 나타나는 현상이었다. 단예는 내공을 배운 적이 없었기에 이런 환상은 체내의 사독으로 인한 것이라고 짐작할 수밖에 없었다. 보정제는 속으로 깜짝 놀랐다. 단예가 도기귀허導氣歸虛를 펼치지 않는다면 전신이 마비될지도 모르는 상황이었고, 이런 사독이 내장 깊이 들어간다면 훗날 다시는 뽑아내기 힘들 것으로 보였기 때문이다. 보정제는 평소 어려운 문제나 큰일들을 과감하고 명확하게 처리해왔으며 심지어 한마디로 결단을 내리기도 했다. 그러나 지금은 단예의 평생 화복과 관계된 일이고 조금이라도 잘못되면 단예가 목숨을 부지하지 못할지도 모르는 일이 아닌가? 그는 단예의 신광神光이 뚜렷하지 않고 오히려 광기가 비치는 것을 보자 더는 주저할 수 없어 마음의 결단을 내릴 수밖에 없었다.

'음짐지갈飮鴆止渴이란 말도 있지 않은가? 독주를 마셔 갈증을 해소한다는데 지금으로서는 방법이 잘못돼도 어쩔 수가 없다.'

그는 단예를 향해 말했다.

"예아야, 내가 도기귀허 요결을 알려주마."

그러고는 손시늉을 해가며 요결을 단예에게 전수했다.

단예는 보정제의 말이 끝나기도 전에 한 구절 한 구절씩 따라했다. 대리단씨의 내공 비결은 과연 정교하기 이를 데 없었다. 단예가 한 번 따라하자 사방으로 요동치던 진기가 곧 오장육부로 스며들어가 버렸다. 중국 의서에서는 인체 내부 기관들을 오장육부라고 한다. 여기서 오장의 '장臟'은 저장한다는 뜻의 '장藏'과 같으며 육부의 '부腑'는 모은다는 뜻의 '부府'와 같아 원래 '모아서 저장한다' 즉 '축적한다'는 의미가 있다. 단예는 앞서 무량검 일곱 제자의 모든 내력을 흡입했고 후에 단연경과 황미대사, 섭이랑, 남해악신, 운중학, 종만구, 최백천 등 고수들의 일부 내력을 흡입한 바 있는 데다 이날은 다시 보정제와 본관, 본상, 본인, 본참 등 단씨 5대 고수들의 일부 내력을 흡입했던 터라 체내 진기의 심후함과 내력의 고강한 정도가 고금을 망라해 천하에서 유일무이할 정도였다. 이제 백부의 가르침을 받고 난 후 이들 진기와 내력이 점차 오장육부 안으로 축적되자 온몸이 상쾌해지기 시작하면서 하늘 위로 날아갈 듯 가뿐한 느낌이 들었다.

보정제는 단예가 웃는 모습을 보자 더할 나위 없이 기뻤다. 그러나 아직 단예가 중독이 심한 상태인 줄 알고 사독이 평생토록 붙어 다니며 제거할 수 없는 지경에 이르러 죽을 때까지 골칫덩이가 될까 두려운 듯 자신도 모르게 한숨을 내쉬었다.

고영대사는 내공 전수를 마친 보정제에게 말했다.

"본진, 모든 건 자업자득이며 길흉화복 역시 마음에서 생기는 것이다. 주변 사람을 지나치게 염려할 필요는 없다. 어서 관충검이나 연마하도록 해라!"

보정제가 답했다.

"예!"

그러고는 다시 심신을 가다듬고 관충검 검법을 연마해나갔다.

단예는 체내의 진기가 지극히 충만해 있는 상태였기에 그 짧은 시간 내에 모두 다 축적시킬 수는 없었다. 다만 그 요결이 갈수록 익숙해져 나중에는 점점 빨라졌다. 모니당 안의 일곱 사람은 동이 터오는 것조차 느끼지 못하고 각자 자신의 무공 연마에만 몰두했다.

"꼬꼬댁!"

이때 새벽을 알리는 닭 울음소리가 들려왔다. 단예는 체내에서 요동치던 진기의 잔존감이 없어졌다고 느끼자 곧바로 몸을 일으켜 사지를 움직여 보았다. 백부와 다섯 고승은 여전히 검법 연마에 전념하고 있어 감히 함부로 문을 열고 밖으로 나가 거닐 수는 없었다. 더구나 여섯 사람의 진지한 검법 수련에 방해가 될까 두려워 소리조차 내지 못했다. 딱히 할 일이 없자 그는 백부 앞에 있는 경맥도를 바라보고 다시 관충검 검법도해劍法圖解를 살펴봤다. 본인대사의 말처럼 속가 자제에게는 육맥신검을 전수하지 않는다지만 이렇게 고고한 무공을 내가 어찌 배울 수 있겠느냐는 생각에 그냥 쳐다보는 것쯤은 문제없을 것이라 생각한 것이다. 그는 심신을 가다듬고 천천히 그림을 바라봤다. 그런데 그때 한 줄기 진기가 자신도 모르게 단전에서 용솟음쳐 나와 어깨까지 치솟아오르더니 붉은 선을 따라 무명지의 관충혈에 이르는 것이 아닌가? 그는 기를 모아 쏟아내는 방법을 몰랐지만 무명지 끝이 견딜 수 없을 정도로 팽창되는 것을 느낄 수 있었다.

'이 진기를 되돌렸으면 좋겠다.'

속으로 이런 생각을 하자 한 줄기 기류가 과연 경맥을 따라 단전으로 되돌아가는 것이었다.

단예는 부지불식간에 이미 상승 내공의 요결을 엿본 것이었지만 한 줄기 기류가 팔뚝 안에서 자신이 원하는 대로 이리저리 흐르는 것이 무척 재미있게만 느껴질 뿐이었다. 모니당의 세 고승 가운데 가장 유순하고 친화적이라고 느낀 사람은 본상이었다. 단예는 고개를 돌려 본상이 보고 있던 수소음심경맥도手少陰心經脈圖를 바라봤다. 이 경맥은 겨드랑이 밑에 있는 극천혈에서 시작해 팔꿈치 위쪽에 있는 청령혈靑靈

穴을 거쳐 팔꿈치의 함몰 부위에 있는 소해혈少海穴에 이르렀다가 다시 영도靈道, 통리通裏, 음극陰郄, 신문神門, 소부少府 등 혈도를 거쳐 소지의 소충혈로 통했다. 이대로 천천히 생각을 하고 있자니 한 줄기 진기가 과연 경맥 노선을 따라 운행하는 것이 아닌가? 다만 빨랐다 느렸다 굵어졌다 가늘어졌다 하면서 아직 뜻대로 다 되지는 않았다. 때로는 아주 순조롭게 움직였고 때로는 전혀 움직이지를 않았다. 하지만 이는 공력이 아직 부족하기 때문이라 생각하고 마음에 담아두지 않았다.

반나절 만에 단예는 이미 여섯 장의 그림 속에 그려진 각각의 혈도들을 마음껏 운행시켰다. 정신이 맑아지는 느낌이 들 뿐 별다른 일이 없자 다시 소상, 상양, 중충, 관충, 소충, 소택 등 육로의 검법 그림을 하나씩 쳐다봤다. 그러나 붉은 선과 검은 선이 종횡으로 교차하면서 매우 복잡하게 뒤엉켜 있는 것을 보고 생각했다.

'이렇게 골치 아픈 검초를 어찌 기억하라는 거지? 더구나 방장 사백 말씀에 따르면 속가 자제는 배울 수 없다잖아?'

이런 생각을 하고는 더 이상 보지 않았다. 그러다 갑자기 허기가 느껴지자 생각했다.

'소사미가 어찌 공양을 가져오지 않는 거지? 몰래 나가서 먹을 것 좀 찾아봐야겠다.'

바로 그때 코끝에서 부드러운 단향檀香 냄새가 느껴지는가 싶더니 곧이어 저 멀리서 들릴락 말락 하게 범어로 부르는 노래인 범창梵唱 소리가 들려왔다.

고영대사가 말했다.

"선재로다, 선재로다! 대륜명왕이 당도했군. 연마는 다들 어찌 되었느냐?"

본참이 말했다.

"숙련되지는 않았지만 적을 상대할 정도는 족히 될 듯합니다."

고영대사가 말했다.

"아주 좋다! 본인, 난 움직이고 싶지 않으니 가서 내가 명왕을 청해 이야기를 나누고자 한다고 전해라."

"예!"

본인대사가 답을 하고는 밖으로 나갔다.

본관은 포단 다섯 개를 거둬 동쪽 편에 나란히 늘어놓은 다음 다시 서쪽 편에 하나를 놓고 자신은 동쪽 편 첫 번째 포단 위에 앉았다. 본상이 두 번째, 본참은 네 번째 포단에 앉았는데 세 번째 포단은 본인대사를 위해 남겨둔 것이었다. 그리고 보정제는 다섯 번째 포단에 앉았다. 단예는 자리가 없자 보정제 뒤에 섰다. 고영, 본관 등은 마지막으로 다시 한번 검법도해를 복습하고 나더니 각자 비단 두루마리를 말아 고영대사 앞에 모아놓았다.

보정제가 말했다.

"예아야, 잠시 후 싸움이 시작되면 이 안은 검기가 난무하게 될 테니 매우 위험할 것이다. 아마 백부가 널 보호할 정신이 없을 게야. 허니 넌 밖에 나가 있도록 해라."

단예는 속으로 매우 괴로웠다.

'얘기를 들어보면 대륜명왕은 무공이 매우 뛰어난 자 같은데 백부님께서 새로 연마한 관충검법으로 상대를 할 수 있을지 모르겠군. 백

부님께서 실수를 하면 어쩌지?'

그러고는 보정제를 향해 말했다.

"백부님, 저… 소질은 백부님을 따르겠습니다. 그자와의 대결이 염려됩니다…."

단예는 마지막 한마디를 하면서 목이 메었다. 보정제 역시 마음이 흔들렸다.

'효심이 아주 깊은 녀석이로구나.'

고영대사가 말했다.

"예아야, 넌 내 앞에 앉도록 해라. 대륜명왕이 아무리 대단하다 해도 넌 털끝 하나 건드리지 못할 것이다."

그의 목소리는 여전히 냉랭했지만 말속에는 자부심으로 가득했다.

단예가 말했다.

"예!"

그는 고영대사 앞으로 걸어가 감히 얼굴도 쳐다보지 못하고 가부좌를 튼 채 면벽을 하고 앉았다. 고영대사의 몸집은 단예에 비해 훨씬 커서 몸을 완전히 가릴 수 있었다. 보정제는 이 모습을 보고 감격하면서 한편으로는 안심이 됐다. 조금 전에 고선공枯禪功으로 자신의 머리를 삭발하던 신공은 당대 최고라 할 수 있기에 단예를 충분히 보호하고도 남을 거라는 생각이 들었기 때문이다.

삽시간에 모니당 안에는 정적이 흘렀다.

잠시 후 본인대사의 목소리가 들렸다.

"어서 오십시오, 명왕! 어서 모니당 안으로 드시지요."

또 다른 목소리가 들려왔다.

"외람되지만 방장께서 안내해주십시오."

단예는 온화하면서도 점잖은 그의 목소리를 듣고 절대 흉악한 인물은 아닐 것으로 생각했다. 발걸음 소리를 들으니 열 명 정도 되는 것 같았다. 본인대사가 문을 밀어젖히는 소리가 들렸다.

"명왕, 드시지요."

대륜명왕이 말했다.

"실례 좀 하겠소이다."

그는 법당 안으로 걸음을 옮겨 고영대사를 향해 몸을 굽혀 합장하며 말했다.

"토번국의 후배 구마지가 선배 대사를 뵈옵니다. 유상무상有相無相, 쌍수고영雙樹枯榮, 남북서동南北西東, 비가비공非假非空입니다!"

단예는 속으로 생각했다.

"저 게언偈言은 무슨 뜻일까?"

고영대사는 속으로 깜짝 놀랐다.

'대륜명왕 저자는 정말 박식하고 심오하구나. 과연 명불허전이로다. 날 보자마자 내가 고선을 하며 참구參究하는 내력을 간파하다니.'

석가모니 세존이 과거 사라쌍수沙羅雙樹 사이에서 원적에 들 때 동서남북에 각각 두 그루씩의 나무가 있었는데 각 방위의 두 그루 중 하나는 무성하고 하나는 시들었다 하여 이를 '사고사영四枯四榮'이라고 일컬었다. 불경에 언급된 바에 따르면 동쪽의 한 쌍은 '상주常住와 무상無常'을 의미하고 남쪽의 한 쌍은 '안락安樂과 무락無樂', 서쪽의 한 쌍은 '진아眞我와 무아無我', 북쪽의 한 쌍은 '청정淸淨과 부정不淨'을 의미한다. 무성하고 꽃이 만발한 나무는 열반의 각상覺相인 상주, 안락, 진아,

청정을 나타내고, 마르고 시든 나무는 속세의 형상인 무상, 무락, 무아, 부정을 나타낸다. 여래불이 이 여덟 경지 사이에서 입적을 했다는 것은 시든 것도 무성한 것도 아니며〔非枯非榮〕 가식도 공허도 아니라는〔非假非空〕 것이다.

고영대사는 수십 년 동안 고선을 해왔지만 반은 시들고 반은 무성한 반고반영半枯半榮의 경지까지 수행했을 뿐이고 시들지도 무성하지도 않은 비고비영非枯非榮, 역고역영亦枯亦榮의 경지까지는 이를 방법이 없었다. 대륜명왕의 이 말을 들은 고영대사는 곧 위엄을 갖추고 말했다.

"명왕께서 먼 길을 오셨는데 빈승이 영접을 못했으니 부디 자비를 베풀어주시오."

대륜명왕 구마지가 말했다.

"천룡사의 명성을 소승도 평소 흠모해왔습니다. 오늘 이렇게 장엄한 모습을 보게 되어 기쁘기 한량없습니다."

본인대사가 말했다.

"명왕, 앉으시지요."

구마지가 고맙다는 말을 하고 자리에 앉았다.

단예는 생각했다.

'대륜명왕이란 사람은 어떻게 생겼을까?'

이런 생각을 하며 살며시 고개를 옆으로 돌려 고영대사의 몸 옆으로 힐끗 쳐다보니 서쪽 포단 위에 한 승려가 앉아 있었다. 노란색 승포를 걸친 쉰 살이 채 되지 않은 나이의 이 승려는 남루한 옷차림에 짚신을 신고 의기양양한 표정을 짓고 있었는데, 온몸을 휘돌아 감고 있는 광채가 은은히 비쳐 마치 금은보화가 빛나는 듯했다. 단예는 잠깐 쳐다봤을 뿐인데 왠지 친근한 느낌이 들었다. 판문 쪽을 살펴보니 밖에는 여덟아홉 명 정도 되는 사내들이 서 있었다. 흉악하게 생긴 얼굴로 보아 중원 사람으로 보이지는 않았고 대륜명왕을 따라 토번국에서 온 사람들 같았다.

구마지가 두 손으로 합장을 하고 말했다.

"부처님께서는 '살지도 멸하지도 않고 더럽지도 깨끗하지도 않다'란 말씀을 하셨습니다. 소승은 근본이 우둔하여 애증과 생사에 대한 이치를 깨닫지 못했지만 평생지기를 한 사람 두었는데 바로 대송국 고소 사람이자 복성複姓인 '모용'씨에 '박'이란 이름을 가지신 분입니다. 과거 소승은 그분과 뜻밖의 만남을 가져 무검武劍에 대해 논한 적이 있었습니다. 모용 선생께서는 천하 무학에 관해 모르는 바가 없고 정통하지 않은 것이 없을 정도여서 소승은 그분께 수일간 가르침을 받으며 평소 의심스러웠던 점을 해소할 수 있었지요. 또한 모용 선생께서 소승에게 상승 무학 비급을 흔쾌히 내주시어 그 깊은 은덕을 아직까지 잊지 못하고 있습니다. 허나 대영웅은 박명한 것이 운명인지 뜻밖에도 모용 선생께서 얼마 전 극락왕생하고 말았습니다. 빈승도 무리한 청인지는 알고 있으나 부디 여러 장로께서 자비를 베풀어주시기 바라겠습니다."

본인대사가 말했다.

"명왕께서 모용 선생과 교류를 하게 된 것은 인연입니다. 허나 이미 연이 다했는데 어찌 미련을 버리지 못하시는 것입니까? 모용 선생께서는 극락왕생하시어 이미 연꽃이 되셨는데 속세의 무학을 어찌 염두에

두시겠습니까? 명왕의 이런 행동은 사족이라 여기지 않으시는지요?"

"방장의 가르침은 지당하신 도리입니다. 허나 소승은 천성이 어리석고 우둔한 데다 혜근慧根[17]이 부족하다 보니 폐관 수련을 40일이나 했음에도 시종 지기의 정에 대한 상념을 끊어버릴 수가 없었습니다. 모용 선생은 과거 천하 검법에 대해 논하면서 대리 천룡사의 육맥신검이 최고라고 믿었고 직접 보지 못한 것이 평생의 한이라고 말씀하셨지요."

"폐사는 외진 남쪽 땅에 있음에도 모용 선생께서 그토록 흠모하셨다니 실로 영광입니다. 허나 과거 모용 선생께서는 어찌 직접 와서 검경을 빌려보려 하지 않았는지 모르겠군요."

구마지가 한숨을 길게 내쉬고는 슬픈 기색으로 한동안 잠자코 있다가 입을 열었다.

"모용 선생께서는 그 검경이 귀 사의 사보인지라 빌려보는 것을 윤허하지 않으리란 걸 알고 있었습니다. 대리단씨가 존귀한 황족이지만 강호에 몸담았던 의리를 잊지 않고 백성들에게 인정仁政을 베풀어 만백성이 은덕을 입고 있으니 그분 역시 검경을 훔치거나 빼앗는 짓은 편치 않았던 것입니다."

본인대사가 사의謝意를 표하며 말했다.

"모용 선생의 과찬에 몸 둘 바를 모르겠소이다. 모용 선생께서 대리단씨를 그토록 존중하셨고 명왕께서는 그분의 지기인데 모용 선생의 유지를 받들어야 옳은 것이 아니겠습니까?"

구마지가 말했다.

"과거 소승이 허풍을 떤 탓입니다. 소승은 토번의 국사로서 대리단씨와는 아무 연고도 없고 토번과 대리 양국이 국교를 맺은 일도 없으니 모용 선생께서 직접 나서서 가져오기 힘드시다면 소승이 대신 해보겠다고 큰소리를 쳤던 겁니다. 대장부는 한번 내뱉은 말에 대해서는 생사를 불구하고 후회가 없도록 행함이 당연한 이치지요. 소승은 모용 선생께 한 이 약속이 식언이 되도록 만들 수는 없었습니다."

이 말을 마치자 그는 두 손을 들어 가볍게 손뼉을 세 번 쳤다. 문밖에 있던 사내 둘이 박달나무로 된 상자를 짊어지고 들어와 바닥에 내려놓았다. 구마지가 소맷자락을 한 번 털자 상자 뚜껑이 바람조차 일지 않고 저절로 열리는데 그 안에는 눈부시게 빛나는 작은 황금 상자 하나가 들어 있었다. 그는 몸을 굽혀 황금 상자를 꺼내 손 위에 올려놓았다.

본인대사가 생각했다.

'우리 같은 출가인이 설마 진기한 보물을 탐할 것이라 여기는 것인가? 더구나 단씨는 대리국의 황제로서 150여 년을 지속해온 터인데 저런 금붙이가 부족할까 봐서?'

구마지가 황금 상자 뚜껑을 열어 꺼낸 것은 다름 아닌 세 권의 낡은 책이었다. 구마지가 책을 들어올릴 때 본인을 비롯한 천룡사 승려들이 힐끗 쳐다보니 서책 안에는 주묵朱墨으로 쓴 그림과 글이 있었다. 구마지는 세 권의 서책을 응시하다 갑자기 눈물을 뚝뚝 흘리며 옷자락을 적셨다. 매우 비통해하는 기색으로 슬픔을 참지 못하는 듯했다. 본인을 비롯한 모든 사람이 의아함을 감추지 못했다.

고영대사가 말했다.

"명왕께서 옛 친구를 그리워한다는 것은 속세의 연을 깨끗하게 정리하지 못했다는 것이니 고승이란 호칭이 어찌 부끄럽지 않겠소?"

대륜명왕이 고개를 숙이고 말했다.

"대사께서는 크나큰 지혜와 신통력을 지니신 분이니 소승에 비할 바가 못 되겠지요. 이 세 권의 무공 요결은 모용 선생께서 친히 쓰신 것으로 소림파 72절기의 요지와 연마법 그리고 파해법破解法을 서술한 책입니다."

모든 사람이 이 말을 듣고 깜짝 놀라지 않을 수 없었다. 소림파의 72절기는 천하에 명성을 떨친 무공으로 소림파가 창건된 이래 송나라 초기 23절기를 통달했던 한 고승 외에는 그 누구도 20절기 이상을 연마한 사람이 없었다. 그런데 모용 선생이 소림파 72절기의 요지를 알고 있었다는 사실은 믿기 힘든 일이었다. 더구나 파해법마저 통달하고 있었다는 건 더욱 불가사의한 일이었다.

구마지가 말을 이었다.

"모용 선생께서 이 세 권의 기서를 소승에게 선사하시어 소승이 이를 연구해 많은 것을 얻었습니다. 하여 이 기서 세 권을 귀 사의 육맥신검 보경과 교환하고자 합니다. 부디 여러 대사들께서 윤허하시어 소승이 과거에 한 언약을 지키도록 해주신다면 감격해 마지않을 것입니다."

본인대사는 아무 말 하지 않고 속으로 생각했다.

'저 세 권의 서책 안에 기재되어 있는 것이 정말 소림사 72절기라면 본사에서 저 서책을 득한 후에는 무학에 있어 소림사와 어깨를 나란히 할 수 있을 뿐만 아니라 오히려 능가할 수도 있을 것이다. 천룡사에서는 소림 절기를 속속들이 이해하지만 본사의 절기는 소림에서 알

방법이 없을 테니 말이다.'

구마지는 이들에게 세 가지 이점을 들어 설득했다.

"귀 사에서 보경을 내줄 때 부본을 남겨두어도 되니 천룡사 입장에서는 소승에게 은혜를 베푸시어 그 은혜에 소승이 백골난망해할 뿐 큰 손실이 없다는 것이 첫 번째이며, 또한 소승이 보경을 하사받은 후에는 그 즉시 밀봉하여 절대 사사로이 훔쳐보지 않고 친히 모용 선생 묘소에 가져가 소각할 것이니 귀 사의 고고한 무예가 절대 외부에 유출되지 않을 것이란 점이 두 번째이며, 귀 사의 여러 대사들께서 무학에 심연하여 외부에서 뭔가를 구할 이유가 없긴 하지만 '남의 산에 있는 거친 돌도 내 옥을 다듬을 수 있다'는 말처럼 독보적인 비급인 소림사의 72절기 중 귀 파의 일양지에 필적할 만한 무공인 염화지拈花指와 다라엽지多羅葉指, 무상겁지無相劫指 세 가지 지법을 타산지석으로 삼을 수 있다는 점이 세 번째입니다."

본인을 비롯한 대사들은 구마지가 처음 금엽서찰金葉書札을 보내와 천룡사의 사보를 강압적으로 요구한 것이 지나친 횡포라 여겼지만, 이제 와서 그의 감칠맛 나는 설명을 듣고 보니 이치에 어긋남이 없는 것처럼 느껴졌다. 천룡사에 어떤 손실도 없이 오히려 크나큰 이익을 가져다주는 것은 물론 친히 후한 예물까지 바친다지 않는가? 겸허한 성품을 지닌 본상은 상대의 편의를 봐주고 싶다는 마음이 들어 이미 속으로 윤허를 했지만, 존귀를 따지자면 사숙이 계시고 지위를 따지자면 방장이 있는지라 자기가 나서서 말할 차례는 아직 아니라고 느꼈다.

구마지가 말했다.

"소승이 아직 젊고 견식도 깊지 않다 보니 여러 대사들의 신뢰를 얻기는 힘들 것입니다. 우선 부끄러운 솜씨지만 소림 72절기 중 세 가지 지법을 여러분 앞에서 펼쳐 보이도록 하겠습니다."

이 말을 하면서 몸을 일으켰다.

"소승의 이 지법은 과거에 기분 내키는 대로 습득한 것이라 어설프기 짝이 없으니 부디 여러분들께서 가르침을 내려주십시오. 이 지법은 '염화지'입니다."

그는 오른손 무지와 식지를 천천히 모아 마치 한 송이 꽃과 같은 모양으로 만들고 얼굴에 미소를 띤 채 왼손 다섯 손가락을 오른쪽으로 가볍게 튕겼다.

단예를 제외한 모니당에 있는 나머지 사람들 모두 평생 지법을 연구한 대가들이지 않은가! 그러나 뜻밖에도 그의 출지는 가볍고 부드럽기 그지없어 왼손을 한 번씩 튕길 때마다 오른손 꽃 위의 이슬방울이 튕겨져 나가는 듯했고, 꽃잎이 떨어질까 두려워하는 듯한 그의 얼굴에는 시종 자비롭고 온화한 미소를 머금고 있어 그 안에 깊은 깨달음이 있는 것처럼 보였다. 선종禪宗에서 내려오는 전설에 따르면 석가모니가 영산회靈山會에서 설법하실 때 손에 금색 바라화波羅花를 들어 대중들에게 보여주자 모두가 아무 말 못하고 의아해했지만 오직 가섭존자迦葉尊者만이 파안미소破顔微笑를 지어 보였다고 한다. 석가모니는 가섭이 이미 심법心法을 깨달았음을 알고 이런 말을 했다.

"나에게는 만물을 꿰뚫어보는 불법과 번뇌를 벗어난 불생불멸의 자성自醒, 무상한 불법의 진상眞相, 미묘한 불법, 문자에 의존하지 않는 마음, 경전에 의존하지 않는 깨달음이 있다. 이를 마하가섭摩訶迦葉에게 부촉咐囑하노라."

선종에서는 경전에 의지하지 않고 마음으로 교리의 참뜻을 깨닫는 것을 최고로 쳤다. 소림사는 선종에 속해 있었던 까닭에 이 염화지에 대해서만은 특히나 세세한 연구가 있었을 것이다.

그러나 구마지가 손가락을 튕기는 동안 어떤 신통력이 있는지는 알 수 없었다. 그는 손가락을 연이어 수십 차례 튕긴 후에 오른손 옷소매를 치켜들고 입을 벌려 소매를 향해 입김을 불었다. 그러자 삽시간에 옷소매 위에서 바둑돌 크기의 동그란 옷 조각들이 흩어져 떨어지고 옷소매에는 수십 개의 구멍이 뚫리는 것이 아닌가? 알고 보니 그는 염화지를 수십 차례 펼쳐 자신의 옷소매 위에 찍어냈던 것이다. 부드러운 힘으로 옷을 찍다 보니 처음에는 아무 흔적도 없는 듯했지만 입으로 바람을 불자 공력의 실상이 드러난 것이다. 본인과 본관, 본상, 본참, 보정제 등은 서로를 바라보며 경악을 금치 못했다.

'우리가 가진 공력으로도 허공을 찍어 옷에 구멍을 내는 건 어렵지 않은 일이지만 저렇게 온화한 미소를 머금은 상태에서 부드러운 출지로 신공을 펼치는 것은 우리가 할 수 있는 영역이 아니야. 저 염화지는 우리 일양지와 완전히 다르다. 그 부드럽고 섬세한 내력은 확실히 귀감으로 삼을 만하구나.'

구마지가 빙긋 미소를 지었다.

"부끄럽습니다. 소승의 염화지 지력은 소림사 현도玄渡대사에 많이 미치지 못합니다. 다라엽지에 대한 조예는 더욱 부족하지요."

그는 곧 신형을 전환해 바닥에 놓인 나무 상자를 재빠른 걸음으로 돌면서 연달아 십지十指를 쾌속하게 찍어나갔다. 그러자 나무 상자 위로 나무 부스러기가 흩날리며 끊임없이 요동을 쳤고 나무 상자는 순식간에 산산조각 나버렸다.

구마지가 지력으로 나무 상자를 부수는 건 기묘하지 않았지만 나무 상자에 붙어 있던 경첩이나 강철판, 무쇠 고리, 자물쇠 같은 쇠붙이 부속품마저 그의 지력 아래 모조리 산산조각 나는 것을 보자 보정제는 소스라치게 놀라고 말았다.

구마지가 웃었다.

“소승이 다라엽지를 펼치기는 했지만 격렬하기만 할 뿐 솜씨는 보잘것없습니다.”

이 말을 하고 두 손을 옷소매 안으로 모아 넣자 느닷없이 부서진 나뭇조각들이 춤을 추듯 튀어오르는데 마치 누군가 무형의 막대기로 끊임없이 튕겨내는 듯했다. 구마지를 바라보자 그의 얼굴에는 시종 온화한 미소가 멈추지 않았고 입고 있던 승포 소맷자락조차 전혀 흔들림이 없었다. 그가 옷소매 속에서 암암리에 지력을 펼쳐내고 있었지만 흔적을 찾아볼 수 없었던 것이다. 본상이 참다못해 입을 열고 감탄을 했다.

“무상겁지로군. 과연 명불허전이오. 탄복해 마지않소.”

구마지가 몸을 굽히며 말했다.

“과찬이십니다. 나뭇조각이 튀어오른다는 것은 외형이 있는 유상有相입니다. 명성과 실상이 부합되려면 무형무상無形無相에 이를 때까지 연마해야 하나 소승은 재주가 보잘것없어 평생 공을 들여도 완성하기가 쉽지 않았습니다.”

본상이 말했다.

“모용 선생께서 남긴 기서 중에 무상겁지 파해법이 있습니까?”

구마지가 말했다.

"있습니다. 파해법은 대사의 법명을 염두에 두시면 됩니다."

본상이 한참을 망설이다 말했다.

"음… 본상本相으로 무상無相을 깨뜨린다는 거군요. 고명하기 그지없습니다."

본인, 본관, 본상, 본참 네 화상은 구마지가 펼친 세 가지 지력에 대한 시연을 보고 하나같이 가슴이 두근거리기 시작했다. 기서 세 권 안에 쓰여 있는 것이 천하에 그 명성이 드높은 소림 72절기란 것을 알긴 했지만 육맥신검 도보圖譜 사본과 교환할 것인가에 대해서는 망설일 수밖에 없었다.

본인이 얼른 나섰다.

"사숙, 명왕께서 먼 길을 오셨으니 성의를 봐서라도 대접을 해드려야 마땅합니다. 어찌할지 사숙께서 명을 내려주십시오."

고영대사가 말했다.

"본인, 우리가 무예를 연마하는 것이 무엇 때문이더냐?"

본인대사는 사숙의 이런 질문을 예상치 못한 터라 살짝 놀라서 답했다.

"불법佛法과 나라를 수호하기 위함입니다."

"외마外魔가 침입했을 때 우리의 도가 일천하고 불법으로 감화시킬 수 없어 부득이 출수를 통해 외마에 대적해야 한다면 어떤 수단을 사용해야 하겠느냐?"

"부득이하게 출수를 해야 한다면 당연히 일양지를 써야겠지요."

"넌 일양지 수련 정도가 몇 품의 경지에 이르렀느냐?"

본인이 이마에서 땀을 흘리며 답했다.

"제자가 우둔하여 제대로 정진을 하지 못해 수련 정도가 이제 4품입니다. 부끄럽습니다."

"네가 볼 때 대리단씨의 일양지와 소림 염화지, 다라엽지, 무상겁지 세 지법을 비교했을 때 어느 것이 나은 것 같으냐?"

"지법에는 우열이 없으나 공력의 고하가 있습니다."

"그렇다. 우리 일양지를 1품까지 연마할 수 있다면 어떠할 것 같으냐?"

"그건 짐작이 어려워 제자가 감히 함부로 말씀드릴 수 없습니다."

"네가 100세까지 산다면 몇 품까지 연마할 수 있겠느냐?"

본인은 이마에서 땀을 뚝뚝 흘리며 떨리는 목소리로 말했다.

"잘 모르겠습니다."

"1품까지 연마할 수 있겠느냐?"

"그건 불가능합니다."

고영대사는 여기서 더 이상 말을 하지 않았다.

본인이 그제야 알아차리고 말했다.

"지당하신 말씀입니다. 저희들은 우리 일양지도 완전하게 연마하지 못하면서 남의 무학이 특별하다 한들 무슨 소용이겠습니까? 명왕께서 먼 길을 오셨으니 폐사에서 공양이나 대접해드리도록 하겠습니다."

이 말은 대륜명왕의 청을 거절한다는 뜻이었다.

구마지는 장탄식을 하며 말했다.

"소승이 과거에 괜한 말을 한 탓입니다. 그러지 않았다면 모용 선생께서 이미 이승에 계시지도 않는데《육맥신검경》을 손에 넣고 안 넣고가 무슨 상관이겠습니까? 건방져 보이시겠지만 소승이 오늘 하늘 높은 줄 모르는 말씀을 드리고자 합니다. 그 육맥신검 검법이 모용 선생 말씀처럼 그토록 심오하다면 귀 사에서 도보를 가지고 계신다 해도 그걸 연성할 사람은 없을 것입니다. 누군가 연성한 사람이 있다 해도 그 검법은 모용 선생 짐작대로 그리 신묘하지는 않을 것입니다."

고영대사가 말했다.

"노납에게 궁금한 점이 있으니 부디 명왕께서 가르침을 내려주시기 바라오."

구마지가 대답했다.

"황송합니다."

고영대사가 물었다.

"폐사에서《육맥신검경》을 소장하고 있다는 사실은 우리 단씨의 속가 자제들도 모르는 사안이거늘 모용 선생께서는 어디서 들었다고 하시오?"

"모용 선생은 천하 무학에 대해 매우 해박한 지식을 가지고 있어 각 문파의 비기 무공에 관해서는 해당 문파의 장문인조차 모르는 것들까지 훤히 꿰뚫고 계셨습니다. 고소모용의 '상대가 쓴 방법을 상대에게 펼친다'는 말이 바로 여기서 유래된 것이지요. 다만 대리단씨의 일양지와 육맥신검의 오묘함에 대해서만은 시종 그 비결을 들여다볼 수 없어 평생토록 마음에 두었다가 한만 남기고 이승을 뜨고 만 것입니다."

"음…."

고영대사는 잠시 생각에 잠겨 있다 더 이상 말을 잇지 않았다. 보정제 등도 똑같이 생각했다.

'그가 일양지와 육맥신검의 오묘함을 알았다면 그 도를 깨우쳐 우리 단씨에게 그대로 펼쳤을 거란 말이 아닌가?'

본인대사가 말했다.

"우리 사숙께서는 10여 년 동안 외부의 객을 만나지 않으셨으나 명왕께서 당대의 고승인 점을 들어 전례를 깨고 시간을 할애하신 것입니다. 명왕, 그럼 이만!"

이 말을 하고는 몸을 일으켜 배웅할 뜻을 표했다.

그러나 구마지는 꼼짝도 하지 않고 천천히 입을 열었다.

"《육맥신검경》은 허명에 불과할 뿐 실용적이지 못한 검법인데 귀사에서는 어찌 그리 중시하시는 겁니까? 천룡사와 대륜사의 우호 관계는 물론 대리국과 토번국의 국교까지 해치려 하시는 겁니까?"

본인이 안색을 바꾸고 차가운 어조로 물었다.

"지금 명왕 말씀은 천룡사가 《육맥신검경》을 내주지 않는다면 대리와 토번 양국이 교전이라도 하게 될 거란 말씀이시오?"

보정제는 줄곧 서북 변방에 대군을 주둔시켜 토번국의 침략에 대비해왔던 터라 구마지의 그 말을 듣자 정신을 집중해 경청할 수밖에 없었다.

구마지가 다시 말했다.

"우리 토번국 군주께서는 대리국의 풍토와 인심을 흠모해 진작부터 대리를 취하려 하셨습니다. 다만 거사가 벌어지면 수많은 인명이 살상될 것이며 이는 부처님께서 말씀하신 자비의 본의에 어긋나는 일이라 생각한 소승은 수년 동안 줄곧 국왕 폐하를 만류해왔습니다."

본인 등은 구마지의 말에 협박의 의도가 있음을 알아차렸다. 구마지는 토번국의 국사였으며 토번국에서는 국왕을 비롯한 모든 이가 대리국과 다를 바가 없이 불법을 숭배하고 있었다. 구마지는 국왕의 신임을 받고 있던 자라 화친을 할 것인지 전쟁을 할 것인지는 그의 한마디에 결정될 수 있었다. 만에 하나 경전 한 권 때문에 양국 백성이 도탄에 빠지게 된다면 이런 낭패가 어디 있단 말인가? 당시의 토번국은 강성한 반면 대리국은 약소국이었던지라 전란이 일어난다면 대세는 불을 보듯 뻔했다. 다만 그가 이런 협박을 가한다고 천룡사의 진사지보鎭寺之寶를 두 손으로 받들어 바친다면 이 또한 무슨 꼴이 되겠는가?

고영대사가 말했다.

"명왕께서 굳이 《육맥신검경》을 원하시는데 노납이 어찌 감히 인색하게 굴 수 있겠소이까? 명왕께서 소림사 72절기로 교환을 하자는 제안은 폐사에서 정중히 사양하겠소. 명왕께서는 이미 소림 72절기에 정통한 데다 대설산 대륜사 무공까지 완벽하게 구사하고 있으니 당대에는 적수가 없을 것이오."

구마지는 두 손으로 합장을 하고 말했다.

"대사께서는 그럼 소승이 부끄러운 솜씨로 출수를 하길 원하시는 겁니까?"

"명왕께서는 폐사의 검경이 허명일 뿐이며 실용적이지도 못하다 하지 않았소? 하여 우리는 육맥신검으로 명왕의 고매한 초식 몇 수와 겨뤄보고자 하오. 만일 명왕의 지적처럼 폐사의 검법이 허명일 뿐이며 실용적이지도 못하다면 어찌 진귀한 보물이라 할 수 있겠소? 그게 사실이라면 명왕께서 검경을 가져가도 좋소이다."

구마지는 속으로 깜짝 놀라지 않을 수 없었다. 과거 모용박과 육맥신검에 관해 담론을 나누면서 이 검법이 순수하게 내력만으로 무형의 검기를 펼친다는 사실에 대해서는 어느 정도 알고 있었다. 그러나 검법이 아무리 기묘하고 고명하다 한들 한 사람의 내력만으로 동시에 육맥검기를 펼쳐낸다는 것은 인력으로 해낼 수 있는 일이 아니라고 느꼈었다. 그런데 지금 고영대사의 어조를 보니 자신이 펼쳐낼 수 있음은 물론 나머지 승려들 역시 이 검법을 사용할 줄 안다는 뜻이 아닌가? 더구나 천룡사의 명성은 100여 년을 지속되어왔기에 결코 만만히 볼 수 없는 노릇이었다. 그는 곧 태도를 공손히 하고 허리를 더욱 깊이 굽히며 말했다.

"여러 고승들께서 부디 신검神劍의 절예絶藝를 보여주시어 소승의 식견을 넓혀주신다면 이를 행운으로 여길 것입니다."

본인대사가 말했다.

"명왕께서는 어떤 무기를 사용하실지 꺼내도록 하시지요."

이에 구마지는 두 손으로 손뼉을 한 번 쳤다. 그러자 문밖에서 건장한 사내 하나가 들어왔다. 구마지가 토번 말로 몇 마디 하자 그 사내는 고개를 끄덕이며 답하고 문밖에 있던 상자 안에서 토번 지역에서 나는 선향線香인 장향藏香 한 묶음을 꺼내 구마지에게 건넨 후 뒤로 물러나 문밖으로 나갔다.

법당 안에 있던 사람들은 모두 의아하게 생각했다. 저런 선향은 가볍게 건드리기만 해도 부러지는 물건인데 어찌 무기로 사용한다는 것일까? 곧이어 구마지가 왼손으로 장향 하나를 들고 오른손으로 바닥에 있던 나무 부스러기를 모아 살짝 움켜쥐고는 장향을 나무 부스러기 가운데 꽂아놓았다. 이런 식으로 연이어 여섯 개의 장향을 꽂아 일렬로 쭉 늘어놓았는데 각 장향 간의 거리는 1척 정도 되도록 만들었다. 구마지는 가부좌를 틀고 향에서 5척가량 뒤에 앉았다. 갑자기 두 손을 몇 번 비비더니 바깥쪽을 향해 휘두르자 여섯 개의 향 끝에서 번쩍 하고 연기가 피어올랐다. 법당 안의 사람들 모두 깜짝 놀라지 않을 수 없었다. 이 정도 내력이라면 구마지는 불가사의한 경지에 이르렀다는 것이 아닌가! 그러나 곧 은은하게 퍼지는 초석硝石과 유황硫黃 냄새를 맡고는 다들 여섯 개의 장향 끝에 화약이 있다는 사실을 알아차렸다. 구마지는 내력으로 향불을 붙인 것이 아니라 화약을 마찰시켜 향이 타들어가도록 만든 것이었다. 비록 쉽지 않은 일이긴 했지만 보정제를 비롯한 대부분이 저 정도는 할 수 있다는 생각이 들었다.

장향에서 만들어진 청록색 연기는 곧게 뻗은 푸른 선 여섯 가닥으로 모락모락 피어오르기 시작했다. 구마지가 양손으로 둥근 공을 안은 듯한 자세로 내력을 쏟아내자 여섯 줄기의 푸른 연기가 천천히 바깥쪽으로 구부러지면서 각각 고영, 본관, 본상, 본인, 본참, 보정제 여섯 사람을 가리켰다. 그의 이 장력은 다름 아닌 '화염도'였다. 눈으로는 볼 수 없고 짐작도 할 수 없지만 내력만으로 형체를 남기지 않고 사람을 죽일 수 있는 무공이었다. 그는 이번에 검경을 얻어가겠다는 의지 하나로 왔기 때문에 사람을 해칠 마음이 없었다. 따라서 여섯 개의 선향을 점화시켜 장력이 가는 형적을 보여주려고 이런 방법을 택했던 것이다. 첫째는 내심 믿는 데가 있어 두렵지 않다는 것을 보여주려는 의도였고, 둘째는 자비심을 품고 있다는 뜻을 내비친 것으로 무학의 수련 정도를 겨루는 것일 뿐 인명 살상을 원치 않는다는 의미였다.

여섯 가닥의 푸른 연기는 본인 등 화상들의 몸 앞 3척 정도 되는 곳에 이르러 꼼짝도 하지 않고 멈추었다. 본인을 비롯한 법당 안의 모든 이가 깜짝 놀라 생각했다. 내력으로 연기를 밀어보내는 것은 결코 어렵지 않지만 흩어져 날아가는 연기를 허공에 응집시키는 것은 그보다 열 배는 더 어려운 기술이 아닌가! 본참이 재빨리 왼손 소지를 뻗어냈다. 한 줄기 기류가 소택혈小澤穴에서 격발되어 몸 앞의 푸른 연기를 향해 나가자 연기 기둥은 이 내력의 압박에 밀려 빠른 속도로 구마지를 향해 되돌아갔다. 연기가 구마지의 몸 앞 2척 되는 지점에 이르자 구마지는 화염도 내력을 증강시켰다. 그러자 연기 기둥은 더 이상 앞으로 나아가지 못했다. 구마지가 고개를 끄덕이며 말했다.

"과연 명불허전입니다. 육맥신검 중에 과연 소택검 검법이 있었군요."

두 사람의 내력은 수 초를 격렬하게 부딪치며 출렁거렸다. 가만히 앉아서는 검법의 위력을 제대로 전개하기가 힘들겠다고 느낀 본참은 즉각 몸을 일으켜 왼쪽 사선으로 세 걸음 이동한 뒤 왼손 소지 내력으로 왼쪽에서 오른쪽으로 사선을 그으며 공격을 펼쳤다. 그러자 구마지가 곧바로 왼 손바닥을 밀어젖혀 막아냈다.

본관이 중지를 곧추세워 중충검을 전개하며 전방을 향해 찌르자 구마지가 소리를 높였다.

"좋아! 이건 중충검법이로군!"

그는 곧바로 손바닥을 휘둘러 막아내는데 혼자 두 명을 동시에 상대하면서도 전혀 두려워하는 기색이 아니었다.

고영대사 앞에 앉아 있던 단예는 몸을 옆으로 살짝 돌려 무림에서 쉽게 보기 힘든 극강의 검술 대결을 주의 깊게 지켜봤다. 무공을 잘 모르긴 해도 이 고승들 간의 내력 대결이 무기를 들고 싸우는 것보다 얼마나 더 험하고 무서운지 알고 있었다. 조금 전 구마지가 허공을 점해 나무 상자를 부숴버렸던 그 내경을 사람의 몸에다 적용했다면 목이 잘리고 배가 터져버리고 말았을 테지만 다행히 구마지는 여섯 개의 선향에 찍었다. 단예는 푸른 연기가 이리저리 흩날리는 모습에서 세 사람의 검초와 도법을 볼 수 있었다. 그는 그들이 펼치는 수십 초를 보고 마음이 움직였다.

'아, 맞다! 본관대사의 중충검법은 도보에 그려진 그림과 다르지 않아.'

단예는 중충검법 도보를 슬쩍 펼쳤다. 푸른 연기가 피어오르는 와중에 도보 안의 검초와 대조를 해보니 어려운 점 없이 단번에 이해할 수 있었다. 다시 본참의 소택검법을 보자 이 역시 마찬가지였다. 다만 중충검은 크게 벌려서 나갔다 모아서 들어오는 웅장하고 호쾌한 기세였지만 소택검은 변화가 매우 정교해서 순식간에 이리저리 오가는 특징이 있었다.

본인대사는 사형과 사제가 협공을 해도 우위를 점하지 못하는 것을 보고 자신들의 검법 연마가 아직 미숙해 검초를 너무 쉽게 다 펼쳐낼 것 같아 동시에 여섯 사람이 하는 출수를 빨리할수록 좋겠다고 생각했다. 영리하기 이를 데 없는 대륜명왕은 본관과 본참 두 사람의 검법을 관찰하느라 전력을 다해 공격하지 않는 것이 분명했다. 본인은 남은 두 사람에게 말했다.

"본상 사형, 본진 사제! 우리도 함께 출수합시다."

이 말과 동시에 식지를 뻗은 곳에서 상양검법을 전개하자 곧이어 본상의 소충검과 보정제의 관충검이 이어지며 삼로의 검기가 일제히 남아 있는 세 가닥 푸른 연기를 향해 공격해갔다.

단예는 일단 관충검을 보고 다시 소충검을 본 후 다시 상양검을 봤다. 동쪽으로 일초를 보고 서쪽으로 일초를 보면서 도보와 대조를 하고 나니 이해는 갔지만 너무 어수선해서 정리가 되지 않았다. 다시 정신을 가다듬고 소충검 도보를 볼 때 갑자기 비쩍 야윈 손가락 하나가 그림 위로 뻗쳐와 느릿느릿 글자를 써내려갔다.

'한 가지 그림부터 배우고 다 익힌 후에 바꿔라.'

단예는 그 글에 마음이 움직였다. 그게 고영대사의 가르침이란 것을 알고는 고개를 돌려 그를 향해 미소를 지어 보이며 감사의 뜻을 표했다. 바라보기만 했을 뿐인데 웃음 띤 그의 얼굴은 곧바로 얼어붙고 말았다. 눈앞에 비친 고영대사의 얼굴은 기이하기 짝이 없었기 때문이다. 얼굴의 왼쪽 반은 불그스름하고 살갗이 매끄럽게 빛이 나서 마치 어린애 같은 모습이었던 반면, 오른쪽 반은 마치 백골 같아서 누르스름한 낯가죽 겉면에 근육이라고는 전무하고 광대뼈가 툭 불거져 나와 영락없는 반쪽짜리 해골바가지였다. 단예는 깜짝 놀라서 재빨리 고개를 돌려버렸지만 심장이 쉴 새 없이 쿵쾅거렸다. 그게 고영대사가 수련한 고영선공 때문이란 것은 알고 있었지만 이 반고반영의 얼굴이 실로 너무나 끔찍했던지라 어찌해도 마음을 진정시킬 수 없었다.

고영대사가 다시 식지로 두루마리 위에 뭔가를 써내려갔다.

'호기를 놓치지 말고 정신을 집중해 검을 바라봐라. 스스로 보고 배우면 조종祖宗의 유훈을 저버리는 것이 아니니라.'

단예는 속으로 생각했다.

'아까 본인 사백이 백부님에게 말씀하시길 육맥신검은 단씨 속가 자제들에게는 전수하지 않는다고 하셨지. 그래서 백부님도 체도를 한 후에 전수를 받으셨잖아? 한데 고영 태사숙께서 스스로 보고 배우면 조종의 유훈을 저버리는 것이 아니라고 쓰셨다. 조종의 유훈을 놓고 따지자면 단씨의 속가 자제들이 스스로 배우면 안 된다는 법은 없지 않은가? 태사숙께서 호기를 놓치지 말고 정신을 집중해 검을 바라보라고 분부하신 것은 스스로 보고 배우기를 바라시는 거야.'

단예는 공손하게 고개를 숙이며 고영대사의 가르침을 받았다. 백부의 관충검법을 자세히 바라보고 대충 이해를 한 후 차례대로 소충, 상양 두 검법을 바라봤다. 보통 사람들은 다섯 손가락 중에 무명지가 가장 굼뜨고 식지가 가장 날렵하다. 따라서 관충검은 어눌함과 질박함으로 승부를 보지만 상양검법은 아주 교묘하고 활발해서 짐작하기가 쉽지 않았다. 소충검법과 소택검법은 똑같이 소지를 사용해 펼치는 것이긴 하지만 하나는 오른손 소지이고 다른 하나는 왼쪽 소지였다. 검법에 있어서도 정교함, 어눌함, 민첩함, 느긋함의 구분이 있는데 어눌함은 결코 나쁜 것이 아니고 느긋함 역시 위력이 줄어드는 것이 아니기에 진기함과 평범함에 있어 다를 뿐이었다.

단예는 그저 호기심에 푸른 연기가 오가는 모습을 도보의 선로와 대조해보려 했을 뿐이었지만 고영대사의 지시를 받고 나서는 마치 무슨 등롱 수수께끼 놀이[18]를 하듯 집중해서 보기 시작했다. 이 삼로의 검법을 대략적으로 알아볼 수 있게 될 즈음, 본참과 본관의 검법은 이미 두 번째로 전개되고 있었다. 단예는 더 이상 도보를 참조할 필요도 없이 푸른 연기를 보고 마음속으로 검법을 일일이 검증할 수 있게 됐다. 도보 위의 선로는 고정되어 있었지만 푸른 연기가 변화무쌍하게 오가는 모습은 도보 위에 그려진 것보다 훨씬 복잡했다.

잠시 더 관찰을 하니 본인, 본상, 보정제 세 사람의 검법도 이미 전개가 모두 끝났다. 본상은 소지를 튕겨 검초를 측면으로 전환했지만 이 검초는 이미 두 번째 펼치는 것인지라 구마지는 가볍게 고개를 끄덕였다. 곧이어 본인과 보정제의 검초 역시 부득불 이미 펼친 초식 안에서 변화를 꾀했다. 갑자기 구마지의 몸 앞에서 피육, 피육 하는 소리와 함께 화염도의 위력이 커지기 시작하면서 다섯 사람의 검초 내력을 압박하기 시작했다.

구마지가 한동안 수세만 취한 채 육맥신검 초식을 몇 번 지켜본 뒤 반격을 가하기 시작한 것이다. 이렇게 수비에서 공격으로 전환을 하자 푸른 연기 다섯 가닥이 춤을 추듯 빙글빙글 도는데 그 동작이 민첩하기 그지없었다. 여섯 번째 푸른 연기 가닥은 여전히 고영대사의 몸 뒤 3척가량 되는 곳에서 꼼짝도 하지 않고 있었다. 고영대사가 그의 저력을 파악하기 위해 5대 1의 대결에서 얼마나 버티는지 지켜보느라 시종 출수를 자제하고 있었던 것이다. 과연 구마지는 여섯 가닥의 연기를 장시간 멈추어두려다 보니 내력 소모가 크긴 했지만 마침내 그 푸른 연기가 고영대사의 뒤통수 쪽으로 조금씩 가까워지기 시작했다.

단예가 깜짝 놀라 말했다.

"태사숙, 연기가 공격해오고 있습니다."

고영은 고개를 끄덕이고 소상검 도보를 펼쳐 단예 앞에 놓았다. 단예는 이 소상검 검법이 마치 한 폭의 발묵산수潑墨山水처럼 종횡으로 비스듬히 그어진 몇 획 되지 않는 선으로만 보였다. 그러나 그 검로에는 힘이 넘쳐 마치 풍우가 몰아치는 듯한 경천동지의 기세가 서려 있었다. 단예는 검보를 보다가 고영대사의 뒤통수로 다가오던 푸른 연기가 생각나 고개를 돌렸다. 푸른 연기는 이미 고영대사 뒤통수에 불과 3~4촌 거리까지 다가와 있었다. 단예는 다급하게 소리쳤다.

"조심하세요!"

고영대사가 손을 뒤로 돌리면서 두 손의 무지를 동시에 눌러 펼치자 피육, 피육 하는 두 번의 소리가 울려퍼지며 각각 구마지의 오른쪽 가슴과 왼쪽 어깨를 가격했다. 고영대사는 상대의 공격을 막아내려 하지 않고 오히려 양로의 복병으로 반격을 가했던 것이다. 그는 구마지의 화염도 내력에 축적된 세력이 완만한 속도로 진행됐기에 자신에게 상해를 입히려면 아직 시간이 있음을 예상하고 있었다. 만일 이 공격이 먼저 도달한다면 구마지가 속수무책으로 당할 수밖에 없었던 것이다.

그러나 구마지는 주도면밀했다. 그는 가슴 앞에 일로의 장력을 숨겨두고 있었다. 다만 그가 예측한 것은 날카로운 공세의 소상검이었을 뿐 고영대사가 쌍검을 동시에 날려 두 곳으로 나누어 기습을 가할 줄은 예상치 못했다. 구마지는 손바닥을 휘둘러 자신의 오른쪽 가슴을 향해 찌르는 일검을 막아내는 데 이어 오른발을 찍어 재빨리 뒤쪽으로 물러났다. 그러나 그의 신형이 아무리 빠르다고 해도 번개 같은 검기보다 빠를 수는 없었다. 가벼운 파열음이 일면서 그의 어깨 쪽 승포 자락이 찢어지며 그곳에서 선혈이 뿜어져 나왔다. 고영대사가 두 손가락을 회전시켜 검기를 거두어들이자 여섯 가닥의 장향이 동시에 부러져버렸다. 본인, 보정제 등 역시 각자 손가락을 거두어 공세를 멈추었다. 다들 오랜 싸움에서 아무런 소득이 없어 전전긍긍하다 그제야 안심을 한 것이다.

구마지는 성큼성큼 법당 안으로 들어와 가볍게 웃었다.

"고영대사의 선공은 정말 대단하군요. 소승이 탄복해 마지않습니다. 허나 육맥신검은 과연 허명일 뿐이로군요."

본인대사가 말했다.

"어찌 허명이라는 것인지 가르침을 내려주십시오."

구마지가 말했다.

"과거 모용 선생께서 흠모하셨던 것은 육맥신검 검법이지 육맥신검 검진劍陣은 아닙니다. 천룡사의 이 검진은 위력이 대단한 건 사실입니다. 다만 기껏해야 소림사의 나한검진羅漢劍陣이나 곤륜파의 혼돈검진混沌劍陣과 엇비슷한 정도일 뿐 천하무쌍의 검법이라 말할 수는 없지요."

그가 '검법'이 아닌 '검진'이라고 말한 것은 여섯 명의 상대가 동시에 협공한 부분에 대한 지적이었다. 진세를 펼쳐 공격하는 것은 결코 혼자서 육맥신검을 운용하는 것이 아니므로 자신 혼자 운용하는 화염도와는 비교 불가하다는 것이었다.

본인대사는 그의 말에 일리가 있다고 느끼고 아무런 반박도 하지 못했다. 하지만 본참은 오히려 냉소를 머금으며 말했다.

"검법이든 검진이든 간에 조금 전 도검 대결에서는 명왕이 이긴 것이오? 아니면 우리 천룡사가 이긴 것이오?"

구마지는 아무 대답도 하지 않고 눈을 감은 채 생각에 잠겼다. 그러다 일다경의 시간이 흐른 후 눈을 뜨고 말했다.

"첫 번째 일전에서는 귀 사가 약간의 우위를 점했지만 두 번째 일전에서는 소승에게 승산이 있지 않을까 생각합니다."

본인이 깜짝 놀라며 물었다.

"두 번째 싸움을 계속하겠다는 겁니까?"

구마지가 말했다.

"사내대장부는 자신이 한 말에 신의가 있어야 합니다. 이미 모용 선생과 언약을 했는데 어찌 어려움에 처했다고 물러설 수 있겠습니까?"

본인이 말했다.

"허면 명왕에게 어찌 승산이 있다는 것입니까?"

구마지는 가볍게 웃음을 짓고 말했다.

"무학에 조예가 깊으신 여러분들께서 알아채지를 못했다는 말씀입니까? 받으십시오!"

이 말을 하고는 쌍장을 천천히 들이밀었다. 고영, 본인, 보정제 등 여섯 사람은 두 줄기의 내경이 각기 다른 방향에서 엄습해오는 것을 동시에 느꼈다. 본인 등은 그 기세가 육맥신검 검법으로는 막아내기 힘들다고 느껴져 일제히 쌍장을 내밀어 그 장력을 막으려 했다. 고영 대사만이 여전히 두 손의 무지를 눌러내는 소상검법으로 적의 내경을 받아냈다.

구마지는 그 장력을 뻗어낸 후 곧 초식을 거둬들이며 말했다.

"실례했습니다."

본인과 본관 등이 서로를 쳐다보며 그 뜻을 알아차리고는 같은 생각을 했다.

'그의 일장은 동시에 여러 줄기의 힘을 낼 수 있기에 고영대사의 소상쌍검이 길을 나누어 협공을 한다 해도 충분히 막아낼 수 있다. 우리가 검을 버리고 손을 사용한다면 육맥신검은 그의 화염도에 미치지 못할 것이다.'

바로 이때였다. 고영대사 몸 앞에서 연무가 피어올랐다. 이 검은 연기는 네 길로 나뉘어 구마지를 향해 공격을 가했다. 구마지는 면벽을 하고 앉아 시종 뒤를 돌아보지 않는 늙은 화상이 계속 꺼림칙했던 터였는데 돌연 검은 연기가 엄습해오자 순간 그의 의도를 알아채지 못하고 여전히 화염도를 펼쳐 네 갈래 길에서 오는 공격을 막아내고 있었다. 그는 반격을 가하지 않고 한편으로는 본인 등의 협공을 방어하고, 한편으로는 조용히 변화를 감지하며 고영대사가 어떤 무서운 사후 공격을 할지 지켜보는 중이었다.

검은 연기가 갈수록 짙어져 가면서 공세도 지극히 강력해졌다. 구마지는 속으로 이상한 생각이 들었다.

'이렇게 전력을 다해 공격하다니. "갑작스럽게 부는 바람은 아침나절을 넘기지 못하고 폭우는 하루 종일 내리는 법이 없다"란 말도 있지 않은가? 한데 어찌 버티려고 이러는 걸까? 당대의 고승인 고영대사가 어찌 조급하게 이런 강경한 수단을 써서 대적하는 거지?'

구마지는 전혀 본 적이 없는 공세에 필시 다른 간계가 있으리라 짐작하고 곧바로 문호를 지키며 아주 기민한 움직임으로 고영대사의 공격에 대비했다. 얼마 지나지 않아 네 줄기의 검은 연기는 돌연 하나에서 둘, 둘에서 넷, 다시 넷에서 열여섯 줄기로 나뉘어 사방팔방에서 구마지를 향해 밀려왔다. 구마지는 생각했다.

'이미 힘이 다했는데 무슨 의미가 있다는 말인가?'

그러고는 화염도법을 전개해 하나하나 막아냈다. 쌍방의 힘이 부딪치자 열여섯 줄기의 검은 연기가 돌연 사방으로 흩어져버리면서 법당 안은 순식간에 연무로 자욱해졌다. 구마지는 전혀 두려운 기색 없이 진력을 돋우어가며 전신을 보호했다.

연무가 점점 옅어져 흐릿한 연기만 남아 있는 곳에서 본인 등 다섯 화상이 매우 장엄해 보이는 표정으로 바닥에 무릎을 꿇고 있었다. 본관과 본참의 안색은 더욱 비통하고 분해 보였다. 구마지는 순간 의아해하다 그제야 깨닫고는 속으로 외쳤다.

'큰일이다! 고영이 나한테 대적하지 못할 것 같으니까 육맥신검 도보를 태워버렸구나.'

그의 짐작은 틀림이 없었다. 고영대사는 일양지의 내력으로 도보 여섯 장을 태워버리려는 순간 구마지가 이를 빼앗을까 두려워 그가 다가오지 못하도록 연기를 밀어붙여 막은 것이다. 연기가 모두 흩어졌을 때 도보는 이미 남김없이 태워진 뒤였다. 본인 등은 하나같이 일양지를 깊이 연마한 고수들이기에 검은 연기를 보자 곧 그 이유를 알아차렸다. 자신들의 사숙이 옥처럼 아름답게 부서질지언정 구차하게 목숨을 부지하지 않겠다는 심정으로 적의 손에 넘겨주지 않기 위해 진사지보를 태워버린 것이다. 다행히 여섯 명은 각각 일로의 검법을 기억하고 있었기에 적을 격퇴하고 난 후 다시 이를 기억해 적으면 되는 것이었다. 다만 조상 대대로 전해내려온 도보가 결국 사라져버리고 마는 운명에 처하게 됐다.

구마지는 놀라면서도 화가 치밀어올랐다. 평소 스스로 지략이 있다고 자부하던 그였건만 오늘 이렇게 연이어 두 차례나 고영대사 손에 당하고《육맥신검경》마저 불타버리지 않았는가? 결국 쓸데없이 강적과 원수만 지게 되고 아무 소득도 없는 결과만 초래하게 된 것이다. 그는 몸을 일으켜 합장을 하며 말했다.

"고영대사께서는 어찌 이리 완고하십니까? 부러질지언정 구부러지지는 않겠다는 의지는 알겠습니다. 귀 사의 보경이 이렇게 불타버린 데 대해 소승은 송구하기 그지없습니다. 다행히 이 검경은 한 사람의 힘만으로 연마할 수 없는 것이니 불태워졌건 아니건 큰 차이는 없다고 생각합니다. 전 이만 물러가보겠습니다."

그는 몸을 살짝 돌리더니 고영과 본인의 대답을 채 듣기도 전에 갑자기 손을 뻗어 보정제의 오른 팔목을 잡고 말했다.

"폐국의 군주께서 보정제의 풍모를 흠모하시어 뵙고자 하시니 폐하께서 우리 토번국에 한번 왕림해주시면 감사하겠습니다."

이는 전혀 예상치 못한 일이었던 터라 모두들 깜짝 놀랐다. 구마지의 느닷없는 기습에 무공이 강한 보정제도 뜻밖의 화를 당해 손목의 열결혈과 편력혈偏歷穴을 짚이고 만 것이다. 보정제는 혈도를 풀기 위해 급히 내공을 운용하며 연이어 일곱 차례나 맞부딪쳐봤지만 시종 빠져나올 수 없었다. 본인 등은 구마지가 절정의 고수인 신분을 버리고 이런 비열한 수를 쓴 데 대해 분노해 마지않았지만 당장 도울 방법이 없었다. 혈도를 잡힌 보정제가 언제든 목숨을 빼앗길 상황에 있었기 때문이다.

고영대사는 껄껄대고 웃으며 말했다.

"전에는 보정제였지만 지금은 제위에서 물러난 본진이란 법명을 가진 승려일 뿐이오. 본진, 토번국 군주가 자네를 보겠다고 하니 한번 다녀오는게 좋겠네."

보정제는 달리 방법이 없어 대답만 할 뿐이었다.

"네."

보정제는 고영대사의 의도를 파악하고 있었다. 구마지가 자신을 일국의 군주로 보고 비싼 몸값이라 여겨 붙잡은 것인데 만일 제위에서 물러난 승려라 믿는다면 천룡사의 일개 화상을 잡아가는 셈이 되니 대수롭지 않게 여겨 풀어줄지도 모르는 일이었기 때문이다.

구마지가 모니당에 발을 들여놓은 이후 보정제는 시종 아무 말도 하지 않았고 어떤 특이한 행동 역시 한 적이 없었다. 다만 육맥신검을 전개하기 위해서는 육검 중 일검이라 할지라도 무학의 일류고수여야 하며 내력을 극히 심후한 경지까지 수련해야만 가능했기에 무림에서 일류고수라고 일컫는 사람은 누구나 공히 이를 알고 있었다. 구마지는 이번에 천룡사에 올 준비를 하면서 대리단씨와 천룡사 내의 승려와 속인들에 대한 외모와 나이들을 속속들이 조사해 개인의 성격과 습성, 무공 능력까지 연구했던 터라 천룡사 내에 고영대사 외에 네 명의 고수가 있다는 사실을 이미 알고 있었다. 그런데 오늘 갑자기 본진이라는 승려가 하나 더 늘어나 있었던 것이다. 그는 그런 이름은 들어본 적도 없었지만 내력의 고강한 정도가 '본' 자 항렬의 네 화상과 비교해도 전혀 손색이 없었다. 더구나 기품과 위엄이 넘치고 부귀한 외모에 존엄한 기색을 지닌 그를 보고 보정제가 틀림없다 짐작했던 것이다. 그러나 고영대사가 이미 제위에서 물러난 승려일 뿐이라고 한 말을 듣자 구마지는 속으로 흠칫했다.

'대리단씨의 역대 황제들은 왕왕 제위에서 물러나 승려가 된다는 말을 들은 적이 있다. 보정제가 천룡사에 출가한 건 이상할 것 없는 얘기지. 다만 황제가 제위에서 물러나 승려가 될 때는 전국적으로 성대한 의식을 진행해 반승飯僧[19]으로 예불을 하고 탑과 절을 세우며 나라가 한바탕 떠들썩해지는 법인데 그런 얘기는 전혀 들어본 적이 없다. 더구나 우리 토번국에서 그 소식을 들었다면 응당 대리에 새로운 황제 등극을 축하하는 사신을 파견했을 것이다. 이는 속임수가 분명하다.'

이런 생각을 마치고 말했다.

"보정제께서 출가를 했든 하지 않았든 상관없습니다. 어찌 됐건 우리 토번국에 왕림하시어 폐국의 군주를 만나뵙길 바랍니다."

그는 그길로 보정제를 끌고 문을 나섰다.

본인이 호통을 쳤다.

"잠깐!"

신형이 번쩍하면서 본관과 함께 입구를 막아서자 구마지가 말했다.

"소승은 보정제 폐하를 해치려는 의도가 아닙니다. 만일 여러분들께서 위협을 가하신다면 소승도 가만있지 않을 것입니다."

이 말을 마치자마자 오른손을 들어 보정제의 등에 갖다대는 시늉을 했다. 그의 화염도 장력은 무엇이든 파괴할 힘이 있음을 목격하지 않았던가! 지금 보정제의 맥문이 잡혔다는 것은 이미 그의 목숨이 경각에 달려 있는 셈이었으니 도저히 저항할 방법이 없었다. 천룡사 승려들이 합심을 해서 공격하려 해도 첫째, 보정제에게 누가 미칠까 두렵고 둘째, 싸워서 이기리란 보장도 없었다. 본인 등은 여전히 망설였다. 보정제는 일국의 군주인데 어찌 적에게 잡혀가도록 놔둘 수 있겠는가?

구마지가 호통을 쳤다.

"천룡사 고승들의 대명은 익히 들었건만 이런 사소한 일에 이렇듯 계집아이처럼 미적거릴 줄은 몰랐소이다. 어서 비키시오!"

단예는 백부가 인질로 잡힌 것을 보고 매우 초조해졌다. 처음에는 백부의 무공이 보통 고강한 것이 아니니 두려울 것이 없다고 생각하고 때가 되면 벗어날 수 있으리라 생각했다. 그런데 뜻밖에도 보면 볼수록 상황이 이상한 쪽으로 흐르는 데다 구마지의 어투와 안색 역시 오만방자해지고, 본인과 본관 등 승려들은 오히려 하나같이 분노와 초조한 기색이 역력한 채 어쩔 줄 모르고 있는 것이 아닌가! 구마지가 보정제의 손목을 잡고 한 발 한 발 문 쪽으로 걸어나가자 단예는 너무 다급한 나머지 아무 생각 없이 큰 소리로 고함을 쳤다.

"이보시오! 우리 백부님을 풀어주시오!"

이 말을 하면서 고영대사의 몸 앞에서 걸어나왔다.

구마지는 고영대사 몸 앞에 누군가 숨어 있다는 걸 알고 있었지만 그게 누구인지 알 수 없었다. 더구나 고영대사 앞에 왜 앉아 있는지 더욱 알 수 없었지만 이렇게 정체를 드러내자 내막을 알고 싶어 고개를 돌려 물었다.

"귀하는 누구시오?"

단예가 말했다.

"내가 누군지 알고 싶다면 우선 백부님부터 풀어드리고 얘기합시다."

이 말을 하며 오른손을 뻗어 보정제의 왼손을 잡았다.

보정제가 말했다.

"예아야, 난 상관 말고 어서 가서 아버지께 제위를 이어받으시라고 해라. 난 이미 출가를 한 노승인데 무슨 일이 있겠느냐?"

단예는 보정제의 손목을 힘주어 끌어당기며 부르짖었다.

"어서 백부님을 풀어주시오!"

단예의 무지 소상혈과 보정제의 손목 혈도가 접촉한 상태에서 힘을 가하자 보정제는 전신이 떨리면서 내력이 흘러나가는 느낌이 들었다.

이와 동시에 구마지 역시 자신의 진력이 급속도로 빠져나가는 느낌이 들자 안색이 변하면서 속으로 생각했다.

'대리단씨에서 어찌 화공대법을 배운 거지?'

그는 즉각 기를 모으고 내력을 운용해 이 사악하고 음험한 무공에 대항하려 했다.

보정제는 순간 양손에서 각각 강렬한 기운에 의해 바깥쪽으로 끌어당겨지는 느낌이 들자 재빨리 차력타력借力打力[20] 심법을 펼쳐 두 줄기 기운이 들어오는 기세의 방향을 한데 모았다. 중간에 낀 그는 양쪽의 힘이 서로 맞부딪쳐 양손에 힘을 받지 않는 틈을 타서 손을 뿌리쳐 구마지의 속박에서 벗어날 수 있었다. 그는 단예의 몸 뒤로 휘청거리며 물러서서 속으로 부르짖었다.

'부끄럽기 짝이 없도다! 단예 덕에 빠져나오다니.'

구마지는 깜짝 놀라지 않을 수 없었다.

'대리 무림에 또 한 명의 뛰어난 고수가 나타났는데 내가 어찌 모르고 있었던 거지? 스물 안팎에 불과한 어린 녀석이 어찌 이 정도 경지까지 연마를 했단 말인가? 보정제를 백부라고 부르는 것을 보면 대리단씨의 자손 중 하나라는 것이 아닌가!'

그는 천천히 고개를 끄덕이며 말했다.

"소승은 대리단씨가 선조들의 무학에만 전념해 다른 무예들을 거들떠보지도 않는다 생각했소이다. 한데 자손들 중 이런 뛰어난 인재가 있어 성수 노인과 교류를 하고 화공대법이라는 기문무학奇門武學을 연구했으리라곤 생각지도 못했소. 기이한 일이로군. 기이한 일이야!"

다방면으로 학식이 풍부했던 그였지만 이번에는 단예의 북명신공을 화공대법으로 오판을 했던 것이다. 다만 자신의 신분을 의식해 남을 해하는 말을 할 수 없었기에 성수노괴老怪를 노인이라 칭하고, 무림인사들이 모두 요사스러운 무공으로 칭하는 화공대법을 '기문무학'이라 칭한 것이 달랐을 뿐이다. 교류라는 말을 쓴 것은 조금 전 한 번의 맞대결에서 단예의 내력이 성수노괴 정춘추에 못지않다고 느껴 그 노괴의 제자나 전수자일 리 없다고 생각했기 때문이었다.

보정제가 냉소를 머금으며 말했다.

"대륜명왕이 매우 예지롭고 식견이 비범하다는 얘기는 익히 들었소만 그런 황당무계한 말을 내뱉다니 정말 실망이오. 성수노괴는 암수와 기습에 능한 비열하기 그지없는 자인데 우리 단씨 자제가 그런 자와 무슨 관련이 있다는 것이오?"

구마지는 순간 의아해하다 얼굴이 점점 붉어졌다. 보정제가 한 말 중에 '암수와 기습에 능한 비열하기 그지없다'는 건 조금 전에 자신이 한 행동을 빗댄 말이었기 때문이다.

단예가 말했다.

"대륜명왕께서 먼 곳에서 오신 객이라 천룡사에서 예로 접대했건만 오히려 우리 백부님께 무례를 범했소. 우리가 다 같은 불문 제자라는 점을 들어 모든 걸 용인해주었건만 오히려 만행을 저지르다니 출가인 중에 명왕처럼 계율을 지키지 않는 자가 또 어디 있단 말이오?"

사람들은 단예가 대의를 들어 질책하는 말을 듣고 속으로 하나같이 쾌재를 부르짖는 동시에 심히 경계를 했다. 구마지가 부끄럽고 분한 나머지 격노해 갑자기 손을 써서 단예한테 해코지를 할까 두려워서였다.

뜻밖에도 구마지는 표정이 매우 차분했다.

"오늘 이렇게 고매한 분을 만나게 됐으니 행운이 아닐 수 없소. 소승에게 몇 수 가르침을 내려주신다면 큰 수확이 아닐 수 없겠소이다."

단예가 말했다.

"난 무공을 모릅니다. 배워본 적이 없소."

구마지가 웃으며 말했다.

"훌륭하시오. 정말 훌륭하십니다. 소승은 이만 물러가겠소이다."

그는 이 말과 함께 신형을 살짝 기울이더니 승포 자락을 휘둘러 손바닥을 소맷자락 밑에서 끄집어내 사초의 화염도 초식을 동시에 전개하며 단예를 향해 베어갔다.

적의 가장 무서운 초식이 기척도 없이 전개되다 보니 단예는 이를 전혀 보지도 느끼지도 못했다. 보정제와 본상이 일제히 쌍지를 내밀어 구마지의 화염도 사초를 받아냈지만 구마지가 극강의 내경으로 뜻밖의 공격을 가했던 터라 그만 신형이 흔들리고 말았다. 더구나 본상은 크윽 소리를 내며 선혈을 토해냈다.

단예는 본상이 피를 토해내는 것을 보자 구마지가 다시 기습을 가했음을 느끼고 속으로 화가 치밀어올라 그의 코를 가리키며 욕을 하기 시작했다.

"이런 막돼먹은 야만적인 중놈 같으니!"

단예가 이렇게 오른손 식지에 힘을 주자 마음과 기가 통하면서 자연스럽게 상양검법이 펼쳐졌다. 단예의 내력은 이미 당대에 당해낼 자가 없을 정도로 강해져 있는 상태였다. 더구나 조금 전 고영대사 앞에서 육맥신검 도보를 살펴봤고 일곱 화상이 무형도검으로 대결하는 모습까지 지켜봤던 터라 그가 일지를 내밀자 자신도 모르게 검보와 일치하게 된 것이다.

"피육!"

순간 강렬한 소리와 함께 무게감 넘치는 내경이 구마지를 향해 찔러갔다. 구마지가 흠칫 놀라며 다급하게 화염도를 펼쳐내 막았다.

단예의 이 출수는 구마지뿐만 아니라 고영, 본진 등 다른 이들마저 깜짝 놀라게 만들었다. 그중에서도 이를 가장 기이하게 생각한 사람은 바로 보정제와 단예 자신이었다. 단예가 생각했다.

'정말 기이하기 짝이 없구나. 난 그냥 손가락질을 했을 뿐인데 저 화상이 왜 저렇게 정신을 집중해서 막는 거지? 맞다. 맞아! 내가 출지 하는 모습이 맞았나 보구나. 저 화상은 내가 육맥신검을 구사할 줄 안다고 여긴 거지. 하하, 그렇다면 한 번 더 놀래줘야겠다.'

그러고는 큰 소리로 말했다.

"이 상양검 무공이 뭐 대단하다 그러시오! 허면 중충검 검법도 몇 초 펼쳐 보이도록 하겠소."

이 말을 하면서 중지를 찍어냈다. 그러나 이번에는 방법은 맞았지만 내경이 따르지 않아 허공만 격했을 뿐 전혀 실효가 없었다.

구마지는 그가 중지를 찍어내는 것을 보고 이를 막아낼 준비를 했지만 뜻밖에도 상대의 일지에 전혀 힘이 실려 있지 않자 그가 허허실실 전법으로 또 다른 일초를 펼쳐낼 것이라 여겼다. 잠시 후 단예가 다시 한번 일초를 펼쳐냈지만 여전히 허공만 격하자 속으로 쾌재를 부르지 않을 수 없었다.

'상양검과 중충검을 모두 구사할 수 있는 사람이 어찌 있을 수 있단 말인가? 역시 이 녀석은 허장성세로 사람을 놀라게 한 것일 뿐이다. 그렇다면 반대로 내가 좀 놀래줘야겠어.'

구마지는 이번에 천룡사에 와서 망신을 톡톡히 당한 것 같아 자기 솜씨를 보여주지 않으면 대륜명왕의 명성에 손실이 적지 않을 것이라 생각하고 있었다. 그는 왼손을 들어 좌우를 향해 연이어 후려쳤다. 내경으로 보정제를 비롯한 천룡사 화상들이 도울 길을 차단하려 한 것이다. 이어서 오른손을 베어내며 단예의 오른쪽 어깨를 노렸다. 이 일초는 '백홍관일白虹貫日'이란 것으로 화염도 도법의 정교한 초식 중 하나였다. 이 일도로 단예의 오른쪽 어깨를 베어버리려 한 것이다. 보정제와 본인, 본참 등이 일제히 소리쳤다.

"조심해!"

그들은 각자 손가락을 뻗어 구마지를 향해 찍어갔다.

이들 세 사람의 출초는 상승무공 중 '적이 방어할 수 없는 곳을 공격하라'는 이론에 근거한 것이었다. 그러나 구마지가 미리 내경으로 자신들의 신변에 있는 급소를 봉쇄해놓았을 줄 어찌 알았으랴? 구마지는 뻗어낸 일도를 멈추지 않고 계속해서 베어가고 있었다. 단예는 보정제 등이 깜짝 놀라 외치는 소리에 심상치 않은 상황임을 알아차리고 두 손을 동시에 쳐들어 힘껏 휘둘렀다. 그런데 이때는 속으로 너무 놀라고 당황한 나머지 진기가 자기도 모르게 쏟아져 나왔다. 오른손에서는 소충검, 왼손에서는 소택검이 동시에 펼쳐지며 쌍검이 화염도 일초를 막아내자 단예는 여세를 몰아 피육, 피육 소리를 내며 구마지를 향해 반격해나갔다. 구마지는 생각할 겨를도 없이 왼손에 힘을 주어 이를 막아내기에 급급했다.

단예는 몇 번의 검을 날리고 난 후 긴박한 상황에서 원기를 북돋아 출지를 하면 내경의 진기가 격발된다는 사실을 알게 됐다. 그러나 그게 왜 그런 것인지에 대해서는 여전히 오리무중이었다. 그가 중지를 가볍게 튕기자 곧바로 중충검법이 펼쳐졌다. 찰나의 순간에 조금 전 도보에서 봤던 6로의 검법이 하나하나 머릿속에 떠올라 열 손가락을 이리저리 마구 튕기며 끊임없이 펼쳐낼 수 있게 된 것이다.

구마지는 깜짝 놀라 인정을 하기에 이르렀다.

'이 소년이 정말 육맥신검을 구사할 줄 알았구나.'

그는 있는 힘을 다해 내경을 끌어올려 대항했다. 법당 안은 검기로 난무하고 도경刀勁이 춤을 추듯 흩날려 마치 수없이 많은 질풍과 번개가 서로 충돌하고 출렁거리는 것처럼 보였다. 두 사람이 내경으로 격돌하는 사이 푸른 연기는 종적을 감추어버려 무형의 육맥신검과 화염도의 내경을 육안으로 확인할 수가 없었다. 워낙 심오한 무공 실력을 지닌 구마지는 단예의 출지 방향을 관찰할 수 있어 그가 펼쳐내는 무형검기의 진로를 미리 예측해 몸을 기울여 피하거나 손바닥을 내밀어 막아냈다. 그러나 화염도가 오가는 길을 알 리 없는 단예는 당황한 나머지 자기 멋대로 이리저리 속공과 연타만 날릴 뿐이었다. 다행히 구마지가 겁을 먹고 방어에만 전념하며 반격할 생각을 하지 않은 덕에 단예는 화염도의 위력에서 벗어날 수 있었다. 얼마나 싸웠을까? 구마지는 상대의 내경이 갈수록 강해지고 검법 역시 변화무쌍해지는 데다 수시로 새로운 검법을 창작해내는 모습이 조금 전 본인이나 본상 등 다른 화상들의 어색한 검초들과는 전혀 다르다는 것을 느꼈다. 그는 단예가 6로의 검법 속에 있는 무수히 많고 복잡한 초식들을 정확히 기억하지 못해 위급한 상황에서 손가락이 가는 대로 멋대로 휘둘러대는 것임을 모르고 있었다. 수시로 검법을 창작해낸다는 건 말이 안 되는 생각이었던 것이다. 그는 속으로 너무 놀라 후회를 했다.

'천룡사 내에 이런 젊은 고수가 숨어 있었다니 내가 굴욕을 자초한 셈이로군.'

그는 갑자기 피육, 피육, 피육 하고 연이어 삼도三刀를 허공에 베며 소리쳤다.

"잠깐!"

단예는 자기 마음대로 진기를 거두거나 쏟아낼 수 있는 경지에 이르지 못했던 터라 상대가 "잠깐!" 하고 소리치는 목소리를 듣고도 어떻게 내경을 거두어들이는지 몰라 손가락을 치켜들어 천장을 가리킬 뿐이었다. 그는 속으로 생각했다.

'더 이상 내경을 쏟아서는 안 되겠다. 무슨 말을 하는지 들어보자.'

구마지는 단예가 어찌할 바를 모르겠다는 기색으로 진기를 거두어들일 때는 손발을 마구 휘저으며 갈팡질팡하는 모습을 보자 돌연 생각이 바뀌었다. 그는 몸을 위로 솟구쳐오르며 불끈 쥔 주먹으로 단예의 얼굴을 향해 날렸다.

단예는 갖가지 기연이 맞아떨어져 육맥신검이란 최고의 무학을 배울 수 있었지만 평범한 권각술이나 무기로 싸우는 무공에 대해서는 전혀 모르는 상태였다. 구마지의 이 일권은 칠, 팔초의 후수를 숨겨두고 있는 극히 고명한 권초였다. 그러나 화염도처럼 내경으로 상해를 입히는 기술에 비하면 그 깊이나 난도에 있어서는 비교조차 할 수 없었다. 본래 세상의 그 어떤 기예와 학문도 기본을 모르고 깊이 들어가거나 쉬운 것을 못하면서 어려운 것을 해내는 법은 없었지만 단예의 무공은 예외였다. 단예는 구마지가 주먹을 휘둘러 가격하려 하자 곧 얼렁뚱땅 팔을 뻗어 막았다. 그러나 구마지는 오른손을 뒤집어 그의 가슴에 있는 신봉혈神封穴을 움켜쥐었다.

단예는 순간 전신이 시큰하고 나른해지면서 꼼짝도 할 수 없었다. 신봉혈은 족소음신경에 속해 있어 그가 연마한 적이 없는 곳이었다.

구마지는 단예의 무학 속에 크나큰 허점이 있음을 알아차리고, 그의 육맥신검을 당해내지 못하자 다른 심후한 무공으로 승기를 잡을 생각이었지만 이렇게 손쉽게 사로잡으리라고는 생각지도 못했다. 그는 아직도 단예가 고의로 내숭을 떨며 다른 간계를 부릴까 두려워 신봉혈을 움켜쥐자마자 곧바로 손가락을 뻗어 다시 극천과 대추, 경문京門 등 곳곳의 대혈들을 모조리 찍어버렸다. 이들 혈도가 속한 경맥 역시 단예는 연마한 적이 없는 곳이었다.

구마지는 뒤로 세 걸음 물러서며 말했다.

"이 소시주는 육맥신검 도보를 기억하고 있소. 기존의 도보는 이미 고영대사께서 불태워버렸으니 소시주는 살아 있는 도보라 할 수 있는 것이오."

그러고는 왼손을 휘날리며 앞을 향해 연이어 오도五刀를 그어내고는 단예를 움켜쥔 채 모니당 문밖으로 나갔다.

보정제와 본인, 본관 등이 앞으로 달려가 단예를 빼앗으려 했지만 그가 펼쳐놓은 연환오도連環五刀에 막혀 더 나아갈 수 없었다.

구마지가 힘껏 단예를 들어 문밖을 지키고 있던 아홉 명의 사내들한테 내던지며 말했다.

"어서 가자!"

사내 둘이 동시에 손을 뻗어 달려와 단예를 받아서는 왔던 길로 나가지 않고 모니당 밖에 있는 숲을 뚫고 들어갔다. 구마지는 화염도를 펼쳐 모니당 입구를 하나하나 베어갔다.

보정제 등은 각자 일양지를 펼쳐 재빨리 밖을 향해 기공을 내뻗었지만 구마지가 펼쳐놓은 무형의 도망刀網을 뚫을 수는 없었다.

구마지는 말발굽 소리를 듣고 아홉 명의 수하들이 이미 단예를 끌고 북쪽으로 갔다는 것을 알고 웃으며 말했다.

"죽은 도보는 태웠지만 오히려 살아 있는 도보를 얻게 됐군. 지하에서나마 모용 선생의 동반자가 생겼으니 외롭지는 않으실 것 같소이다."

그는 오른손을 비스듬히 내려쳤다. 모니당의 두 기둥이 요란한 굉음 소리와 함께 갈라지더니 넘어졌다. 순간 신형을 흔들 하더니 숲속으로 뛰어들어가 한 가닥 연기처럼 순식간에 종적을 감춰버렸다.

보정제와 본참이 재빨리 달려나갔지만 구마지는 이미 저 멀리 먼 곳에 보일 뿐이었다. 보정제가 소리쳤다.

"어서 쫓아갑시다!"

옷자락이 바람과 함께 수 장을 휘날렸다. 본참이 그와 어깨를 나란히 한 채 북쪽을 향해 재빨리 쫓아갔다.

〈3권에서 계속〉

미주

▸ 모든 주석은 옮긴이 주이다.

1 마음의 티끌과 번뇌를 털어내는 상징적 의미의 불구로 짐승의 털이나 삼麻 등을 묶어서 자루 끝에 맨 것.

2 오대십국五代十國 시대 후진後晉 고조高祖인 석경당石敬의 연호年號.

3 《주역》 중 풍뢰風雷 익괘益卦. 군자는 최선이라고 생각하면 즉시 옮기고 과함이 있을 때는 즉시 고친다.

4 《주역》 중 풍뢰 익괘. 위에서 덜어 아래에 더함이니 백성의 기뻐함이 끝이 없음이라. 위에 있어도 아래를 살피니 그 도리가 크게 빛나느니라.

5 당시의 소수민족으로, 현재는 백족白族.

6 물고기가 물속으로 숨고 기러기가 땅에 떨어질 만큼 아름다운 여인.

7 황궁 내 황제의 비빈들이 거주하는 곳으로 수많은 후궁을 대변하는 말.

8 절에서 불경을 읽거나 범패를 할 때 사용하는 동종.

9 바둑에서 실력이 비슷한 두 사람이 돌을 가려 흑백을 정하고 대국하는 것.

10 주먹 속에 쥔 물건의 갯수를 알아맞히는 놀이.

11 사등분한 바둑판 중 좌측 하단 구역. 좌표 위치를 파악하기 위한 수단으로 좌측 하단인 평위로부터 시작해 시계 방향으로 각각 상위上位, 거위去位, 입위入位라고 칭

한다.

12 패를 따내기 전에 의무로 두어야 하는 수.

13 석가모니의 제자라는 뜻으로 출가한 승려들을 말한다.

14 부친이나 조부상에 입는 상복.

15 중국 남방계 고전극 형식.

16 중의학에서 질병을 일으키는 원인으로 칭하는 말.

17 부처의 가르침을 꿰뚫어보는 능력.

18 등롱에 문제를 쓰거나 붙여 맞히는 놀이.

19 불교에서 승려를 공경하고 받들어 모신다는 뜻에서 식사를 베푸는 종교 행사.

20 남의 힘을 빌려 상대방을 공격하는 수법.

작가 주

8장(195쪽) 단씨의 후대 자손인 일등대사一燈大師 단지흥段智興 대에 이르러 대적大敵인 서독西毒 구양봉歐陽鋒을 저지하고자 비로소 외인에게 전수하지 않는다는 조종의 규율을 파기했다. 우선 왕중양王重陽에게 전수한 다음 다시 어漁·초樵·경耕·독讀 사대제자에게도 전수했다.
《사조영웅전》 참조.

10장 10장에 나오는 육맥신검과 화염도, 소림파의 지법 등은 내경을 집중시켜 쏟아냄으로써 물체를 파괴하고 사람에게 상해를 입히는 무형의 도검으로 이는 소설가의 과장된 표현일 뿐 결코 실존하는 무공이 아니다. 소설에서는 단지 맛깔나게 표현한 것일 뿐 절대 물리학적이나 동력학적인 과학적 규명을 할 수 없다는 점을 알려드린다. 더구나 어린이 독자는 절대 믿으면 안 된다. 현실 의학 속에서 레이저 수술이나 감마 나이프 방사선 수술 같은 것들을 보면 레이저는 빛을 집중시켜 백내장과 종양, 담석, 신장 결석을 절제함으로써 무형의 힘을 유형의 수술도手術刀로 사용한다. 그 때문에 이런 기능이 나오는 것이 신기하기는 하지만 절대 불가능한 것은 아니다. 그러나 본서에 서술한 내용들은 허구와 상상, 과장된 부분이 상당 부분 있으며 천룡팔부라는 이름에서 보듯이 추상적인 상징들이 많아 판타지 요소가 가미된 신비의 경계에 있다는 점을 주지해주길 바란다.